国家社会科学基金一般项目"贝西·黑德文学艺术思想研究"（17BWW038）最终成果

| 光明社科文库 |

贝西·黑德文学艺术思想研究

卢　敏◎著

光明日报出版社

图书在版编目（CIP）数据

贝西·黑德文学艺术思想研究 / 卢敏著 . -- 北京：
光明日报出版社，2023.8

ISBN 978 - 7 - 5194 - 7410 - 2

Ⅰ.①贝… Ⅱ.①卢… Ⅲ.①贝西·黑德—文艺思想
—研究 Ⅳ.①I476.06

中国国家版本馆 CIP 数据核字（2023）第 158077 号

贝西·黑德文学艺术思想研究
BEIXI HEIDE WENXUE YISHU SIXIANG YANJIU

著　者：卢　敏

责任编辑：杨　娜　　　　　　责任校对：杨　茹　张慧芳

封面设计：中联华文　　　　　责任印制：曹　诤

出版发行：光明日报出版社

地　　址：北京市西城区永安路 106 号，100050

电　　话：010 - 63169890（咨询），010 - 63131930（邮购）

传　　真：010 - 63131930

网　　址：http://book.gmw.cn

E - mail：gmrbcbs@ gmw.cn

法律顾问：北京市兰台律师事务所龚柳方律师

印　　刷：三河市华东印刷有限公司

装　　订：三河市华东印刷有限公司

本书如有破损、缺页、装订错误，请与本社联系调换，电话：010-63131930

开　　本：170mm×240mm

字　　数：323 千字　　　　　　印　　张：18

版　　次：2023 年 8 月第 1 版　　印　　次：2023 年 8 月第 1 次印刷

书　　号：ISBN 978 - 7 - 5194 - 7410 - 2

定　　价：98.00 元

内容简介

本书为国内首部贝西·黑德研究专著，是国内贝西·黑德研究奠基之作。南非-博茨瓦纳作家贝西·黑德（Bessie Head，1937—1986）是现代非洲第一代作家，在20世纪70年代获得国际声誉。她不仅是小说家，也是文学艺术思想家。她的文学成长经历反映了非洲文学在20世纪的发展脉络，不同阶段独特的政治氛围、宗教思想、社会心理、文化价值观和审美取向对她的创作都具有深刻的影响。

贝西·黑德的小说叙事艺术展现出多元性、现代性、融合性、开放性以及包容性等众多文学艺术特质。她在作品和书信中流露出一种深刻的中国情结，这与同期非洲作家阿契贝、索因卡、恩古吉和戈迪默等人明显不同，促成这种情结的是她作为"有色人"的边缘化社会境遇，而共产主义和马克思主义思想在非洲大陆上的传播，中国革命胜利以及毛泽东思想在全球范围内日益增长的影响力，则进一步加深了贝西·黑德的中国情结和中国想象。

贝西·黑德的创作与非洲现代民族文学的发展有密切关系，新非洲文学的人民性、教诲性，重建对本土文化的自信和自豪感对黑德产生深刻影响和启发，并形成自己的创作思路和文艺观。贝西·黑德在文学创作和文论中表现出鲜明而独特的女性观、生态观和人民文学观。这三大文学艺术思想观有连贯性和发展性，源自贝西·黑德对自我身份的探寻，立足非洲发展现实，表达她对西方殖民主义和种族隔离制的批判，对博茨瓦纳黑人文化的认同，提出作家的使命和担当，以身体力行的方式书写非洲人民的故事，赢得世界读者。

以中国学者的视角解读贝西·黑德的作品，探究其非洲性，反观中国在非洲文学中承担的角色，洞察文明互鉴和文明多样性，有助于重新考察世界文学形成的秩序，以更平等的姿态与世界文学进行对话。

童年贝西，六岁，1943 年

贝西·黑德在打字机上创作
《雨云聚集之时》
(*When Rain Clouds Gather*)，
1967 年

贝西·黑德在近塞罗韦中心的
圆草屋暂居，创作《玛汝》
(*Maru*)，1969 年

卢敏在博茨瓦纳大学与贝西·黑德研究专家研讨合影

卢敏、汤姆·赫辛格（Tom Holzinger）、马萨丁亚娜·马优贝拉
（Mosadinyana Mayombela）、朱伊革（从右到左）
在塞罗韦贝西·黑德故居前合影

序

卢敏教授将其新著《贝西·黑德文学艺术思想研究》送到了我的案头，厚厚的一大摞，让我作序，我却之不恭，只好应允。卢敏是我的同事，近年成果频出，在非洲文学研究方面名声日隆，也是我主持的国家重大项目"非洲英语文学史"的骨干成员和我负责的上海市世界文学多样性与文明互鉴创新团队骨干成员。

进入 21 世纪以来，在中非双方领导人的共同关心和推动下，中非关系在传统友好的基础上呈现新的全面快速发展的良好势头。随着中非关系的蓬勃发展，中国社会各界深入了解非洲与中非关系的兴趣和需求逐年上升，这对国内从事非洲研究的专家学者提出了新的任务和要求。从人文交流和外国文学研究方面来说，非洲文学研究在近十年成为国内显学，越来越多的外国文学研究者投身非洲文学研究中，并取得令人瞩目的成绩。2021 年非洲作家接连获得四个世界级文学大奖——诺贝尔文学奖、布克奖、龚古尔奖、吉勒奖，因此我将 2021 年概括为"非洲文学年"。与此同时，中国学者对"非洲文学年"做出积极反映，发表了不少开创性、高质量的研究论文，并在中国非洲文学研究理论构建方面取得飞跃性进展。

我本人早在 2012 年发表专题论文《中国"非主流"英语文学研究的现状与走势》，首次提出"'非主流'英语文学"的概念，还主办"非主流文学研究高层论坛"，呼吁国内学者关注英语文学研究大户"英美文学"之外的英语文学，指出"加拿大、澳大利亚、爱尔兰、新西兰、南非、尼日利亚、印度、加勒比地区以及亚洲、非洲和大洋洲其他国家和地区的英语文学并不是我们所想象得那么逊色，而是非常值得研究，且对我们的文学文化发展有着重要的参照和启示意义"。"'非主流'英语文学"的概念在国内学界得到积极的回应，在一定程度上推动了我国"'非主流'英语文学"研究的发展，并引发"非主流"走向"主流"的热烈讨论。同时我领衔编写出版了《中国非英美国家英语文学研究导论》(2013)、《非洲英语文学研究》(2019)、《非洲国别英语文学研究》(2019)、《非洲英语文学的源与流》（2019）等著作，并发表了若干相关论文，其中在《中国社会科学》上发表了两篇论文《流散文学的时代表征及其世界意义》（2019 年第 7 期）和《非洲文学与文明多样性》（2022 年第 8 期），在《中国社会科学》（英文版）上发表了"*Africanness of African Literatures and the New Patterns in Human Civilization*"（《非洲文学的非洲性与人类文明新形态》，2022 年第 3 期），提出"非洲文学的三大流散理论"和"非洲性理论"，积极探索中国非洲英语文学研究理论和学术话语建构。

卢敏教授是研究英美文学出身，有着丰厚的英美文学研究成果。她具有敏锐的学术洞察力、广博的学术视野和丰富的海外学术交流经验，对我倡导的加强"'非主流'英语文学"研究做出快速反应，很快在非洲英语文学研究方面产出令学界关注的成果。她接连主持了教育部中非高校 20+20 合作计划"茨瓦纳族与中国文化比较研究"项目（2015），上海市社科联项目"中非合作中高等教育的文化外交作用"（2016），国家社科基金项目"贝西·黑德文学艺术思想研究"（2017），中国驻博茨瓦纳大使馆翻译项目《周末葬仪》（2019），她都高质量完成了这些项目，着实令人欣慰。鉴于卢敏教授的学术成就，她还被邀请参与了北京外国语大学穆宏燕教授主持的国家社科基金重大项目"新世纪东方区域文学年谱整理与研究 2000—2020"（17ZDA280），参加了我主持的国家社科基金重大项目"非洲英语文学史"（19ZDA296），并负责子项目东北部非洲卷，还与中国社科院的中非研究院建立了紧密的学术合作联系。她的非洲文学研究成果在博茨瓦纳、肯尼亚和卢旺达等非洲国家学界和外交人员中享有一定知名度。

我国学界对非洲获得诺贝尔文学奖的几位作家索因卡、马哈福兹、戈迪默、库切的研究成果较为丰硕，对古尔纳的研究也在他获诺奖后如雨后春笋般发出。此外被誉为非洲现代文学之父的阿契贝、多次被诺奖提名的恩古吉以及以《半轮黄日》为国内读者所熟悉的阿迪契也都是我国学界研究的热点。但是享有世界声誉的非洲作家远不止这几位，我在《非洲国别英语文学研究》中指出："非洲英语文学广阔版图中还有十多个国家的英语文学尚未引起中国学界的足够关注。但对其中的五个国家，国内学者已开启了其英语文学的研究之旅。"我将国内学者开始研究的五位作家称为"五虎上将"，卢敏教授研究的贝西·黑德是其中之一，其他四位是津巴布韦的依温妮·维拉（Yvonne Vera）、索马里的努鲁丁·法拉赫（Nuruddin Farah）、冈比亚的蒂扬·萨拉赫（Tijan M. Sallah）和喀麦隆的里努斯·阿松（Linus T. Asong）。这些作家都值得深入研究，都值得立项和出版相关研究专著。

《贝西·黑德文学艺术思想研究》是我国首部贝西·黑德研究专著，可谓国内贝西·黑德研究奠基之作。贝西·黑德不仅是小说家，也是文学艺术思想家。该著作在详尽梳理国内外研究现状的基础上，通过贝西·黑德文学创作的社会思想文化语境、贝西·黑德的流亡人生与文学创作阶段、贝西·黑德小说叙事艺术的发展与变化、贝西·黑德的中国文学艺术情缘等四大章，梳理了作家创作的历史文化语境，细致分析了具体作品的内容与艺术特色及作家的创作发展路径，然后以水到渠成的方式总结和阐发了贝西·黑德的文学艺术思想观念。该著作观点鲜明地指出，贝西·黑德的创作与非洲现代民族文学的发展密不可分。新非洲文学所强调的人民性、教诲性和重建对本土文化自信和自豪感等特点，对贝西·黑德产生了深远影响，并启发她形成了独特的创作思路和文艺观。在她的文学创作和论著中，体现出鲜明而独特的女性观、生态观以及人民文学观。这三大文学艺术思想观在贝西·黑德的作品中呈现出连贯性和发展性，这源自她对自我身份认同的探索、立足非洲发展现实、表达对西方殖民主义和种族隔离制度的批判以及对博茨瓦纳黑人文化的认同。此外，她提出了作家的使命与担当，并身体力行地书写非洲人民的故事，因而广受世界读者欢迎。

该专著的学术价值主要有以下三个方面：

第一，有利于中国学者把握非洲文学的历史、现状和趋势。贝西·黑德是现代非洲第一代获得国际声誉的作家，她的文学成长经历反映了非洲文学在20世纪的发展脉络，她本人的写作和后来传记作家们的史料整理、考证和访谈共同构建了现代非洲文学发展的历史大语境，为中国学者把握非洲文学的历史、现状和趋势提供了充实的资料。

第二，有利于中国作家借鉴非洲文学的成功经验。贝西·黑德一直处于被边缘化的社会环境中，但她立足南部非洲黑人的现实生活、精神追求和文化传统，探讨殖民与被殖民文化、心理和信仰之间的复杂关系，以高超的叙事艺术向读者讲述非洲的故事，是非洲文学中的艺术典范，被纳入世界文学经典文库。其文学艺术思想对中国文学走出去有极好的借鉴作用。

第三，在贝西·黑德的作品和书信中，我们可以感受到一种深刻的中国情结，这种中国情结源自她黑白混血而形成的"黄色"皮肤，然而，共产主义和马克思主义思想在非洲大陆上的传播、中国革命的胜利以及毛泽东思想在全球范围内日益增长的影响力，则是不断加深贝西·黑德对中国情结和中国想象进行探索与表达的原因。贝西·黑德牢牢抓住的是这些思想的共核：全球人类的"兄弟情"，贫穷的赤脚百姓之间的团结、友爱和互助，建造一个无阶级、无种族差异的大同世界。这使我们反观中国思想、经验和道路对非洲及世界的影响，更清晰地认识当今中国之于世界的重要性，增强我们的"四个自信"。

　　卢敏教授深耕于非洲文学，目前对非洲 2021 年诺奖得主古尔纳、对东部非洲主要国家的英语文学都有深入研究。我主持的 10 卷本"非洲文学研究丛书"的《东部和北部非洲精选文学作品研究》就由卢敏教授主笔。目前，我国的非洲英语文学研究依然有着巨大的阐释空间，从作家介绍、作品译介、文学史梳理，到文本解读和批评话语的理论建构，再到文学、文化和历史的多边关系的研究以及非洲文学在世界文学文化新形态中的价值和意义，都有不少空白之处有待填补，也有不少新鲜领域可供开发。我们在研究过程中，不免还需要学习和借鉴西方的批评话语，但是我们也应该体现出自己的本土视角和中国情怀，以中国学者的眼光还原非洲的历史样貌，展现出别样的中国非洲英语文学研究，实践中非文学文化的对话和交流，并以此关照我国文学文化的发展和走出。

　　权且作序。

朱振武

2022 年 10 月 6 日

于上海心远斋

目 录
CONTENTS

绪　论

南非-博茨瓦纳作家贝西·黑德（Bessie Head，1937—1986）是现代非洲第一代作家，在 20 世纪 70 年代获得国际声誉，如今被认为是与钦努阿·阿契贝（Chinua Achebe，1930—2013）、纳丁·戈迪默（Nadine Gordimer，1923—2014）、多丽丝·莱辛（Doris Lessing，1919—2013）、托妮·莫里森（Toni Morrison，1931—2019）齐名的大师级作家。贝西·黑德的文学创作立足南部非洲黑人的现实生活、精神追求和文化传统，探讨殖民与被殖民文化、心理、信仰之间的复杂关系，以高超的叙事艺术向读者讲述非洲的故事，是非洲文学中的艺术典范，被纳入世界文学经典文库，对中国文学走出去有借鉴和参考作用。本研究旨在通过系统梳理分析和解读贝西·黑德的小说和文论，论述其文学艺术思想及其在作品主题和艺术特色中的具体体现，揭示其立足非洲文化遗产，面向世界读者，重塑非洲民族形象，树立非洲文化自信，将非洲文学推向世界的艺术特质。贝西·黑德在作品和书信中反复明确表达了她的中国情怀，这在她同时代的非洲作家中极为罕见，值得中国学者研究。本章重点梳理国内外贝西·黑德研究现状，进而探讨贝西·黑德文艺思想研究的必要性和方法论。

第一节　国内外贝西·黑德研究述评

自 20 世纪 60—70 年代非洲各国民族解放运动取得胜利后，非洲文学得到迅猛发展，90 年代后，非洲本土、欧美各国、亚洲、大洋洲、拉丁美洲等国家对非洲文学研究的兴趣和成果与日俱增，这些合力促成了 21 世纪"非洲文学理论和批评体系的形成"①。在非洲文学创作领域，非洲黑人女性文学的蓬勃发展

---

① OLANIYAN T, QUAYSON A. Introduction［M］//OLANIYAN T, QUAYSON A. African Literature：An Anthology of Criticism and Theory. Malden：Blackwell Publishing, 2007：1-3.

引起国际社会的热切关注，贝西·黑德是较早获得国际声誉的非洲黑人女作家，而如今她被国际社会公认为"经典"，进入大学文学课堂，成为众多学者和硕博士论著研究的对象。贝西·黑德出生在南非，因反对种族隔离制（apartheid）而遭到迫害，1964 年从南非流亡到英属保护地贝专纳兰（British Protectorate of Bechuanaland，1885—1966，今博茨瓦纳），1979 年获得博茨瓦纳公民身份。贝西·黑德用其母语——英语写作，作品大多先在英美国家出版，其中《雨云聚集之时》（*When Rain Clouds Gather*，1968）、《玛汝》（*Maru*，1971）、《权力之问》（*A Question of Power*，1973）三部小说确立了她在世界文学史上的地位。其被边缘化的身份、流亡生活、多次精神崩溃等经历受到关注，对非洲传统的追寻和认同、精湛的艺术表现力得到国际社会的广泛认可，作品被译成丹麦文、荷兰文、法文、德文、西班牙文、日文、茨瓦纳文、中文等多国文字。

贝西·黑德短暂的一生著作颇丰，作品主要包括小说和文论。她的小说按篇幅可分为长篇、中篇和短篇，其中最有影响力的长篇小说是《权力之问》，中篇小说是《玛汝》，短篇小说是《珍宝收藏者》（*The Collector of Treasures*，1977）。贝西·黑德的小说按内容可分为自传体小说和历史小说，自传体小说包括《雨云聚集之时》《玛汝》《权力之问》和《枢机》（*The Cardinals*，1993），历史小说是《魅惑十字路口：非洲历史传奇》（*A Bewitched Crossroad：An African Saga*，1984）。贝西·黑德创作了 50 多篇短篇小说，30 篇在她生前发表在非洲和英美国家的文学杂志上以及短篇小说集《珍宝收藏者及其他博茨瓦纳乡村故事集》（*The Collector of Treasures and other Botswana Village Tales*，1977）中。她去世后出版的短篇小说集有《柔情与力量故事集》（*Tales of Tenderness and Power*，1989）、《枢机与沉思等短篇小说集》（*The Cardinals with Meditations and Short Stories*，1993）。此外，她还有一部重要的口述历史著作《塞罗韦：雨风村》（*Serowe：Village of the Rain Wind*，1981），具有重要研究价值。

贝西·黑德的文论散见于期刊、广播电视访谈、演讲和她去世后友人编辑的文集和书信集中，其中克雷格·麦肯奇（Craig MacKenzie①）编辑的《孤身女人》（*A Woman Alone*，1990）汇集了黑德的诸多札记、创作笔记和文艺思想。伦道夫·瓦因（Randolph Vigne，1928—2016）编辑的《归属的姿态：贝西·黑德书信集，1965—1979》（*A Gesture of Belonging：Letters from Bessie Head，1965—1979*，1991）、帕特里克·库利南（Patrick Cullinan，1932—2011）编辑的《有

---

① 克雷格·麦肯奇（Craig MacKenzie）是 20 世纪 80 年代的硕士生，以研究贝西·黑德起家，后晋升为约翰内斯堡教授，现为自由编辑，出生年月不详。

想象力的越界者：贝西·黑德与帕特里克和温迪·库利南的书信，1963—1977》（*Imaginative Trespasser: Letters between Bessie Head, Patrick and Wendy Cullinan, 1963—1977*, 2005）汇集了黑德与编者之间的书信往来，多数书信记录了黑德的创作思想火花、创作困境和其坚守的创作原则，是研究黑德文艺思想的一手资料。

一、国外研究述评

在国外，贝西·黑德因发表在英国杂志《新政治家》（*New Statesman*）上的短篇小说《来自美国的女人》（*The Woman from America*, 1966）[①] 一举成名，开启了研究贝西·黑德的热潮。南非学者亚瑟·拉文斯克罗夫特（Arthur Ravenscroft）的《贝西·黑德的小说》（*The Novels of Bessie Head*, 1976）[②] 首次较全面地分析了贝西·黑德的小说，揭示了其作品的独特价值，其积极中肯而有见地的评价在学界产生了深远的影响。自此以后，国际学界对贝西·黑德产生极大兴趣，研究论著不断涌现，成果丰硕。随着贝西·黑德小说不同语言译本的出现，阿非利卡语、德语、日语、法语等研究论著也颇丰厚。鉴于笔者的语言能力所限，此处仅梳理英语研究成果。1986 年，南非国家英语文学博物馆出版了苏珊·谷德纳（Susan Gardner）和帕特里西亚·司各特（Patricia E. Scott）编写的《贝西·黑德：参考文献》（*Bessie Head: A Bibliography*, 1986）[③]，包含了南非、博茨瓦纳、欧美学者近 200 条研究文献。在此基础上，1992 年克雷格·麦克肯齐（Craig MacKenzie）和凯瑟琳·沃博（Catherine Woeber）更新了此文献[④]，文献条目翻了两倍多，达 700 多条。1992 年之后文献大增，就目前笔者掌握的国外文献情况来概括，贝西·黑德研究的成果主要表现在以下四个方面：传记与书信集；专著、文集与国际会议；期刊论文与硕博士论文；比较研究论著与文学史。

（一）传记与书信集

贝西·黑德的 3 部中长篇小说均有鲜明的自传色彩，但是她的出生和原生

---

① HEAD B. The Woman from America [J]. New Statesman, 1966 (26)：287.

② RAVENSCROFT A. The Novels of Bessie Head [M] //HEYWOOD C. Aspects of South African Literature. London：Heinemann, 1976：174–186.

③ GARDNER S, SCOTT P. E. Bessie Head：A Bibliography [M]. Grahamstown：National English Literary Museum, 1986.

④ MACKENZIE C, WOEBER C. Bessie Head：A Bibliography [M]. Grahamstown：National English Literary Museum, 1992.

家庭一直是个未解之谜，1986年，她去世后，学界的研究重点是追溯、挖掘和再现她的生平，以便更好地理解她的作品和思想。此类研究成果以传记和书信集为主，旨在构建贝西·黑德独特的身份，并将其颠沛流离的一生与南非、博茨瓦纳、非洲和整个世界殖民与解殖（decolonization）的社会历史文化背景联系起来，呈现出现代非洲文学发展的复杂脉络和广阔的世界性意义。此类作品丰富，注重史料搜集、整理和考证，但缺乏深入系统的文学艺术思想研究。

传记中被广泛引用的是南非贝西·黑德研究专家克雷格·麦肯奇的《贝西·黑德：小传》（*Bessie Head：An Introduction*, 1989)①、《贝西·黑德》（*Bessie Head*, 1999)② 和他编辑的贝西·黑德的自传《孤身女人》。《孤身女人》的出版在很大意义上帮助贝西·黑德完成了她生前未能完成的与出版社签订的自传任务，但是该自传完全不同于一般意义上的自传，它没有连贯的叙述，只有按照写作时间顺序编排的一篇篇短文：书信、报纸杂志文章、自传、虚构小品文、散文、为他作和自作而写的前言、小说创作的自我说明性文章。③ 这是因为贝西·黑德一方面无法获得自己出生和家庭的可靠资料和信息，另一方面所有为传记写作而进行的回忆都是创伤性的，这对写作者来说是难以承受的巨大痛苦。贝西·黑德生前未能按期向出版社交稿，去世后，克雷格·麦肯奇整理出版了这些文稿，成为研究贝西·黑德珍贵的一手资料。

丹麦传记作家、文论家吉利安·埃勒森（Gillian Eilerson）的传记《贝西·黑德：耳后的雷声》（*Bessie Head：Thunder Behind Her Ears*, 1995）是第一部最翔实的贝西·黑德传记，该研究得到丹麦和瑞典学术机构的慷慨支持，历时9年完成。吉利安·埃勒森是较早研究贝西·黑德的专家，她本以为贝西·黑德已经完成了自传，却在贝西·黑德去世后才知道她根本没有完成这项任务。贝西·黑德的全部文稿都存放在博茨瓦纳卡马三世博物馆（Khama III Memorial Museum）里的贝西·黑德档案馆（Bessie Head Archive）里④，吉利安·埃勒森在这些文稿的基础上，采访了贝西·黑德生前有过密切交往的70多位在南非、博茨瓦纳和欧美国家的亲朋好友、出版商、代理人、批评家以及文学好友，完

---

① MACKENZIE C. Bessie Head：An introduction [M]. Grahamstown：National English Literary Museum, 1989.

② MACKENZIE C. Bessie Head [M]. New York：Twayne Publishers, 1999.

③ MACKENZIE C. Introduction [M] //HEAD B. A Woman Alone：Autobiographical Writings. Oxford：Heinemann, 1990：xiii.

④ EILERSON G. S. Bessie Head：Thunder Behind Her Ears：Her Life and Writing [M]. Portsmouth, NH：Heinemann, 1995.

成了这部翔实的传记，成为学界广泛引用的重要资料。

贝西·黑德的记者经验使她具有良好的文档收藏意识和能力，自 1968 年出版第一部小说《雨云聚集之时》后，她就开始存留自己和他人的书信往来与所有文字和稿件。她的绝大多数书信都是在打字机上用复写纸双份打印的，寄出一份，自留一份。博茨瓦纳卡马三世博物馆收藏的贝西·黑德几乎所有的往来书信，数量极其庞大。1984 年，丹麦策展人（curator）玛丽亚·瑞特（Maria Rytter）受博茨瓦纳政府邀请对卡马三世博物馆进行规划设计，其间与贝西·黑德相识，看到她自存的文档，认为极具博物馆收藏价值。1986 年贝西·黑德病逝，玛丽亚·瑞特得到其子霍华德·黑德的许可，将全部文档收藏到卡马三世博物馆，并为这些书信做了系统编号，以便研究人员查阅。① 目前有 3 部已经出版的贝西·黑德书信集分别是上文提到过的伦道夫·瓦因编辑的《归属的姿态：贝西·黑德书信集，1965—1979》、帕特里克·库利南编辑的《有想象力的越界者：贝西·黑德与帕特里克和温迪·库利南的书信，1963—1977》和玛格丽特·戴蒙德（Margaret J Diamord）编辑的《日常事务：朵拉·泰勒、贝西·黑德、莉莲·恩戈伊书信选集》（*Everyday Matters: Selected Letters of Dora Taylor, Bessie Head, and Lilian Ngoyi*, 2015）。

《归属的姿态：贝西·黑德书信集，1965—1979》是首部贝西·黑德书信集，是贝西·黑德生前好友，南非作家、反种族隔离人士、出版商伦道夫·瓦因编辑的。该书信集收录了 125 封贝西·黑德写给伦道夫·瓦因的书信。书信集目录按时间顺序，以贝西·黑德流亡到博茨瓦纳之后辗转生活过的地方分为 6 部分，分别是塞罗韦（Serowe，1965 年 10 月—1966 年 9 月）、弗朗西斯敦（Francistown，1966 年 1 月—1969 年 1 月）、塞罗韦-弗朗西斯敦（1969 年 1 月—1971 年 1 月）、塞罗韦（1971 年 6 月—1975 年 5 月）、塞罗韦（1975 年 12 月—1976 年 7 月）、爱荷华-柏林-塞罗韦（Iowa-Berlin-Serowe，1977 年 9 月—1979 年 7 月）。② 每部分前面是伦道夫·瓦因的简介，概述自己对这些书信的反映和评价，对书信写作背景的适当解释，之后是贝西·黑德的一封封书信原文。这些书信为研究贝西·黑德的生平、创作过程、创作思想提供了重要的一手文献。

---

① RYTTER M. Origins of the Bessie Head Archive [M] //LEDERER M. S, TUMEDI S. M, MOLEMA L. S, DAYMOND M. J. The Life and Work of Bessie Head. Gaborone: Pentagon Publisher, 2008: 3-9.

② VIGNE R. A Gesture of Belonging: Letters from Bessie Head, 1965—1979 [M]. Portsmouth NH: Heinemann, 1991.

《有想象力的越界者：贝西·黑德与帕特里克和温迪·库利南的书信，1963—1977》是南非诗人、编辑、出版商、小说家帕特里克·库利南编辑出版的，它不仅为贝西·黑德研究提供了一手资料，而且将帕特里克·库利南本人的回忆和贝西·黑德的书信相呼应，再现了书信往来的历史现场，弥补了单向书信缺乏互动的缺点。该书信集的标题貌似贬义，实为褒义，"有想象力的越界者"①一词是帕特里克·库利南的妻子温迪从贝西·黑德给他们的一封信中挑出的，当时贝西·黑德面临被学校解雇的困境，她自嘲自己的混血身份被认为是"越界者"，但她"有想象力"，该词是贝西·黑德对自己文学创造力的肯定。帕特里克·库利南本人的回忆最明显的特点是对贝西·黑德书信中表现出来的作家潜质、风格特色等做了精彩的评述。

《日常事务：朵拉·泰勒、贝西·黑德、莉莲·恩戈伊书信选集》由南非贝西·黑德研究专家玛格丽特·戴蒙德编辑，她选择了南非 3 位著名的反种族隔离制女性的书信，全部是她们写给女儿或女性朋友的书信，内容通过家长里短表现出女性之间的细腻情感。朵拉·泰勒是 20 世纪 40—50 年代南非非欧洲人团结运动（Non-European Unity Movement）的非官方秘书，也是一位多产作家，沙佩维尔大屠杀（Sharpeville massacre，1960）后被迫流亡海外。莉莲·恩戈伊是 20 世纪 50—60 年代南非的著名工会领袖，1962 年遭到南非政府的严厉制裁，成为"被禁者"（the banned person）②，不得从事任何政治活动，甚至不能离开家出门工作。该书信集以"日常事务"为标题，旨在说明这些女性在书信中关于日常生活细节的描写具有十分重要的意义，她们向朋友和家人描述的花园、日常饮食等貌似琐碎而无聊的事情，其实蕴含着重要的精神力量和政治斗争意义，以此方式她们的书信通过了严厉的审查，到达了收信人手中，向国际社会传递了重要的信息和人生信念，成为历史的一部分。

另外值得一提的是发表在《非洲文学研究》（*Research in African Literatures*）上的《贝西·黑德—兰斯顿·休斯书信往来，1960—1961》（*The Bessie Head-Langston Hughes Correspondence*，1960—1961)③ 具有一定研究价值。这些书信由大卫·奇奥尼·摩尔（David Chioni Moore）编辑并加了导言，是刚出道的贝

---

① CULLINAN P. Imaginative Trespasser: Letters between Bessie Head, Patrick and Wendy Cullinan 1963—1977 [M]. Johannesburg: Wits University Press, 2005: ix.

② DAYMOND M. J. Everyday Matters: Selected Letters of Dora Taylor, Bessie Head, and Lilian Ngoyi [M]. Johannesburg: Jacana Media Ltd, 2015: 247.

③ MOORE D. C. The Bessie Head-Langston Hughes Correspondence, 1960—1961 [J]. Research in African Literatures, 2010, 41 (3): 1-20.

西·黑德（确切地说是贝西·埃默里）向兰斯顿·休斯发出的求助信，包括经济方面和著作出版方面的求助，并附有贝西·黑德的一张近照。兰斯顿·休斯的回信没有提供任何帮助的承诺，并解释了他自己所处的困境。贝西·黑德在回信中表示理解，此信和后来的几封信都主要汇报自己的作品发表情况和自己的创作想法并提出一些问题，也得到兰斯顿·休斯的肯定、指点和简要答复。这些书信说明美国黑人作家和南非黑人作家之间的交流沟通紧密，形成了比较通畅的黑人文学跨大西洋交流网络。

贝西·黑德传记和书信集再现了南非诸多被掩盖的历史，她在博茨瓦纳的流亡生活，她与英美和非洲国家的出版商、代理人、批评家以及欧美黑人作家和流亡海外的黑人作家的书信往来，为贝西·黑德研究提供了丰富的一手资料，但是这些著作的内容繁杂零散，涉及的相关人物关系复杂，事无巨细，几乎无所不包，对不熟悉欧美文学和南部非洲历史、文化、语言和文学的读者来说需要花费很多时间入门。

（二）专著、文集与国际会议

贝西·黑德研究是个世界级研究现象，各国学者对她的研究论著极其丰富，如果单从国际期刊上发表的论文来看，研究者的背景并不是非常清楚，他们受雇的高校或研究机构经常发生变化，读者难以从英语文字中精准判断出研究者来自何国，但是专著、文集和国际会议则能比较清楚地显示出版地和作者所在国家，故在此先梳理来自不同国家的专著、文集与国际会议。目前笔者掌握的贝西·黑德研究专著有 10 部，作者主要来自南非、博茨瓦纳、美国、印度、德国、喀麦隆、尼日利亚、英国、巴哈马等不同国家，个别作者国籍不详。这些作者多为大学教师、学者，从事非洲文学、后殖民文学、女性主义文学的教学和研究工作。

这 10 部专著分别是尼日利亚的弗吉尼亚·乌佐玛·奥拉（Virginia Uzoma Ola）的《贝西·黑德的生平与著作》（*The Life and Works of Bessie Head*, 1994）①、美国的胡玛·易卜拉欣（Huma Ibrahim）的《贝西·黑德：流亡中的颠覆性身份》（*Bessie Head：Subversive Identities in Exile*, 1996）②、德国的玛丽亚·奥劳森（Maria Olaussen）的《源自严酷地域的有力创作：贝西·黑德三部小说中的地方

① OLA V. U. The Life and Works of Bessie Head [M]. Lewiston：Edwin Mellen Press, 1994.
② IBRAHIM H. Bessie Head：Subversive Identities in Exile [M]. London：University of Virginia Press, 1996.

与身份》（*Forceful Creation in Harsh Terrain：Place and Identity in Three Novels by Bessie Head*，1997）①、科林·布朗（Coreen Brown）的《贝西·黑德的创作视野》（*The Creative Vision of Bessie Head*，2003）②、南非的黛丝瑞·刘易斯（Desiree Lewis）的《生活视界：贝西·黑德和想象力的政治性》（*Living on a Horizon：Bessie Head and the Politics of Imagining*，2007）③、巴哈马的乔伊斯·约翰逊（Joyce Johnson）的《贝西·黑德：通往内心平静之路：批判性赏析》（*Bessie Head：The Road of Peace of Mind：A Critical Appreciation*，2008）④、印度的什瓦利克·卡托奇·帕塔尼亚（Shivalik Katoch Pathania）的《贝西·黑德的作品》（*The Works of Bessie Head*，2009）⑤、喀麦隆的阿达姆·潘密什（Adamu Pangmeshi）的《后殖民小说中的边缘化概念：重访贝西·黑德》（*Conceptions of Marginality in the Postcolonial Novel：Revisiting Bessie Head*，2014）⑥、美国的玛丽·莱德尔（Mary S. Lederer）的《与贝西·黑德对话》（*In Conversation with Bessie Head*，2019）⑦、尼日利亚的约书亚·阿格博（Joshua Agbo）的《贝西·黑德与流亡的创伤：南部非洲小说中的身份与异化》（*Bessie Head and the Trauma of Exile：Identity and Alienation in Southern African Fiction*，2021）⑧。

这10部专著中，有5部是教科书级或博士论文式的著作，分别是弗吉尼亚·乌佐玛·奥拉的《贝西·黑德的生平与著作》、科林·布朗的《贝西·黑德的创作视野》、乔伊斯·约翰逊的《贝西·黑德：通往内心平静之路：批判性赏析》、什瓦利克·卡托奇·帕塔尼亚的《贝西·黑德的作品》、阿达姆·潘密什的《后殖民小说中的边缘化概念：重访贝西·黑德》。这些著作是在前人研究的基础上，对贝西·黑德颠沛流离的一生做一定的介绍，结合一定文学理论和批

① OLAUSSEN M. Forceful Creation in Harsh Terrain. Place and Identity in Three Novels by Bessie Head［M］. Frankfurt：Peter Lang，1997.

② BROWN C. The Creative Vision of Bessie Head［M］. Madison：Fairleigh Dickinson University Press，2003.

③ LEWIS D. Living on a Horizon：Bessie Head and the Politics of Imagining［M］. Trenton：Africa Research & Publications，2007.

④ JOHNSON J. Bessie Head：The Road of Peace of Mind：A Critical Appreciation［M］. Newark：University of Delaware Press，2008.

⑤ PATHANIA S. K. The Works of Bessie Head［M］. Jaipur：Book Enclave，2009.

⑥ PANGMESHI A. Conceptions of Marginality in the Postcolonial Novel：Revisiting Bessie Head［M］. Leeds：Dignity Publishing，2014.

⑦ LEDERER M. S. In Conversation with Bessie Head［M］. New York：Bloomsbury，2019.

⑧ AGBO J. Bessie Head and the Trauma of Exile：Identity and Alienation in Southern African Fiction［M］. New York：Routledge，2021.

评方法，对一些代表性作品进行文本细读。此类著作对贝西·黑德初学者来说有一定的引导作用，但是对于贝西·黑德研究专家来说，就显得比较浅陋，比较简单，深度不够。例如，琳达·苏珊·比尔德（Linda Susan Beard）认为《贝西·黑德的生平与著作》没有体现出贝西·黑德的复杂性①，多萝西·德莱弗（Dorothy Driver）认为《贝西·黑德：通往内心平静之路：批判性赏析》的分析和讨论没有达到足够的深度②。这些著作的特点以及评论者的观点揭示了学术研究阶梯式进程的必然性，也与作者从事研究的起步时间、深入程度以及写作时的目标对象有紧密关系。下文重点评析5部有洞见力和引领性、里程碑式的贝西·黑德研究专著。

巴基斯坦裔美国学者胡玛·易卜拉欣的《贝西·黑德：流亡中的颠覆性身份》从女性主义、后殖民主义，以流散视角探讨了贝西·黑德的创作和自我身份构建，颠覆了西方对第三世界的霸权观念，该著作在学界被广泛引用。胡玛·易卜拉欣还发表了若干贝西·黑德研究的论文，编辑出版了《贝西·黑德研究新视角》（*Emerging Perspectives on Bessie Head*，2003）文集③。该文集汇聚了当时非洲、亚洲、欧洲和美洲学者的最新成果，除了有对贝西·黑德身份、他者等问题研究的论文外，还有贝西·黑德对非洲文学经典尤其是南非文学的影响的研究论文，以及贝西·黑德所受的英国经典文学的影响的研究论文，这些论文扩大了贝西·黑德的研究领域，令人耳目一新。

德国学者玛丽亚·奥劳森的《源自严酷地域的有力创作：贝西·黑德三部小说中的地方与身份》从女性主义、后殖民主义和地方研究出发，探讨了贝西·黑德的三部代表作，指出贝西·黑德把"地方"（place）用作改变和创造稳定身份的方式④。该著作体现了德国学者严谨而复杂的论述语言和结构，以及缜密的论证，是较早从地方角度研究贝西·黑德作品的专著，对其他学者从地方和空间角度研究贝西·黑德的文论有重要影响。

南非黑人女性主义学者黛丝瑞·刘易斯的《生活视界：贝西·黑德和想象力的政治性》以女性主义、后殖民理论为基础，结合文化研究探讨贝西·黑德

---

① BEARD L. S. The Life and Works of Bessie Head（review）[J]. Research in African Literatures, 2000, 31（1）: 191-194.

② JOHNSON J. Bessie Head: The Road of Peace of Mind: A Critical Appreciation [M]. Newark: University of Delaware Press, 2008.

③ IBRAHIM H. Emerging Perspectives on Bessie Head [M]. Trenton: Africa World Press, 2003.

④ OLAUSSEN M. Forceful Creation in Harsh Terrain. Place and Identity in Three Novels by Bessie Head [M]. Frankfurt: Peter Lang, 1997.

丰富的融合了多种风格、主题、文学影响的创作，指出贝西·黑德挑战了她所处时代的种族和父权准则，以想象的方式构建了一个具有她所珍视的社会价值的世界。黛丝瑞·刘易斯的书名源自贝西·黑德对个人自传命名的初衷："我希望这本书以《生活视界》为名，明确表现一个生活在所有可能的社会背景之外的人，自由、独立、不受任何特定环境的影响，但受内心成长和生活经验的影响。"① "生活视界"（Living on a Horizon）一词源自印度教大师辨喜（Swami Vivekananda，又译斯瓦米·韦委卡南达）提出的内心"视界"② 的概念，对贝西·黑德产生了深刻的影响。

美国常住博茨瓦纳的学者玛丽·莱德尔的《与贝西·黑德对话》是她在博茨瓦纳大学（University of Botswana）从事 22 年贝西·黑德教学和研究工作的回顾性和超越性的总结，是在西方"理论之后"对文学研究的反思性和回顾性研究。玛丽·莱德尔指出，"在非洲工作使我意识到将西方标准应用到如此极度不同的社会中的毁灭性"，套用西方文论遮蔽了读者和研究者对贝西·黑德作品中强调的"责任"的认识，而在博茨瓦纳社会中"责任"③ 是获得博茨瓦纳身份的基础。

玛丽·莱德尔此前撰写过多篇贝西·黑德研究论文，并与博茨瓦纳大学同事希托洛·图梅迪（Seatholo M. Tumedi）编辑出版了《在博茨瓦纳书写贝西·黑德：回忆与批评文集》（*Writing Bessie Head in Botswana：An Anthology of Remembrance and Criticism*，2007）④。她还和希托洛·图梅迪、莱洛巴·莫莱梅（Leloba S. Molema）以及南非的玛格丽·戴蒙德共同主持了贝西·黑德国际研讨会，编辑出版了《贝西·黑德生平与著作：70 周岁纪念文集》（*The Life and Work of Bessie Head：A Celebration of the Seventieth Anniversary of Her Birth*，2008）⑤。这两部文集的重要性在于撰稿人多为博茨瓦纳、南非和非洲本土学者

---

① LEWIS D. Living on a Horizon：Bessie Head and the Politics of Imagining ［M］. Trenton. Africa Research & Publications，2007：18-19.

② HEAD B. A Woman Alone：Autobiographical Writings ［M］. Oxford：Heinemann，1990：277.

③ LEDERER M. S. In Conversation with Bessie Head ［M］. New York：Bloomsbury，2019：143.

④ LEDERER M. S，TUMRDI S. M. Writing Bessie Head in Botswana：An Anthology of Remembrance and Criticism ［M］. Gaborone：Pentagon，2007.

⑤ LEDERER M. S，TUMEDI S. M，MOLEMA L. S，DAYMOND M. J. The Life and Work of Bessie Head：A Celebration of the Seventieth Anniversary of Her Birth ［M］. Gaborone：Pentagon，2008.

或多年在南部非洲从事教学研究工作的外国学者，其中有些是贝西·黑德的好友、同事、学生。这些撰稿人对贝西·黑德作品的理解是建立在对南部非洲社会历史文化切身感受的基础上的，因此更加直接透彻。

另外需要说明的是上述文集编者中，玛丽·莱德尔和莱洛巴·莫莱梅都是贝西·黑德遗产信托（Bessie Head Heritage Trust）的成员，贝西·黑德遗产信托创立于2007年，由6人组成，其中莱洛巴·莫莱梅是主席①，他们和英国的贝西·黑德文学遗产委员会（The Estate of Bessie Head）共同负责贝西·黑德著作的再版和翻译版权等事宜。贝西·黑德遗产信托还设立了"贝西·黑德文学奖"（Bessie Head Awards），以短篇小说比赛形式评选获奖者，鼓励博茨瓦纳的文学创作者。笔者在课题研究过程中得到贝西·黑德遗产信托成员的大力帮助，并在两次博茨瓦纳田野调查和博茨瓦纳大学贝西·黑德研究的主旨发言与研讨中与他们建立了密切的学术联系和深厚的友谊。贝西·黑德遗产委员会成员中还有汤姆·赫辛格（Tom Holzinger），《权力之问》中的男主角汤姆的原型，他在对贝西·黑德的回忆文《与贝西·黑德的对话和惶恐》（*Conversations and Consternations with B Head*）② 中对贝西·黑德的才气、智慧和勇气做了高度的评价，同时对贝西·黑德的性格、人际关系的描述表现出极度的宽容和体谅，以及超越常人的睿智和悲悯之心。

尼日利亚学者约书亚·阿格博的《贝西·黑德与流亡的创伤：南部非洲小说中的身份与异化》是最新的一部贝西·黑德专著，是他在剑桥大学攻读博士学位期间的成果。标题似乎并没有什么新意，但是作者提出"流亡和解"（Exilic Compromise）③ 概念，指出贝西·黑德的流亡是一种自觉选择，在博茨瓦纳的流亡生活并没有让她产生思乡之情，相反她在博茨瓦纳寻找到自己的归属感，创作的成功让她构想着美好的乌托邦社会。这种"流亡和解"是很多流亡者的真实的心路历程，他们在自己的著作中都有所表达，通过细读大量流亡著作和文献，旁征博引，约书亚·阿格博构建了自己的"流亡和解"理论，并将其运用到贝西·黑德的多部作品解读中，具有很强的说服力。该著作既延续了贝西·黑德研究的传统，又提出新的理论，开启了新的阐释道路。

① Bessie Head Home. The Bessie Head Heritage Trust［OL］.（2017-01-25）［2009］http：//www.thuto.org/bhead/html/owners/owners.htm.

② HOLZINGER T. Conversations and Consternations with B Head［M］//TUMEDI S.M，LEDERER M.S. Writing Bessie Head in Botswana，Gaborone：Pentagon Publishers，2007：35-57.

③ AGBO J. Bessie Head and the Trauma of Exile：Identity and Alienation in Southern African Fiction［M］. New York：Routledge，2021：11-49.

贝西·黑德研究文集中，除了上文提到过的 3 部文集：胡玛·易卜拉欣编辑出版的《贝西·黑德研究新视角》、玛丽·莱德尔等人编辑出版的《在博茨瓦纳书写贝西·黑德：回忆与批评文集》《贝西·黑德生平与著作：70 周岁纪念文集》外，还有 2 部文集在学界产生了广泛影响，分别是加拿大学者塞西尔·亚伯拉罕（Cecil Abrahams）编辑出版的《悲剧的一生：贝西·黑德和南非文学》（*The Tragic Life：Bessie Head and Literature in South Africa*，1990）① 和美国学者马克欣·桑普尔（Maxine Sample）编辑出版的《贝西·黑德批评文集》（*Critical Essays on Bessie Head*，2003）②。

塞西尔·亚伯拉罕编辑出版的《悲剧的一生：贝西·黑德和南非文学》是 1988 年在加拿大布鲁克大学（Brock University）召开的贝西·黑德和南非文学国际会议的文集，纪念贝西·黑德和阿历克斯·拉·古马（Alex La Guma）两位先后去世的南非流亡作家。这次会议也是首届贝西·黑德国际研讨会。该会议文集收录了 11 篇论文，分别从南非社会历史背景、疯癫（madness）、叙事艺术、意象等角度解读和分析贝西·黑德的不同作品，如今这些论文都成为贝西·黑德研究中被广泛引用的奠基之作。

马克欣·桑普尔编辑出版的《贝西·黑德批评文集》收录了 8 篇论文，以当时学界新盛行的研究视角，如创伤研究和空间研究来分析《雨云聚集之时》，从反罗曼史的角度分析《玛汝》和《枢机》，从越界角度重读《权力之问》中的疯癫、身份、性别、性、越界等交织纠缠的问题，以及从叙事视角分析短篇小说集《珍宝收藏者及其他博茨瓦纳乡村故事集》对父权社会道德和价值观的批判和颠覆。该文集进一步开拓了贝西·黑德研究的方法和领域，被学界广泛引用。

贝西·黑德国际会议截至目前共举行了 6 次，其中 4 次是大型的，2 次是小型的。4 次大型国际会议中，除了上述 1988 年加拿大国际会议和 2007 年博茨瓦纳和南非联合举办的国际会议外，还有 1994 年现代语言协会（Modern Language Association，MMLA）在美国加利福尼亚州的圣地亚哥举行的两次贝西·黑德专题研讨会。1996 年，新加坡国立大学唐爱文（Edwin Thumboo）教授在新加坡组织召开"贝西·黑德印达巴"（Bessie Head Indaba），"印达巴"是祖鲁语"大

---

① ABRAHAMS C. The Tragic Life：Bessie Head and Literature in Southern Africa ［M］. Trenton：Africa World Press，1990.

② SAMPLE M. Critical Essays on Bessie Head ［M］. Westport：Greenwood Press，2003.

会"的意思，与会人众多，汇聚了世界各地的学者。① 美国和新加坡的会议没有出版会议论文集。另有 2 次小型国际研讨会，分别是 1998 年 6 月博茨瓦纳大学举办的贝西·黑德学术会议和 2020 年 1 月博茨瓦纳大学举办的"博茨瓦纳女性作家国际研讨会"，在会议上笔者做了《贝西·黑德研究在中国》的主旨发言，并与博茨瓦纳大学人文学院教授进行了专题研讨，笔者的发言让博茨瓦纳大学师生第一次意识到中国学者开始参与到贝西·黑德的国际研讨中来了。

(三) 期刊论文与硕博士论文

贝西·黑德研究的相关论文数量很多，但分散在很多国家，20 世纪 70—80 年代发表的纸质文献较难搜集齐全，90 年代后随着各国文献数据库的建立和广泛使用，容易获得的电子文献产生的影响得以凸显，美国的西文过刊数据库 (Journal Storage，JSTOR)、EBSCO 电子期刊与数据库、项目缪斯 (Project Muse) 全文期刊数据库中的贝西·黑德研究文献体现了这一趋势，其中美国印第安纳大学的期刊《非洲文学研究》(*Research in African Literature*) 上发表的贝西·黑德研究论文数量和质量较为突出，此外美国约翰霍普金斯大学的《现代小说研究》(*Modern Fiction Studies*，*MFS*)、美国宾夕法尼亚州立大学的《比较文学研究》(*Comparative Literature Studies*)、英国的《英联邦文学杂志》(*Journal of Commonwealth Literature*) 和《旅行者》(*Wasafiri*) 等期刊上都有较多相关论文。

以现当代西方文学理论和批评方法为基础，解读贝西·黑德作品的期刊论文和硕博士论文，数量庞大，难以一一罗列。这部分所说的论文是以贝西·黑德及其作品作为直接研究对象的论文，不包括比较研究论文，因为比较研究论文呈现出不同的特色和意义，下文将单独评述。从这些专论性论文中可以看出一个鲜明的特点，即现当代盛行的西方文学理论和批评方法几乎都被用来解读贝西·黑德的作品，这是因为贝西·黑德的作品确实内容非常丰富，艺术手法巧妙，可解读的空间非常大。不过以女性主义、后殖民主义、心理分析研究、生态批评为立足点的论著构成贝西·黑德研究的主体，在此仅罗列一些高引用率论文来说明此研究状况。

《权力之问》相关研究论文占比最大，研究围绕南非种族隔离制、疯癫的心理机制、女性被压迫被殖民的遭遇和女性的反抗展开。如阿德托昆布·皮尔斯

---

① MNTHALI F. Preface [M] //LEDERER M. S, TUMEDI S. M, MOLEMA L. S, DAYMOND M. J. The Life and Work of Bessie Head: A Celebration of the Seventieth Anniversary of Her Birth [M]. Gaborone: Pentagon, 2008: vii.

（Adetokunbo Pearse）的《种族隔离制与疯癫：贝西·黑德的〈权力之问〉》
（Apartheid and Madness：Bessie Head's *A Question of Power*，1983）① 指出南非种
族隔离制本身就是疯癫的制度，必然使人疯癫。保罗·罗仁兹（Paul Lorenz）
的《贝西·黑德〈权力之问〉中的殖民与女性特质》（Colonization and the Femi-
nine in Bessie Head's *A Question of Power*，1991）② 指出殖民和女性特质都是西方
父权制的产物，所谓女性特质就是对女性的殖民。杰奎琳·鲁丝（Jacqueline
Rose）的《论疯癫的"普世性"：贝西·黑德的〈权力之问〉》（On the "Uni-
versality" of Madness：Bessie Head's *A Question of Power*，1994）③ 指出普世性是
西方霸权主义的，并为自己作为白人女性读者阅读和评论贝西·黑德的作品深
感不足，这种历史负罪感在很多当代具有反思精神和强烈道德意识的白人批评
家中普遍存在。玛丽·路易莎·卡佩利（Mary Louisa Cappelli）的《贝西·黑德
〈权力之问〉中对女性意识的解殖》（Decolonizing Female Consciousness in Bessie
Head's *A Question of Power*，2017）④ 指出贝西·黑德将疯癫作为穿越和汇集南非
种族隔离制的历史记忆和个人故事的工具，重新定义了历史，消除了肤色界限
区的两极性和模糊性。琼·坎贝尔（June M. Campbell）的《超越二元性：解读
贝西·黑德〈权力之问〉的佛教思想》（Beyond Duality：A Buddhist Reading of
Bessie Head's *A Question of Power*，1993）⑤ 是少数从佛教思想解读《权力之问》
的论文，指出贝西·黑德在南非印度社区的生活经历和她对印度教、佛教的兴
趣和研究使她超越了二元对立的思想，佛教中的普度众生思想和《权力之问》
中表达的对"普通人"的信仰有紧密关系。

　　《雨云聚集之时》描绘博茨瓦纳乡村农牧业试验改革，相关文论多聚焦新的
价值观、生态等问题。奥马·彼林斯里-布朗（Alma Jean Billingslea-Brown）的
《贝西·黑德的〈雨云聚集之时〉中的新荣誉准则和人类价值》（New Codes of

---

① PEARSE A. Apartheid and Madness：Bessie Head's *A Question of Power* [J]. Kunapipi,
1983, 5 (2)：81–93.

② LORENZ P. Colonization and the Feminine in Bessie Head's *A Question of Power* [J]. Modern
Fiction Studies, 1991, 37 (3)：591–605.

③ ROSE J. On the "Universality" of Madness：Bessie Head's *A Question of Power* [J]. Critical
Inquiry, 1994, 20 (3)：401–418.

④ CAPPELLI M. L. Decolonizing Female Consciousness in Bessie Head's *A Question of Power* [J].
Journal of the African Literature Association, 2017, 11 (2)：159–168.

⑤ CAMPBELL J. M. Beyond Duality：A Buddhist Reading of Bessie Head's *A Question of Power*
[J]. Journal of Commonwealth Literature, 1993, 28 (1)：64–81.

Honor and Human Values in Bessie Head's *When Rain Clouds Gather*, 2010)① 指出贝西·黑德通过神话般的、救世者般的人物构建了具有新荣誉准则和人类价值的共同体，并描述了策略性抵抗和人类集体行动所产生的革命性的变化。埃斯佩思·图洛克（Elspeth Tulloch）的《畜牧业、农业和生态灭绝：解读作为后殖民田园之作的贝西·黑德的〈雨云聚集之时〉》（Husbandry, Agriculture and Ecocide: Reading Bessie Head's *When Rain Clouds Gather* as a Postcolonial Georgic, 2012)② 指出该小说采用以非洲为中心的生态视角，因此属于后殖民田园之作。

国外学界对中篇小说《玛汝》和短篇小说集《珍宝收藏者及其他博茨瓦纳乡村故事集》关注相对较少，而研究论文更侧重这些作品的叙事艺术和非洲口述传统的关系。如乔伊斯·约翰逊（Joyce Johnson）的《贝西·黑德与口述传统：〈玛汝〉的结构》（Bessie Head and the Oral Tradition: The Structure of *Maru*, 1985)③ 分析了非洲口述传统对《玛汝》结构的影响。克雷格·麦肯奇的《短篇小说创作：以贝西·黑德为例》（Short Fiction in the Making: The Case of Bessie Head, 1989)④ 分析了贝西·黑德与乡村故事相关的短篇小说的艺术特色，口述和书面相结合。肯尼斯·哈罗（Kenneth W. Harrow）的《贝西·黑德的〈珍宝收藏者〉：边缘上的变化》（Bessie Head's *The Collector of Treasures*: Change on the Margins, 1993)⑤ 对短篇小说集《珍宝收藏者及其他博茨瓦纳乡村故事集》做了整体上的主题研究。

综合性论文多从历史、政治角度探讨贝西·黑德的作品，如罗伯·尼克松（Rob Nixon）的《界限之国：贝西·黑德的边界国家》（Border Country: Bessie Head's *Frontline States*, 1993)⑥，其标题是隐喻式的，界限之国指的是南非，界限指肤色界限，贝西·黑德毅然决然离开这个国家，到达边界之国博茨瓦纳，

① BILLINGSLEA-BROWN A. J. New Codes of Honor and Human Values in Bessie Head's *When Rain Clouds Gather* [J]. South Atlantic Review, 2010, 75 (2): 85-93.

② TULLOCH E. Husbandry, Agriculture and Ecocide: Reading Bessie Head's *When Rain Clouds Gather* as a Postcolonial Georgic [J]. European Journal of English Studies, 2012, 16 (2): 137-150.

③ JOHNSON J. Bessie Head and the Oral Tradition: The Structure of Maru [J]. Wasafiri, 1985, 2 (3): 5-8.

④ MACKENZIE C. Short Fiction in the Making: The Case of Bessie Head [J]. English in Africa, 1989, 16 (1): 17-28.

⑤ HARROW K. W. Bessie Head's *The Collector of Treasures*: Change on the Margins [J]. Callaloo, 1993, 16 (1): 169-179.

⑥ NIXON R. Border Country: Bessie Head's Frontlines States [J]. Social Text, 1993 (36): 106-137.

但迟迟没有获得公民身份，她在作品里对"国家、家庭、种族和历史"这些被发明创造出的概念进行了挑战，创作出她自己的多个边界意义的"国家"。多布罗塔·普切罗娃（Dobrota Pucherova）的《失败的罗曼史：贝西·黑德与1960年代南非的黑人民族主义》（*A Romance That Failed：Bessie Head and Black Nationalism in 1960s South Africa*，2011）① 分析了贝西·黑德在南非时期的创作，主要是早期的诗歌，指出这些作品所采用的反种族隔离制的、黑人的、男性的民族主义话语不适合她女性的、混血的状况，因此不是成功之作，她后期的成功之作都摒弃了这种话语。塞拉·艾尔-马利克（Shiera S. el-Malik）的《反对认识的极权主义：贝西·黑德的反抗政治》（*Against Epistemic Totalitarianism：the Insurrectional Politics of Bessie Head*，2014）② 指出贝西·黑德生活的国家和时代都是高度僵死和充满暴力的，她通过想象的自由，突破了封闭的话语，即认识的极权主义，以独特的艺术创造了更多的可能性。

从上文列举的贝西·黑德研究论文中可以看出，《权力之问》相关论文最多，研究角度也集中在疯癫、女性、权力、种族等问题上，其次是《雨云聚集之时》，角度多从农业和生态切入，再就是综合性研究，短篇小说和叙事艺术类研究论文有一些，但总量偏少。这一趋势与贝西·黑德作品的整体特征相关：第一，女性角色形象丰满、令人难忘；第二，作品背景就是她生活的当下，即20世纪60—80年代，非洲国家摆脱殖民统治走向独立的年代；第三，影响力最大的自传体小说《权力之问》追溯的就是作者本人精神崩溃又康复的历程；第四，以博茨瓦纳为背景的作品都是乡村农牧业生活的写照；第五，短篇小说较零散，影响力不及长篇小说，相关论述也往往会夹杂在综合性论述中。此类论文的大量产出从整体上巩固了贝西·黑德在世界文学史上的重要地位，并且不断吸引学者加入，形成颇为壮观的文学研究景象，但是部分论著也存在缺乏新意、重复论证、套用西方理论的缺点。

（四）比较研究论著与文学史

将贝西·黑德比较研究论著和文学史著作放在一起梳理是因为这类文献将贝西·黑德置于国别区域文学和世界文学的大语境中，反映了个体作家与所处国家、地区和世界的互动关系，以及具有可比性的作家之间的共性、差异和他

---

① PUCHEROVA D. A Romance That Failed：Bessie Head and Black Nationalism in 1960s South Africa [J]. Research in African Literature，2011，42（2）：105-124.

② EL-MALIK S. S. Against Epistemic Totalitarianism：The Insurrectional Politics of Bessie Head [J]. Journal of Contemporary African Studies，2014，32（4）：493-505.

们共同推动文学史发展的合力，从而呈现出现当代世界文学复杂而丰富的全貌，及其纵横交错的发展脉络。将贝西·黑德和其他世界著名作家进行比较研究的论著颇为丰富，这些比较研究跨越和打通了国别、区域、种族、性别界限，呈现出开放性，进一步深化了贝西·黑德研究的世界性现象，揭示了世界文学的多样性和共通性。

比较研究论文中，南希·桃平·巴辛（Nancy Topping Bazin）的研究发表时间较早，具有开创性意义。南希·桃平·巴辛的早期比较研究聚焦于贝西·黑德和尼日利亚黑人女作家布奇·埃梅切塔（Buchi Emecheta），发表了两篇论文，分别是《闯入女性主义意识：布奇·埃梅切塔和贝西·黑德小说中的两位主角》（Venturing into Feminist Consciousness: Two Protagonists from the Fiction of Buchi Emecheta and Bessie Head, 1985）① 和《非洲小说中的女性主义视角：贝西·黑德与布奇·埃梅切塔》（Feminist Perspectives in African Fiction: Bessie Head and Buchi Emecheta, 1986）②，这两篇论文侧重黑人女性意识研究，揭示了黑人女性主义的独特性，被多次全文转载，奠定了贝西·黑德比较研究的基础。之后，南希·桃平·巴辛将贝西·黑德、多丽丝·莱辛、纳丁·戈迪默三位女作家进行对比，发表了两篇文章，分别是《疯癫、神秘主义与幻想：贝西·黑德、多丽丝·莱辛、纳丁·戈迪默小说中的转换视角》（Madness, Mysticism, and Fantasy: Shifting Perspectives in the Novels of Bessie Head, Doris Lessing, and Nadine Gordimer, 1992）③ 和《南部非洲与疯癫主题：多丽丝·莱辛、贝西·黑德、纳丁·戈迪默的小说》（Southern Africa and the Theme of Madness: Novels by Doris Lessing, Bessie Head, and Nadine Gordimer, 1995）④，这两篇论文指出三位在南部非洲生活的女性作家用同样的疯癫主题和策略批判南部非洲种族隔离制，创造了更加开阔的文学世界，同时也把贝西·黑德在世界文学史上的地位和两位

① BAZIN N. T. Venturing into Feminist Consciousness: Two Protagonists from the Fiction of Buchi Emecheta and Bessie Head [J]. Sage: A Scholarly Journal on Black Women, 1985, 2 (1): 32-36.

② BAZIN N. T. Feminist Perspectives in African Fiction: Bessie Head and Buchi Emecheta [J]. The Black Scholar: Journal of Black Studies and Research, 1986, 17 (2): 34-40.

③ BAZIN N. T. Madness, Mysticism, and Fantasy: Shifting Perspectives in the Novels of Bessie Head, Doris Lessing, and Nadine Gordimer [J]. Extrapolation: A Journal of Science Fiction and Fantasy, 1992, 33 (1): 73-87.

④ BAZIN N. T. Southern Africa and the Theme of Madness: Novels by Doris Lessing, Bessie Head, and Nadine Gordimer [M] //BROWN A. E, GOOZE M. E. International Women's Writing: New Landscapes of Identity. Westport, CT: Greenwood Press, 1995: 137-149.

诺贝尔文学奖得主的地位并置，充分肯定了贝西·黑德的文学创作价值。

将贝西·黑德置于非洲和拉美女性文学领域进行对比的研究论文需要提及一部有重要影响力的文集，英国批评家苏西拉·纳斯塔（Susheila Nasta）编辑的《祖国母亲：非洲、加勒比、南亚黑人女性书写》（*Motherlands*：*Black Women's Writing from Africa*，*the Caribbean* and *South Asia*，1991），该文集由不同出版社再版多次。该文集有三篇贝西·黑德比较研究论文。卡罗琳·鲁尼（Caroline Rooney）的《"危险的知识"和诗学生存：解读〈我们的扫兴妹妹〉和〈权力之问〉》（"Dangerous Knowledge" and the Poetics of Survival：A Reading of *Our Sister Killjoy* and *A Question of Power*，1991）将加纳黑人女作家艾玛·阿塔·艾杜（Ama Ata Aidoo，1942—）的《我们的扫兴妹妹》和贝西·黑德的《权力之问》进行比较，认为这两部作品都表现出西方教育对非洲人来说在某种程度上是"危险的知识"[①]，而写作是一种自我认知的过程。瓦莱丽·基贝拉（Valerie Kibera）的《第二故乡：玛乔丽·麦高耶和贝西·黑德的小说》（*Adopted Motherlands*：*The Novels of Marjorie Macgoye and Bessie Head*，1991）[②] 将肯尼亚白人女作家玛乔丽·麦高耶和贝西·黑德的移民经历进行比较，指出她们对第二故乡的深切认同：玛乔丽·麦高耶（1928—2015）出生在英国，1954 年以非专业传教士身份移民到肯尼亚，从事写作和图书贸易，被誉为肯尼亚文学之母，而贝西·黑德的文学创作使得博茨瓦纳获得世界知名度。伊莱恩·萨沃里·菲多（Elaine Savory Fido）的《祖国/母亲：布奇·埃梅切塔、贝西·黑德与简·里斯作品中的自我与分离》（*Mother/lands*：*Self and Separation in the Work of Buchi Emecheta*，*Bessie Head and Jean Rhys*，1991）[③] 指出，三位女作家在流亡过程中创造的故事成为她们失去的母亲的生平信息，通过对缺席母亲的描述，她们的自我也成熟起来。

多数比较研究的论文将贝西·黑德置于非洲和非裔女作家谱系中，有纵向比较，也有横向比较，形成纵横交错的现当代非洲女作家网络，呈现出现当代

---

① ROONEY C. "Dangerous Knowledge" and the Poetics of Survival：A Reading of *Our Sister Killjoy* and *A Question of Power* ［M］//NASTA S. Motherlands：Black Women's Writing from Africa，the Caribbean and South Asia. London：The Women's Press，1991：99-126.

② KIBERA V. Adopted Motherlands：The Novels of Marjorie Macgoye and Bessie Head ［M］// NASTA S. Motherlands：Black Women's Writing from Africa，the Caribbean and South Asia，London：The Women's Press，1991：310-329.

③ FIDO E. S. Mother/lands：Self and Separation in the Work of Buchi Emecheta，Bessie Head and Jean Rhys ［M］//NASTA S. Motherlands：Black Women's Writing from Africa，the Caribbean and South Asia，London：The Women's Press，1991：330-349.

非洲女性文学的繁荣景象，在此仅选择一些代表性论文进行评述。罗宾·维塞尔（Robin Visel）的《"我们承载世界，我们创造世界"：贝西·黑德与奥莉芙·施赖纳》（*"We Bear the World and We Make It"：Bessie Head and Olive Schreiner*，1990）①，指出南非第一代白人移民女作家奥莉芙·施赖纳（1855—1920）不仅对南非白人文学产生了深远的影响，而且对黑人作家如贝西·黑德也产生了较大的影响，贝西·黑德是奥莉芙·施赖纳的文学女儿，但她在自己的创作中加入了充满活力的非洲传统，创造了非凡的文学世界。格雷西夫·阿丘弗斯（Graceify Achufusi）的《理想女性的构想：贝西·黑德与格蕾丝·奥戈特》（*Conceptions of Ideal Womanhood：The Example of Bessie Head and Grace Ogot*，1992）② 将贝西·黑德和肯尼亚黑人女作家格蕾丝·奥戈特（1930—2015）相比较，通过描述理想的黑人女性表达了黑人女性主义观点。麦琪·菲利普斯（Maggi Phillips）的《参与梦想：弗洛拉·恩瓦帕、布奇·埃梅切塔、艾玛·阿塔·艾杜、贝西·黑德、齐齐·丹噶莱姆布噶作品的不同视角》（*Engaging Dreams：Alternative Perspectives on Flora Nwapa，Buchi Emecheta，Ama Ata Aidoo，Bessie Head，and Tsitsi Dangarembga's Writing*，1994）③ 关注到除布奇·埃梅切塔和艾玛·阿塔·艾杜之外，贝西·黑德还与尼日利亚黑人女作家弗洛拉·恩瓦帕（1931—1993）、津巴布韦黑人女作家齐齐·丹噶莱姆布噶（1959—）的创作的共性，即她们都在作品中表达了深切的非洲梦想。多萝西·德莱弗（Dorothy Driver）的《通过艺术转变：近期南非小说中的写作、表达和主体性》（*Transformation through Art：Writing，Representation，and Subjectivity in Recent South African Fiction*，1996）④ 指出，贝西·黑德和南非女作家佐伊·威科姆（Zoë Wicomb，1948—）在 20 世纪 60—70 年代受黑人意识和女性主义影响，在作品中表达了女性主体意识，并对她们写作中的碎片化、种族隔离制对她们写作和创造力的影响和自我表达做了平行研究。安妮·加吉亚诺（Annie Gagiano）的《进入被压迫者的心灵：贝西·黑德的〈权力之问〉、依温妮·维拉的〈石头处女〉和

① VISEL R. "We Bear the World and We Make It"：Bessie Head and Olive Schreiner [J]. Research in African Literatures，1990，21（3）：115-124.

② ACHUFUSI G. Conceptions of Ideal Womanhood：The Example of Bessie Head and Grace Ogot [J]. Neohelicon，1992，19（2）：87-101.

③ PHILLIP M. Engaging Dreams：Alternative Perspectives on Flora Nwapa，Buchi Emecheta，Ama Ata Aidoo，Bessie Head，and Tsitsi Dangarembga's Writing [J]. Research in African Literatures，1994，25（4）：89-103.

④ DRIVER D. Transformation through Art：Writing，Representation，and Subjectivity in Recent South African Fiction [J]. World Literature Today，1996，70（1）：45-52.

尤妮蒂·道的〈无辜者的呐喊〉》（Entering the Oppressor's Mind：A Strategy of Writing in Bessie Head's *A Question of Power*，Yvonne Vera's *The Stone Virgins and U-nity Dow's The Screaming of the Innocent*，2006）① 将贝西·黑德和津巴布韦黑人女作家依温妮·维拉（1964—2005）和博茨瓦纳黑人女作家尤妮蒂·道（1959—）进行比较，指出她们在作品中表达了对受压迫女性的深切关注。黛丝瑞·刘易斯（Desiree Lewis）的《理论与互文性：佐拉·尼尔·赫斯顿和贝西·黑德》（*Theory and Intertextuality：Reading Zora Neale Hurston and Bessie Head*，2008）② 指出美国非裔女作家佐拉·尼尔·赫斯顿（1891—1960）和贝西·黑德创作之时可借鉴的文学传统都是男性的，因此她们没有多少现成的理论来指导创作，这种创作独立性使她们充分利用历史、民间故事和想象力，她们的创作融合了自传、历史和虚构，形成复杂而难以界定的创作风格。

将贝西·黑德和男性作家进行对比的研究论文虽然不多，但对比的对象都是国际公认的非洲一流男性作家，如恩古吉、A. C. 乔丹、姆图齐利·马索巴、恩贾布洛·恩德贝莱等。内蒂·克洛特（Nettie Cloete）的《女性与变革：黑德和恩古吉的常见主题》（*Women and Transformation：A Recurrent Theme in Head and Ngugi*，1998）③ 指出贝西·黑德和恩古吉的作品都通过聚焦女性和变革对非洲文学做出巨大贡献，但是他们用了不同的方式表现女性解放斗争，贝西·黑德使用自传体形式，恩古吉使用明显的政治书写来表达马克思社会、政治、经济学说。克雷格·麦肯奇的《A. C. 乔丹、姆图齐利·马索巴、恩贾布洛·恩德贝莱和贝西·黑德短篇小说中对口述的使用》（*The Use of Orality in the Short Stories of A. C. Jordan，Mtutuzeli Matshoba，Njabulo Ndebele and Bessie Head*，2002）④ 将贝西·黑德的短篇小说和 3 位南非男性黑人作家 A. C. 乔丹（1906—1968）、姆图齐利·马索巴（1950—）、恩贾布洛·恩德贝莱（1948—）的短篇小说进行对比，指出在黑人意识影响下，作家们都努力摆脱西方文学的模式和影响，转而

① GAGIANO A. Entering the Oppressor's Mind：A Strategy of Writing in Bessie Head's *A Question of Power*，Yvonne Vera's *The Stone Virgins* and Unity Dow's *The Screaming of the Innocent*［J］. The Journal of Commonwealth Literature，2006，41（2）：43-60.

② LEWIS D. Theory and Intertextuality：Reading Zora Neale Hurston and Bessie Head［J］. Safundi，2008，9（2）：113-125.

③ CLOETE N. Women and Transformation：A Recurrent Theme in Head and Ngugi［J］. Literator，1998，19（2）：31-45.

④ MACKENZIE C. The Use of Orality in the Short Stories of A. C. Jordan，Mtutuzeli Matshoba，Njabulo Ndebele and Bessie Head［J］. Journal of Southern African Studies，2002，28（2）：347-358.

采用非洲文化模式中最主要的口述模式，但口述模式和书面模式之间存在间隔，A. C. 乔丹和姆图齐利·马索巴的小说以书面形式记录口述很不理想，恩贾布洛·恩德贝莱在小说中对口述予以理论化，但没有使其和小说融为一体，只有贝西·黑德成功地架起了口述和书面风格的桥梁。

贝西·黑德在小说和文论中经常提及对她产生重要影响的世界文学大师，如 D. H. 劳伦斯（D. H. Lawrence）、叶芝（William Butler Yeats）、陀思妥耶夫斯基（Fyodor Dostoyevsky）、帕斯捷尔纳克（Boris Pasternak）、贝尔托·布莱希特（Bertolt Brecht）、加西亚·马尔克斯（García Márquez）等，但是目前尚未发现相关影响研究论著。马克·金基德-韦克斯（Mark Kinkead-Weekes）的《重置想象：劳伦斯与贝西·黑德》（*Re-placing the Imagination：D. H. Lawrence and Bessie Head*，1993）① 是一篇平行研究论文，讨论了劳伦斯和贝西·黑德在流亡期间对地方精神相似的想象性创作。

比较研究中有两部专著将贝西·黑德放在非洲、美洲更广阔的世界文学语境中进行研究。南非斯泰伦博斯大学（Stellenbosch University）的安妮·加吉亚诺（Annie Gagiano）的《阿契贝、黑德、马瑞彻拉：论非洲的权力与变革》（*Achebe，Head，Marechera：On Power and Change in Africa*，2000）通过对阿契贝、贝西·黑德和津巴布韦作家马瑞彻拉（1952—1987）多部文学作品的细读，聚焦非洲的权力和变革问题，指出三位作家都认为殖民和后殖民时期非洲社会疾病一方面是殖民造成的，另一方面是非洲人自己造成的，他们通过在作品中塑造有创造力、进步和务实的非洲人形象，让非洲人重新认识自己在全球体系中的位置，并发挥重要作用。安妮·加吉亚诺将这些作家精湛的语言艺术和他们的社会责任感结合起来，指出他们是敏锐的分析家，以清晰而令人信服的方式表达了他们对当代非洲社会问题和未来的看法。该著作最鲜明的特色是对西方后殖民理论的批判，指出这些"理论的傲慢"② 无法真正帮助解读非洲的作品，要理解非洲文学首先需要文本细读，只有这样才能欣赏非洲文化的丰富性。

巴西学者露西亚·维拉尔斯（Lucia Villares）的《审视白色：通过贝西·黑德和托妮·莫里森解读克拉丽丝·李斯佩克朵》（*Examining Whiteness：Reading Clarice Lispector through Bessie Head and Toni Morrison*，2011）指出种族问题在巴西是个盲区，但是通过阅读贝西·黑德和托妮·莫里森的作品，克拉丽丝·李

① KINKEAD-WEEKES M. Re-placing the Imagination：D. H. Lawrence and Bessie Head [J]. World Literature Written in English，1993，33（2）：31-48.

② GAGIANO A. Achebe，Head，Marechera：On Power and Change in Africa [M]. Boulder：Lynne Rienner，2000：31.

斯佩克朵（1920—1977）作品中的种族问题凸显而出，其作品中核心的人物身份危机问题的根源也得以阐释。该著作以朱迪斯·巴特勒的表演理论为基础，提出主体性是种族、阶级、性别、国籍聚合的产物，是通过表演的方式呈现出来的。"白色"的权力是通过表演获得的，即使有白色皮肤，但是白人拒绝表演"白色"，依然会被排除在"白色"① 之外。露西亚·维拉尔斯指出，在个人身份表演中无视主体性是种族、阶级、性别、国籍聚合的产物，使得种族民主神话与持续的种族主义共存获得许可。

通过上述比较研究论著梳理可以看出，绝大多数研究都属于平行研究，而影响研究屈指可数，这说明几个问题：第一，贝西·黑德的原创性和独特性极高，她的作品没有明显的亦步亦趋的学徒式写作，因此很难认定她受了哪位作家的直接影响；第二，贝西·黑德不仅在非洲大陆和拉美的接受度很高，而且在欧美国家的接受度也很高，这说明她的目标读者定位就是世界性的，并且她掌握了面向世界读者的作品的基本要点，甚至是秘诀；第三，大量的平行研究说明各国学者都从贝西·黑德的作品中看出与自己国家文学相似和产生共鸣的地方，这使得跨国、跨区域的比较研究成为可能。这些比较研究论著不仅丰富了贝西·黑德研究文库，而且拉近了世界各地作者、读者和研究者的距离，形成一种精神上相互支持的文学共同体。

在文学史方面，至今博茨瓦纳都没有自己的文学史，无论是茨瓦纳语的，还是英语的。目前只有玛丽·莱德尔的《博茨瓦纳英语小说，1930—2006》（*Novels of Botswana in English*，*1930—2006*，2014），介绍了1930年到2006年出版的主要英语小说，其中贝西·黑德是博茨瓦纳最重要的小说家，但是从小说史和篇幅平衡的角度考虑，贝西·黑德并没有充斥所有篇幅，而只在主题相关的一章"正义的可能性——贝西·黑德和尤妮蒂·道"中做了专论。② 目前出版的南非文学史类著作有3部，分别是克里斯托弗·海伍德（Christopher Heywood）的《南非文学史》（*A History of South African Literature*，2004）③，加雷斯·康维尔、德克·克劳普、克雷格·麦肯奇（Gareth Cornwell, Dirk Klopper,

---

① VILLARES L. Examining Whiteness：Reading Clarice Lispector through Bessie Head and Toni Morrison [M]. New York：Modern Humanities Research Association and Routledge, 2011：190-193.

② LEDERER M. S. Novels of Botswana in English, 1930—2006 [M]. New York：African Heritage Press, 2014：17.

③ HEYWOOD C. A History of South African Literature [M]. Cambridge：Cambridge University Press, 2004.

Craig Mackenzie）的《哥伦比亚南非英语文学导读，1945—》（*The Columbia Guide to South African Literature in English Since 1945*，2010）①，大卫·阿特维尔、德里克·阿特里奇（David Attwell，Derek Attridge）的《剑桥南非文学史》（*The Cambridge History of South African Literature*，2011）②。贝西·黑德是这些文学史类著作中不可或缺的一部分，但是受文学史自身特点和内容分布的要求，与贝西·黑德相关的介绍和论述无法和专论、专著的深度与广度相提并论，甚至存在撰写者对原著不够了解而出现信息欠准确的情况，因此通过文学史去了解贝西·黑德是远远不够的。文学史在贝西·黑德研究中的价值在于，它所提供的全景式的历史文化背景和作家群像，这是贝西·黑德创作的根基，身置此群像中，贝西·黑德不再是"孤身女人"，而是创造博茨瓦纳文学、南非文学、非洲文学、世界文学的重要一员。

国外贝西·黑德研究成果丰硕，英联邦国家对非洲黑人英语文学情有独钟，贝西·黑德精湛的英语和其非洲血脉及传统渊源尤其得到英语世界的青睐。其遭排斥、被边缘化的流亡生活在欧美发达国家和非洲、南亚、拉美等发展中国家的黑人、"有色人"、弱势群体中引起广泛同情和共鸣，产生深远的影响。总体来说，欧美发达国家的贝西·黑德研究细致、深入、广泛，成果数量占绝对优势，但理论标签式阅读倾向明显，文字表达较含混、晦涩，基调较悲观。非洲本土及南亚、拉美国家的贝西·黑德研究更具有切肤的感受性，反对晦涩理论研究，文字简洁清晰，基调积极乐观。

二、国内研究述评

在国内，目前尚未发现贝西·黑德文学艺术思想研究的专著问世。虽有学者出版东方文学史，但非洲文学所占的比例相对较少，且非洲诺贝尔文学奖得主占据较大篇幅，非洲文学研究仍然需要拓荒。老一辈专家出版的东方文学史和南非文学史中有介绍贝西·黑德的是郁龙余、孟绍毅的《东方文学史》（2001）③ 和李永彩的《南非文学史》（2009）④。鲍秀文、汪琳主编的《20 世纪

① CORNWELL G, KLOPPER D, MACKENZIE C. The Columbia Guide to South African Litera-ture in English Since 1945 [M]. New York：Columbia University Press，2010.
② ATTWELL D, ATTRIDGE D. The Cambridge History of South African Literature [M]. New York：Cambridge University Press，2011.
③ 郁龙余，孟绍毅. 东方文学史 [M]. 北京：北京大学出版社，2001.
④ 李永彩. 南非文学史 [M]. 上海：上海外语教育出版社，2009.

非洲名家名著导论》（2016）中李艳著文介绍了贝西·黑德的生平和作品①。朱振武的《非洲英语文学的源与流》②提及贝西·黑德。朱振武、蓝云春、冯德河编著的《非洲国别英语文学研究》③中收录了卢敏的论文《茨瓦纳文化与贝西·黑德的女性观》。总体来说，这些介绍都过于单薄，无法和国外研究的深度和广度相比。

　　近几年发表的学术论文中，邹颉的《南非英语文学述评》（2011）④、蒋晖的《论非洲现代文学是天然的左翼文学》（2016）⑤和黄晖的《非洲文学研究在中国》（2016）⑥有文字论及贝西·黑德，但基本上是点到为止，没有展开论述。汪筱玲的《贝西·海德的漂浮世界：从南非弃儿到普世先知》（2016）是国内首篇贝西·黑德专论，作者掌握了比较充分的研究资料，但是套用美国社会学家欧文·戈夫曼（Erving Goffman）的"框架理论"⑦分析其生平和作品，弱化了贝西·黑德著作本身的价值，并且将贝西·黑德定位成"普世先知"存在较大问题。"先知"一词是《权力之问》中的女主角伊丽莎白在与幻觉人物斗争时的自称，但该词不适合评价任何作家。马裕婷的英文硕士论文《〈权力之问〉中的疯癫与治愈》（Insanity and Recovery in *A Question of Power*, 2021）⑧是国内首篇贝西·黑德研究硕士论文，掌握了比较丰富的国外研究资料，但研究主体还比较浅薄，缺乏深度，也缺少个人独特的见解。李美芹、陈秀蓉的《〈雨云聚集之时〉的生命政治书写与共同体想象》⑨结合国内共同体研究新热点，对《雨云聚集之时》进行了细致的分析和讨论，是该小说的首篇研究论文。

　　贝西·黑德的作品和研究论著的中文翻译在我国刚刚起步。查明建等翻译

①　李艳．贝西·黑德：博茨瓦纳最具影响力的女性作家［M］//鲍秀文，汪琳．20世纪非洲名家名著导论．杭州：浙江人民出版社，2016：33-47.

②　朱振武．非洲英语文学的源与流［M］．上海：上海人民出版社，2019：80.

③　朱振武，蓝云春，冯德河．非洲国别英语文学研究［M］．上海：华东理工大学出版社，2019：377-384.

④　邹颉．南非英语文学述评［J］．浙江师范大学学报（社会科学版），2011，36（3）：84-87.

⑤　蒋晖．论非洲现代文学是天然的左翼文学［J］．文艺理论与批评，2016（2）：20-26.

⑥　黄晖．非洲文学研究在中国［J］．外国文学研究，2016（5）：146-152.

⑦　汪筱玲．贝西·海德的漂浮世界：从南非弃儿到普世先知［J］．南昌师范学院学报，2016（6）：97-101.

⑧　马裕婷．《权力之问》中的疯癫与治愈［D］．上海：上海师范大学，2021.

⑨　李美芹，陈秀蓉．《雨云聚集之时》的生命政治书写与共同体想象［J］．山东外语教学，2022，43（2）：92-102.

的《非洲短篇小说选集》（2014）中的《结婚快照》① 是我国首篇贝西·黑德作品译文。蔡圣勤等译的《哥伦比亚南非英语文学导读：1945—》是我国首部南非文学史类译著，该书是辞书条目形式的，涉及众多作家作品名称。对于文学作品名而言，翻译是具有挑战性的，该书翻译存在的主要问题是对绝大多数介绍到的作品原著缺乏基本的了解，作品名称几乎一律采用直译法，不仅缺乏文学性，而且可能是错误的。就贝西·黑德条目而言，把《枢机》（*The Cardinals*）翻译成《红衣主教》②，是完全错误的。"cardinal"有"北美红雀""红衣主教""枢机"三种含义，所指相差甚远，不查看原著无法选择正确的译法。贝西·黑德在题记中解释了"cardinal"是占星学（astrological）含义，指"引起变化的基础"③，故"枢机"才是正确选择。余悦翻译的韩国李锡虎的《非洲女性主义与下层阶级——以贝西·黑德的〈马鲁〉为中心》（2018）④ 是首篇贝西·黑德外文论文的中文翻译。李艳翻译的《权力问题》（2019）是我国首部贝西·黑德长篇小说译著，为我国广大读者了解贝西·黑德的作品提供了便利，但是该作品是贝西·黑德最为复杂的一部作品，翻译难度很大，译文未能达到与原文完全一致的水平。译著最大的失误是采用归化法把两个幻觉人物"Sello"和"Dan"的名字译成"色乐"和"耽"⑤，此归化译法具有极大的误导性，降低了作品的复杂性、含混性、多重解读性。本著作与《权力之问》相关的原文引文均未采用李译本，而是笔者自译。

本课题在研究过程中发表了 8 篇论文，分别是《茨瓦纳文化与贝西·黑德的女性观》（2017）⑥、《贝西·黑德的女性生命书写：〈权力之问〉》（2018）⑦、

① 贝西·黑德. 结婚快照 ［M］//钦努阿·阿契贝, C.L. 英尼斯. 非洲短篇小说选集. 查明建, 等译. 南京: 译林出版社, 2014: 181-186.

② 康维尔, 克劳普, 麦克肯基. 哥伦比亚南非英语文学导读: 1945— ［M］. 蔡圣勤, 等译. 武汉: 武汉大学出版社, 2017: 118-119.

③ HEAD B. The Cardinals ［M］//HEAD B. The Cardinals with Meditations and Short Stories. Oxford: Heinemann Educational Publishers, 1993: 2.

④ 李锡虎. 非洲女性主义与下层阶级: 以贝西·黑德的《马鲁》为中心 ［M］//李安山. 中国非洲研究评论 (2016·总第 6 辑). 余悦, 译. 北京: 社会科学文献出版社, 2018: 352-362.

⑤ 贝西·黑德. 权力问题 ［M］. 李艳, 译. 杭州: 浙江工商大学出版社, 2019: 1.

⑥ 卢敏. 茨瓦纳文化与贝西·黑德的女性观 ［J］. 文艺理论与批评, 2017 (1): 82-88.

⑦ 卢敏. 贝西黑德的女性生命书写: 《权力之问》 ［M］//李安山. 中国非洲研究评论 (2016·总第 6 辑). 北京: 社会科学文献出版社, 2018: 218-228.

《中非文学中的女性主体意识——以张洁和贝西·黑德为例》（2019）①、《贝西·黑德对"鲁滨孙"故事的逆写：〈风与男孩〉》（2021）②、《贝西·黑德的人民文学观》（2022）③、《贝西·黑德的黑色美杜莎解读》（2022）④、《贝西·黑德〈枢机〉中的爵士之声》（2022）⑤、《贝西·黑德与聂华苓的文学艺术思想交流》（2022）⑥。这些论文属于国内贝西·黑德研究的拓荒之作，通过文本细读方式向国内读者传达出贝西·黑德的原著风貌和相对精准贴切的译文和阐释，在借鉴国外研究资料的基础上，结合两次到博茨瓦纳研究考察的切身体会，力求在研究的深度、广度、创新性方面有所突破，凸显中国学者的主体性，和国际学界进行对话。

国内学界的贝西·黑德研究整体来说都属于拓荒之作，实为不易。研究成果中存在的问题，不是简单的研究者个人的问题，而是学术生态环境的问题。分析原因主要有三点：第一，整个学界对贝西·黑德及其作品还是比较陌生的，此状况和2021年坦桑尼亚作家阿卜杜勒拉扎克·古尔纳获得诺贝尔文学奖时学界的反应非常相似⑦，这说明我国的非洲文学研究整体基础非常薄弱；第二，贝西·黑德的作品对英语母语学者来说也是被公认的有难度和有挑战性的，《权力之问》的难度不亚于乔伊斯（James Joyce）的《尤利西斯》（*Ulysses*），但是《尤利西斯》经过国内几代学者的介绍、评述和翻译，已经使后面的学者具有了一种必要的阅读"天书"的心理准备和知识准备，而《权力之问》的国内读者和译者都缺少这种心理准备和知识准备，在毫无铺垫的情况下直接去啃最硬的骨头，结果并未达到预期的愿望；第三，国内学者对非洲语言、历史、文化、经济、生态等各方面的知识储备都严重不足，对非洲和世界的关联性缺乏深度认识，在阅读非洲文学作品时倾向于简单化阅读，捕捉不到作者的深意。这些问题说明国内学界的研究任重而道远。

---

① 卢敏. 中非文学中的女性主体意识：以张洁和贝西·黑德为例 [J]. 当代作家评论，2019（5）：178-182.

② 卢敏. 贝西·黑德对"鲁滨孙"故事的逆写：《风与男孩》[J]. 探索与批评，2021（4）：88-97.

③ 卢敏. 贝西·黑德的人民文学观 [J]. 广州外语外贸大学学报，2022，33（2）：65-78，158-159.

④ 卢敏. 贝西·黑德的黑色美杜莎解读 [J]. 名作欣赏，2022（3）：5-8.

⑤ 卢敏. 贝西·黑德《枢机》中的爵士之声 [J]. 名作欣赏，2022（9）：60-62，81.

⑥ 卢敏. 贝西·黑德与聂华苓的文学艺术思想交流 [J]. 英美文学研究论丛，2022（2）：164-174.

⑦ 罗昕. 学者卢敏：古尔纳获得诺贝尔文学奖在我看来是"意料之中" [EB/OL]. 澎湃新闻.（2021-10-7）[2021-10-7] https：//www.thepaper.cn/newsDetail_ forward_ 14805654.

贝西·黑德在世界文坛举足轻重，影响广泛，值得花大力气研究，而从上述国内外研究现状可以看出，尽管国外研究成果极其丰富，但是至今尚无人系统研究贝西·黑德的文学艺术思想，本研究将填充此留白之处。另外国外尚无学者关注到贝西·黑德的中国情缘，其作品和书信中表达的中国政治与文化符号以及毛泽东的文艺思想对其的影响都还是国外研究的盲区，本研究将以中国学者的视角解读贝西·黑德的作品和文艺思想，反观中国在非洲文学中承担的角色，重新考察世界文学形成的秩序。

第二节 贝西·黑德文艺思想研究方法论

现代非洲文学是 20 世纪世界文学重要的组成部分，从 20 世纪 60 年代非洲各国家先后赢得独立开始，现代非洲的民族文学开始真正形成并取得巨大的成绩，它已经成为非洲现代历史的一个有机部分，是 20 世纪世界范围内的反帝反殖和民族文化自建运动的重要环节，是在阶级解放之外另一个世界性革命即种族革命的重要话语组成部分。① 在 24 年的创作历程中，贝西·黑德的文学艺术思想也在不断发展变化成熟。她的文学艺术思想是她所生活时代的文化思想语境和个人创作互动的产物。她的创作和文学艺术思想在一定程度上应和了我国学者提出的"非洲文学在与西方文化正和博弈中焕发出强劲的生命力、创造力和影响力"② 的观点。

贝西·黑德文艺思想研究在借鉴国外研究成果的基础上，强调从西方的译介和模仿中走出来，在解读第一手资料的基础上形成具有创新性的学术成果。本书以辩证唯物主义和历史唯物主义为指导，通过历时性研究和共时性研究，运用宏观论述和微观分析、案例解读和点面结合的方法力求客观准确地揭示贝西·黑德的文学艺术思想。除了绪论和结论外，本书共分五章，分别从以下五个方面系统研究贝西·黑德的文学艺术思想：

第一章，以发生学理论为基础，探讨贝西·黑德文学创作的社会思想文化语境。20 世纪，泛非主义、黑人性、现代主义、黑人意识、都市文化、消费主义、种族隔离、反种族隔离、女性主义、黑人力量、第三世界主义、后殖民主

---

① 蒋晖. 载道还是西化：中国应有怎样的非洲文学研究?：从库切《福》的后殖民研究说起 [J]. 山东社会科学，2017（6）：62-76.
② 朱振武，李丹. 非洲文学与文明多样性 [J]. 中国社会科学，2022（8）：163-184.

义等各种思潮冲击着非洲大陆。本章在宏观勾勒 20 世纪非洲社会思想文化语境的基础上，主要从现代主义、泛非主义、第三世界思想三个方面探究贝西·黑德文艺思想孕育、发生、发展和演变的语境背景，并与以后的各章构成呼应关系。

第二章，主要运用知人论世的方法，梳理贝西·黑德的流亡人生与文学创作阶段。本章将贝西·黑德的文学创作分为三个阶段：南非英国教会学校教育与记者起步（1937—1964）、博茨瓦纳难民生活与小说创作成熟（1964—1977）、国际交流与文艺思想理论化（1977—1986）。第一阶段，贝西·黑德在南非出生，接受英国教会学校教育，成为南非第一位黑人女记者并初涉文坛，为她的写作生涯奠定了重要基础。第二阶段，贝西·黑德流亡到博茨瓦纳，以难民身份居留于此，以写作为生，在写作中寻找身份和归属感，在国际报纸杂志发表若干短篇小说和散文，在英美出版社出版 3 部自传体小说，在国际上获得知名度。第三阶段，贝西·黑德受邀参加各种国际文学文化活动、国际学术会议、国际作家工作坊和广播电视访谈，走出非洲，从理论高度阐发自己的创作理念和文艺思想。

第三章，以文本细读的方式，结合相关文学理论和批评方法，解读贝西·黑德 5 篇代表性小说，探讨各小说的类型、主题和叙事特色，勾勒贝西·黑德小说叙事艺术的发展与变化轨迹。从自传体中长篇小说《枢机》《雨云聚集之时》《权力之问》到短篇小说《风与男孩》，再到历史小说《魅惑十字路口》，贝西·黑德不断突破自我，尝试不同写作主题、方法和技巧，从现代主义小说、现实主义小说、心理现实主义小说到逆写"鲁滨孙"的故事，再到历史小说，每篇小说都表现出作者的创新意识、创作能力和叙事艺术。

第四章，主要采用比较研究的方法，探讨贝西·黑德的中国文学艺术情缘。受共产主义思想影响的贝西·黑德对马克思主义和毛泽东思想的发展和传播具有敏锐的觉察力，她的作品和书信中透露出一种深深的中国情结，这是她与非洲同代作家阿契贝、索因卡、恩古吉、戈迪默等的明显不同之处。本章重点讨论《权力之问》中的中国符号、贝西·黑德和聂华苓的文学艺术思想交流、《玛汝》与《祖母绿》中的女性主体意识，探索中非文学间的互动观照。

第五章，结合文艺理论，全面论述贝西·黑德小说创作与文艺思想形成之间的互动关系，探究贝西·黑德小说由区域走向世界的深层次原因。本章在研读贝西·黑德所有作品的基础上，结合其他研究文献，总结出贝西·黑德在文学创作中表现出的三大思想观念：女性观、生态观、人民文学观。这三大思想观念在贝西·黑德的作品中呈现出一脉相承的连贯性和发展性，这源自她对自我身份认同方面的深入探索，立足于非洲当代社会发展现实，表达对西方殖民主义和种族隔离制度的强烈批判以及对博茨瓦纳黑人文化的高度认同。同时，她提出作家应具有社会使命感和担当精神，并怀着强烈的使命感和责任意识去书写非洲人民生活故事，赢得了世界读者的广泛关注和肯定。

本书的创新之处表现在新领域、新资料、新视角三个方面。一、新领域，在国内外首次系统研究贝西·黑德的文学艺术思想，凸显贝西·黑德文学家的身份和文艺思想，突破国外贝西·黑德身份研究的种族话语局限；二、新资料，在国内首次全面细读贝西·黑德的全部作品，为国内读者提供翔实的原著资料和研究资料，丰富我国贝西·黑德研究和非洲文学研究文库；三、新视角，以中国学者的视角解读其作品中的中国情怀，反观中国在非洲文学中承担的角色，重新考察世界文学形成的秩序。

本书的学术价值主要表现在以下三个方面：

第一，有利于中国学者把握非洲文学的历史、现状和趋势。贝西·黑德是现代非洲第一代获得国际声誉的作家，她的文学成长经历反映了非洲文学在20世纪的发展脉络，她本人的写作和后来传记作家们的史料整理、考证和访谈共同构建了现代非洲文学发展的历史大语境，为中国学者把握非洲文学的历史、现状和趋势提供了充实的资料。

第二，有利于中国作家借鉴非洲文学的成功经验。贝西·黑德一直处于被边缘化的社会环境中，但她立足南部非洲黑人的现实生活、精神追求和文化传统，探讨殖民与被殖民文化、心理、信仰之间的复杂关系，以高超的叙事艺术向读者讲述非洲的故事，是非洲文学中的艺术典范，被纳入世界文学经典文库。其文学艺术思想对中国文学走出去有极好的借鉴作用。

第三，有利于促进中非之间的文化交流。随着中国与非洲经贸关系的不断深化，人文领域的相互理解也变得日益迫切，非洲文学是非洲人民的精神家园和心灵故乡，贝西·黑德文学艺术思想研究将帮助我们洞悉根植其中的非洲文化价值观演变和走向，对增强相互了解有现实和战略意义。

本书的应用价值表现在以下两个方面：第一，学科建设方面，为我国非洲文学学科发展提供资料；第二，人才培养方面，为相关领域的学者和高校人才培养提供参考书。

第一章

贝西·黑德文学创作的社会思想文化语境

发生学理论认为，任何思想、思潮和文艺作品的产生均有其独有的生成背景。贝西·黑德文学艺术思想的生成根植于现代非洲的社会思想文化语境。20世纪泛非主义、黑人性、现代主义、黑人意识、都市文化、消费主义、种族隔离、反种族隔离、女性主义、黑人力量、第三世界主义、后殖民主义等各种思潮冲击着非洲大陆。在这些纵横交错、交织重叠的文化思潮中，笔者认为现代主义、泛非主义和第三世界思想对贝西·黑德的影响最为深刻而长久。贝西·黑德对这些理论思想并不是简单地接受或抵抗，而是在与这些思想接触和碰撞过程中，不断探索、质疑，有选择性地吸收、内化，最后变成她自己的思想，并付诸创作实践。本章以现代主义、泛非主义和第三世界思想为主线，串联梳理贝西·黑德所处时代的思想文化语境。

第一节　现代主义

如果以 1958 年 21 岁的贝西·黑德成为南非第一位黑人女记者为中心节点，以共时为横轴，以历时为纵轴，可以勾勒出一个贝西·黑德所处时代的现代非洲文化思想语境的球体示意图。在横轴平面上，南非的现代主义、黑人意识、都市文化、消费主义、种族隔离、反种族隔离、泛非主义等主流思潮交织共存；在纵轴平面上，由始于 19 世纪末成型于 20 世纪 20 年代的泛非主义、30 年代的黑人性到 60—70 年代的女性主义、黑人力量和第三世界思想，再到 80—90 年代的后殖民主义等，这些纵横交错的文化思潮既有出自本土的，也有来自外部世界的，是南非、非洲大陆内部以及非洲和世界互动的表征，充满动力和张力。贝西·黑德以作家的敏锐性和自身的人生经验对这些思潮做出反应，在创作中不断探索并表现出来，逐渐形成自己的文学艺术思想。

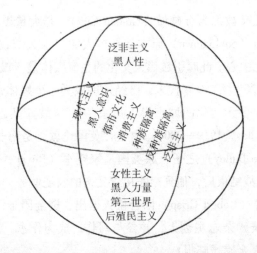

20 世纪南部非洲社会思想文化语境：横截面是 50 年代，纵截面是 20—90 年代

1958 年 8 月贝西·黑德成为开普敦《金礁城邮报》（*Golden City Post*）的记者，成为南非第一位黑人女记者，这使她进入思想文化的前沿阵地，在同行男记者的带领下，练就了记者特有的敏锐文化意识，并有机会采访当时的思想文化领袖。南非的现代主义思潮在 20 世纪 50 年代发展到高峰，呈现出黑白两条对抗又交织的线索。整个非洲的现代性都是在和欧洲现代性的对抗交织中发展的。恩通格拉·马西莱拉（Ntongela Masilela）在《"黑色大西洋"和南非的非洲现代性》（*The "Black Atlantic" and African Modernity in South Africa*，1996）中指出，欧洲现代性进入非洲，意味着非洲的失败，欧洲带给非洲的现代性是强迫的现代性，非洲人意识到只有通过利用现代性才能对抗欧洲人，因此自 20 世纪 20 年代起，以塞内加尔的布莱斯·迪亚涅（Blaise Diagne）、肯尼亚的哈里·图库（Harry Thuku）、尼日利亚的恩南迪·阿齐基韦（Nnandi Azikiwe）、南非的沃尔特·鲁布萨纳（Walter Rubusana）为代表的新非洲知识分子都痴迷于基督教化、文明化与发展教育，期望以此塑造"新非洲人"（New Africans）①。非洲的现代主义思潮从一开始就表现出和欧洲现代主义对抗交织的特征，在南非则更清晰地表现出黑白交织对抗的鲜明特征。

南非现代主义文化思潮的中心在开普敦和约翰内斯堡。开普敦是老牌的大都会城市，现代化发展甚至早于伦敦和纽约，到 20 世纪 50 年代，开普敦已经是引领世界的摩登城市。约翰内斯堡是随着金矿和钻石矿的发现开采而发展起

---

① MASILELA N. The "Black Atlantic" and African Modernity in South Africa [J]. Research in African Literatures, 1996, 27 (4)：88-96.

来的新城市，因此又被称为金礁城（Golden City），是大量黑人矿工的聚集地，市中心的索菲亚镇（Sophiatown）原本就是黑人的"永久产权地"①，已经发展成著名的黑人文化中心。此时引领黑人文化的主流媒体是《鼓》（Drum）杂志，从 1951 年创办到 20 世纪 50 年代末，已经发展成为一个媒体帝国，在非洲大陆传播一个"新的、多元文化的城市黑人形象"②。《鼓》杂志的主要创始人吉姆·贝利（Jim Bailey，1919—2000）出生在英国伦敦，是南非矿业巨头阿贝·贝利爵士（Sir Abe Bailey）之子，原英国皇家空军（Royal Air Force）飞行员，参加过二战。③ 二战结束后，他到南非接管父亲的农场业务。《鼓》杂志原创人罗伯特·克里斯普（Robert Crisp）因合伙人退出，资金困难，求助于吉姆·贝利，他便成为《鼓》杂志主创人，并参与写作，成为作家、历史学家和诗人，1955 年又创办了《金礁城邮报》。

《鼓》杂志有强大的团队。除了先后任职的四位白人编辑——罗伯特·克里斯普、安东尼·桑普森（Anthony Sampson）、西尔维斯特·斯坦（Sylvester Stein）、汤姆·霍普金森（Tom Hopkinson）外，还有在约翰内斯堡和开普敦的黑人新闻记者和专栏作家。《鼓》杂志的记者还有亨利·恩苏马洛（Henry Nxumalo）、阿瑟·梅马恩（Arthur Maimane）、托德·马特史克扎（Todd Matshikiza）、坎·坦巴（Can Themba）、卡塞·莫西西（Casey Motsisi）、布洛克·莫迪萨尼（Bloke Modisane）、刘易斯·恩科西（Lewis Nkosi）、埃斯凯·姆赫雷雷（Es'kia Mphahlele）、纳特·那卡萨（Nat Nakasa）、丹尼斯·布鲁特斯（Dennis Brutus）等。④《鼓》杂志记者中的大多数人都在教会学校接受过教育，一些人拥有著名黑人学府福特哈尔大学（University of Fort Hare）学位，恩苏马洛和恩科西都是有经验的从业者，曾分别为《班图世界》（Bantu World）和《纳塔尔太阳报》（Ilange lase Natal）撰稿。

《鼓》杂志是充满现代主义思想的快节奏商业媒体，用大量的广告、照片、

---

① GREADY P. The Sophiatown Writers of the Fifties：The Unreal Reality of Their World ［J］. Journal of Southern African Studies，1990，16（1）：140-141.

② DRIVER D. The Fabulous Fifties：Short Fiction in English ［M］//ATTWELL D，ATTRIDGE D. The Cambridge History of South African Literature. Cambridge：Cambridge University Press，2012：394.

③ Drum Magazine，South African History Online：towards a People's History ［OL］. (2019-10-22)［2019-10-10］https：//www. sahistory. org. za/article/drum-magazine.

④ DRIVER D. The Fabulous Fifties：Short Fiction in English ［M］//ATTWELL D，ATTRIDGE D. The Cambridge History of South African Literature. Cambridge：Cambridge University Press，2012：394.

插图、漫画等打造视觉盛宴，封面设计鲜艳新潮，引领时尚，以美丽性感的黑人女孩或黑人体育明星为主。内容包罗万象，有社会、政治、体育、犯罪等报道，有爵士乐评论、散文、短篇小说等，有面向青少年、家庭主妇的专栏，还有美容、生活和健康小贴士，非洲小姐选美比赛活动等，以打造黑人中产阶级的消费文化。在开普敦，《鼓》杂志月刊和《金礁城邮报》周刊的办公室在一起，《鼓》杂志编辑部的几位有名的黑人记者，如刘易斯·恩科西、坎·坦巴、丹尼斯·布鲁特斯等都是贝西·黑德的文学引路人，对她的文风有很大影响。回望历史，《鼓》杂志留下的最有价值的文化遗产是短篇小说，从埃斯凯·姆赫雷雷到丹尼斯·布鲁特斯，他们都创作了充满现代主义思想和风格的黑人英语短篇小说，共同构筑了南非文学史上"光荣的五十年代"①。然而黑人的现代主义文化思潮及其成果引起白人统治者的恐慌，他们出台了一系列的法律限制打压黑人，黑人记者和作家纷纷走上流亡之途。这是非洲文学"流散表征"② 的主要原因之一。

南非另一个重要杂志是伦道夫·瓦因于 1962 年在开普敦创办的《新非洲人》(*The New African*)，该杂志名呼应了非洲现代主义思想，比《鼓》杂志激进很多，撰稿人有贝西·黑德、刘易斯·恩科西、恩古吉、坎·坦巴、丹尼斯·布鲁特斯、安德烈·布林克（Andre Brink）、马齐思·库尼尼（Mazisi Kunene），还有纳丁·戈迪默、丹·雅各布森（Dan Jacobson）、阿兰·帕顿（Alan Paton）等。③ 该杂志以鲜明的"新非洲人"姿态描写独立后的新非洲，向世界传达新非洲的信息，对抗南非的种族隔离制和白人至上主义，呼唤无种族界限的平等美好社会。《新非洲人》的激进内容引起南非当局的注意，伦道夫·瓦因被迫逃离南非，在英国海尼曼出版人詹姆士·库里（James Currey）的帮助下辗转从挪威到加拿大再到英国，杂志在伦敦继续出版，共计出版 53 期。贝西·黑德早期的短篇小说多发表在此杂志上。

另外在南非之外，与《鼓》呼应的杂志有 1957 年乌利·贝尔（Ulli Beier）在尼日利亚创办的《黑色奥菲斯》(*Black Orpheus*, 1957—1975) 和 1961 年拉杰·尼奥吉（Rajat Neogy）在乌干达创办的《转型》(*Transition*, 1961—)，这些杂志都是非洲现代主义思潮的出版阵地。《黑色奥菲斯》刊名出自萨特 1948

---

① MATSHIKIZA J. Introduction［M］//CHAPMAN M. The "Drum" Decade：Stories from the 1950s. Pietermaritzburg：University of Natal Press，1989：ix-xii.

② 朱振武，袁俊卿. 流散文学的时代表征及其世界意义：以非洲英语文学为例［J］. 中国社会科学，2019（7）：135-158，207.

③ VIGNE R，CURREY J. The New African：A History［M］. London：Merlin Press，2014.

年为列奥波尔德·塞达·桑戈尔（Léopold Sédar Senghor）诗集而写的前言，旨在积极回应流散在法国的非洲人的文学表达和思想，把桑戈尔等人的法文诗作翻译成英文，同时推动西非和整个非洲的文学艺术创作。《黑色奥菲斯》是纯文学艺术类杂志，内容以诗歌、小说、戏剧、音乐评论、美术作品等为主。南非的埃斯凯·姆赫雷雷、刘易斯·恩科西、坎·坦巴、丹尼斯·布鲁特斯等都是投稿人。①《转型》也是文学类杂志。创始人拉杰·尼奥吉认为，文学杂志的最终目的是预示变化，预测其文化和所代表的社会将发生的新变化。它通过允许某些带有偏见的甚至短期执迷的观点的表达，和以宽容态度对待激进的创新而做到这一点。②阿契贝、詹姆斯·鲍德温（James Baldwin）、朱利叶斯·尼雷尔（Julius Nyerere）、阿里·马兹瑞（Ali Mazrui）、保罗·泰鲁（Paul Theroux）等风格各异的作家都登上过它的版面。贝西·黑德的多篇短篇小说也发表在此杂志上。在非洲现代主义思潮下，非洲黑人文化不断发展，表现出强大的创造力和创新性，但是它也不断遭到各种压制和打击，因此斗争精神是其存在的内驱力。

南非白人统治者把现代主义用于种族隔离制和黑人镇区（township）建设，颁布《种族区域法》（Groups Area Act，1957），把黑人从自己的家园驱逐出去，把它们变成白人居住区，彻底摧毁了代表黑人现代文化成就的索菲亚镇和以"有色人"为主的多元文化中心开普敦第六区（District Six）。"镇区"设计的现代化理念是清除城市中心的"黑斑"，即黑人和"有色人"聚集区，在城市外围新建黑人和"有色人"住宅，采用大规模密集型方式，住宅设计依据建筑师柯布西耶的风格原则（Corbusian principles），即一切四四方方"火柴盒式"的设计概念，整齐划一，野蛮粗暴，没有个性和美感，基础设施与公共服务水平严重落后于白人居住地区。只有很少一部分住宅有供电和上下水系统，居住条件普遍过度拥挤。清除"黑斑"的工作于 20 世纪 60 年代全面展开，对"黑人家园"产生了毁灭性影响。③ 而整个 60 年代，南非仅次于日本，成为世界上经济增长速度最快的国家之一。④ 南非经济的发展是建立在白人对黑人的驱逐和极

---

① BENSON P. "Border Operators": Black Orpheus and the Genesis of Modern African Art and Literature [J]. Research in African Literatures，1983，14（4）：431-473.

② *Transition* History [OL].（2018-4-20）http：//www. aicomos. com/wp-content/uploads/2009_ UnlovedModern_ Van-Graan_ Andre Colonial-Modernism-in-Cape-Town_ Paper.

③ 马丁·梅雷迪思. 非洲国五十年独立史 [M]. 亚明，译. 北京：世界知识出版社，2011：375.

④ 马丁·梅雷迪思. 非洲国五十年独立史 [M]. 亚明，译. 北京：世界知识出版社，2011：371.

度压榨和剥削之上的，处于南非人种分布金字塔顶端的白人大约只占南非总人口的百分之二十。

黑人镇区和白人区只有一路之隔，一边是密集矮小破烂肮脏的火柴盒般的房屋，一边是葱郁林间点缀的童话般的高楼和豪宅。贫富悬殊以黑白分明的方式呈现，南非白人统治者的现代性以如此具象的城市规划表明它的态度和立场。安德烈·范格兰（André van Graan）指出，"现代主义在开普敦被用作控制边缘化社区的机制"①。该机制在白人区创造了现代主义的宏伟景象，在黑人区创造了无人性设计的"典范"。埃罗尔·哈尔霍夫（Errol Haarhoff）从城市规划的专业角度分析了南非白人统治者在现代主义思想指导下设计的黑白对立的城市空间，指出"这是现代主义的失败"②。南非的黑人镇区建设导致社会缺乏活力、经济停滞，具有世界银行所认定的世界上最无效城市的特征。③ 这一糟糕的局面在后种族隔离时代依然很难改变，至今严重影响着南非的社会生活和经济发展。

第二节　泛非主义

泛非主义思想最早起源于西印度群岛和美国，后经西欧传播到非洲。④ 科林·利吉姆指出："它是非洲血统人的一种自我意识，反映了他们的特殊地位。这种感情表现在歌声和诗话中，反映在圣歌和宗教仪式中，他们流露出黑人的特有观点和愿望。这些感情、观点和愿望逐渐形成了一种思想，变成了一种社会的和政治的行动。"⑤ 舒运国指出："诞生于19世纪末的泛非主义在一个多世纪里不但引导非洲大陆走上独立之路，而且成为非洲一体化的理论基础和指导思想。可以毫不夸张地说，打开非洲近现代史，处处能发现泛非主义的烙

---

① VAN GRAAN A. Colonial Modernism in Cape Town［A/OL］．（2018-5-15）［2009］．https：//www. aicomos. com/wp-content/uploads/2009_ UnlovedModern_ Van-Graan_ Andre Colonial-Modernism-in-Cape-Town_ Paper. pdf.

② HAARHOFF E. Appropriating Modernism：Apartheid and the South African Township［A/OL］A｜Z ITU Journal of the Faculty of Architecture，2011，8（01），184-195.（2020-7-12）https：//www. az. itu. edu. tr/index. php/jfa/article/view/645.

③ MABIN A, SMIT D. Reconstructing South Africa's Cities? The Making of Urban Planning 1900—2000［J］．Planning Perspectives，1997，12（2）：193-223.

④ 唐大盾．泛非主义的兴起、发展及其历史作用［J］．西亚非洲，1981（6）：21-27.

⑤ 科林·利吉姆．泛非主义、黑人精神和非洲民族主义［J］．葛公尚，译．民族译丛，1983（3）：11-17.

印。"① 泛非主义是现代非洲思想史的重要组成部分，主要思想源泉来自马克思主义，因此又被称为"非洲经典马克思主义"②。

泛非主义的先锋哲学家和政治领袖是特立尼达（Trinidad）的 C. L. R. 詹姆斯（C. L. R. James，1901—1989）和乔治·帕德摩尔（George Padmore，1903—1959）、加纳的夸梅·恩克鲁玛（Kwame Nkrumah，1909—1972）、美国的 W. E. B. 杜波依斯（W. E. B. Du Bois，1868—1963）等，他们确立的泛非主义目标是把欧洲帝国主义和各种形式的殖民主义驱逐出非洲。恩通格拉·马西莱拉认为："这也就意味着要驱逐在思想、意识形态和文化各方面叠加在非洲民族历史之上的欧洲历史。泛非主义者要解决的最根本问题是在思想上赋予非洲历史动力，恢复非洲的荣光。"③ 1917 年俄国十月革命的胜利，使泛非主义者认识到马克思的历史唯物主义是实现泛非主义目标的科学理论，是这个时代的活理论。杜波依斯、C. L. R. 詹姆斯和乔治·帕德摩尔在 20 世纪 30 年代出版的几部著作标志着泛非主义思想的形成。

泛非主义之父杜波依斯的《美国黑人的重建》（*Black Reconstruction in America*，1935）以马克思历史唯物主义分析了美国内战后黑人被纳入民主制度失败的原因，提出美国黑人工人阶级和全世界黑人工人阶级团结的重要性。他指出，美国资本主义是建立在剥削黑人劳工和消灭印第安人基础之上的，非裔遭受持续的歧视和剥削，是因为非裔工人阶级和欧洲裔工人阶级团结的失败，是欧洲裔工人阶级种族偏见的结果。在国际层面上，杜波依斯强调美国黑人工人阶级需要与非洲世界其他地区，特别是南非的黑人工人阶级认同并团结起来。在第十章"南卡罗来纳州的黑人无产阶级"（The Black Proletariat in South Carolina）中，杜波依斯特别在脚注中说明此章是对马克思国家理论的归纳性研究。④ 马克思历史唯物主义是分析黑人奴隶史最有力的工具。

杜波依斯既是一位出色的政治家，又是一位伟大的作家，他主持过四次泛非大会，著有政治专论、小说和诗歌，还担任美国全国"有色人种"协会刊物

---

① 舒运国. 泛非主义与非洲一体化 [J]. 世界历史，2014（2）：20-37.
② MASILELA N. Pan-Africanism or Classical African Marxism [M] //LEMELLE S, KELLEY R. D. G. Imaging Home：Class, Culture and Nationalism in the African Diaspora. London：Verso, 1994：308.
③ MASILELA N. Pan-Africanism or Classical African Marxism [M] //LEMELLE S, KELLEY R. D. G. Imaging Home：Class, Culture and Nationalism in the African Diaspora. London：Verso, 1994：309.
④ DU BOIS W. E. B. Black Reconstruction in America [M]. New York：Harcourt, Brace and Company, 1935：381.

《危机》的主编，在哈莱姆文艺复兴中扮演了重要的角色。哈莱姆文艺复兴和南非黑人文化发展遥相呼应，相互影响和促进，在很大程度上构成了"黑色大西洋"文化圈。① 杜波依斯在《黑人的灵魂》（*The Souls of Black Folk*，1903）中提出的"双重意识"（double consciousness）概念，将之和泛非主义有机结合在一起，对黑人文化发展起到极大推动作用。杜波依斯用"双重意识"描述黑人在内化美国身份过程中遭遇的特殊困难：一个人总是感觉到他的两重性（two-ness）——一个美国人，一个黑人；感觉到两个灵魂，两种思想，两种不调和的争斗；一个黑色身体用它顽强的力量维持两种对立思想，使之免于分崩离析。② 这句话中最重要的是黑人身体统一对立思想的强大力量，杜波依斯用"双重意识"作为激发全球"有色人"实现团结合作梦想的手段。

C. L. R. 詹姆斯在马克思历史唯物主义的指导下，撰写了泛非主义经典之作《黑色雅各宾党人：杜桑·卢维杜尔和圣多明戈革命》（*The Black Jacobins*：*Toussaint L'Ouverture and the San Domingo Revolution*，1938），分析了从古代到现代，黑人奴隶起义历史中一个成功的案例——海地奴隶起义，即海地革命（Haitian Revolution，1791—1804）。这是 1815 年之前拿破仑遭受的少数失败之一，让非洲人了解奴隶起义的胜利将激励非洲人重新认识自身的能力。C. L. R. 詹姆斯在 1938 年第一版序言中指出：

> 分析是科学，论证是历史的艺术。我们这个时代的暴力冲突使我们的实践视野比以往更容易"深入了解先前革命的本质"。然而，正是由于这个原因，历史情感不可能是在宁静中回忆起的，那位伟大的英国作家将宁静仅与诗歌联系在一起过于狭隘了。③

上文中对华兹华斯（William Wordsworth）"诗歌是宁静中回忆起来的情感"的批判透露出作者写作时鲜明的批判精神。在 1963 年第二版前言中，C. L. R. 詹姆斯特别强调，此版附录中"从杜桑·卢维杜尔到菲德尔·卡斯特罗"（From Toussaint L'Ouverture to Fidel Castro）是为非洲而写的，并指出"所有论及西印度群岛的作者都总是将它们与英国、法国、西班牙和美国，即西方文明的

---

① GILROY P. The Black Atlantic：Modernity and Double Consciousness［M］. New York：Verso，1993：1.
② DU BOIS W. E. B. The Souls of Black Folk［M］. Chicago：McClurg，1903：3.
③ JAMES C. L. R. The Black Jacobins：Toussaint L'Ouverture and the San Domingo Revolution［M］. New York：Random House，1963：xi.

近似联系起来，却从来没有和自己的历史联系起来。此文是第一个尝试"①。C. L. R. 詹姆斯首次将黑人的历史和非洲现实联系起来，是摆脱欧洲历史影响的重要尝试。

C. L. R. 詹姆斯在《泛非起义历史》（*The History of Pan-African Revolt*, 1939, 1969）中，"首次将黑人放在世界事件的中心"②，将历史上的黑人起义连在一起，从 19 世纪圣多明戈起义到巴西、美国的黑人奴隶起义，从 1906 年南非班巴塔起义（Bambatha Rebellion）到 1907 年坦噶尼喀（Tanganyika）反抗德国殖民的马及马及起义（Maji-Maji Rebellion）再到 20 世纪 50 年代的阿尔及利亚革命（Algerian Revolution），追溯了非洲历史形式的多种结构，被认为"是一种新的马克思主义的非洲历史写法"③。而更早以马克思历史唯物主义书写黑人历史的是乔治·帕德摩尔。C. L. R. 詹姆斯《泛非起义历史》的写作方法借鉴了乔治·帕德摩尔的宣传册《黑人劳工的生活与斗争》（*The Life and Struggles of Negro Toilers*, 1931）。

乔治·帕德摩尔的《黑人劳工的生活与斗争》以马克思主义的经典术语和确凿翔实的资料分析了全世界黑人劳工受剥削和压迫的生活状态以及与美国、英国、法国、比利时等帝国主义的斗争，指出"黑人遭受的压迫有两种形式：一方面，他们作为一个阶级受到压迫，另一方面，他们作为一个民族受到压迫"④。该书出版即遭封禁，但是却因此而更受工人的欢迎，在南非和西非成为引用最多的著作之一。⑤ 乔治·帕德摩尔和 C. L. R. 詹姆斯自少年时代起便是好友，后成为革命战友和合作者。乔治·帕德摩尔 1933 年与共产国际（Comintern）决裂，因为他感到共产国际并没有真正考虑非洲人的利益，只是把他们当作棋子利用。1934 年，乔治·帕德摩尔被开除共产党党籍，这对他是严重的打击，但是他对

---

① JAMES C. L. R. The Black Jacobins: Toussaint L'Ouverture and the San Domingo Revolution [M]. New York: Random House, 1963: vii.

② KELLEY R. D. G. Introduction [M] //JAMES C. L. R. A History of Pan-African Revolt. Oakland, CA: PM Press, 2012: 20.

③ MASILELA N. Pan-Africanism or Classical African Marxism [M] //LEMELLE S, KELLEY R. D. G. Imaging Home: Class, Culture and Nationalism in the African Diaspora. London: Verso, 1994: 311.

④ PADMORE G. The Life and Struggles of Negro Toilers [M]. London: RILU (Red International of Labour Unions) Magazine for the International Trade Union Committee for Negro Workers, 1931: 5.

⑤ JAMES L. George Padmore and Decolonization from Below Pan-Africanism, the Cold War, and the End of Empire [M]. Basingstoke: Palgrave Macmillan, 2015: 37.

此保持沉默，没有给反共产主义者任何口实。① 该时期共产国际暴露出很多缺陷，犯下很多严重错误，在反"倾向"若干问题上，混淆甚至颠倒敌我界限和是非界限，在党内造成严重伤害，对各国革命运动带来或多或少的危害。乔治·帕德摩尔坚持写作，表达自己的马克思主义立场和泛非思想，在非洲产生深远影响，而他的很多相同遭遇的俄罗斯同事就消失在西伯利亚的荒原或劳改农场了。②

乔治·帕德摩尔最重要的著作是《泛非主义还是共产主义?》(*Pan-Africanism or Communism?*, 1956)，在非洲产生深远的影响。在此著作中，乔治·帕德摩尔批驳了教条马克思主义，尤其是斯大林为代表的教条马克思主义。在批判语境中，乔治·帕德摩尔所使用的"共产主义"指的是斯大林领导的苏联，这给未读过原著的人造成较大的误解，认为他在抨击共产主义。在最后一章"共产主义和黑人民族主义"(Communism and Black Nationalism) 中，乔治·帕德摩尔分析了共产国际派往中国的鲍罗廷 (Borodin) 和罗易 (M. N. Roy) 对中国情况不了解而犯的错误，高度赞扬了毛泽东领导的中国农民革命，尤其是毛泽东对马克思主义的灵活运用，特别提出毛泽东对王明"左倾"教条主义的批判，挽救了中国革命。③ 1959 年乔治·帕德摩尔在伦敦逝世，在非洲尤其是在南非再度引发学习乔治·帕德摩尔著作的热潮。这股学习热潮和南非反种族隔离思潮紧密结合起来，激励了一代青年为争取自由和平等而斗争。

泛非主义先哲杜波依斯、C. L. R. 詹姆斯和乔治·帕德摩尔等将马克思历史唯物主义运用于非洲历史的书写，对非洲作家产生了深远的影响，几乎每一位现当代非洲作家都把重新书写黑人历史作为文学创作的主要目标之一。贝西·黑德的历史小说创作更是这一思想的直接体现。对教条马克思主义的批判对非洲作家同样产生了深远影响。南非 1921 年就成立了共产党，至今已有百年历史，对马克思主义的传播起到重要作用，但是 1950 年被南非政府宣布为"非法"组织，在与南非政府的斗争和复杂的世界政治环境中，南非的"共产主义""共产党"具有特定时代和语境的含义，需要有所甄别。而马克思主义在非洲一直被看作活的理论，因为马克思主义的核心是理论与实践相结合，这对非洲进

① JAMES L. George Padmore and Decolonization from Below Pan-Africanism, the Cold War, and the End of Empire [M]. Basingstoke: Palgrave Macmillan, 2015: 38-39.
② TREWELA P. The Death of Albert Nzula and the Silence of George Padmore [J]. Searchlight South Africa, 1988, 1 (1): 49-64.
③ PADMORE G. Pan-Africanism or Communism? [M]. New York: Roy Publisher, 1956: 293-298.

39

步作家的创作具有重要指导意义。非洲进步作家创作中一方面表现出明显的政治性和教育性，另一方面表现出强烈的反教条主义思想。这些特点也反映在贝西·黑德的创作和文艺思想中。

第三节　第三世界思想

第三世界的概念是随着第二次世界大战结束，国际格局进入冷战时期（1947—1991）而出现的。学界对第三世界和第三世界主义（Third Worldism）的定义有很多讨论，但都感觉难以做出非常具体的界定。第三世界作为描述性概念在 20 世纪 60 年代被广泛使用，指涉的范围涵盖亚非拉及其他所有发展中国家和地区。非洲大陆作为被殖民统治和剥削最严重的大陆，毫无疑问属于第三世界，因此对于非洲思想文化界而言，第三世界是一种深刻的存在，时刻影响着他们的思想、行动和写作。第三世界思想和泛非主义形成天然的融合，两者都强调团结、统一和发展，两者都和马克思主义有亲密的结合。第三世界思想进一步扩大了泛非主义，泛非主义赋予第三世界持久的国际主义精神。

学界经过多年讨论和考证认为最早创造使用"第三世界"这一术语的是法国人口学家和经济史学家阿尔弗雷德·索维（Alfred Sauvy）①，他在《观察家》（L'Observateur）报上发表的《三个世界，一个星球》（Trois Mondes, Une Planète, 1952）一文中首次使用"第三世界"② 这一术语，指被忽略的、受剥削的、具有革命潜力的国家和地区。学界普遍认为 1955 年亚非 29 个国家参加的万隆会议（Bandung Conference, 1955）标志着"第三世界"的出现，尽管会议文件中没有使用"第三世界"这一术语。万隆会议提出的"不结盟运动"（Non-Aligned Movement）思想是第三世界团结的基础。萨义德对万隆会议做出热情洋溢的评价："到 1955 年万隆会议时，整个东方都从帝国主义的控制下获得了政治上的独立，并且必须面对重新组合起来的帝国主义强力，即美国和苏联。"③ 萨义德所说的"整个东方"显然是夸大了范围，但是可以说 20 世纪 50 年代"第三世界"作为一种意识已经普遍存在于世界各角落，因此 60 年代出版的很多论著中

---

① WOLF-PHILLIPS L. Why "Third World"? [J]. Third World Quarterly, 1987, 9（4）：1311-1327.

② SAUVY A. Trois Mondes, Une Planete [N]. L'Observateur, 1952-08-14（118）：14.

③ 爱德华·W. 萨义德. 东方学 [M]. 王宇根，译. 北京：生活·读书·新知三联书店，2007：137.

"第三世界"一词频频出现，伴随其的是"第三世界主义"，但是很多情况下学界并没有费心去定义第三世界和第三世界主义。

最早用"第三世界"做书名的是彼得·沃斯利（Peter Worsley）的《第三世界》（*The Third World*，1964)①，这是一部关于不发达国家的政治社会学著作。他在《三个世界：文化与世界发展》（*The Three Worlds*：*Culture and World Development*，1984）中回顾自己在《第三世界》中使用该词的情况："在 20 世纪 60 年代，第三世界的性质似乎是不言而喻的，因此在 1964 年出版的一本关于第三世界的书中，我认为没有必要对它进行更精确的定义，因为它是由前殖民地、新独立的不结盟国家组成的世界。"② 马克·伯格（Mark T. Berger）在《第三世界之后？第三世界主义的历史、命运和结果》（*After the Third World? History*，*Destiny and the Fate of Third Worldism*）中指出："第三世界主义在 20 世纪 50 年代和 60 年代的兴起与曾沦为殖民地的亚洲和非洲国家、中东原有的和新民族国家、拉丁美洲'老'民族国家的一系列民族解放计划和特定形式的区域主义密切相关。这一时期第三世界主义的倡导者将其与民族解放以及各种形式的泛亚主义、泛阿拉伯主义、泛非主义和泛美主义联系在一起。"③20 世纪 50 年代后半期，印度开国总理尼赫鲁（Nehru，1889—1964）对社会主义的倡导和对第三世界主义的推崇达到顶峰。1957 年加纳独立，国父夸梅·恩克鲁玛（Kwame Nkrumah，1909—1972）实行社会主义，大力倡导不结盟、无核武器国家团结起来，以维护东西方冷战冲突中的和平。

阿尔及利亚为摆脱法国殖民统治而进行的长期斗争（1954—1961）对非洲大陆产生了最直接的影响，与之同时的是第三世界思想在非洲的传播，而弗朗茨·法农（Frantz Fanon，1925—1961）在《全世界受苦的人》（*The Wretched of the Earth*，1961）中表达的第三世界思想具有深远的影响力，被赞誉为"解构殖民主义的《圣经》"④。齐奥丁·萨达（Ziauddin Sardar）在为该书 2004 年英译本所写的前言中指出："在整个 20 世纪 60 至 70 年代，法农被誉为革命作家、

---

① WORSLEY P. The Third World［M］. London：Weidenfeld & Nicolson，1964.

② WORSLEY P. The Three Worlds：Culture and World Development［M］. London：Weidenfeld & Nicolson，1984：309.

③ BERGER M. T. After the Third World? History，Destiny and the Fate of Third Worldism［J］. Third World Quarterly，2004，25（1）：9-39.

④ HALL S. Interview with Stuart Hall in Frantz Fanon：Black Skin，White Masks（film）［CD］. Isaac Julien dir.，UK：Arts Council of England，1996.

第三世界和反殖民运动的英雄。"① 霍米·巴巴（Homi K. Bhabha）在该版前言中指出，法农的"第三世界'民族'思想的全球愿景属于社会主义、马克思主义、人文主义的国际主义传统"②。法农在该书中对第三世界的历史、现状和未来做了犀利的描述和论断性预言，他在"结论"中呼吁：

> 第三世界必须重新开启新的人类历史，它不仅要考虑欧洲偶尔提出的天才论点，还要考虑其罪行，其中最令人发指的罪行发生在人的内心深处，即人的功能被病态地肢解以及对他的整体性的侵蚀，还有在社会语境下，分裂、分层和阶级造成的血腥紧张，最后是在人类广大范围内的种族仇恨、奴役和剥削，在此之上是把 15 亿人不算作人类的不流血的种族灭绝。③

法农将心理分析和马克思主义结合起来，提出开启新人类历史应避免重复以往的历史，也就是欧洲殖民者的历史，它首先在心理层面，对黑人造成巨大伤害，使人丧失了人的功能和整体性，然后是在社会层面，造成阶级间的流血冲突，最后是在全人类范围内，对殖民地原住民进行制度化的非人的奴役和剥削。萨特（Jean-Paul Startre）在该书第一版序言中开篇就指出："不太久之前，地球上有二十亿居民，五亿人和十五亿'土著'，那五亿人掌握圣语，其余的借用圣语。"④ 萨特从当时殖民者和被殖民者人口比例极为悬殊的角度，揭露了人口占少数的欧洲人能够殖民统治人口占多数的被殖民者的原因：他们发明了所谓的"圣语"（the Word），即统治语言，以此在语言、身体、心理、社会、政治、经济、文化、思想各方面统治和控制被殖民者。

罗伯特·马利（Robert Malley）在《来自阿尔及利亚的召唤：第三世界主义、革命和伊斯兰教转向》（*The Call From Algeria：Third Worldism, Revolution and the Turn to Islam*, 1996）中以法农为讨论的中心，高度赞扬第三世界主义，

---

① SARDAR Z. Foreword to the 2008 Edition［M］//FANON F. Black Skin, White Masks. Charles Lam Markmann trans. London：Pluto Press, 2008：ix.

② BHABHA H. K. Foreword：Framing Fanon［M］//FANON F. The Wretched of the Earth, Richard Philcox trans. New York：Grove Press, 2004：xi.

③ FANON F. The Wretched of the Earth［M］. Richard Philcox trans. New York：Grove Press, 2004：238.

④ 让-保罗·萨特. 1961 年版序言［M］//弗朗茨·法农. 全世界受苦的人. 万冰，译. 南京：译林出版社, 2005：12.

指出："第三世界主义以其纯粹的、纯正的形式而不受任何近似或部分结果的影响。它选择了乌托邦作为它的标准，选择了历史作为它苛刻的评判者。它必将与历史严厉而不可上诉的判决共存。"① 戴维·梅西（David Macey）在《弗朗茨·法农传》（*Frantz Fanon：A Life*，2000）中指出："法农的第三世界是对非洲的标志性召唤，是泛非团结的象征，由他在马格里布、西非、南非和安的列斯群岛的经历融合而成，对拉丁美洲（古巴除外）、亚洲或中东的意识不强。"② 法农于 1961 年年底因白血病去世，未能看到第三世界思想的进一步发展，而毛泽东在 70 年代初提出的"三个世界划分"理论使"第三世界"成为全球通用词，更进一步加强了中非关系，对南非广大反种族隔离制的黑人、有色人和白人都具有精神激励意义。

姜安在《"三个世界划分"理论的思想来源和形成过程》中梳理了"三个世界划分"的发展过程，指出："毛泽东'三个世界划分'理论萌芽于 20 世纪 40、50 年代'一个中间地带'思想，雏形于 60 年代的'两个中间地带'思想，正式形成于 70 年代初期。这一理论的逐渐成熟化，恰恰是基于冷战时代国际社会总体形势演变，特别是大国博弈和民族独立运动发展的历史背景，围绕国家安全和民族独立进行政治思考的结果。"③ 1974 年 2 月 22 日，毛泽东在会见赞比亚总统卡翁达（Kenneth Kaunda，1924—2021）时指出："美国、苏联是第一世界。中间派，日本、欧洲、澳大利亚、加拿大，是第二世界。""亚洲除了日本，都是第三世界。整个非洲都是第三世界，拉丁美洲也是第三世界。"④ 毛泽东的"三个世界划分"理论首次正式表达选择在接见非洲友人的场合，意味深长，可见在毛泽东心中非洲是第三世界国家统一战线中最基本的力量，也是中国最信任的力量。中国在 1970 年开始援建的坦赞铁路当时也即将完工，1976 年正式移交给坦、赞两国政府。这条被誉为"非洲自由之路"的铁路，是新中国送给非洲人民的一份厚礼。坦赞铁路使赞比亚经济受白人统治的南非和罗得西亚（1980 年独立，改名为津巴布韦）的影响减少，在一定程度上也成为对抗白人种族隔离制的一股力量。

毛泽东提出"第三世界"概念，特别强调整个非洲，自然也包括南非，这

---

① MALLEY R. The Call from Algeria：Third Worldism，Revolution and the Turn to Islam［M］. Berkeley：University of California Press，1996：179.

② MACEY D. Frantz Fanon：A Life［M］. London：Granta Books，2000：469.

③ 姜安. 毛泽东"三个世界划分"理论的政治考量与时代价值［J］. 中国社会科学. 2012（1）：4-26.

④ 毛泽东. 毛泽东文集：第 8 卷［M］. 北京：人民出版社，1999：441-442.

对南非黑人来说，尤为振奋。在万隆会议上，南非因种族隔离制被排除在外。毛泽东提出"第三世界"概念，旨在团结一切可以团结的力量，对抗帝国主义和霸权主义，这一思想追求的是人类共同繁荣和进步，至今仍有强烈的现实意义。毛泽东指出："历史和现实要求我们团结，合作。""我们要扩大团结的范围，把全亚洲、非洲、拉丁美洲以及全世界除了帝国主义和各国反动派以外的百分之九十以上的人民团结在一起。"①毛泽东提出要团结全世界百分之九十以上的人民和法农、萨特的思想是一致的。毛泽东的"三个世界划分"理论把中国划归第三世界，"不仅明确了中国的国际定位和历史方位，而且突破了传统的世界政治力量划分标准，使得国家利益凸现出来，使得中国与亚非拉国家有更多的认同因素，深厚了第三世界合作的利益基础和情感基础，强化了第三世界团结意识"②。新中国的社会发展对非洲来说，除了是可靠的经济、物资、技术、知识援助外，还是一种精神激励和感召，非洲对新中国的道义支持也具有强大的制衡西方霸权的力量，这在新中国恢复联合国合法席位过程中有突出的表现。

在 20 世纪 70 年代，"第三世界"思想对 60 年代已经获得独立的非洲国家来说，更多意味着社会经济的进一步发展，因此现代化建设不可避免地被提上议程。李安山指出，第一代执政的非洲民族主义领导人几乎都是民族知识分子。他们大多在西方受过教育，比较著名的有塞内加尔的桑戈尔（Léopold Sédar Senghor）、加纳的恩克鲁玛（Kwame Nkrumah）、科特迪瓦的乌弗埃-博瓦尼（Félix Houphouët-Boigny）、坦桑尼亚的尼雷尔（Julius Nyerere）、肯尼亚的肯雅塔（Jomo Kenyatta）、尼日利亚的阿齐克韦（Benjamin Nnamdi Azikiwe）等。他们亲眼见证了西方国家的发达状态，转而致力于自己国家的现代化，③ 但是在模仿西方模式或社会主义的过程中遇到很多波折和失败。马克·伯格指出："作为一场世界历史运动，第三世界主义产生于反殖民民族主义者的活动和思想，以及他们将殖民前的各种传统和文化高度浪漫化的解释与由马克思主义和社会主义具体体现的乌托邦主义相结合的努力，还有'西式'现代化的愿景和更普遍的发展。"④ 然而在白人统治的南非，现代化早已起步，但种族隔离制对黑人的压迫

---

① 毛泽东. 毛泽东外交文选 [M]. 北京：中央文献出版社，1994：215，482.
② 毛林科，韩平，吴小军. 毛泽东"三个世界划分"理论对构建人类命运共同体的方法论意义 [J]. 南华大学学报（社会科学版），2021，22（2）：47-53.
③ 李安山. 世界现代化历程：非洲卷 [M]. 南京：江苏人民出版社，2013：117.
④ BERGER M. T. After the Third World? History, Destiny and the Fate of Third Worldism [J]. Third World Quarterly, 2004, 25（1）：9-39.

和剥削变本加厉，因此对于黑人来说，"第三世界"思想中的反殖民主义依然是核心。

从世界格局的转变过程来看，"第三世界"概念似乎在20世纪80年代随着社会主义遇冷而消解了，然而90年代后，随着后殖民主义理论和历史研究的兴起，一个清晰而（部分）统一的第三世界的经验和声音出现在大量文献中。阿里夫·德里克（Arif Dirlik）在《第三世界的幽灵们——全球现代化与第三世界的终结》(*Spectres of the Third World: Global Modernity and the End of the Three Worlds*)中指出，第三世界"该术语仍继续表达对集体政治可能性的信心，代表其民众的利益和福祉，尽管其中有些民族和国家已经不在其所指范围内；也许它是一种天真的信仰，但至少是某些希望的源泉"①。B. R. 汤姆林森（B. R. Tomlinson）指出："无论如何，在某些后殖民主义史学中，第三世界的概念一直存在，它不是作为一个精髓纲要，而是作为'从属主体'的声音而存在。这声音现在已经在被'第三世界化'的过程中渗透到第一世界的中心深处——激发、激励、联系第一世界的从属他者，如社会主义者、激进分子、女权主义者和少数族裔。"② 三个世界的划分不再以地理位置作为首要评判标准，而更多地指在经济、阶级、政治等各方面被边缘化、受压迫、被剥削的广大群体，因此"第三世界"依然是个有效的概念。

在文学理论研究领域，美国学者在20世纪80年代重新提出建立适当的世界文学的话题，"第三世界文学"概念由此而生。弗雷德里克·詹姆逊（Fredric Jameson）在《处于跨国资本主义时代中的第三世界文学》(*Third-World Literature in the Era of Multinational Capitalism*)中提出："所有第三世界的本文均带有寓言性和特殊性：我们应该把这些本文当作民族寓言来阅读，特别当它们的形式是从占主导地位的西方表达形式的机制——例如小说——上发展起来的。"③ 阿吉兹·阿罕莫德在《在理论内部：阶级、民族与文学》中批评了詹姆逊的断言，指出："在第一世界的后现代主义全球化的内部，存在一个，也许是两个或三个真实的第三世界。"④ 阿吉兹·阿罕莫德对"第三世界文学"持批判态度的主要原因

---

① DIRLIK A. Spectres of the Third World: Global Modernity and the End of the Three Worlds [J]. Third World Quarterly, 2004, 25 (1): 131-148.

② TOMLINSON B. R. What Was the Third World? [J]. Journal of Contemporary History, 2003, 38 (2): 307-321.

③ 弗雷德里克·杰姆逊. 处于跨国资本主义时代中的第三世界文学 [J]. 张京媛, 译. 当代电影, 1989 (6): 47-59.

④ 阿吉兹·阿罕莫德. 在理论内部: 阶级、民族与文学 [M]. 易晖, 译. 吕黎, 校. 北京: 北京大学出版社, 2014: 98, 118.

是，它是第一世界高等学府的教授们在象牙塔里炮制的理论和概念，脱离世界现实和历史，同时他们中坚定的马克思主义者为数极少。对于非洲、非裔作家而言，他们更加认同"黑人文学"而不是"第三世界文学"。不过阿吉兹·阿罕莫德对第三世界女性、第三世界女性文学、第三世界女性主义的说法似乎没有异议，原因可能在于在这些概念里，"第三世界"保持了它最基本的含义"边缘化、受剥削、受压迫"。

21世纪国际社会秩序面临百年未有之大变局，在全球资本主义冲击下流失的"第三世界"思想被重新唤起。阿利斯·谢基（Alice Cherki）在法农的《全世界受苦的人》2002年版序言中呼吁：

> 必须超越写这部作品的历史时期的局限性，并根据我们的现代特色来重读《全世界受苦的人》。这本书让我们看到了什么？在南方及北方，被发展所遗弃的人成倍增多，且还有人们那不断增大的屈辱和主观上的压垮，面对全球化，这同样的现代性把所有这些人轻飘飘地指定为"一无所有"的人：没有祖国，没有国土，也没有家，没有身份证件，没有说话的空间。①

阿利斯·谢基在此强调以超越时代局限性的方式重新阅读此书，旨在帮助当代读者正确理解法农对暴力的辩证论述，警惕将此书作为暴力行动的理论指南，同时警惕资本全球化和现代性以更隐蔽的方式对第三世界进行新的殖民。

伊曼纽尔·沃勒斯坦（Immanuel Wallerstein）在《在21世纪重新阅读法农》（*Reading Fanon in the 21st Century*）中提出相似的观点："没有暴力，地球上受苦的人将一无所成。但是，暴力虽然是一种疗法，也是有效的，但终究解决不了根本问题。不打破泛欧洲文化的统治，就不可能进步，将不可避免地带来'陷阱'。"② 法农在《全世界受苦的人》中提出，非洲发展不要走欧洲的道路，不要像美国一样成为一个新欧洲。他提出破解欧洲发展困局，必须创新，做开拓者。他热切呼吁："为了欧洲，为了我们自己，也为了人类，

---

① 阿利斯·谢基. 2002年版序言［M］//弗朗茨·法农. 全世界受苦的人. 万冰，译. 南京：译林出版社，2005：10.
② 伊曼纽尔·沃勒斯坦. 在21世纪重新阅读法农［J］. 郑英莉，译. 国外理论动态. 2010（4）：63-66.

同志们，我们必须重新开始，发展新思想，努力创造新人类。"① 非洲大陆因种种复杂的原因至今仍是全球最贫穷的大陆，这种状况正如阿里夫·德里克所言，"随着全球现代化发展，第三世界里亚洲和拉丁美洲的很多国家融入了全球资本主义，只有非洲大陆仍处于毛泽东所说的第三世界里"②。"第三世界"思想在非洲基本保持了原样，而法农对非洲发展道路的期盼仍具有鲜明的指导意义。

中国作为"第三世界"理论的主创者，今日以其举世瞩目的发展开创了第三世界发展的新模式，而不是变成西方教条主义学者眼里的第一世界、第二世界或新欧洲，因此今日中非合作仍然秉持第三世界团结起来，共谋发展的初心。但是中非合作中也出现了一些问题，其中最深层的问题正如陈光兴指出的："中国在内的亚洲知识界与非洲思想界之间没有互动，更没有理解，在彼此陌生的状况下，根本不可能共同思考这些棘手的问题，更别说在论述上共同介入政经过程。"他提出：

> 我们的信念是：中国/亚洲崛起的意涵不在主导世界，而是搭建第三世界的平台，在互动、学习中提出世界未来的走向。我们的目的是：改造知识构造与气氛，走向更解放、更平等的世界。我们的思想路线是：以第三世界国际主义思想路线、路径的提出，取代已经走不下去的欧美中心主义。③

这也是当今我国非洲文学研究要承担的使命和本研究的重要目的和意义。

现代主义、泛非主义和"第三世界"思想是跨世纪、跨洲际、全球性的宏大思想，它们本身又是相互交织、交叠的，有矛盾和对抗，也有互生和互融，还与其他各种思潮交汇在一起，呈现出纷繁复杂的景象。它们在南非的出现、发展和变化又具有独特的形态，并且始终指向"举世无双"的种族隔离制。这些宏大的思想在社会层面无疑会以一些显著而激烈的事件方式得以具象化，事件本身及其酝酿、后果和余波都会反作用于这些思想，使之或强

---

① FANON F. The Wretched of the Earth［M］. Richard Philcox trans. New York：Grove Press，2004：239.

② DIRLIK A. Spectres of the Third World：Global Modernity and the End of the Three Worlds［J］. Third World Quarterly，2004，25（1）：131-148.

③ 陈光兴. 回到万隆/第三世界国际主义的路上："一带一路"民间版二十年阶段性报告［J］. 开放时代，2016（5）：11-12，208-223.

化、变化、更新，或分裂、削弱，甚至消亡。在个人层面，尤其是对于处于社会底层的黑人作家而言，这些思想会在他们的作品中留下烙印和踪迹，反映出作家和这些思想的互动，而他们的作品最终呈现的是他们独特的思想和艺术。

第二章

贝西·黑德的流亡人生与文学创作阶段

贝西·黑德是现代非洲第一代获得国际声誉的黑人女作家，她的文学成长经历反映了非洲文学在 20 世纪的发展脉络，她本人的写作和后来传记作家们的史料整理、考证和访谈共同构建了现代非洲文学发展的历史大语境。贝西·黑德对于国内学界来说，还是一个非常陌生的名字，因此有必要对她的流亡人生和创作发展阶段做充分的梳理，以便更好地理解她的作品和文学艺术思想。她的创作具有浓烈的自传色彩，但是南非罪恶的种族隔离制度使她的身世和身份充满了未知之谜，她的创作在很大意义上是对自己身世和身份的探索、想象和构建，而她的成功在于超越了个人叙事，通过不断的探索和挖掘，书写和构建了黑人被西方知识体系淹没的历史和文化，展示了独特的创作艺术和文艺思想。本章根据时间顺序，分贝西·黑德的出生地南非、流亡地博茨瓦纳和走出非洲进行文学交流三个部分梳理她的生活和创作发展情况。

第一节　南非英国教会学校教育与记者起步

贝西·黑德在南非生活了 27 年（1937—1964），南非的生活经历、教育和记者工作在她的作品中留下深深的烙印。贝西·黑德 1937 年出生在南非彼得马里茨堡（Pietermaritzburg），因黑白混血，一出生便被送人收养，13 岁时被送进一所专为"有色女孩"而设的英国教会寄宿学校，18 岁时完成高中学业，获得小学教师资格证，在德班做了两年教师，后到开普敦、约翰内斯堡做了记者。1961 年贝西·黑德与哈罗德·黑德（Harold Head）结婚，1964 年贝西·黑德带着儿子，拿着单程出境签证来到博茨瓦纳的塞罗韦村当小学教师。她选择将博茨瓦纳作为她的精神归属地，将茨瓦纳文化和传统作为她的黑人文化之根，因为在博茨瓦纳这片荒漠之地，白人的统治和介入很少，是个"平静的黑人世界",茨瓦纳人在"自己的肤色中做着美梦"①。而在南非,她的孕育和出生都遭到"背德法"(Immorality Act)的严惩。

一、隐匿的家族历史

贝西·黑德1982年发表在南非《鼓》(*Drum*)杂志上的《来自宁静乡下的笔记》(*Notes from a Quiet Backwater*,1982)是她的一篇自传,"宁静乡下"指的是她在博茨瓦纳的居住地塞罗韦。此传记极其简短,只有杂志两页的篇幅,但是开篇两段文字却极具震撼力。她写道:

> 在南非肯定有很多像我一样的人,他们的出生或孕育都充满了祸患和灾难,这些人是橱柜里的骷髅,或地毯下黑暗而可怕的秘密。
> 我的出生状况似乎极有必要消抹掉所有家族历史的痕迹。②

贝西·黑德对自己的身世知之甚少,她写这篇自传是作为世界知名作家,应出版社邀请而写,她也以此为契机,向南非当局索要相关档案材料,但没有得到任何有效回应,在此前提下她只能写下如此简短的自传发表在杂志上,根本无法达到出版社要求的自传篇幅。

贝西·黑德本人对自己真实身世的初次了解是在14岁。那年教会学校放假时她得到校长通知,宣布养她长大的父母不是她的亲生父母,禁止她再回到养父母家。14岁的贝西无法接受这个消息和命令,躲在学校花园的树丛里号啕大哭,被老师发现,然后就被校长架到轿车里带到地方治安法庭,听到法官带着敌意向她宣布:"你的母亲是白人妇女,你听到了吗?"回到教会学校,传教士翻开一个大宗档案,用可怕的语气对她说:"你母亲疯了。如果你不小心会和你母亲一样发疯。你母亲是白人妇女。他们不得不把她关起来,因为她和一个马夫有了孩子,他是土著。"③ 这段话在《权力之问》中一字不落地出现在主角伊丽莎白的生平故事里。这段经历给贝西留下了终生的心灵创伤,而她对此最强烈的反抗是"对传教士和他们所代表的基督教心怀盲目的仇恨,而且一旦离开教会学校,就永远不再涉足基督教教堂"④。这确实是她放弃基督教的原因。

---

① HEAD B. A Woman Alone:Autobiographical Writings [M]. Oxford:Heinemann, 1990:72.

② HEAD B. A Woman Alone:Autobiographical Writings [M]. Oxford:Heinemann, 1990:3.

③ HEAD B. A Woman Alone:Autobiographical Writings [M]. Oxford:Heinemann, 1990:4.

④ HEAD B. A Woman Alone:Autobiographical Writings [M]. Oxford:Heinemann, 1990:4.

贝西·黑德简短的自传其实透露出很多关于南非法律、社会福利机构、教会学校和国家教育制度等方面的信息，其中最引人注意的是，她的出生和身世是有"大宗档案"记录的，只是她本人没有直接获取和逐字过目的权利和权力。这一"大宗档案"的存在和一般底层社会非婚生子无名无姓无记录的情况大不相同，但是档案被严密封存，就把贝西抛到和底层社会非婚生子相同的状况。贝西·黑德在创作于 1960—1962 年的首部中篇小说《枢机》中描述了这一状况：大量的非婚生子像垃圾一样被倾倒在地狱般的贫民区，过着非人的生活。

贝西·黑德 1986 年去世后，丹麦传记作家吉利安·埃勒森经过 9 年"侦探般"的不懈努力，完成了一部翔实的传记《贝西·黑德：耳后的雷声》。此外还有很多研究者通过蛛丝马迹的信息，不断深挖，获取有效证据，最终还原了贝西·黑德的大致身世。这些研究论著的发表起到了一个重要的现实作用，就是逼迫贝西·黑德的舅舅肯尼斯·伯奇（Kenneth Birch, 1914—）出面发文——《伯奇家族：已逝贝西·阿米莉亚·黑德的白人先辈小传》(*The Birch Family*: *An Introduction to the White Antecedents of the Late Bessie Amelia Head*, 1997)——致歉，并承认了他的非白人侄女贝西·黑德，但是他对这位侄女确实知之甚少，重点讲述了贝西的母亲，也就是他的二姐的悲剧人生。①

二、伯奇家族

伯奇家族属于南非的上流社会。肯尼斯·伯奇是家中 7 个孩子中最小的，上面有 4 个姐姐和 2 个哥哥，他和最小的姐姐之间差 12 岁。他的父亲华尔特·伯奇（Walter Birch, 1867—1917）于 1888 年来到南非开普敦殖民地，安身立业后于 1891 年回到英国，1892 年和爱丽丝·玛丽·贝赞特（Alice Mary Besant, 1871—1964）结婚，夫妻俩同年回到南非，在约翰内斯堡这个正在蓬勃发展的城市合作经营建筑和室内装潢公司，非常成功，在当时，妻子参与公司业务是极为罕见的。他们不喜欢疯狂的帝国主义分子塞西尔·罗德斯（Cecil Rhodes, 1853—1902），没有参与英布战争（Anglo-Boer War, 1899—1902）。1917 年，华尔特·伯奇去世后，精明能干的伯奇夫人独当一面，掌管整个家族财产，直至 93 岁高龄去世。

伯奇家族奉行典型的维多利亚道德价值观和生活方式，信仰英国圣公会基督教（Anglican Christianity），住在约翰内斯堡郊区的大庄园里，园子里圈养着

---

① BIRCH K. S. The Birch Family: An Introduction to the White Antecedents of the Late Bessie Amelia Head [J]. English in Africa, 1995, 22 (1): 1-18.

鸡和鸭子，孩子们都要参与家务杂活，晚上欣赏音乐，听留声机里播放的爵士乐，晚上去电影院或剧院，常有野餐和给女孩子们举办的舞蹈派对和社交活动。爱丽丝坚持女性以家庭为重，这在她 90 岁时被问及与著名的女权主义者安妮·贝赞特（Annie Besant, 1847—1933）是否有亲戚关系的答话中一目了然："我们有亲戚关系，但是我不理解那位妇女的事。她想改变世界。女人一生的职责是找个体面的男人，为他增光添彩。"①但是她的二女儿贝西·阿米莉亚（Bessie Amelia, 1894—1943）却没有按照她的想法去做。

贝西·阿米莉亚·伯奇被家人亲切地称为托比（Toby），她精力充沛，深受父亲喜爱，她性格叛逆，不愿像一般大家闺秀一样待在家里，父亲给她在自己的律师所在的事务所里找了份工作。1915 年 3 月托比向父母宣布自己嫁给了艾拉·埃默里（Ira G. Emery），来自澳大利亚的移民，在南非铁路局（South African Railways）当职员。伯奇家对女儿自作主张的下嫁感到恼火，但只能无奈接受。当年年底，托比生下儿子斯坦利（Stanley）。1916 年，埃默里到法国参加第一次世界大战，1917 年年底回到南非。在此期间，托比和儿子回到娘家居住。1919 年 2 月，托比生下二儿子罗纳德（Ronald）。

1919 年 12 月，悲剧发生。托比 4 岁的大儿子斯坦利在家门口的路上被一辆飞速而过的出租车压死，托比亲眼看见了一切，几近崩溃。这对已经出现问题的婚姻来说，更是致命的打击。作为夫妻，托比和埃默里两人的性格很难彼此包容。托比外表显得外向，其实很内向、孤独，她擅长钢琴和园艺，不擅长持家。埃默里非常外向，热爱运动，后来成为著名的南非奥林匹克委员会（South African Olympic Committee）组织者。大儿子的意外死亡，痛苦的埃默里将全部责任归咎于托比，以冷漠和保持距离的方式对待她，这对托比是雪上加霜，她提出离婚。1929 年离婚终于获批，托比回到娘家。1930 年罗纳德被父亲送到寄宿学校，从此很少与母亲见面。1939 年第二次世界大战爆发，罗纳德参军，到埃及作战。1946 年二战结束后，罗纳德长期定居加拿大，与伯奇家彻底脱离了关系。

托比深爱埃默里，他离开后，仍称他为"我丈夫"。1931 年开始，托比出现精神失常症状，1933 年 8 月被正式送进比勒陀利亚的韦斯科皮斯精神病院（Weskoppies Mental Hospital, Pretoria）。1934 年 9 月，托比出院，母亲伯奇夫人

---

① ALFRED M. Kenneth Stanley Birch-Born in 1914, Johannesburg Memorialist［A/OL］. (2020-9-18)［2020-5-28］https：//www.theheritageportal.co.za/article/kenneth-stanley-birch-born-1914-johannesburg-memorialist.

被指定是她的唯一监护人。1935 年到 1937 年，托比每年都到德班最小的妹妹伊迪斯（Edith）家去度假。1937 年 4 月伊迪斯向母亲汇报，姐姐的情况不对，母亲迅速赶到，在家庭医生的建议下，把托比送进了彼得马里茨堡的纳皮尔堡精神病院（Fort Napier Mental Hospital, Pietermaritzburg）。彼得马里茨堡是纳塔尔省（Natal）的首府，纳皮尔堡原本是英国人的前哨基地，建于 1843 年，有成排的军营和驻兵，在英布战争中起到重要的军事作用。1910 年南非联邦（Union of South Africa）成立，彼得马里茨堡失去殖民首府的重要地位，1914 年一战爆发，这里的驻兵被撤离，1920 年军营和红砖瞭望塔被改用为精神病医院。

1937 年 7 月 6 日，43 岁的托比在医院生下一个女婴，给她取了和自己一样的名字贝西·阿米莉亚·埃默里。女婴随即被送给一个白人家庭，但很快就被送养家庭退回，因为她的肤色显出来了。女婴再次被送到一个"有色人"家庭。肯尼斯·伯奇指出："伯奇家族每个人都知道这个新亲戚（new relation）……但是伯奇夫人禁止家人有任何闲聊和谣言，无人能对保守非婚生和送养之事的秘密提出异议。"① 之后伯奇夫人全权负责托比和小贝西的事情，他人不得过问。1927 年《背德法》已经出台，跨种族性关系要遭到惩罚。1943 年 9 月托比在母亲怀里平静去世，留下一点遗产，遗嘱里特别强调要让她女儿接受教育。从1937 年到 1950 年，伯奇夫人一直关注儿童福利院的决定，到送养家庭看望小贝西，提供小贝西的生活费和教育费用。到贝西 13 岁上中学后，年近 80 岁的伯奇夫人毅然决定扯断贝西和白人亲戚的一切联系，让她自己靠勇气、能力和天赋去闯荡生活。

三、在收养家庭的生活

收养贝西的是"有色人"希思科特夫妇（Heathcote），他们住在彼得马里茨堡最贫穷的地方，也是"有色人"和印度裔聚集区。他们是虔诚的罗马天主教徒，丈夫乔治（George）是鞋匠，也是儿童福利委员会成员，当贝西被第一户人家送回后，他就把贝西带回家了，妻子奈莉（Nellie）接受了这个孩子，伯奇夫人每月支付 3 英镑抚养费。他们还有一个养女罗娜（Rhona），比贝西大 15岁。罗娜结婚后生了女儿维罗妮卡·塞缪尔·比林斯（Veronica Samuel Billings），也被送到母亲家来养，她比贝西小 7 岁，两人一起长大，感情深厚。

1905 年之前，纳塔尔省的"有色人"享有和白人同样的法律地位，孩子也

---

① BIRCH K. S. The Birch Family: An Introduction to the White Antecedents of the Late Bessie Amelia Head [J]. English in Africa, 1995, 22 (1): 1-18.

在白人学校上学。1905年后，"有色人"失去了选举权，被排除在白人之外，孩子也只能去"有色人"学校上学。"有色人"在南非特指混血人种（mixed race），是随着南非殖民地发展而形成的人种。自1652年荷兰人在开普敦建立殖民地以来，欧洲男性殖民者和本土女性所生的混血后代逐渐构成早期的"有色人"族群。此外荷兰东印度公司（1602—1799）把大量奴隶、囚犯从马来西亚、马达加斯加、印度尼西亚等殖民地带到南非做苦力，这些奴隶、囚犯中也包含中国人，他们的后代也被称为"有色人"。还有更多自由移民，包括马来人、印度人、阿拉伯人、中国人等，他们与当地居民（既有白人，也有黑人）的混血后代，也组成了"有色人"的一部分，被称为开普马来人或其他"有色人"。在纳塔尔的大多数"有色人"讲英语，其他三省开普省（The Cape）、德兰士瓦省（Transvaal）、奥兰治自由邦（Orange Free State）的"有色人"讲阿非利卡语（Afrikaans）。

二战期间的彼得马里茨堡街上到处都是士兵。南非士兵从火车站出发，在各医院养伤的英国士兵在街上成群出现。每次载满部队士兵的火车从彼得马里茨堡火车站经过，人们都蜂拥去给他们送行，先是白人部队的车厢，然后是"有色人"部队的车厢。黑人部队不能加入作战分队，只能提供辅助服务。所有的士兵都是志愿加入战斗。英国士兵没有南非人的种族意识，他们会逛到城市边缘的穷人区找家酿的私酒和漂亮的黑人妓女。四五岁的贝西必定常常在街上看到喝醉酒的士兵，这些场景会在她后来的作品中出现。

贝西继承了母亲的一双灵动的大眼睛，是个安静、聪明、能干的孩子，自幼帮助养母做很多家务。她喜欢读书，但是养母不喜欢看到她沉浸在书本里。养母常常用敲打的方式告诉她，对于穷人来说，读书不是他们的人生。贝西童年时，养母给她买的唯一的一本书是"毛毛熊伍兹"（Fuzzy Wuzzy）系列故事中的一本，她后来在中篇小说《枢机》中描写了女主角幼年时在垃圾堆里捡到《毛毛熊伍兹历险》（*The Adventures of Fuzzy Wuzzy Bear*）这本书，在邻居老人的指导下，学习识字，突然领悟到图片和文字相关含义的惊喜之情。

1948年南非大选，以马兰（D. F. Malan，1874—1959）为首的国民党（National Party）当选，开始执行种族隔离制，颁布《禁止跨族婚姻法》（*Prohibition of Mixed Marriages Act*，1949）、《背德法》（*Immorality Act*，1927、1950、1957不断修订了三版）、《人口登记法》（*Population Registration Law*，1950）、《通行证法》（*The Native Pass Laws Act*，1952）、《班图人教育法》（*The Bantu Education Act*，1953）、《种族区域法》（*Groups Area Act*，1957）等一系列法律。从1949年到1971年，白人政府通过了148项巩固种族隔离的法律，使种族隔离制成为设

计"完美而精致"的非人制度。《禁止跨族婚姻法》和《背德法》禁止不同种族之间的通婚和性关系。《人口登记法》是按肤色把人种分为白人、有色人、印度裔和黑人四个等级进行登记，有时一家人会出现不同等级的人种。《通行证法》要求所有黑人出门必须携带厚厚的一本通行文件，未携带者就被关进监狱，起初该法令针对男性，不久妇女也被涵盖进去。《班图人教育法》终止了教会学校，开办班图人（即南非土著）学校，所有教育用班图语言进行，限制非洲人接受英语教育。《种族区域法》将黑人和有色人驱逐出市中心，在城市边缘建黑人镇区。

这些法律的实施从一开始就受到广大民众的抵制，斗争形式从非暴力示威、抗议、罢工到有组织的政治行动和武装抵抗，如 1952 年和 1955 年的抗议斗争。1952 年纳尔逊·曼德拉（Nelson Mandela，1918—2013）领导的非洲人国民大会（African National Congress，ANC）与南非印度人大会（South African Indian Congress）一道，发起声势浩大的群众集会，组织"蔑视不公正法令运动"（Defiance of Unjust Laws / Defiance Campaign），志愿参与者当众烧毁了通行证，通过非暴力形式进入"白人专属"设施，如卫生间、火车候车室、邮局等。1955 年，非洲人国民大会举行人民大会（Congress of the People）通过了《自由宪章》（Freedom Charter），称"不论黑人还是白人，南非是属于所有居住在这片土地上的南非人的"[1]。政府以《自由宪章》是共产主义文件之名解散了集会，并抓捕了 156 人，指控他们犯了叛国罪。1950 年 6 月南非政府颁布《反共产主义法》（*The Suppression of Communism Act*），取缔其合法地位，但是南非共产党从未停止他们的斗争。而 1950 年到 1956 年，贝西·埃默里在生活相对稳定而有保障的教会学校度过了智力迅速发展的成长岁月，严格的学术教育和图书馆大量的书籍为她后来成为南非第一位黑人女记者打下了坚实的基础。

四、教会寄宿学校

1950 年 1 月，贝西被送到位于纳塔尔省希拉里的圣莫妮卡寄宿学校（St Monica's School and Home，Hillary，Natal），这是一所英国圣公会教会学校兼孤儿院，创办于 1895 年，专门招收"有色"女孩，教学质量很高，学生成绩和白人学生一样高。当时的校长是露伊·法默（Louie Farmer），一位严厉的教育家，要求学生全面发展，毕业后能接受更有挑战性的工作，而不只是从事家政业务。她奉行"不打不成才"的教育理念，对女孩子们的行为、品行、学业要求非常

---

[1] MANDELA N. Long Walk to Freedom [M]. New York：Back Bay Books，2013：240.

严格。贝西入校时已经完成了标准 4 级（Standard 4）的考核，成绩优秀，进步很快，深受老师喜爱，但也因集体或个人的原因受过很多棒打、关进黑屋之类的惩罚，这类惩罚是英国教会学校的传统，不因人而异。学校也开设了很多实用和创造性课程，如缝纫、厨艺、自然、绘画、园艺、唱歌等，这些能力在贝西后来的作品中都有体现。

露伊·法默是《权力之问》中那位严厉的校长的原型，不过吉利安·埃勒森指出，贝西对校长带她到法庭的意图理解有误。贝西当时是以付费生身份进校的，原本每月付给养母的 3 英镑就按学费和住宿费支付给学校了，但是校长很快发现贝西生母留下的钱只剩 40 英镑，要为她申请政府资助费。根据《儿童法案》（Children's Act，1937）贝西作为"需要照顾的孩子"可以获得政府资助，这样她生母留下的钱就能留下以备急需了。① 但是从 14 岁贝西的角度看，在毫无准备的情况下，被拖到法院，听到养母不是亲生母亲的法庭宣判，她所感到的残酷和做出的应激反应是难以避免的。

1954 年，玛格丽特·凯德莫（Margaret Cadmore）接替露伊·法默成为学校校长。她在二战中当过护士，未婚夫在战场阵亡后，她就做了传教士，在利物浦的约瑟芬·巴特勒教育学院（Josephine Butler Training College）接受传教士培训。她有不同寻常的幽默感，不落俗套，朴实无华，通情达理，是贝西的好友、导师和精神母亲。在《玛汝》中，女主角的名字就是玛格丽特·凯德莫，以纪念这位母亲般的校长。作品对女主角的养母传教士玛格丽特·凯德莫的描写感人至深。其中有两个细节是贝西在教会学校经历的。一是贝西感到叶芝的诗歌难以理解，玛格丽特·凯德莫跑过来，把她手里的书夺下，对她说："你读他的方式错了。来听一听湖水荡漾的声音。"玛格丽特·凯德莫还鼓励贝西画素描，站在她身后看着她的画大叫："生命不是那样的，僵硬的轮廓。它是柔软的，圆滑的曲线，用你的眼睛爱抚它。"贝西·黑德后来写道"我把这条建议转用到我的写作中"②，这确实是贝西·黑德作品的一个特点：给艰辛冷酷的生活现实加上柔和温暖的色彩。

贝西在教会学校图书馆阅读了从柏拉图到劳伦斯的所有作品，为她的写作

---

① EILERSON G. S. Bessie Head：Thunder Behind Her Ears：Her Life and Writing ［M］. Portsmouth, NH：Heinemann, 1995：24.

② 贝西·黑德的所有手稿都收藏在博茨瓦纳卡马三世博物馆（Khama III Memorial Museum），本文使用的书信得到贝西·黑德遗产信托基金（the Bessie Head Heritage Trust）授权，出处为馆藏文献编号是 KMM 373 BHP 27. 12. 1983 的文献，其中 KMM 指 Khama Memorial Museum，BHP 指 Bessei Head Papers。

打下了深厚的人文基础。她初中毕业后，又通过了小学教师教育考试，到贝谢高中（Bechet High School）接受了两年教师教育。她学习勤奋努力，教学法和英语非常优秀，算数和阿非利卡语（Afrikaans）较弱，体育最差。结果因为体育重修，她的纳塔尔教师高级证书（Natal Teachers' Senior Certificate）1957 年 1月才颁发，6 月才拿到手。阿非利卡语是一种混合语，在荷兰方言的基础上夹杂了法语、德语并吸收了英语和非洲本土语言而产生，主要由南非白人使用，在漫长的发展过程中，受统治阶级政治和意识形态影响而发展成有重要地位的语言，其标准化发生在 19 世纪后半叶，以 1875 年真阿非利卡人协会（Association of True Afrikaners）成立为标志。在 1994 年以前英语和阿非利卡语为南非官方语言，1994 年之后，南非官方语言有 11 种：祖鲁语（isiZulu）、科萨语（isiXhosa）、阿非利卡语、佩迪语（Sepedi）、茨瓦纳语（Setswana）、英语、苏托语（Sesotho）、聪加语（Xitsonga）、斯威士语（siSwati）、文达语（Tshivenda）和恩德贝莱语（isiNdebele）。①

五、小学教师工作

1956 年 1 月到贝西离开教会学校的时间了，因为她已 18 岁，根据《儿童法》不再享受政府资助。她被安排到德班的克莱尔伍德"有色人"学校（Clairwood Coloured School）教书。很快她就意识到自己在教会学校得到了多好的保护，外面的世界正在发生巨变，各种种族隔离法案在强制实施，人们在抗议抵制，但最终都被政府镇压了，黑人被驱赶到指定的区域。和她同龄的女孩子都在谈婚论嫁了，贝西也有追求者，但是如果她接受了，也就是在德班的贫民区，以一群孩子的母亲为一生了。贝西选择了书本，但她买不起书，也不敢去德班市图书馆，她找到了 M. L. 苏丹图书馆（M. L. Sultan Library），这是印度裔富商捐的，向所有爱读书的人开放。

M. L. 苏丹图书馆里大部分书都是关于印度教（Hinduism）的，印度教在德班随处可见，有教堂、信众，还经常举办宗教活动，贝西对这些不感兴趣，她感兴趣的是印度教表达的哲学思想，还有甘地（Mahatma Gandhi，1869—1948）。甘地 1893—1915 年在南非，创建了纳塔尔印度人大会（Natal Indian Congress），为印度裔在南非获得较高的法律地位做出重要贡献。贝西仰慕甘地最重要的原

---

① VAN COLLER H. P. The Beginnings of Afrikaans Literature［M］//ATTWELL D, ATTRIDGE D. The Cambridge History of South African Literature. New York：Cambridge University Press，2011：262-285，2.

因是她发现甘地不仅信仰佛陀，还信仰安拉和耶稣，这种包容性宗教信仰和基督教的排他性形成鲜明对照。贝西·黑德后来写到她读甘地著作时的激动心情：

> 我从来没有读过像他的政治观点那样触动我情感的东西。他以一种简朴而令人惊叹的清晰方式总结政治真相，在这个人身上，有一种惊人的温柔和坚定。我在读他的文章时，不时地停下来，满怀崇敬之情，因为我认识到这是唯一能成为上帝的人。他让印度民众疯狂地忠诚于他。他是他们第一个也是唯一的发言人，他是一个独特的组合，集印度理想、真实宗教和令人惊叹的世俗现实为一身。①

这段文字应该是对《甘地自传》中"宗教对比研究"② 一文所做的评论。在该文中甘地描述了他和基督教朋友的亲密关系，他所阅读的作品，如华盛顿·欧文（Washington Irving）的《穆罕默德及其继承者》（*Life of Mahomet and His Successors*），托马斯·卡莱尔（Thomas Carlyle）在《论英雄、英雄崇拜和历史上的英雄业绩》（*On Heroes and Hero-Worship, and the Heroic in History*）的第二讲"先知英雄穆罕默德：伊斯兰教"（"The Hero as Prophet. Mahomet：Islam"），尼采（Friedrich Nietzsche）的《查拉图斯特拉如是说》（*The Sayings of Zarathustra*）和托尔斯泰（Tolstoy）的诸多作品，指出这些作品加强了他对印度教的理解。甘地对贝西的影响在《权力之问》中表现得非常清晰，其中"教父"的形象很容易让人想起甘地。贝西被印度教所吸引，甚至加入了罗摩克里希那（Ramakrishna）教派，搬到印度人家居住。印度教的神秘主义、轮回之说等在《权力之问》中起到重要结构作用和哲学探索意义，幻觉人物塞娄的形象是身着白袍的佛陀的样子。

贝西·埃默里的小学教学工作让她深感受挫，小学生都来自穷苦家庭，没有学习动力，学校对老师的要求是管好纪律，但是贝西的控班能力很差，小学生坐立不安，吵吵闹闹，校长每天要到教室门口盯着。这让贝西每天早上上班途中都感到心情沉重，压力很大。1958 年 6 月贝西递交了辞职报告，决定到开普敦去找一份记者工作。玛格丽特·凯德莫对此感到震惊，养母也劝她别去，但是一贫如洗、身无分文的贝西下定决心 7 月底离开家，只身一人来到大都市开普敦。

---

① EILERSON G. S. Bessie Head：Thunder Behind Her Ears：Her Life and Writing [M]. Portsmouth, NH：Heinemann, 1995：34.

② GANDHI M. K. My Autobiography [M]. London：Penguin Books, 2001：155-157.

六、记者工作与短篇小说创作

贝西·埃默里在开普敦第六区租了房子，到《金礁城邮报》去找工作。主编丹尼斯·基利（Dennis Kiley）给她 3 个月试用的机会，试用期发一篇稿子给一次稿费。微薄的稿费根本不足以维持生活，她想起生母留给她的钱还剩 12 英镑，就写信给玛格丽特·凯德莫，马上得到 20 英镑的回复。贝西·埃默里通过了试用期，成为第一位黑人女记者，负责妇女儿童方面的新闻报道，有了稳定的收入。

1959 年 4 月，贝西·埃默里从开普敦搬到了约翰内斯堡，在《金礁城邮报》的副刊《家庭邮报》负责读者来信栏目"亲爱的伙伴"（Dear Gang）和建议专栏"嗨，青少年"（Hiya Teenagers）。她在专栏里讨论的主题非常广泛，如宇宙飞船、宠物、书籍、阅读、爵士乐等，很受青少年读者欢迎。她采访了南非著名爵士乐队"爵士信使"（the Jazz Epistles），对爵士钢琴家、作曲家达乐·布兰德（Dollar Brand）、歌手米瑞安·马卡贝（Miriam Makeba）都做过专访。《金礁城邮报》和《鼓》杂志的创办人都是吉姆·贝利，报社和杂志社的办公室在一起。贝西和办公室里的同事、《鼓》杂志知名记者刘易斯·恩科西、坎·坦巴、丹尼斯·布鲁特斯很快成为好友，他们独特的都市风格反讽、强硬、超然，对贝西产生明显影响。

记者工作使贝西对政治越来越关注，南非白人政府不断出台种族隔离法律并以高压方式实施，与之形成对抗的便是如火如荼展开的各种有组织的反种族隔离运动。北部非洲的国家纷纷走上独立之路，1957 年加纳独立，国父夸梅·恩克鲁玛任命乔治·帕德摩尔为非洲事务顾问，贝西阅读了他的著作，对共产主义和泛非主义都产生了极大的兴趣。在《鼓》杂志记者马修·恩科阿纳（Matthew Nkoana）的介绍下，1960 年，贝西加入了泛非主义者大会，尽管她在政党政治中的作用是边缘的、短暂的，但她对该党领导人罗伯特·索布奎（Robert Sobukwe, 1924—1978）毕生敬佩。贝西在与罗伯特·索布奎会面时，罗伯特·索布奎谈到他对毛泽东和中国革命名著的阅读情况，并高度赞扬毛泽东和中国革命，这对贝西都产生了重要影响。

罗伯特·索布奎自幼接受过良好的教会学校教育，以优异成绩从黑人著名学府福特哈尔大学毕业，在南非著名白人大学金山大学（University of the Witwatersrand）班图语系获得难得的语言教学职位。他思维敏捷，擅长演讲，温文尔雅，正直敬业，心怀民众，具有领导天赋。面对南非的政局，他放弃了安静稳定的大学工作，投身政治，加入非国大（非洲人国民大会）。但是 1959 年 4

月，泛非主义者大会从非国大分离出来，罗伯特·索布奎任主席。非国大意见分歧的核心是"谁是非洲人"的问题。在曼德拉的领导下，非国大持开放态度，接受白人、印度裔、"有色人"中任何反种族隔离制的人，泛非主义者大会则对这些人持怀疑和敌视态度。罗伯特·索布奎本人没有这些种族歧视思想，经过大会的激烈讨论，他们才把"有色人"也定为非洲人。

1960 年 3 月 21 日泛非主义者大会组织全国性的示威游行，要求废除南非的通行证法，大约 20000 名黑人聚集在约翰内斯堡以南大约 50 公里的沙佩维尔（Sharpeville）警察局附近。警察向示威游行者开枪，大约 69 名黑人被杀，180多人受伤，11000 多人被拘留，这就是震惊世界的"沙佩维尔大屠杀"。之后，泛非主义者大会和非国大被禁，其成员遭到逮捕、监禁、禁令等严酷的法律制裁。① 贝西于 1960 年 3 月参加了泛非主义者大会为准备抗议通行证法活动召开的讨论大会，之后参与了抗议活动，亲眼看见了索布奎被捕。在后来的多次警察袭击中，贝西本人也被捕了，警察在她的包里发现了一封关于泛非主义者大会的信，但是信的内容是批评性质的。在高院法庭上，贝西成了"国家证人"（state witness）②，这封信可能成了证明泛非主义者劣迹的证据，贝西被释放，但是她深感懊悔，因为她没有背叛之意，却被敌人利用了，从此她不再直接参加任何政治活动或表达明确的政治立场。这在她后来的作品中表现得很明显。

南非每况愈下的政局和被捕的经历对贝西的精神造成很大影响，雪上加霜的是此时她还经历了令她恐怖的性接触。笔者在博茨瓦纳塞罗韦拜访汤姆·赫辛格等贝西·黑德的友人时，他们说当事者是达乐·布兰德，这中间存在很大误会，男方认为女方有意，而女方认为男方侵犯了她，这令她陷入绝望，并于1960 年 4 月底的一个早晨吞下了 50 片安眠药，企图自杀，后被救。贝西在教会学校接受的教育让她对性问题极为谨慎，此事之后，她对看男性的眼神非常慎重，绝不流露出"请你过来"③ 的意思，这说明贝西在反省自己可能对男性无意流露出"不合适"的令人误会的眼神。住院一段时间后，1961 年 5 月她回到开普敦和《金礁城邮报》，但她无法静心完成工作，只得辞职。在失业期间，贝西和德国妇女科迪莉亚·甘瑟（Cordelia Günther）成为好友，了解了希特勒对犹太人的大屠杀，意识到纳粹对犹太人的迫害和南非的种族歧视的相似性。这在《权力之间》中的梦魇部分有明确的表述。

---

① MANDELA N. Long Walk to Freedom [M]. New York：Back Bay Books，2013：327-329.
② EILERSON G. S. Bessie Head：Thunder Behind Her Ears：Her Life and Writing [M]. Portsmouth，NH：Heinemann，1995：49.
③ HESD B. KMM 27 BHP 5. 12. 1985 [A].

贝西慢慢从抑郁状况恢复过来，继续涉足左翼政治圈，参加非种族的自由党（Liberal Party）会议，安静地坐在后边最不起眼的位置，但是她闪烁着光芒的大眼睛还是引起了伦道夫·瓦因的注意，他虽然是白人，但坚决抵制种族隔离制，他后来成为她一生中重要的朋友和导师。贝西作为开普敦唯一的黑人女记者，闻名遐迩，她在开普敦第六区的年轻人中很受欢迎，大家常常聚在一起讨论政治，多数情况是一群男青年围着贝西听她的泛非主义者政见，她也和男青年一样喝酒抽烟。贝西称自己是"肥皂盒上的伟大的泛非主义者"①，意思是她没有积极参与实际活动，只是口头宣扬和思想探索。渔夫阿明·穆罕默德（Amin Mohammed）比贝西大10岁，他们的意见并不相同，但是他被贝西的热情和犀利的思想所吸引，和她成为朋友。

贝西自己创办了《公民报》（*The Citizen*），聚焦当地社会问题，揭露种族隔离制的荒谬。在开普敦的斯塔克斯比·刘易斯旅馆（Stakesby Lewis Hostel）出售《公民报》时，贝西遇到了刚到开普敦不久的记者哈罗德·黑德（Harold Head），他也是自由党成员，和伦道夫·瓦因是朋友。相貌英俊、性格温和、善于沟通的哈罗德比贝西大半岁，两人都对阅读、写作、政治感兴趣。贝西和哈罗德·黑德于1961年9月1日结婚，从此成为贝西·黑德，她对这个名字应该是非常珍惜的，此后发表的所有作品都以此为名，即使他们在一起生活的时间只有4个年头。婚后不久哈罗德·黑德为帕特里克·邓肯（Patrick Duncan，1918—1967）新办的自由派杂志《联络》（*Contact*）工作。帕特里克·邓肯是第一个加入泛非主义者大会的白人，坚定的反种族隔离制者，遭受监禁、被禁等，1963年流亡到阿尔及利亚，后到伦敦。1962年1月伦道夫·瓦因创办了激进的《新非洲人》（*The New African*）杂志，黑德夫妇都为该杂志工作，发表文章。1962年5月，黑德夫妇的儿子霍华德（Howard，1962—2010）出生。

1962年9月到1963年10月，哈罗德·黑德在伊丽莎白港（Port Elizabeth）的《晚报》（*Evening Post*）工作，一家人在此居住一年多。在伊丽莎白港，他们见到了在开普敦结识的好友丹尼斯·布鲁特斯。丹尼斯·布鲁特斯是诗人、作家，出生在南罗得西亚（Southern Rhodesia），父母是法国人、意大利人、非洲人的后裔，1928年全家搬到南非的伊丽莎白港，被南非人种法划定为"有色人"。丹尼斯·布鲁特斯在约翰内斯堡参加抗议活动时被捕入狱，被释放后以"被禁者"身份回到伊丽莎白港。丹尼斯·布鲁特斯不顾禁令，继续致力于体育

---

① VIGNE R. A Gesture of Belonging: Letters from Bessie Head, 1965—1979 [M]. Portsmouth NH: Heinemann, 1991: 13.

事业，成立南非非种族奥林匹克委员会（South African Non-Racial Olympic Committee，SAONGA）。① 他和南非奥委会秘书长艾拉·埃默里多次写信联系，要求让黑人运动员参加奥运会，遭到拒绝。贝西和哈罗德对事态发展很关注，也注意到"埃默里"这个姓氏，但没有进一步追查，失去了了解生母的一次机会。1963 年南非政府封禁了南非非种族奥林匹克委员会，丹尼斯·布鲁特斯再次被捕，和 1962 年 8 月被捕的曼德拉等重要人物一起被关在罗本岛（Robben Island）监狱。1964 年国际奥委会以"南非种族隔离制"② 违背奥林匹克精神而禁止南非参加奥运会，此禁令直到 1991 年才解除。

丹尼斯·布鲁特斯的被捕是整个南非紧张局势的缩影，贝西·黑德在 1963年发表在《转型》上的文章《南非来信：为朋友"D. B."》（Letter from South Africa：for a Friend，"D. B."）从个人视角和心理状况反映了南非令人窒息和崩溃的政局，文字含蓄，但有撕心裂肺之感：

> 这些日子，每人都在不断地失去朋友。有些难民，像我的朋友"D. B."不愿离开。现在不管他在哪儿，我知道他都不开心。对我们这些还在这儿的人来说，生活变得更加孤独和极度孤立。南非是个极度孤独、极度悲伤的国家。它肯定是向来如此，只是当你的朋友都离开了，你才注意到这种孤独和悲伤。友谊对你这样不是很勇敢的人来说就是你的一部分；如果你有朋友，你发现自己的力量就上升到超凡的高度。你参加疯狂的计划；你像疯了一样讲话，好像和你的朋友在一起，你们就能把世界上的所有错误都修正过来。突然那个欢乐、温暖的世界就被打碎了，你被独个剩下，去面对一个可怕的、无法想象的恐惧。③

这封信中所说的"'D. B.'不愿离开"指的是他不愿意逃离这个国家，而选择了入狱。这里的"你"在很大程度上指贝西·黑德自己，她承认自己的胆小和怯懦，但相信集体的力量，在志同道合的朋友中间，她表达激烈的政治思

---

① ANACKER C. Dennis Brutus（1924—2009）[A/OL].（2020-5-26）[2010-09-30]. https：//www. blackpast. org/global-african-history/brutus-dennis-1924-2009/.

② Find Out Why South Africa Was Barred from the Olympics for 32 Years [A/OL].（2021-3-26）[2021-2-23]. https：//olympics. com/en/featured-news/why-south-africa-barred-from-the-olympics-apartheid.

③ HEAD B. Letter from South Africa：for a Friend，"D. B." [J]. Transition，1963，11（3）：40.

想和远大抱负，同时她又非常清楚要改变南非困难重重。她在这封信中还写道，"在南非关于友谊最奇妙的是，人总是并且只能通过政治结识朋友。在这个国家，每一个有思想的男人和女人都被某个党派所吸引。党派之外，你也可以有朋友，但是没有一个可以和你进行理性的或智性的对话。很多人宁愿不受启蒙。"① 这揭露了南非文学的三个特点：第一，政治性；第二，精英作家群；第三，对广大民众的启蒙任务艰巨。

1963 年 11 月，哈罗德·黑德一家又回到开普敦，但是贝西的情绪极不稳定，经常和邻居吵架，和哈罗德的关系很僵，她带着儿子到比勒陀利亚的阿提里奇维尔（Atteridgeville, Pretoria）婆婆家居住，但是很快和婆婆的关系就弄僵了。此段生活经历她在《孤独的博埃塔 L：1964 年的阿提里奇维尔》（*The Isolation of "Boeta L." Atteridgeville in 1964*）中写道："另一个潮流是很多年轻女孩婚外生子。事实上年轻人结婚极难，因为父母把他们女儿的恋人都看成'罪犯'。'罪犯'一词指任何不工作的人，因为他不爱在早晨四五点就工作，还要走 8~36 英里的路才到工作地。"② 这种代沟不是简单的价值观问题，而是两代人对种族隔离制的不同反映，父辈被动接受偏远黑人镇区生活，并且仍以劳苦工作为美德，而年轻人则不满这种被边缘化、被剥削的工作而试图反抗，最终的结果是所有人都陷入无望的生活中。

在绝望之中，贝西·黑德决定离开南非，她在报纸上看到广告，申请到了贝专纳兰在塞罗韦的教师岗位，但是她无法获得南非当局的签证，估计还是因为她当年被捕在当局有记录。她向帕特里克·邓肯的朋友，只有一面之交的帕特里克·库利南求助。帕特里克·库利南是诗人、作家，有自己的农场和磨坊厂，他和妻子温迪（Wendy）虽然都是白人，但都坚决反对种族隔离制。库利南夫妇尽最大努力帮贝西·黑德获得了"单程出境许可证"（exit permit）③，这意味着出了南非，就再也无法回来。1964 年 3 月，贝西·黑德带着不到两岁的儿子，毅然踏上流亡之途。

贝西·黑德在南非生活了 27 个年头，不幸的是她的黑色皮肤让她一出生就遭到遗弃，幸运的是她接受了正规的教育，智力和天赋得以发展。贝西·黑德

① HEAD B. Letter from South Africa: for a Friend, "D. B." [J]. Transition, 1963, 11 (3): 40.

② HEAD B. The Isolation of "Boeta L." Atteridgeville in 1964 [J]. New African, 1964, 3 (2): 28-29.

③ CULLINAN P. Imaginative Trespasser: Letters between Bessie Head, Patrick and Wendy Cullinan 1963—1977 [M]. Johannesburg: Wits University Press, 2005: 15.

的人生悲剧不仅仅是个人的，更是非洲人民的，这是她写作的源泉和力量。她对人生哲学充满探索精神，对宗教有深度的研究，对左翼政治充满热情。从记者起步，贝西·黑德开始接触广阔的社会，身处开普敦和约翰内斯堡都市文化中心，她在贫民区住过，报道过法庭审讯和抗议暴动，采访过社会名流，通过"深入到其底层，又上升到其高处"①，练就了敏锐而有洞察力的思维和简练犀利的文字风格。

贝西·黑德在南非的文学创作从一首充满痛苦和愤怒的诗歌开始，到含蓄而有内涵的散文和短篇小说。她在《新非洲人》上发表的作品是 1 首诗歌《我不喜欢的东西》(*Things I Don't Like*，1962)，6 篇散文和短篇小说《现在让我给你讲个故事……》(*Let Me Tell a Story Now...*，1963)、《不可告人的罪行》(*An Unspeakable Crime*，1963)、《温文尔雅的民族：开普省热情、不拘一格的"有色人"》(*A Gentle People：the Warm，Uncommitted "Coloureds" of the Cape*，1963)、《格拉迪斯·姆古兰杜：热情天真的艺术家》(*Gladys Mgudlandlu：the Exuberant Innocent*，1963)、《孤独的博埃塔 L：1964 年的阿提里奇维尔》(*The Isolation of "Boeta L." Atteridgeville in 1964*，1964)、《雪球：小传》(*Snowball：a Story*，1964)。在乌干达《转型》杂志上发表了 2 篇文章《南非来信：为朋友"D. B."》(*Letter from South Africa：for a Friend，"D. B."*，1963) 和《写给〈转型〉的信》(Letter to *Transition*，1964)。贝西·黑德完成了以记者经历为叙事主体的中篇自传体小说《枢机》，内容相当激进难以出版，直到 1993 年南非即将迎来新时代才出版。这些作品显示出一位作家的初步成长过程和巨大潜力。为争取自由、平等的人身权利，她和很多南非知识分子一样走上流亡之途，他们通过写作表达自己的使命感，把改变非洲人的命运作为创作的最大动力。

第二节 博茨瓦纳难民生活与小说创作成熟

贝西·黑德的重要作品都是在博茨瓦纳创作的（1964—1977），并且都以博茨瓦纳的生活为背景，而南非则如幽灵时时在作品中出没、游荡，给作品蒙上深深的恐惧和伤痛感。贝西·黑德在博茨瓦纳塞罗韦和南非开普敦的居住环境截然不同：一个是地道的非洲大乡村，另一个是国际大都会；一个临近卡拉哈

---

① EILERSON G. S. Bessie Head：Thunder Behind Her Ears：Her Life and Writing [M]. Portsmouth, NH：Heinemann, 1995：42.

里沙漠，另一个面朝大海。两地人的语言、习俗和生活方式也都不同。贝西·黑德初到塞罗韦最大的障碍是语言不通。塞罗韦是茨瓦纳人聚集地，茨瓦纳语是他们的母语。博茨瓦纳虽然是英国殖民地，但受英国影响不大，只有少数受过教育的人会讲英语，见过白人的人也不多。这是贝西·黑德爱上博茨瓦纳的主要原因，她认为可以在此找到自己作为非洲人的归属感。

一、蔡凯迪纪念学校教学工作

1964 年 3 月贝西·黑德携幼子来到博茨瓦纳时，这里正在酝酿独立。19 世纪末欧洲殖民者瓜分非洲时，英国人占领了这块土地，将它称为英国贝专纳兰保护地，首都设在南非的马弗京（Mafeking），但是英国人对这片广袤的内陆荒漠之地并不感兴趣，认为没有什么资源可以利用，只是修了一条贯通南非和南罗德西亚的铁路。为减少管理成本，英国人对此保护地采用间接管理，即由当地八大部落的酋长自行管理，让他们定期向英国政府缴纳税收即可。在英国殖民统治的 80 年间，除了一两个传教士和警察外，很少有白人在此居住。博茨瓦纳有八大部落：恩瓦托（Bangwato）、奎纳（Bakwena）、恩瓦凯策（Bangwaketse）、塔瓦纳（Batawana）、卡特拉（Kgatla）、莱特（Balete）、罗朗（Barolong）和特罗夸（Batlokwa）。① 这八个部落以其创始酋长的名字命名，相互之间有着互为交织的血缘和亲缘关系以及相似的茨瓦纳语言、文化与风俗习惯。为了便于管理，英国殖民政府承认有着相似语言、历史与文化的八大部落为当地的统治者，形成"茨瓦纳人"这一现代民族概念。"茨瓦纳"（Tswana / Setswana）一词作名词指"茨瓦纳语"，作形容词修饰文化、风俗习惯、传统等。② 茨瓦纳语的单复数变化表现在前缀上，如"茨瓦纳人"的单数形式是"Motswana"，即茨瓦纳语"tswana"加前缀"mo-"，复数形式是"Batswana"，即茨瓦纳语"tswana"加前缀"ba-"。1966 年 9 月 30 日，独立的国家恢复了自己原本的名字博茨瓦纳（Botswana）。

博茨瓦纳八大部落中，最大的部落是恩瓦托部落，在大酋长卡马三世（Khama III，约 1835—1923）领导下不断发展壮大，通过吸纳弱小部落、基督教化、加强教育的方式抵抗殖民者，在最大程度上保留了领地、民族和传统文化的完整性。塞罗韦是恩瓦托的首都，于 1902 年由卡马三世创建，到 20 世纪 60

---

① DENBOW J, THEBE P. C. Culture and Customs of Botswana [M]. Westport, CT: Greenwood Press, 2006: 1-36.

② 卢敏. 茨瓦纳文化与贝西黑德的女性观 [J]. 文艺理论与批评, 2017 (1): 82-88.

年代，塞罗韦已经发展成非洲最大的村庄之一。村庄（village）的概念是指它无法用现代意义上的城市（city）或城镇（town）来描述，但它的人口当时已达三万，主要以畜牧业和农业为生，没有任何工业。卡马去世时，他的儿子塞库马二世（Sekgoma II，1869—1925）继位两年就去世了，而他的儿子塞雷茨·卡马（Seretse Khama，1921—1980）刚 4 岁，就由叔叔蔡凯迪（Tshekedi Khama，1905—1959）摄政。蔡凯迪致力于教育发展，要让每个孩子都接受小学教育，部分孩子能接受中学教育和职业教育。到 1966 年，塞罗韦已有 9~10 所学校，还有一所著名的摩恩大学（Moeng College）。贝西·黑德应聘的是蔡凯迪纪念学校（Tshekedi Memorial School）。

在塞罗韦，蔡凯迪纪念学校算是比较好的学校了，学生也来自条件比较好的家庭。校舍都是蔡凯迪按传统年龄军团（age regiment 或茨瓦纳语 mephato）习俗召集年轻人义务修建的。在茨瓦纳传统习俗里，年龄军团和男性成年礼相关。年龄相同的男青年被召集到一起接受割礼即成年礼（bogwera），由男性年长者教导他们应当承担的家庭和社会责任，参加一个月的军训，之后只要接到召唤就要承担社区义务劳动等。卡马废除了割礼，但依然保留成年礼仪式。① 女青年也有成人礼，但没有割礼，主要由女性年长者教导她们性知识和应该承担的家庭和社会责任，没有年龄军团。蔡凯迪纪念学校的教学设施比南非"有色人"学校的条件还要差很多。更糟糕的是从 1958 年到 1965 年，博茨瓦纳连年旱灾，孩子们都是在饥饿的状态下来上学的。女孩子都是六七岁开始上小学，但是男孩子因为要在自家畜牧站（cattle post）看管牛群，一般是 10~14 岁才来上小学。

贝西·黑德被安排教一年级，但是她的教学还是不太成功，同事们评价她是"天生的记者，而不是天生的老师"②。她的控班能力较差，教室里经常发出喧闹的声音，引起其他班级学生老师和校长的注意。她后来的中篇小说《玛汝》中有生动的课堂混乱场面描写，女主角玛格丽特·凯德莫（Margaret Cadmore）面对故意挑衅捣蛋的孩子们茫然不知所措：

> 他们做好了准备的唯一迹象是，排队进教室时发出紧张的咯咯笑声。但当她关上门，走到讲台前点名时，孩子们死一般沉寂。她抬头望去，坐

---

① HEAD B. Serowe：Village of the Rain Wind ［M］. London：Heinemann Educational Books Ltd. , 1981：xv-xvi.

② EILERSON G. S. Bessie Head：Thunder Behind Her Ears：Her Life and Writing ［M］. Portsmouth, NH：Heinemann, 1995：71.

在教室最后面的一个男孩举起了手。她知道有事不对劲了。第一个星期，他们坐立不安，心不在焉。他们的注意力不在她身上，全在调整自己适应新环境。现在他们出神而专注地盯着她。她的后背冒出冷汗，流下来。

"什么事？"她问道，没有笑。

男孩摇摇头，对自己笑了笑。"我在考虑一个重要问题。"他说。

然后用他粗野的眼神直盯着她的脸："告诉我，"他说，"从何时起布须鬼能当老师了？"

教室骚动了一下，全班孩子在她眼前消失了。而她还是瞪大眼睛笔直地站着。远处他们的声音像混乱的咆哮。"你是布须曼人，"他们唱道，"你是布须曼人。"①

这里的布须曼人（Bushman）是在博茨瓦纳遭受歧视的边缘部族，又被称作萨瓦人（Basarwa）。萨瓦人和布须曼人都是蔑称，如今他们被称为桑人（San），被人类学家证明是人类最古老基因的携带者。② 桑人主要生活在南非、博茨瓦纳、纳米比亚等非洲南部丛林里，肤色较浅，呈黄色，体格比较矮小，保持自己的传统习俗，不愿接受外界"文明"化，不愿穿现代服装，也因此遭受歧视和奴役。在博茨瓦纳，萨瓦人被茨瓦纳人奴役、驱逐、边缘化的历史长达几百年，此状况直到 21 世纪才有所改变。

在非洲民族主义盛行的 20 世纪 60 年代，非黑即白的肤色才是合法的颜色，黑白混血的"有色人"和肤色呈黄色的萨瓦人都遭到黑人的严重歧视，这是贝西·黑德到博茨瓦纳后发现的一个残酷现实。她本以为逃离了南非白人的种族歧视，可以在黑人的国度找到归属感，结果发现自己的肤色又不够黑，难以得到认同。《玛汝》正是贝西·黑德在儿子霍华德上小学遭受歧视和欺凌后而创作的浪漫的跨种族婚姻故事，希望以此改变种族歧视和部族歧视。该小说也深刻地反映了贝西·黑德本人在蔡凯迪纪念学校的痛苦经历，她的控班能力是她教学失败的表层原因，深层原因是她对部族歧视和性别歧视的强烈反抗，现实中她被列入不得从事教育工作的黑名单，但小说中则描绘了受贵人相助的美好结局。

贝西·黑德到达塞罗韦后，急于融入当地生活。开始她深居简出，观察周

---

① HEAD B. Maru［M］//HEAD B. When Rain Clouds Gather & Maru. London：Pearson Educational Limited，2010：256-257.

② A History of San Peoples of South Africa［A/OL］.（2017-7-18）. http：//www.san.org.za/history.php.

围的环境和人，适应荒漠气候和生活，在荒芜和萧瑟中寻找美和生命的奇迹，这些在她的作品中留下深深的烙印。当她认为自己可以成为村庄的一部分时，便充满热情地和当地人打交道。她喜欢和受过教育、善于表达的人一起聊天，而这些人往往都是男性，他们也觉得她有趣，不同于当地妇女，自由而友好。在贝西·黑德去世7年后发表的一篇文章透露了她此时的情感困惑，她被一位年轻的政治家所吸引，她称他为自己的"秘密情人"。他是一位天生的演说家，"他是一位艺术家，用词语和清晰的数据表达他自己内心的混乱，要把人间变成天堂，他用生动、真实、鲜活的语言描述命运和独立，因为这些都捆绑在他的生活中……这种人，如有邪恶意图，会造成不可收拾的残局和灾难"①。他有时被描述成一个和她自己一样的局外人，一些重要政客的亲信，他脸上硬朗的线条有痛苦、悲伤、愤怒侵蚀的痕迹。他愤怒的表情和直视她要看穿她的样子让她恐惧。这种充满吸引力和恐惧感的复杂情感在贝西·黑德的多部作品中都有体现。

　　贝西·黑德的理想抱负和感情要求很高，但是她没有意识到自己年轻单身母亲的身份、和男人不拘一格的聊天方式、大城市人的派头不符合乡村生活的常规，引起了来自当地男人和女人不同的误解和冲突。男人认为她很随意，可以轻易和她上床，而女人认为她要抢走她们的丈夫，结果被她拒绝的男人和对她有敌意的女人都在传播她的绯闻，弄得整个村庄沸沸扬扬。而在学校，校长抓住她控班能力差的把柄，对她性骚扰，但是每次她都不肯就范，反而对校长又踢又咬，弄得全校师生围观，场面混乱，校长气急败坏，说她疯了。1965年10月，学校委员会命令她到医院检查，出具精神正常证明才能继续工作。这是让她感到最恐惧的事，从南非教会学校起，她就不断被人提醒：她的母亲是疯子，她会被遗传等。作为无国籍的人，她还怕博茨瓦纳当局到南非去查阅她的档案。她拒绝检查，自然被学校拒之门外。1965年12月，恩瓦托部落管理部教育局（Department of the Bamangwato Tribal Administration）因她擅自离岗把她列入不能从事教育行业的黑名单，这个黑名单致使她无法申请其他地区和国家的教学岗位。

二、短篇小说创作与雷迪赛尔农场工作

　　失去学校工作后，贝西·黑德失去了稳定的工资收入，孤立无援中，她写

---

① HEAD B. For "Napoleon Bonaparte", Jenny and Kate [J]. Southern African Review of Books, 1990 (6)：12-15.

信向在南非的帕特里克·库利南和流亡到伦敦的伦道夫·瓦因求助，他们都给她提供了及时的经济帮助和道义支持，鼓励她把注意力放在写作上，设法帮助她发表文章，帮她寻找其他可去的国家。

写作让贝西·黑德回到了宁静的内心世界，她到博茨瓦纳两年间写下了不少散文、札记和短篇小说，如《绿树》（*The Green Tree*）、《夏日骄阳》（*Summer Sun*）、《老妇》（*The Old Woman*）、《悲伤的食物》（*Sorrow Food*）、《来自美国的女人》（*The Woman from America*）、《焘》（*Tao*）、《致塞罗韦：非洲村落》（*For Serowe：A Village in Africa*）、《博茨瓦纳村民》（*Village People，Botswana*）、《致"拿破仑·波拿巴"、珍妮和凯特》（*For "Napoleon Bonaparte"，Jenny and Kate*）、《哪里有鸟儿在太阳风中轻飞曼舞之时》（*Where Is the Hour of the Beautiful Dancing of Birds in the Sun-Wind*）等。"哪里有鸟儿在太阳风中轻飞曼舞之时"出自特立尼达诗人哈罗德·泰利马科（Harold M. Telemaque，1909—1982）[①] 的一首诗《诗人的岗位》（*The Poet's Post*），该诗在泛非主义诗人中影响深远。"太阳风"一词给贝西·黑德很大的启发和灵感，她由此想出"雨风"（rainwind）一词，并用"雨风村"来描述塞罗韦。在之后的很多作品中，她都是用"雨风"一词来描述博茨瓦纳遭受连年旱灾，几年不见一滴雨，雨在风中就被吹干，人们只能迎风嗅雨的场景。这些作品通过对博茨瓦纳自然风景和百姓的细致描写，表达了她对这片土地和人民的认同，歌颂了在严酷的自然环境和贫穷困苦的生活中不失坚韧、善良和诚实等优良品质的百姓。这些文章在《新非洲人》（*The New African*）、《转型》（*Transition*）、《经典》（*Classic*）、《新政治家》（*The New Statesman*）等报纸杂志上陆续发表，引起国际读者的注意和好评。

然而贝西·黑德仅靠发表一两篇文章所得的稿费是不足以维持自己和儿子的日常生活的，帕特里克·范伦斯堡（Patrick van Rensburg，1931—2017）向她

---

① 贝西·黑德在引用诗句时，将诗人名 Harold M. Telemaque 拼写错误，在《塞罗韦：雨风村》（*Serowe：Village of the Rainwind*，1981）中拼写成"Harold M. Telmaque"（HEAD B. Serowe：Village of the Rain Wind［M］. London：Heinemann，1981：ix）；在《哪里有鸟儿在太阳风中轻飞曼舞之时》（*Where Is the Hour of the Beautiful Dancing of Birds in the Sun-Wind*，1993）中拼写成"Harold N. Telmaque"（DAYMOND M. J. 编辑的 The Cardinals with Meditations and Short Stories［M］. Oxford：Heinemann Educational Publishers，1993：128）。这是贝西·黑德作品中罕见的拼写错误。根据埃斯凯·姆赫雷雷（Ezekiel Mphahlele，又拼作 Es'kia Mphahlele）的引用文献，该诗歌最早发表信息为 Harold M. Telemaque，"The Poet's Post," Freedomways，IV，No. 3（Summer，1964），366；MPHAHLELE E. Voices in the Whirlwind and Other Essays［M］. London：Macmillan，1967：24。贝西·黑德提到她是从经常看的杂志上记下的这一诗句，但没有给出具体杂志名称，应该是乌干达进步杂志《转型》，但为躲避审查，刻意省去杂志名。

伸出了援助之手。帕特里克·范伦斯堡原本是南非外交官，因对南非当局的种族隔离制不满，辞去了外交官职务，惹怒了当局，护照被吊销，以难民身份逃到英国，1962 年 5 月回到非洲，在贝专纳兰开始进行教育、农业、工业发展试验。他在半自传体著作《罪恶的土地：种族隔离制历史》(Guilty Land：The History of Apartheid，1962) 中写道："1956 年 2 月，我被派到利奥波德维尔，担任南非副领事。当时我 24 岁，这是我第一次离开南非……我开始在利奥波德维尔过得很开心。我很快就有了很多朋友。我那时还年轻……"① 利奥波德维尔 (Leopoldville) 是今天的刚果，当时在比利时的统治下。比利时殖民统治、加纳独立、南非颁布的一系列种族隔离法案让帕特里克·范伦斯堡产生了叛逆意识，他不再满足于个人的舒适生活，而想为非洲创造自己心目中光明、美好的未来。

帕特里克·范伦斯堡在英国期间筹集到一些资金，帮助他在非洲实施斯瓦能项目 (The Swaneng Project，1963—1973)，恩瓦托部落管理部给他批了大片土地建造学校和试验农场等。1965 年圣诞节，贝西·黑德在帕特里克·范伦斯堡家度过，遇到英国农学家弗农·吉伯德 (Vernon Gibberd)，他于 1963 年以志愿者身份来到博茨瓦纳参加斯瓦能项目，被任命为雷迪赛尔发展协会 (Radisele Development Association) 的农场负责人，他的主要研究领域是水利和灌溉，正在进行抗旱作物以及蓄水和灌溉设施建设试验。贝西·黑德此时面临被驱赶出住处的困境，她还有 104 兰特 (Rand) 的负债，弗农·吉伯德的试验农场让她看到一线希望。她马上申请到农场去干任何体力活，得到恩瓦托部落管理部批准，1966 年 2 月来到雷迪赛尔。离开塞罗韦之前，帕特里克·范伦斯堡帮助贝西·黑德向国际防务和援助基金 (International Defence and Aid Fund) 申请到一笔援助金，还清了债务。国际防务和援助基金是英国圣保罗大教堂 (St Paul's Cathedral) 的加农·约翰·科林斯 (Canon John Collins) 于 1956 年创办的反南非种族隔离制的组织，旨在帮助种族隔离制的受害者。

贝西·黑德到雷迪赛尔农场之后，被安排暂住在接待访客的圆形茅草屋 (rondavel) 里，这里的一切都处于原始阶段，资金也很困难，她被安排做打字工作，也干一些具体的农活。弗农·吉伯德在博茨瓦纳开创性引进雨水集蓄罐

---

① VAN RENSBURG P. Guilty Land：The History of Apartheid [M]. London：Penguin，1962. 转引自 HEAD B. Serowe：Village of the Rain Wind [M]. London：Heinemann Educational Books Ltd.，1981：135.

和滴灌灌溉系统试验，非常成功。① 此时弗农·吉伯德在试种抗旱的经济作物土耳其烟草，但他本人不抽烟，贝西·黑德在南非当记者时就学会了抽烟，主动担起品烟工作，这在当地妇女中是罕见的事。贝西·黑德在弗农·吉伯德身上看到纯粹的科学精神和理想主义，同时她也知道部落管理高层里的一些人并不喜欢他。她在给伦道夫·瓦因的信中写道："他就像我的亲兄弟，一个单纯的人，充满闪光的理想主义。他让你觉得这世界可以一夜之间被改变。做理想主义者是一回事，但如此单纯便是致命的。他甚至看不出人们恨他，因为他太聪明了，而他们没有，他的聪明冒犯了他们。"② 贝西·黑德因为支持弗农·吉伯德，5 个月后就被赶出了农场接待室。

三、弗朗西斯敦难民生活与《雨云聚集之时》创作

1966 年 7 月底，贝西·黑德带着孩子、行李、包裹、书籍和手稿乘公交来到帕拉佩（Palapye），坐在邮局的台阶上，无家可归，陷入绝望。此时博茨瓦纳为迎接 9 月 30 日的独立在赶修公路，约 200 个来自南部非洲各地的男人在附近工地修路，贝西·黑德加入了他们，是工地上唯一的女人。她的工作是打字，但是 8 月底就被开除了，冠冕堂皇的原因是她打字不行，真实而龌龊的原因是她拒绝被当作男人，尤其是上司的泄欲工具。没有国籍，没有工作许可证，身无分文，贝西·黑德只能到弗朗西斯敦（Francistown）的难民营去。

弗朗西斯敦是博茨瓦纳东北角的边境城镇，由铁路向南经马弗京连接南非的开普敦，向北连接罗德西亚的布拉瓦约。这里有飞机跑道，威特沃特斯兰德土著劳工协会（Witwatersrand Native Labour Association）在此把招募到的黑人工人用飞机运送到约翰内斯堡的金矿和钻石矿去工作，这些黑人工人有本地的，也有来自安哥拉的。这里离北面的赞比亚很近，赞比西河上有渡船，可以到达维多利亚瀑布（Victoria Falls）和利文斯顿（Livingstone），从南非和罗德西亚来的难民称之为"自由渡船"（Freedom Ferry）。到 1966 年，博茨瓦纳暂居难民数在"90~120 名之间波动"③，他们都是见过世面的城市人，受过一定的教育，

---

① GIBBERD V. Summary of Research and Development Work at Radisele：September，1966-November，1968［M］. The Introduction of Rainwater Catchment Tanks and Micro-irrigation to Botswana. London：Intermediate Technology Development Group Ltd，1969：63-70.

② VIGNE R. A Gesture of Belonging：Letters from Bessie Head，1965—1979［M］. Portsmouth NH：Heinemann，1991：31.

③ EILERSON G. S. Bessie Head：Thunder Behind Her Ears：Her Life and Writing［M］. Portsmouth，NH：Heinemann，1995：88.

有一些技能，不受当地人欢迎。当地政府对难民管理也颇为难，不限制他们的行动，政府担心他们抢了当地人的就业机会，或者有间谍混入，限制他们的行动又会引起各种不满，政府决定将难民聚集在某些城镇，弗朗西斯敦是其中一个。难民营中有国大党和泛非主义大会的代表联系难民，设法帮助他们到其他国家去。

贝西·黑德也一直设法离开博茨瓦纳，但是她遇到很多困难：首先她不是政治难民，无法享受坦桑尼亚和赞比亚的政治难民优先权；其次她想申请肯尼亚、印度、英国、美国等国大学的奖学金，但是她的文凭是针对"有色人"的，被认为低于白人的高中文凭，达不到升大学的要求。她在弗朗西斯敦每月能领取 40 兰特的救济金，但是交了房租之后，所剩无几，忍饥挨饿是常事，实在没有办法时，只能到商店顺一颗包菜。她必须每周一到警察局去报道（持续 16 年），这让她感到是去受侮辱，但是从博茨瓦纳国家安全角度来说，是非常有必要的。博茨瓦纳在经济方面非常依赖南非，独立前多次面临被并入南非的局面，最终赢得政治独立，难能可贵，但经济上还是难以摆脱对南非的依赖，独立后还是采用南非货币兰特，直到 1975 年才采用自己的货币普拉（Pula）。当时它北面只有赞比亚获得独立，西面的西南非洲（South West Africa，1966 年联合国大会更名为纳米比亚，1990 年独立）正在为摆脱南非的统治而斗争，西北面的安哥拉也正在为独立而和葡萄牙斗争，东面的罗德西亚于 1965 年宣布独立，成立白人统治政府，和南非一样实行种族隔离制度。博茨瓦纳必须保护自己的黑人独立国家政治。贝西·黑德在短篇小说《气布库啤酒和独立》（*Chibuku Beer and Independence*，1966）中描写了弗朗西斯敦百姓和难民庆祝博茨瓦纳独立的场景和对独立的各种态度反应，最后她写了自己的态度："不管它是什么样的，我说它是好的，因为你内心的平静感受到它了。"①

弗朗西斯敦的布局和南非一样分了白人区和黑人区，白人区在火车站这边，条件设施较好，黑人区在另一头。弗朗西斯敦的难民营在黑人区，不是真正意义上的营地，而是一幢两层楼的白色大房子，有很大的院子，年轻的"自由斗士"（Freedom fighters）在此暂居，等待被转送到北面国家去接受军训，除此以外还有政治难民和不堪忍受南非政府种族骚扰的普通民众。贝西·黑德在此遇到很多泛非主义者，倍感亲切，但是很快就遭到个别号称泛非主义者的男人给她上政治课，胁迫她接受他的教育，包括上床，这是思想独立的她不能接受的。贝西·黑德在无人居住的丛林里租到一个简陋的木屋，有两个房间，当地人传

---

① HEAD B. Chibuku Beer and Independence [J]. The New African, 1966, 5 (9): 200.

言那木屋"闹鬼",但这并没有影响她。难民中的年轻人经常聚到贝西·黑德的门口谈学习、谈时局、谈政治、谈理想,这些讨论为她的创作提供了灵感。

贝西·黑德努力通过写作来生存,好运终于降临了,很多英美作家看到她发表的文章后主动和她通信联系,鼓励她多写一些非洲发展的故事,也有人指出她的不足。作家妮妮·埃特林格(Nini Ettlinger)在给她的信里夹了一张 50 兰特的支票,让她买一台打字机。娜奥米·米奇森(Naomi Mitchison)为她提供了很多恩瓦托部落的历史资料和信息。贝西·黑德发表在英国杂志《新政治家》上的短篇小说《来自美国的女人》(1966)为她赢得了国际出版商的关注。《来自美国的女人》描绘了来自美国加利福尼亚的女人嫁到南部非洲村庄所带来的雪崩般的影响。人们对她的态度分成两个阵营,一方爱她到痴迷,另一方害怕她带来的新事物。小说以赞扬之笔描绘了这位既爱非洲又爱美国的女人,"在她身上仿佛世上的所有逆流都停止了,而融合成令人惊叹的和谐。她有较多的非洲特征,少许德国特征,一些柴罗基特征。她大脚,高挑笔直的身材,健壮如高山之树"①。她放弃美国丰裕的物质生活,彻底融入非洲的乡村生活,以爽朗的笑声应对艰难困苦,在柴米油盐和照顾孩子间仍保持阅读和思考,敢对权威"喊叫",和美国政府派来的不敢谈及政治的黑人工作人员完全不同。该短篇小说是速写式的,对人物的勾画简练而传神,充满烟火气的内容和精准洗练的风格令人耳目一新,在英语文学界脱颖而出。美国西蒙与舒斯特出版社(Simon & Schuster)的编辑吉恩·海兰德(Jean Highland)写信建议贝西·黑德写一部小说。贝西·黑德深受鼓舞,但是她没有纸笔,吉恩·海兰德马上给她寄了一令纸,她还说服出版社为贝西·黑德的才能投资,1966 年 12 月,贝西·黑德收到出版社预支的 80 美金支票。贝西·黑德开始全身心地投入小说《雨云聚集之时》的创作中。

贝西·黑德是在弗朗西斯敦离群索居、忍饥挨饿的状况下写作的,但是她和世界各地的故友、笔友、读者、编辑、代理人等保持紧密的通讯联系。《雨云聚集之时》的创作得到西蒙与舒斯特出版社的吉恩·海兰德和其他两位编辑帕特·理德(Pat Read)、鲍勃·戈特利布(Bob Gottlieb)的一路帮助,书稿写出一部分就寄出,审读意见和改进建议与手稿再一同寄回,来来回回,反反复复,一年多时间,小说就成型了。帕特里克·库利南夫妇和伦道夫·瓦因也都在信中指导了贝西·黑德的写作,提醒她注意写作不能"没有事实之肉","与具体

---

① HEAD B. The Woman from America [J]. New Statesman, 1966 (26): 287.

现实脱钩"①，不要沉浸在幻想描写中。妮妮·埃特林格也在信中提醒她在写作中要控制情绪，保持冷静，文学不是用"愤怒的心"② 写成的。贝西·黑德几年后回顾自己在饥饿状态奋力创作的过程：

> 我不得不训练自己一周不吃食物并且坚持下来。同时还要保持头脑清醒。经常是连续好几天、好几天，我把所有的食物都留给儿子，然后彻夜在打字机上写我的书。娜奥米·米奇森不时给我 10 英镑……没有什么能和长期而彻底的饥饿让你躺着深深凝视生命相比了。我想为了未来，我应该理解了这一点。③

贝西·黑德对写作和人生的感悟，从个人肌肤之痛上升到对全世界受苦受难的人的关切和悲悯。她明白只有超越个人哀痛的作品才具有打动世界的力量，而她在困窘中得到的各种经济和物质的帮助以及持久的爱和温情，既是推动她写作的动力，也是她的作品要赋予全世界受苦受难的人的精神力量。

《雨云聚集之时》综合了贝西·黑德和哈罗德·黑德逃离南非的经历，以此为主线，以弗农·吉伯德的试验农场为叙事中心，通过农业改革试验把南非难民、国际志愿者和博茨瓦纳当地百姓联系在一起，描绘了他们共同发展非洲、建设美好家园的行动与愿景。小说用现实主义的手法记录了博茨瓦纳的部落生活习俗，7 年旱灾威胁下的生态环境，博茨瓦纳女性在恶劣的生存状况下对生活、爱情和新农业发展的热情和投入，凸显了她们的人生尊严，强调女人"不是男人眼里最廉价的商品"④。小说以浪漫主义的手法化解了新旧思想和势力的对抗，把集体主义上升到相当高的高度，让作品在高昂而充满希望和温馨的基调中结束。1969 年 3 月，小说在美国纽约西蒙与舒斯特出版社出版，好评如潮。同年 5 月，英国格兰兹（Gollancz）出版社也推出该小说。随后其他各版本和翻

---

① VIGNE R. A Gesture of Belonging：Letters from Bessie Head，1965—1979 ［M］. Portsmouth NH：Heinemann，1991：23.

② VIGNE R. A Gesture of Belonging：Letters from Bessie Head，1965—1979 ［M］. Portsmouth NH：Heinemann，1991：66.

③ VIGNE R. A Gesture of Belonging：Letters from Bessie Head，1965—1979 ［M］. Portsmouth NH：Heinemann，1991：59-60.

④ VIGNE R. A Gesture of Belonging：Letters from Bessie Head，1965—1979 ［M］. Portsmouth NH：Heinemann，1991：11.

译版也都陆续出版，"该小说在国际上大获成功"①，经久不衰。

在《雨云积聚之时》的写作过程中，贝西·黑德发现自己变了，爱上了博茨瓦纳。虽然她一直打算离开博茨瓦纳，但是机会来临时，她还是拒绝了。1964 年 8 月哈罗德·黑德在南非遭禁，他也逃离了南非，途径博茨瓦纳时找到贝西，见到母子俩后，继续前往东非再到美国，最后在加拿大定居下来，获得加拿大护照，于 1966 年邀请贝西和儿子一起到加拿大团聚。但是贝西认为他们的婚姻早就结束了，拒绝去加拿大。

1968 年 1 月，贝西·黑德 6 岁的儿子霍华德上小学了，他自幼就学会了茨瓦纳语，认为自己是博茨瓦纳人，但是学校里的大孩子说他是"有色人"，并不断找碴欺凌他。一次贝西·黑德亲眼看到 4 个 16 岁的大男孩在她家门口用石子打霍华德。贝西·黑德不敢送霍华德去上学了，自己在家教他。伦道夫·瓦因建议贝西·黑德回塞罗韦给霍华德找个好学校。贝西·黑德在弗朗西斯敦的生活相对平静，因此害怕回到塞罗韦。自 1968 年 3 月起，联合国难民事务高级专员公署（United Nations High Commission for Refugees）派专员到博茨瓦纳工作，福利事务官员特伦斯·芬利（Terence Finley）一直设法帮助贝西·黑德，还帮她申请到热带农业函授课程资助经费。为了霍华德，她只能再次求助帕特里克·范伦斯堡，他立马伸出援助之手，接受霍华德到斯瓦能小学（Swaneng Primary School）上学。

四、第一次精神崩溃与《玛汝》创作

1969 年 1 月底，贝西·黑德回到塞罗韦，再次面临住房困难问题。她刚租的房子就被房东卖了，新房东叫她搬出，她自然不肯，这个案子还闹上了法庭，结果是贝西·黑德败诉。博茨瓦纳保留了传统法庭霍特拉（Kgotla），一般设在村子中心。霍特拉是博茨瓦纳传统议会和法庭，有大小高低层级之分。每个沃德（Ward）即一片住宅区有一个小的霍特拉，由每个沃德的头人（Head／Headman）和男性长者主持议事和处理小的纠纷案件，所有男性都可以出席霍特拉会议，女性除非作为案件当事人必须出庭外，一般不得进入霍特拉。小霍特拉无法解决的案子会移交高级霍特拉，由酋长和村里的男性长者主持议事，解决问题或断案。若干年后，贝西·黑德的短篇小说《霍特拉》（*Kgotla*, 1977）生动再现了一个彩礼纠纷的断案故事。贝西·黑德无处可居的尴尬处境在中央

---

① CULLINAN P. Imaginative Trespasser: Letters between Bessie Head, Patrick and Wendy Cullinan 1963—1977 [M]. Johannesburg: Wits University Press, 2005: 114.

区委员会秘书莱尼莱茨·塞雷茨（Lenyeletse Seretse, 1920—1983）的帮助下解决了，他找到一间在村中央霍特拉附近的空茅草房让她租用。莱尼莱茨·塞雷茨在贝西·黑德刚到博茨瓦纳时也帮助她安排了住宿。

贝西·黑德回到塞罗韦，时时感到村民对她的敌意。有人问她，她在弗朗西斯敦生的孩子怎么了。她到商店购物，无人理她。最让她感到愤怒的是，有一个男青年竟然在她家门口对着她撒尿。原来村民们看到她没有工作但有钱花，就理所当然地认为她是靠和男人上床挣的钱。他们不可能想象联合国难民署每月发给她 40 兰特的救济金，还有函授课的津贴补助，她还有一些稿费。村民的传言是，她把在弗朗西斯敦生的孩子杀死后扔进了厕所。这个谣言击垮了她，因为她倒是真的渴望能再生一个女孩，但是根本没有一个能和她生孩子的人存在。她失眠严重，头痛，脑子里一直翻滚着那些别人骂她的话"狗、污秽、布须曼狗"。她恨自己，同时也对博茨瓦纳和黑人产生了深深的怨恨。

1969 年 3 月复活节期间，一夜噩梦后，她带儿子到商店购物，买了一个并无大用的收音机，在等待注册时，她看着办公室里的 3 个男人，对他们的怨恨一下爆发，歇斯底里地不停大叫大骂，人们冲进来，抓住她，发现她全身冒冷汗，身体颤抖不止，警察赶到，决定先叫救护车送到医院。医院以重症收留贝西·黑德住院，用药之后，她一觉睡了 15 个小时。在睡眠中，她再次经历了发生过的一切，思绪得到净化和升华，克服了心中的怨恨，这使她奇迹般恢复了。医护人员还在担心她闯不过鬼门关时，她醒过来，头脑清醒，心情愉快，下定决心要回家。贝西·黑德的疯狂发作让村民改变了对她的看法，他们把她看作疯子，而不是放荡的女人，谅解了她。

此时《雨云聚集之时》在英美国家出版，销量很好，好评如潮。西蒙与舒斯特出版社的儿童读物部编辑安·斯蒂芬森（Ann Stephenson）询问贝西·黑德是否能按《麦田里的守望者》（*Catcher in the Rye*, 1951）的传统写一本给青少年读者的书。贝西·黑德对此提议持怀疑态度，她强调创作状态的重要性，即直觉性和自发性，而不是计划性的。她说："如果我听到耳后的雷声，我就写得最好。"①"耳后的雷声"在博茨瓦纳代表美好、珍贵的雨水即将降临。雨水在茨瓦纳语中是"pula"，博茨瓦纳货币单位也是"普拉"，普拉还用于指一切美好的事物和人。

到 1969 年 6 月，贝西·黑德进入创作状态，开始第二部小说《玛汝》的创作。"玛汝"（Maru）是茨瓦纳语，意思是"云""天气""自然"，用于小说中

---

① HEAD B. KMM 111 BHP 24. 7. 1969. ［A］.

男主角的名字。这部小说通过浪漫化的爱情故事来处理部族歧视问题。贝西·黑德没有走《麦田里的守望者》的路子，而是把苏联作家鲍里斯·帕斯捷尔纳克（Boris Pasternak，1890—1960）的小说《日瓦戈医生》（Doctor Zhivago，1957）和《鲍里斯·帕斯捷尔纳克诗集》（Poems by Boris Pasternak，1958）以及南非爵士乐歌手米瑞安·马卡贝的情歌《当我已逝》（When I've Passed on）的节奏创造性地运用到自己的小说中。小说创作极为顺利，3个月就完成并寄给了西蒙与舒斯特出版社，但是被拒了。贝西·黑德知道这不是为儿童而写的书，她马上把稿子寄给了格兰兹出版社的编辑吉列·戈登（Giles Gordon），被接受了。

《玛汝》讲述酋长继承人玛汝不顾部族反对，放弃继承权，娶了萨瓦人女教师玛格丽特·凯德莫的浪漫爱情故事。小说基于贝西·黑德的很多个人经历，如她的教会学校经历和母亲般的老师玛格丽特·凯德莫，她初到塞罗韦被安排到图书馆居住的经历，在学校被校长学生歧视欺辱的遭遇等。但是她个人所有的痛苦经历在写作中，都通过理性、严肃而有节制的过滤，以幽默、喜剧的方式表现出来，让读者笑中带泪，笑后沉思。小说对茨瓦纳高级管理层机敏的间谍、村里的山羊、乡村的景色做了极为生动的现实主义描写，而爱情故事则基本上是发生在梦境中的，充满神秘主义色彩和空灵之感。小说于1971年由格兰兹出版社出版，好评如潮，奠定了贝西·黑德世界知名作家的地位。

《玛汝》中的跨种族婚姻很容易让人想到博茨瓦纳首届总统塞雷茨·卡马（1966—1980在位）和夫人鲁斯·威廉姆斯（Ruth Williams，1923—2002）的惊世骇俗婚姻。塞雷茨·卡马在英国留学期间爱上了贫民出身的白人女孩鲁斯·威廉姆斯，并于1948年9月在英国伦敦肯辛敦区（Kensington）登记结婚。当时种族主义盛行，双方家长和政府都极力反对他们结婚。当年10月，塞雷茨·卡马回到塞罗韦，遭到以叔叔蔡凯迪为首的部落成员的强力指责，摄政的蔡凯迪组织召开部落会议，最终的投票决议是如果塞雷茨执意娶鲁斯，他就失去世袭酋长职位。12月部落再次开会，更多的人反对此婚姻，塞雷茨被迫离开塞罗韦回到英国。几个月后，部落召开第三次会议，局面发生突转，支持塞雷茨的人成为大多数，蔡凯迪选择自我流放，离开塞罗韦。

英国政府也出面阻止此婚姻，他们担心白人至上地位受到威胁，担心南非对贝专纳兰实行经济制裁，宣布流放塞雷茨夫妇。1952年蔡凯迪回到恩瓦托部落领地皮里奎（Pilikwe）。1956年英国政府终于取消了对塞雷茨的禁令，让他以普通人的身份回到塞罗韦。1957年塞雷茨被选为恩瓦托部落管理部成员，1966年成立贝专纳兰民主党（Bechuanaland Democratic Party），1966年当选博茨瓦纳共和国总统。塞雷茨和鲁斯育有4个儿女，长子伊恩·卡马（Ian Khama，

1953—）连任两届博茨瓦纳总统（2008—2018）。迈克尔·达特菲尔德（Michael Dutfield）将塞雷茨和鲁斯的爱情故事写成纪实故事《非权宜婚姻》（*A Marriage of Inconvenience*，1990），内含丰富的文献，连霍特拉会议发言也都是实录①，并担任导演将其搬上银幕。

《玛汝》不是塞雷茨和鲁斯的爱情故事，而是贝西·黑德对充满矛盾和仇恨的部族主义和种族主义的理想化解决方案。她大胆的创造性表现在，没有选择白人女性做女主角，也没有去写英国政府的幕僚内幕，而选择了茨瓦纳族歧视的布须曼人/萨瓦人做主角，突出了他们的艺术天赋和人性尊严，这对消除非洲部族内部的歧视具有重要的意义。但是为了避免过于虚幻，贝西·黑德采用了双线爱情故事，巧妙地选用了两个男主角玛汝和玛莱卡（Moleka），他们的思想和行动如孪生兄弟般。这一关系原型出自塞雷茨·卡马和莱尼莱茨·塞雷茨，他们是堂兄弟，自幼一起长大，莱尼莱茨·塞雷茨被蔡凯迪选中陪塞雷茨·卡马一起读书，在海外接受一流高等教育，是恩瓦托高级管理层的亲信。在一虚一实的爱情故事中，玛汝和玛格丽特的爱情是虚写，酋长女儿迪克莱蒂（Dikeledi，"眼泪"的意思）和情种玛莱卡的爱情是实写。受过西式教育的迪克莱蒂也无法改变她心爱的男人用情不专的缺点，这个缺点在独立后的非洲男人中竟成了通病，令多少非洲女人伤心流泪。这一实写的爱情故事与莱尼莱茨·塞雷茨无关，泛指非洲男性在传统家庭结构被西方殖民主义破坏后，普遍丧失了家庭责任感。

五、第二次精神崩溃与《权力之问》创作

1970年，吉恩·海兰德离开西蒙与舒斯特出版社到班坦（Bantam）出版社当编辑，在她的建议下，班坦出版社以1000英镑买下了《雨云聚集之时》的平装版权，贝西·黑德决定用这笔钱给自己盖个房子。帕特里克·范伦斯堡和部落官员协商，把斯瓦能山学校（Swaneng Hill School）旁边的一小块地批给贝西·黑德盖房子，得到批准。一个月后，一座两间卧室带厨房、卫生间的小砖房盖好了，贝西·黑德给这座房子取名"雨云宅"（Rain Clouds）。与此同时帕特里克·范伦斯堡开始了另一个博伊特科（Boiteko）项目，该项目旨在发展初级工业，分了很多部门，如制陶、纺织、缝纫、种菜等，参加者主要是当地妇女。贝西·黑德加入了菜园部，并承担了指导员工作，她非常擅长园艺，还上

---

① DUTFIELD M. A Marriage of Inconvenience：The Persecution of Seretse and Ruth Khama [M]. London：Unwin Hyman，1990：xi.

了热带农业函授课，有丰富的种植经验。当地人波赛丽·西阿纳纳（Bosele Si-anana）成了贝西·黑德的终身挚友，她努力跟贝西·黑德学英语，当起她的翻译，和当地妇女一起把菜园部搞得生机勃勃。塞罗韦人开始吃上自己种植的新鲜蔬菜，而不是从南非进口来的半腐烂蔬菜。

贝西·黑德在菜园部的工作辛劳而有收获，但是她不满足于简单的体力活，一直追求高层次的智力探索。她长期患失眠症，这段时间失眠加剧，彻夜不眠，夜间出现幻觉幻听，思绪混乱，精神备受折磨，最糟糕的是在对某些人和事上，她把夜晚的梦魇和白天的现实混在一起，多疑多虑，恶语伤人，这在她给友人的信中有同样的表现，也因此失去了很多在经济和精神上帮助过她的友人。在菜园工作中，她表现正常，思路清晰，没有人发现她晚上精神错乱的情况已经持续一段时间了。1970 年圣诞节期间，贝西·黑德病倒在床几周，无人知晓。经常探望贝西·黑德的美国志愿者汤姆·赫辛格带学生到新铜矿镇塞莱比-皮奎（Selebi-Pikwe）建蔬菜农场去了。波赛丽·西阿纳纳来过，把她生病的消息传给斯瓦能项目的成员，大家开始担心起来。贝西·黑德似乎把零碎而不相关的一些信息点拼在一起，坚持认为副总统奎特·马西雷（Quett Masire，1925—2017）被美国和平队（Peace Corps）的志愿者暗杀了，而总统塞雷茨·卡马掩盖了这一阴谋。所有人都告诉她副总统还活着，没有暗杀的事情，但她坚持要揭露这个可怕的阴谋。

贝西·黑德的精神崩溃以可怕的形式爆发出来。年长的琼·布莱克莫尔（Joan Blackmore）是虔诚的基督教徒，向来以关心病弱者为己任，贝西·黑德却对她的宗教信仰持怀疑态度。她来看望病中的贝西·黑德，却被态度恶劣地拒之门外。"我为你祈祷"这样的善意话语也成了刺激因素。晚上贝西·黑德打着电筒到琼·布莱克莫尔家。琼·布莱克莫尔关切地迎上来，脸却被贝西·黑德扇了一巴掌。贝西·黑德大喊大叫，众人听到喧闹声都赶过来，她冲着众人大骂，然后跑回家。第二天一大早，她带着儿子去镇上，在邮局墙上贴了一张"大字报"①，揭露塞雷茨·卡马的"阴谋"和"乱伦"，上面赫然有她的签名。然后她回到家，泡了杯茶，静坐等待。很快警察就来询问"大字报"的事，贝西·黑德供认不讳，警察要带走她，她开始挣扎，说不能离开儿子。警察把贝西·黑德关进了监狱。在法庭上，治安法官听到她的胡言乱语，努力使她镇静，然后送她去了医院。然而这次镇静剂对她已经无效了，睡眠反而使她的大脑更

---

① EILERSON G. S. Bessie Head：Thunder Behind Her Ears：Her Life and Writing［M］. Ports-mouth, NH：Heinemann, 1995：136.

加疯狂活跃，噩梦如一幕幕大戏轮番上演。医生只能把她转到博茨瓦纳唯一的一家精神病医院——落巴策精神病医院（Lobatse Mental Hospital）。

贝西·黑德在精神病医院拒绝配合医生，拒绝完成分配的打扫卫生任务，医护人员和朋友都认为她可能几年都无法出院了。在南非的纳丁·戈迪默等友人听说后都非常焦虑，准备为她筹机票钱，送她去英国治疗。① 在精神病医院经过一段对万事冷漠的时期之后，贝西·黑德意识到她要想离开医院，必须有良好的表现，她强迫自己对他人友善，奉承医护人员，完成分配的任务，认真阅读达尔文的《物种起源》。1971 年 6 月底，贝西·黑德回到了塞罗韦，医院对她的命令是不得诋毁"某某人"，否则立马被送回医院。贝西·黑德并没有真正康复，但是她以坚强的意志表现出康复的样子，摆脱了精神病医院可怕的氛围和对病人不利的治疗方法，为自己创造了合适的康复环境和写作疗法。1971 年8 月，贝西·黑德开始第三部小说的创作，1972 年 4 月小说完成，定名为《权力之问》。

《权力之问》追溯了贝西·黑德两次疯癫的地狱之旅，开创了非洲文学心理小说的先河，但是它又不仅仅是单纯的心理探索，而是通过黑夜的梦魇和白天的现实把南非种族隔离制和博茨瓦纳的发展两条线巧妙交织起来，大手笔勾勒了人类的苦难历史，透彻剖析了权力之善恶，提出"敬畏普通人"的思想，以归属的姿态宣告非洲之于非洲人的重要意义。小说的内容相当复杂，幻觉人物和真实人物交替变换，各种宗教典故信手拈来，意识流语言悄无声息地把读者带到黑暗而混乱的无意识领域，时时挑战着读者的智力、学识和精神力量。

《权力之问》的超前性让几个出版社的编辑艰难地写出评语，做出要求"重写"的决定，但是贝西·黑德拒绝重写。贝西·黑德的新代理人海尼曼出版社的詹姆士·库里请编辑理查德·李斯特（Richard Lister）来看稿子如何修改。理查德·李斯特认为稿子很好，不需要重写，只需要他来修改一些标点符号就可以了，他指出这本书是"相当大的成就，是对持久的精神危机的内审视和有力描写"②。英国戴维斯－波因特（Davis-Poynter）出版社刚成立，愿意出版此书，并按计划于 1973 年 10 月顺利出版。美国众神图书公司（Pantheon Books）于 1974 年 5 月出版此书。《权力之问》吸引了很多文学批评家的关注，讨论相当热烈。从出版至今，近半个世纪的国际学术讨论形成这样的共识，即这部作

---

① EILERSON G. S. Bessie Head: Thunder Behind Her Ears: Her Life and Writing [M]. Portsmouth, NH: Heinemann, 1995: 163.

② HEAD B. KMM 59 BHP 279. 1972. [A].

品是世界级杰作。

从创作《雨云聚集之时》起，贝西·黑德开始对自己作为作家的职责有了越来越深刻的洞悉。她在南非被白人抛弃，便试图在黑人中获得认同，而到了博茨瓦纳后，她发现自己并不能被黑人认同。在贫困、饥饿和痛苦的生活中，她突然意识到自己的出身也许是上天赋予她的特殊的使命，她必须遭受苦难，理解苦难，然后承担起解决苦难的重任。她在给多位友人的多封信中描述自己受到了神启，或者她自己就是神的特殊感觉或视像，这些文字和她对宗教、哲学的抽象探讨在一起，混乱中又透出超凡的光芒。《玛汝》就是在这样一种精神境界中创造的，其结尾处那句"自由之风已经吹到了萨瓦人那里"[1] 呼应了这种精神。《权力之问》创作过程中，贝西·黑德更深刻地意识到自己与多数作家的不同之处。多数作家首先具有"民族特性"（national characteristics），然后是具有"普世人性"（universal humanity），但是她所处的位置不同，她面临的任务是描写"在非洲没有鞋穿的人"，她需要发自内心地去做这件事。但在此之前，贝西·黑德写道："我没有准备要做那么不重要的事，那么降级的事，但是最后，我通过相反的人生经历，彻底了解了重要人物、骄傲、傲慢、自大所带来的恐惧。"[2] 贝西·黑德意识到，耶稣和佛陀都不是她的老师，普通百姓才是她的老师，她终于放下了身段，开始真正融入博茨瓦纳百姓的生活中。

六、历史著作《塞罗韦：雨风村》及短篇小说创作

《权力之问》之后，贝西·黑德不再写自传体小说，她终于走出个人的小世界，走到博茨瓦纳百姓中去，开始创作历史著作《塞罗韦：雨风村》和博茨瓦纳乡村故事。《塞罗韦：雨风村》的灵感来自肯·麦肯奇（Ken MacKenzie）的请求。肯·麦肯奇是贝西·黑德在开普敦时的好友，《鼓》杂志的编辑，他的曾祖父约翰·麦肯奇（John Mackenzie，1835—1899）是英国伦敦传道会（London Missionary Society）的传教士，1858 年来到南非。他尽最大努力维护非洲人的利益，帮助建立贝专纳兰保护地，帮助卡马三世抵抗南非塞西尔·罗德斯操控下的英国南非公司（British South Africa Company，1889—1896）吞并恩瓦托部落的领地。约翰·麦肯奇的《奥伦治河以北十年》（*Ten Years North of the Orange River*，1871）对南非各部落的日常生活、历史事件及重要文件的记载是研究南

---

① HEAD B. Maru［M］//HEAD B. When Rain Clouds Gather & Maru. London：Pearson Educational Limited，2010：331.

② HEAD B. KMM 24 BHP 22.1.1972.［A］.

部非洲的重要资料。贝西·黑德通过查阅资料对卡马三世产生了极大兴趣，称他为卡马大帝（Khama，the Great），吉列·戈登由此建议她写一本"乡村"著作。

贝西·黑德决定以非洲人的身份写一部非洲的历史，驳斥"非洲没有历史"的谬论，她采用口述史方式写作，在波赛丽·西阿纳纳的帮助下，开始采访当地人，尤其是老人，记录他们对自己部落历史的记忆。这是一项大工程，从1973年到1974年，贝西·黑德共采访了94个人。① 《塞罗韦：雨风村》以南部非洲发展为主线，聚焦卡马三世、蔡凯迪和帕特里克·范伦斯堡三位重要历史人物，逐一记录百姓对这些人物以及他们思想和事迹的记忆和评价。这种写作方式在很大程度上限制了贝西·黑德的创造力。因此在访谈记录和历史著作的写作过程中，她同时进行短篇小说的创作。

在此时期，贝西·黑德创作了不少短篇小说，如《雅各：信仰康复牧师的故事》（Jacob, The Story of a Faith Healing Priest）、《财产》（Property）、《戴眼镜的囚犯》（The Prisoner Who Wore Glasses）、《深河》（The Deep River）、《巫术》（Witchcraft）等。其中《戴眼镜的囚犯》发表在《伦敦杂志》（London Magazine）上，被认为是贝西·黑德最受欢迎的短篇小说之一。受爱丽丝·沃克（Alice Walker）之邀，《〈巫术〉前言》② 发表在美国《女士》（Ms）杂志上。到1974年，贝西·黑德已经完成历史著作《塞罗韦：雨风村》，同时创作出13篇短篇小说，准备结集出版。然而，《塞罗韦：雨风村》和短篇小说集《珍宝收藏者及其他博茨瓦纳故事集》（The Collector of Treasures and Other Botswana Village Tales）的出版由于方方面面的原因并不顺利。《珍宝收藏者及其他博茨瓦纳故事集》于1977年出版，《塞罗韦：雨风村》一直到1981年才出版。

《珍宝收藏者及其他博茨瓦纳故事集》出版后受到各国女性主义者的青睐，一致高度赞扬贝西·黑德塑造了令人难忘、鲜活生动、丰满多样的非洲女性形象。其中《珍宝收藏者》描写的是一桩杀夫案，而在监狱接受改造的女主角迪克莱蒂（Dikeledi）被誉为"珍宝收藏者"。她本是个善良能干的女人，珍视人间的关爱、温柔和善良，她收藏的"珍宝"是人性之善和温柔。迪克莱蒂的名字在茨瓦纳语中是"眼泪"的意思，这象征了很多博茨瓦纳女性悲剧的命运，而入狱则是她们人生悲剧的极致体现。即使作为罪犯被关在监狱里，她们仍不

---

① EILERSON G. S. Bessie Head: Thunder Behind Her Ears: Her Life and Writing [M]. Portsmouth, NH: Heinemann, 1995: 165.

② HEAD B. Preface to "Witchcraft" [J]. Ms, 1975 (4): 72-73.

失女性之间的姐妹情，在劳作中互相帮助，彼此理解和支持。

《珍宝收藏者》以倒叙的方式讲述案件的来龙去脉。迪克莱蒂的丈夫加雷塞戈·莫科皮（Garesego Mokopi）在博茨瓦纳独立后成了有钱有地位的公务员，就此开始在外寻花问柳，8 年都不归家。迪克莱蒂自己拉扯孩子长大，大儿子考上了中学，但是她交不起 80 兰特的学费，只能求助孩子的父亲，却遭到拒绝。迪克莱蒂把她的遭遇告诉了邻居好友肯纳莱佩（Kenalepe）。肯纳莱佩的丈夫保罗·提波洛（Paul Thebolo）是个典型的好男人，经常帮助迪克莱蒂，他把加雷塞戈·莫科皮痛打了一顿。加雷塞戈·莫科皮不但没有改悔，反而污蔑迪克莱蒂和保罗有染。无奈之下，迪克莱蒂磨好了刀，让孩子请父亲回家。加雷塞戈·莫科皮酒足饭饱后，迪克莱蒂再次提出孩子学费问题，得到的还是敷衍的答复。贝西·黑德描写了迪克莱蒂矛盾的作案心理："他对孩子表现出的任何一点温柔都可能会击垮她，把她的思绪从一个下午精心准备好的计划中转移。"① 但是丈夫彻底的自私让她下定了决心，她在他赤身裸体熟睡中，用劳动中获得的熟练手法割掉了他的生殖器。《珍宝收藏者》在学界得到一致好评，它用温柔的方式讲述了残酷的女性悲剧。类似女性不堪忍受丈夫暴行而杀夫的故事在台湾作家李昂的《杀夫》（1983）和美国作家苏珊·格拉斯佩（Susan Glaspell）的《同命人审案》（*A Jury of Her Peers*，1917）中都有深刻的描写，这些悲剧揭露了父权社会的深恶罪行。

《珍宝收藏者及其他博茨瓦纳故事集》中的 13 个短篇小说内容各异，各具风采，既有古老的部落爱情悲剧如《深河》，也有现代宗教信仰故事如《雅各：信仰康复牧师的故事》《天堂没有关闭》（*Heaven Is Not Closed*），有批判传统陋习的故事如《巫术》《寻找雨神》（*Looking for a Rain God*），也有歌颂传统做法和生活的《霍特拉》《狩猎》（*Hunting*）等，多方面地展示了博茨瓦纳的历史传统和现代社会变迁，有悲剧也有喜剧，或者悲喜交织，文字简练清新，不失智慧、幽默和温柔色彩，每个故事都给人留下深刻的印象，深邃隽永，耐人寻味。

《权力之问》出版后，贝西·黑德在国际上已成为著名作家，但她仍然处于无国籍状态，随着儿子霍华德的长大，她对此越来越感到焦虑，因为无国籍，霍华德未来在博茨瓦纳很难就业，而霍华德的学业也很不理想。此外他的生活开支在母子生活费中占了很大比例，他的衣服比母亲的时髦，比母亲的多。贝西·黑德的身体随着年龄增长而发胖，她常年就只有一条自制的套头宽松裙。

---

① HEAD B. The Collector of Treasures［M］//HEAD B. The Collector of Treasures and Other Botswana Village Tales. Oxford：Heinemann，1977：91.

她主要的收入来源还只是写作，但是作品的出版和发表有很多不确定因素，因此贝西·黑德还是考虑离开博茨瓦纳。

1974年，贝西·黑德到博茨瓦纳首都哈博罗内（Gaborone）找联合国难民事务高级专员公署请求他们帮助她找一个接受她的国家。挪威医生玛丽特·克朗伯格（Marit Kromberg）得知贝西·黑德的意图后建议她去挪威。挪威接受南非难民，并且奥斯陆大学（University of Oslo）需要一位母语是英语的讲师教授非洲文学课。挪威那边相关手续办理得非常顺利，但是贝西·黑德对冰雪之国充满未知的恐惧。在《塞罗韦：雨风村》的写作过程中，她发现自己无法离开博茨瓦纳，最终放弃了挪威向她提供的公民身份这份厚礼。

而这一年，税收问题又困扰了她，英美国家出版的书都要纳税，博茨瓦纳税务局（Botswana Department of Income Tax）也要求她纳税，两边收税让贝西·黑德很恼火，她和代理人、出版社以及编辑都闹翻了，她还给博茨瓦纳总统塞雷茨·卡马写了一封抗议信，痛斥政府收难民税是贪婪和剥削，最终她填写了英国免税申请和博茨瓦纳免税申请，此事才告一段落。

七、文学访谈与学术交流

贝西·黑德在为日常生计、无国籍、拒稿等问题斗争时，国际上越来越多的读者和她建立了通讯联系，其中以作家、学者和高校文学专业学生为主，包括美国的爱丽丝·沃克和托妮·莫里森等，他们向她约稿或者就作品具体问题进行探讨，还有不少人亲自到塞罗韦采访她。1970年，英国作家派蒂·凯诚（Paddy Kitchen）以通信方式采访了贝西·黑德，文章发表在《泰晤士教育副刊》（*Times Educational Supplement*），由此拉开了两人16年笔友友谊的帷幕，直至贝西·黑德去世。1974年美国学者贝蒂·弗拉德金（Betty Fradkin）到南非做奥莉芙·施赖纳研究，感到奥莉芙·施赖纳和贝西·黑德有很多相似性，特意到博茨瓦纳与贝西·黑德会面，访谈以《与贝西谈话》（*Conversations with Bessie*)①之名发表，两人由此结下了深厚的友谊。1976年9月美国编辑和节目主持人李·尼科尔斯（Lee Nichols）为美国之音（VOA）做非洲作家访谈节目，采访了贝西·黑德，这是她第一个重要的访谈。1976年12月南非金山大学（University of Witwatersrand）的讲师吉恩·马夸德（Jean Marquard）到塞罗韦采访贝西·黑德，一年后文章发表在《伦敦杂志》上，采访录音也在英国广播公

---

① FRADKIN B. M. Conversations with Bessie [J]. World Literature Written in English, 1978, 17（2）：427–434.

司（BBC）播放，由此开启了贝西·黑德国际传播的新路径：广播与电视访谈。

1976 年 4 月，博茨瓦纳大学（University of Botswana）举办首届作家工作坊（Writers' Workshop），旨在把南非、博茨瓦纳、赞比亚的年轻作家聚集在一起。贝西·黑德第一次面对大学师生，非常紧张，讲话声音很轻，不过她的论文被认为是相当优秀的。在题为《小说创作的几个观点》（*Some Notes on Novel Writing*）的论文中，贝西·黑德指出，小说形式"像一个大的杂物袋，作家可以把任何东西都塞进去——他的哲学的、社会的、浪漫的等种种思考"。她给自己的作家定位是做一个"筚路蓝缕，开拓未来的先锋"①。与会的南非作家有斯蒂芬·格雷（Stephen Gray，1941—）、西弗·塞帕姆拉（Sipho Sepamla，1932—2007）和姆布雷洛·姆扎马内（Mbulelo Mzamane，1948—2014）。他们和贝西·黑德就南非局势和作家状况做了进一步交流。姆布雷洛·姆扎马内向贝西·黑德介绍了索尔·普拉杰（Sol Plaatje，1876—1932）的历史小说《姆胡迪》（*Mhudi*，1930），这是南非第一部黑人英语小说，后来斯蒂芬·格雷寄给贝西·黑德一本《姆胡迪》。早在 1973 年，南非作家蒂姆·卡曾斯（Tim Couzens，1944—2016）就向贝西·黑德介绍过索尔·普拉杰。贝西·黑德十分敬仰索尔·普拉杰，他的文风和他对卡马三世的研究资料对贝西·黑德的历史著作和历史小说的创作具有深刻的影响。

1976 年 6 月南非发生震惊世界的索韦托起义（Soweto Uprising），大规模学生示威游行，全副武装的警察动用催泪弹和子弹，造成 400~700 人死亡，其中绝大多数是儿童。② 6 月 19 日，南非最大的黑人镇区索韦托约 2000 名中学生在市政府门前游行，抗议沃斯特政府（Vorster，1974—1978）班图教育部（Department of Bantu Education）通过立法，强行规定所有高中要用阿非利卡语教授数学和社会学课程。对于黑人学生来说，阿非利卡语是种族隔离政权的象征，是对黑人的压迫，必然遭到强烈抵抗。索韦托居民约 100 万，居住拥挤，房屋简陋，缺乏基本的公共设施。居民大多是工人，在约翰内斯堡市内和周围矿区工作，每天长途往返，苦不堪言。黑人矿工很快加入学生抗议，在各地引发大规模骚动，到 6 月末流血事件结束时，上千人被捕。8 月阿非利卡语教学法令被取消。国际社会对南非实施政治和经济制裁。

黑人意识运动（Black Consciousness Movement）领袖之一史蒂夫·比科

---

① HEAD B. Some Notes on Novel Writing [J]. New Classic, 1978 (5): 30-32.
② MCKENNA A. The Soweto Uprising [A/OL]. (2017-12-10). [2016-06-16] Britannica. https://www.britannica.com/story/the-soweto-uprising.

(Steve Biko, 1946—1977) 在此次运动中被捕入狱, 于 1977 年 9 月 12 日在狱中被警察打死。史蒂夫·比科提出著名的"黑人是美丽的"(Black Is Beautiful)口号, 让黑人摆脱自卑心理, 为自己的肤色、身份和文化感到自豪, 对新一代青年学生产生巨大影响。从 1953 年班图教育法实施开始, 黑人学生接受的教育质量每况愈下, 原本讲英语和接受英语教学的学生被迫转为接受班图语教学, 结果很多学生语言不通, 教学内容混乱, 教学效果极差。在孤立和不满中成长起来的新一代黑人青年学生抵制一切与白人合作的形式, 他们无法理解父辈和白人合作的可能性, 对父辈感到愤怒。索韦托起义是 20 世纪 50 年代后, 不断加压的种族隔离制下, 黑人的愤懑蓄积到火山喷发点上的爆发。贝西·黑德对黑人意识的行动力量做了如下评价：

> 你看到它的开始是多么简单了吧！"我们到哪儿去弄到仆人呢?"这很像俄国的贵族们, 他们停止工作, 把自己的工作全部让农奴做了。这些暴动和起义是南非历史的一部分……这次, 安哥拉和莫桑比克就在他们的边境上获得了自由, 布尔人第一次考虑决定把他的臭语言强加给学校里的孩子们。祝他吞掉他的杂种语言。这是 200 人死亡换来的唯一胜利。①

贝西·黑德将布尔统治者和俄罗斯贵族相比, 暗示他们的结局将会是一样的, 十月革命的风暴让丧失劳动能力的俄罗斯贵族难以为生, 觉醒的黑人不再一味自卑, 一味温顺, 一味屈从, 他们斗争的力量也如旋风一般席卷了南非白人的统治。

20 世纪 80 年代后, 西弗·塞帕姆拉的《乘着旋风》(A Ride on the Whirlwind, 1981) 和姆布雷洛·姆扎马内的《索韦托的孩子》(Children of Soweto, 1982) 再现了索韦托起义的愤怒、血腥和暴力。曼德拉在《漫漫自由路》中也描写了 1976 年被关进罗本岛的青年学生的暴力反抗精神改变了整个监狱的氛围。面对监狱长官"摘下帽子"的命令, 他们反问："凭什么?"② 这令曼德拉这些老一辈革命者为之一振, 反种族革命斗争再次爆发出新的力量。索韦托起义使国际社会反南非种族隔离制的呼声越来越高, 这也进一步引发国际文学界对南部非洲文学的关注。

贝西·黑德的作品不仅因较早进入国际图书市场, 成为国际社会了解南部

---

① HEAD B. KMM 15 BHP 26. 7. 1976. ［A］.

② MANDELA N. Long Walk to Freedom ［M］. New York：Back Bay Books, 2013：666.

非洲文学可获得的读物，而且以丰富的生活细节、丰满的人物形象、深层的心理探索、高超的艺术表现手法征服了国际读者。各国大型文学组织和活动开始向贝西·黑德发出邀请函，请她出席参加作家工作坊、学术研讨会、大学讲座、国际书展等。这些国际活动不仅使贝西·黑德接触到同时代各国杰出的作家和他们的思想，而且使她在与国际读者的对话中对自己的文艺思想有了更多的反思、梳理和理论提升，她的文学人生走上了一个新台阶。

第三节　国际交流与文艺思想理论化

从 1977 年到 1986 年，贝西·黑德收到了 20 多个国家和国际文学、文化组织举办国际学术交流和作家工作坊的邀请，她接受了来自美国、德国、丹麦、荷兰、尼日利亚、澳大利亚等 6 个国家相关组织的全额资助邀请，也因各种原因拒绝了一些国际文学组织在加利福尼亚、洛杉矶、卢萨卡、斯德哥尔摩等城市举办的会议。国际交流使贝西·黑德有机会走出非洲，切身感受了不同国家的自然环境、生活状况和文化差异，真正和国际读者，尤其是大学读者有了面对面的交流和思想碰撞，开阔了视野，得到新的创作灵感，获得了重要的研究资料，产出了新的成果。更重要的是通过大学讲座、研讨和访谈，贝西·黑德的作品引起了众多国际高校的讲师和硕博士生的研究兴趣，他们通过研究贝西·黑德产出了卓有成效的研究成果，奠定了他们自己的学术地位，成长为贝西·黑德研究专家，学术职称也得以晋升。以贝西·黑德为中心的国际学术研究网络由此建构起来，极大推动了贝西·黑德作品的经典化。

一、美国"国际写作计划"

第一个邀请贝西·黑德走出非洲的是美籍华裔女作家聂华苓（1925—）和她的先生保罗·安格尔（Paul Engle，1908—1991）。聂华苓夫妇共同创办的爱荷华大学"国际写作计划"（International Writing Program，IWP）自 1967 年创办至今，产生了深远的国际影响。从 1970 年起国际写作计划得到美国国务院的资助，贝西·黑德赴美的往返旅行费用、在美 3 个多月每日 30 美金的生活津贴全部由美国国务院支付，美方还给贝西·黑德的儿子霍华德支付了母亲不在期间1000 美金的生活费。因贝西·黑德仍是无国籍人员，签证及旅行路线颇费周折，从哈博罗内、卢萨卡、内罗毕、伦敦、纽约到爱荷华，漫长曲折的旅程让贝西·黑德大开眼界。

1977 年 8 月到 12 月在美国期间，贝西·黑德和聂华苓结下了深厚的友谊，她们的文学艺术思想交流将在后文专节详述。贝西·黑德除了在爱荷华大学做讲座外，还应邀到加拿大比索大学（Bishop's University）、美国杰克逊州立大学（Jackson State University）、北爱荷华大学（University of Northern Iowa）做讲座，参加研讨会。在各种学术场合，讨论最多的作品是《权力之问》，但是贝西·黑德发现一般美国学生和学者并不能真正理解这部作品，但是黑人学者和学生对这部作品的接受度很高。贝西·黑德和通信多年的美国笔友汤姆·卡夫林夫妇（Tom Carvlin）、美国作家玛格丽特·沃克（Margaret Walker，1915—1998）、爱丽丝·沃克等会面。贝西·黑德在美期间的额外收获是在爱荷华大学图书馆搜集到大量非洲历史的资料，为她的历史小说《魅惑十字路口：非洲历史传奇》增加了关键史料支持。贝西·黑德的《爱荷华的甜美记忆》（*Some Happy Memories of Iowa*，1987）① 以风趣幽默的方式记录了她在爱荷华的小发现和大惊喜，笔调温馨而感人。美国之行使贝西·黑德成了世界文学名人。

1979 年 10 月，贝西·黑德在美国期间申请了博茨瓦纳公民身份，但是遭到拒绝。贝西·黑德首先感到非常委屈，因为她是代表博茨瓦纳来参加国际写作计划的，其次她非常担心无法回到博茨瓦纳。在加拿大比索大学的塞西尔·亚伯拉罕设法帮助贝西·黑德，塞西尔·亚伯拉罕是从南非流亡到加拿大的，他和哈罗德·黑德是好友。他提出贝西·黑德和哈罗德·黑德的婚姻依然是有效的，可以申请移民加拿大。在贝西·黑德考虑这个提议时，推荐贝西·黑德参加国际写作计划的美国驻博茨瓦纳大使馆临时代办弗兰克·阿尔伯提（Frank Alberti）回信了，说她以难民身份办的所有旅行证件依然有效，不影响她回到博茨瓦纳。贝西·黑德如期回到博茨瓦纳，途经伦敦时匆忙和很多南非流亡去的老朋友相见，同时也和伦敦的笔友、代理人、出版社编辑第一次会面。1979 年 2 月，博茨瓦纳政府宣布授予贝西·黑德博茨瓦纳公民身份，而这次贝西·黑德并没有提出申请。悬在贝西·黑德头顶的达摩克利斯之剑终于不复存在了，她认同的国家终于认同了她。

二、德国柏林世界文化节

1979 年 6 月，贝西·黑德应邀参加了德国柏林世界文化节（Berlin Festival of World Cultures），在其中的柏林国际文学日（Berlin International Literature Days）环节，非洲黑人作家中的精英都受邀相聚一堂，他们是尼日利亚的钦努

---

① HEAD B. Some Happy Memories of Iowa [J]. World Literature Today, 1987, 61 (3): 392.

阿·阿契贝、加纳的艾伊·奎·阿尔马（Ayi Kwei Armah，1939—）、喀麦隆的蒙哥·贝提（Mongo Beti，1932—2001）、几内亚的卡马拉·拉伊（Camara Laye，1928—1980）、尼日利亚的沃莱·索因卡（Wole Soyinka，1934—），还有贝西·黑德南非的老朋友丹尼斯·布鲁特斯和刘易斯·恩科西。受邀请的女作家只有贝西·黑德和加纳的阿玛·阿塔·艾多（Ama Ata Aldoo，1942—）。出席会议前，贝西·黑德设法阅读、了解同行作家的作品，但她在当地找不到阿玛·阿塔·艾多的作品。爱荷华大学的讲师夏绿蒂·布鲁纳（Charlotte Bruner）把自己写的一篇比较研究论文《贝西·黑德和阿玛·阿塔·艾多笔下的非洲儿童》（*Child Africa as Depicted by Bessie Head and Ama Ata Aidoo*）① 寄给了她。贝西·黑德回信感谢夏绿蒂·布鲁纳，说把这篇文章送给阿玛·阿塔·艾多是最好的见面礼。但是，阿玛·阿塔·艾多因腿部受伤住院，未能出席，贝西·黑德成为非洲唯一出席会议的女作家。

贝西·黑德在柏林为参加作家工作坊的学生们精心准备了她的发言稿《影响南部非洲文学形态的社会和政治压力》（*Social and Political Pressure that Shape Writing in Southern Africa*）。她在开篇引用了哥伦比亚作家加西亚·马尔克斯（1927—2014）在《百年孤独》（*One Hundred Years of Solitude*，1967）中关于南部非洲人的描写："在非洲的最南端，人们是如此智慧而平静，以致他们唯一的消遣就是坐着思考……"② 她指出这句话跟小说主题发展关系不大，但显示出作者惊人的观察力和广泛的同情心，和现有南部非洲历史中充满恐怖的记录截然不同："警察国家、拘留、突然而暴力的群众抗议和死亡、剥削、堕落的政治制度。"③ 贝西·黑德揭露了南非黑人遭受殖民、被不断贬低的历史。而博茨瓦纳"在整个非洲是最独特而与众不同的国家"④，它从来没有被任何外国势力征服或统治过，因此是古老非洲的一小部分。

博茨瓦纳和南非截然不同的历史和现状让贝西·黑德对作家和文学的功能有了全新的认识。她指出，"作家的主要功能是赋予生活魔力，表达一种奇迹感"，"南部非洲文学是功能性的，和人类苦难捆绑在一起；南非文学的死亡是

① BRUNER C. Child Africa as Depicted by Bessie Head and Ama Ata Aidoo［J］. Studies in the Humanities，1979（2）：5-11.

② MARQUEZ G. G. One Hundred Years of Solitude［M］. Harmondsworth：Penguin，1971：20.

③ HEAD B. Social and Political Pressure that Shape Writing in Southern Africa［J］. World Literature Written in English，1979，18（1）：20-26.

④ HEAD B. Social and Political Pressure that Shape Writing in Southern Africa［J］. World Literature Written in English，1979，18（1）：20-26.

因为它几乎被痛苦所蒙蔽；除了痛苦，人几乎不存在"①。因此她的小说是在博茨瓦纳和南非两地穿梭，交织构建起一个广阔的世界，有丰富的人物形象，黑人和白人都以鲜活的形象从地平线走向读者。贝西·黑德认为，饥饿和贫困是南部非洲最亟待解决的问题，她通过小说形式表达了比军事斗争更加理想的解决方案，即非洲的普通百姓、流亡者和国际志愿者以农业合作社形式，进行科学试验，以提高粮食生产。这些作品都是基于南部非洲社会现实的。贝西·黑德在处理贫困、饥饿、邪恶等问题时，避免对鄙俗事实和丑恶人性的彻底直录，而时刻以提升的方式，挖掘人性之美、善和温情，这种提升旨在教导民众，影响读者，发挥文学的社会功能。贝西·黑德的演讲非常成功，她擅长柏拉图式的师生对话，工作坊的讨论非常活跃，有学生由此走上贝西·黑德研究之途，并到博茨瓦纳进行调研。②

三、丹麦图书馆协会 75 周年文学庆典大会

1980 年 11 月，贝西·黑德受邀参加由丹麦图书馆协会（Danish Library Association）在丹麦哥本哈根举行的协会 75 周年文学庆典大会。丹麦图书馆协会特此出版了翻译成丹麦文的非洲文学选集，贝西·黑德的短篇小说《戴眼镜的囚犯》入选，小说标题被用作文集的标题。新书发布会邀请了贝西·黑德和恩古吉（Ngugi wa Thiong'o, 1938—）作为贵宾出席，他们在发布会上做了演讲并接受了电视采访。协会邀请霍华德和母亲同行。贝西·黑德在丹麦的 3 周时间里，出席了 8 场大型活动和会议。她还受哥本哈根大学（University of Copenhagen）和埃姆德鲁堡师范学院（Emdrupborg Teachers' Training College）的邀请，为英语系和人类学系的学生做演讲，学生们都做了充分的准备，阅读了《珍宝收藏者及其他博茨瓦纳乡村故事集》，讨论非常成功。

但是在哥本哈根的一个女性组织讲座中，贝西·黑德表达了与主办方不同的观点，令她们颇为恼火。在讲座中，贝西·黑德被问及非洲女性的社会角色，会议主办方对贝西·黑德的《权力之问》和小说集《珍宝收藏者及其他博茨瓦纳乡村故事集》都非常熟悉，她们认定贝西·黑德是女性主义者，但是贝西·黑德不喜欢这个标签，否认自己是女性主义者。贝西·黑德向来对理论、标语

---

① HEAD B. Social and Political Pressure that Shape Writing in Southern Africa [J]. World Literature Written in English, 1979, 18 (1): 20-26.

② EILERSON G. S. Bessie Head: Thunder Behind Her Ears: Her Life and Writing [M]. Portsmouth, NH: Heinemann, 1995: 229.

和陈词滥调都不感兴趣，无意挑起性别战争，不希望"在与男性隔绝的情况下表达女性的观点"①。她在哥本哈根看到女性同性恋主义和对男性极为激进的态度正成为妇女解放运动的一部分。她遇到很多女性之间相互爱恋的人，认为她们把这些情感和妇女解放思想混为一谈。她认为这是最不自然的事情，但结论是这必定是妇女解放运动的一个阶段。

在电视访谈中，贝西·黑德指出，非洲国家和很多国家一样受到同等的国际尊重，但是个体的非洲人在西方欧洲文化中还是以不被尊重的方式对待，这种歧视是以微妙的形式表现出的，如丹麦作家凯伦·布里克森（Karen Blixen）在小说《走出非洲》（Out of Africa, 1937）中用"野蛮人""野蛮动物"指非洲黑人。凯伦·布里克森的小说《走出非洲》被认为是对非洲黑人充满关心的作品，凯伦·布里克森也被认为是丹麦的国家象征。贝西·黑德的话惹怒了一些丹麦人，一位评论家指出，在凯伦·布里克森的艺术世界里，"野蛮"及其相关词语是高度赞扬的意思。② 非洲作家对《走出非洲》的看法以批评为主，恩古吉在《文学与社会》（Literature and Society）一文中指出，凯伦·布里克森是个种族主义者，她的《走出非洲》在描写非洲人时反复使用动物意象。③ 贝西·黑德在丹麦与不同思想和观点发生的冲突折射出非洲知识分子的独立性，她们不会为迎合主办方而放弃自己的思想和观点，这种坚持对于任何学术思想的发展都是有益的，不论是女性主义还是后殖民主义。

四、第二届非洲文学和英语语言国际会议

1981 年 5 月，贝西·黑德受到荷兰国际发展合作组织（The Netherlands Organisation for International Development Cooperation）的邀请，在阿姆斯特丹参加一个电视节目纪念该组织成立 25 周年。这个电视节目旨在回顾和展望它在过去和未来在第三世界合作中的作用。该组织出版了贝西·黑德的荷兰文版的《雨云聚集之时》。电视节目颇为宏大，邀请了 15 人出席专题讨论。贝西·黑德作为第三世界的嘉宾参与了五人讨论小组，其他 4 位嘉宾来自赞比亚、牙买加、巴西和菲律宾，他们就合作发展的全貌发表了个人看法，并对未来 25 年的主要任务做了展望。荷兰之行极为顺利成功。

---

① HEAD B. KMM 44 BHP 26. 1. 1981, and KMM 72 BHP 19. 9. 1982. ［A］.
② EILERSON G. S. Bessie Head: Thunder Behind Her Ears: Her Life and Writing ［M］. Portsmouth, NH: Heinemann, 1995: 239.
③ NGUGI W. T. Literature and Society ［M］//NGUGI W. T. Writers in Politics: Essays. London: Heinemann, 1981: 16.

1982年6月，尼日利亚卡拉巴尔大学（University of Calabar）举办第二届非洲文学和英语语言国际会议（Second Annual International Conference on African Literature and the English Language），贝西·黑德和恩古吉被邀请为主旨发言人。除了讲座和工作坊外，贝西·黑德还被邀请到大学课堂，学生们极为兴奋，他们都阅读过贝西·黑德的作品，提出很多问题和批评。学生们认为《权力之问》太奇怪，不同于一般的文学作品；《雨云聚集之时》因为主角马克哈亚远离政治，不受欢迎；《玛汝》中的迪克莱蒂不像非洲人；等等。这些问题反映出即使同在非洲大陆，各国的国情、文学发展状况和学生的经验和认知能力还是存在巨大的差异，青年学生的看法更明显地暴露了国家意识形态对文学的影响。贝西·黑德对学生们的批评表现得很平静，表现出文学大家的风范。对于尼日利亚政客提出要贝西·黑德去解放南非人民的要求，她回答道："南非曾有史蒂夫·比科，他们不需要我。很快就会有其他的史蒂夫·比科出现。"① 贝西·黑德在此表达了文学与政治的关系，文学创作离不开政治语境，但是文学作品不是纯粹为政治服务的，作家和政治家的目标和奋斗方式是不同的。

从尼日利亚回博茨瓦纳途经哈拉雷（Harare），贝西·黑德应邀去津巴布韦大学（University of Zimbabwe）英语系课堂做讲座。有学生读过《权力之问》，提出阅读阿契贝、恩古吉、阿尔马的作品把握很大，但是读贝西·黑德的作品感觉抓不住方向，像被抛进了西方文学中。贝西·黑德的回答是："我首先是个讲故事的人，然后才是非洲人，有着独特的写作技巧，那是天生的讲故事的人要有的一种开阔的视野。"② 贝西·黑德是土生土长的非洲人，她在创作自传体小说时根本没有离开过非洲，自然也没有西方生活经验，更没有西方大学留学背景，她广阔的创作视野和独特的写作技巧是超越非洲或西方的限定的，因此她才被更多的国际读者所接受。事实上，恰恰因为国际读者认为贝西·黑德写的是非洲的故事才去阅读她的作品，然后对非洲发生了极大兴趣，进而到非洲进行田野调查。

确实从这时起，世界各地的硕博士学生在老师的带领下开始了热火朝天的贝西·黑德研究，他们先和她通信联系，然后到博茨瓦纳对她进行访谈，跟她交流自己的论文，最后在国际期刊上发表论文。最典型的例子是南非金山大学的学生在讲师苏珊·谷德纳的带领下到博茨瓦纳采访贝西·黑德，他们把贝西·黑德收集的对自己作品发表的书评和论文条目都抄录下来，后由南非国家

---

① HEAD B. KMM 71 BHP 3. 9. 1982. ［A］.
② HEAD B. KMM 71 BHP 3. 9. 1982. ［A］.

英语文学博物馆出版了《贝西·黑德：参考文献》①，共有200多个条目，由此可见贝西·黑德在国际学界的热度已相当高。贝西·黑德通过与学生的大量书信往来和沟通，了解了读者的不同解读，对自己的作品和创作思想有了更全面深刻的认识，提炼出更高层次的文艺思想，如对《权力之问》，她写道：

> 在你对我的小说的象征阐释里，我几乎认不出自己的小说了，但你是可以被谅解的。《权力之问》是一部读者可以强烈占有的小说。我创作故事的画布很大，而我创作在画布上的故事很小，是素描式的，很不确定……恰是这种不确定的态度向读者发出开放的邀请，请他们进来，以他们自己的方式重写、重新阐释这部小说。因此《权力之问》是这样一本书，它对所有的男人和女人来说都意味着一切。
>
> 对于精神病学家来说，它是对一种可怕的精神分裂形式的描写，让人感到非常沮丧，但有助于理解鲜有人知的疯狂世界。
>
> 对妇女解放者来说，这本书是纯粹妇女解放的，暴露了男性生物这方要消除女性生物的黑暗而隐秘的意图。
>
> 对于理想主义者来说，他在生活之谜中梦想，苦苦思索，这本书的广阔开放空间就是一种无穷的乐趣，一种要重写、重梦、重阐释这个故事的诱惑。②

贝西·黑德的这段文字是对读者反映的高度概括，表现出非常从容、包涵、大度的心态，这种心态和《权力之问》刚出版时她看到某些书评的心态已截然不同了。当时她看到某些书评中有"疯狂"的字样就会表现出激动和不满。然而随着时间的推移，她本人和小说之间也拉开了一定距离，加上一代代读者不同的阐释，她欣然感到一部小说的生命价值恰恰在于有人不断阅读，不断参与讨论，不断有新的看法和阐释出现。此时她对自己的小说艺术所达到的高度也有了清晰而坦然的认识。《权力之问》的例子说明，读者、文本、作者之间一旦形成一种良好的文学生态环境，就会有新的文学思想不断生发和成熟，伴随而来的是文学作品经典化和相关文化产业的形成。

---

① GARDNER S, SCOTT P. E. Bessie Head：A Bibliography［M］. Grahamstown：National English Literary Museum，1986.
② HEAD B. KMM 342 BHP 11. 7. 1980.［A］.

五、澳大利亚阿德莱德艺术节

1984年2月至3月，贝西·黑德受邀参加澳大利亚最重要的文化活动之一阿德莱德艺术节（Adelaide Festival of Arts），同时受到在墨尔本、悉尼、霍巴特、塔斯马尼亚的好几所大学的讲座邀请。在文化节的"作家周"环节中，贝西·黑德和英国的安吉拉·卡特（Angela Carter，1940—1992）、布鲁斯·查特文（Bruce Chatwin，1940—1989）、萨尔曼·拉什迪（Salman Rushdie，1947—）、D. M. 托马斯（D. M. Thomas，1935—）、美国的拉塞尔·赫班（Russell Hoban，1925—2011）、南非的安德烈·布林克等享誉世界的作家成为活动的标志性人物，共有33位作家参加了"作家周"。主办方要求与会者以"边缘生活"（"Living on the Edge"）为题准备论文，贝西·黑德提出她的论文题目改为《生活视界》（*Living on the Horizon*），这更符合她宽广的哲学观。这一哲学观受到印度哲学大师辨喜的影响。

初到澳大利亚，贝西·黑德发现无人知道博茨瓦纳，也无人听说过她的名字。她在作品朗读环节，朗读了短篇小说《特例》（*The Special One*），为听众讲解了博茨瓦纳和她的乡村生活，引起了听众的极大兴趣。她的小说讲述了博茨瓦纳乡村爱情故事和女性对专一丈夫的渴望，尽管一夫多妻制在博茨瓦纳已不存在，但是没有婚外性行为的丈夫很少，盖纳梅策（Gaenametse）找到了专注研究《圣经》只爱她一人的丈夫，她称自己是"特例"①，感到幸福和骄傲。贝西·黑德的小说完全不同于南非的政治小说，她的小说让听众感到一丝轻松，她的"乡村意识"很符合澳大利亚人的"乡村意识"。她的5部作品《珍宝收藏者及其他博茨瓦纳乡村故事集》《雨云聚集之时》《玛汝》《塞罗韦：雨风村》《权力之问》很快销售一空，她签名签到手酸。贝西·黑德在各大学的讲座也很受欢迎，澳大利亚之行极为成功。

六、历史小说《魅惑十字路口》与自传《孤身女人》

1984年10月，贝西·黑德历经10年的历史小说《魅惑十字路口：非洲历史传奇》终于由南非阿登克出版社出版，但是此时国际社会一致抵制南非的种族隔离制，对南非出版的作品也一律采取抵制态度，该书销售极为缓慢，尽管该作品的作者本人就是种族隔离制的受害者，作品也是反种族主义的。1986年

---

① HEAD B. The Special One［M］//HEAD B. The Collector of Treasures and Other Botswana Village Tales. Oxford：Heinemann，1977：86.

美国纽约的佳作书屋出版社（Paragon House Publishers）再版了此书。

1985 年，贝西·黑德在帕特里克·范伦斯堡办的报纸《报道者》（*Mmegi Wa Dikgang*）上先后发表了两篇文章《收集口述历史》（*Collecting Oral History*）和《我为何写作》（*Why Do I Write*）。在《收集口述历史》一文中，贝西·黑德将历史著作《塞罗韦：雨风村》的完成归功于她采访的民众，指出："南部非洲百年历史是通过民众的生活故事以非正式的方式讲述的。"① 民众生动的讲述使她意识到他们对所经历过的历史事件的真切情感，如百年前他们的祖辈对恩德贝莱人的痛恨和恐惧，这种情感极大地帮助了她在历史小说《魅惑十字路口：非洲传奇》中对历史人物情感和思想的精准塑造。在《我为何写作》中，贝西·黑德讨论了文学与政治的关系、狭隘民族主义的危险和她的人民宗教观。她用以下语言表达了她把人民提升到上帝高度的原因：

> 在我的世界里，人民为自己做计划，把他们的需求告诉我。这是一个充满爱、柔情、幸福、欢笑的世界。从这个世界，我生发了对人民的爱和敬畏。……
>
> 我正在建一个通向星空的梯子。我有作者的权威把全人类和我一起带上星空。这就是我为何写作的原因。②

贝西·黑德自幼受信奉天主教的养母影响，青少年时期又在英国圣公会教会学校接受教育，当记者期间又对印度教产生浓厚的研究兴趣，但是曲折的生活经历和困苦的人生让她对这些宗教都产生了反感、排斥、质疑，对这些宗教的研究和探索让她精神崩溃，最终是博茨瓦纳的普通百姓让她彻底明白了善与恶的本质，人性中的神性。现实生活中，"人与人之间缺乏神圣感，他就会因为他的肤色而遭受折磨，被滥用、被贬低、被杀害"③，写作要通过挖掘和展示人的神性，教育民众，改变民众的彼此轻视和贬低，以及民众的自我轻视和贬低，只有这样才能提升人的价值。这就是贝西·黑德写作的原因，也是她的成功之道。

参加国际会议、到大学做讲座、与师生互动都是贝西·黑德人生中的高光时刻，但是这些高光时刻总是有限的，回到博茨瓦纳，在塞罗韦的绝大多数时

---

① HEAD B. Collecting Oral History [J]. Mmegi Wa Dikgang, 1985, 23 (3): 6.

② HEAD B. Why Do I Write [J]. Mmegi Wa Dikgang, 1985, 30 (3): 7.

③ HEAD B. Why Do I Write [J]. Mmegi Wa Dikgang, 1985, 30 (3): 7.

间里，贝西·黑德都是离群索居的，生活依然非常艰难。尽管 1979 年博茨瓦纳政府授予她公民身份，但是她的年龄已经很难找到工作，全部生计还是依靠写作。她的儿子霍华德已经成年，但是很不成器，经济上还要依赖母亲，母子关系恶化。1982 年 5 月在加拿大的哈罗德设法把儿子弄到加拿大，希望他能考上大学，或者有一技之长，但是结果令人失望，父子难以相容，1984 年 10 月，霍华德回到博茨瓦纳。1985 年 8 月，哈罗德正式提出离婚，1986 年 1 月，离婚获批。尽管贝西·黑德早就认为他们的婚姻结束了，但是这一法律上的宣布对她还是有很大的冲击的。霍华德回到塞罗韦后依然一事无成，母子经常发生激烈冲突。

1985 年 8 月，第三届津巴布韦书展（The Third Zimbabwe Book Fair）再次邀请贝西·黑德参加"妇女与图书"（Women and Books）作家工作坊，此前两次邀请都未能成行，但是这次贝西·黑德到哈博罗内机场后才拿到机票，并且还要她支付剩余未支付部分，这令她感到极大羞辱，拒绝支付，并返回塞罗韦。津巴布韦出版社还在未告知她的情况下出版了《玛汝》，在书展上出售。贝西·黑德未能出席书展，令尼日利亚的弗洛拉·恩瓦帕（Flora Nwapa，1931—1993）、阿玛·阿塔·艾多等 8 位与会非洲著名女作家深表遗憾，她们联名写信给贝西·黑德表达关切和遗憾。津巴布韦版的《玛汝》寄到后，贝西·黑德被粗制滥造的书震惊了，最后 12 页一片混乱，无法阅读，其中还夹了一张空白页。贝西·黑德拒绝和出版社签合同，拒绝接受出版社支付的任何费用。

早在 1984 年 5 月，海尼曼出版社就邀请贝西·黑德写一部自传，并且提前支付了 5000 英镑的佣金。这笔钱很快就被花光了，其中霍华德从加拿大返回的机票费就是一大笔开支，而偿还欠债后，就所剩无几了。霍华德和母亲多次争吵后，离家出走，贝西·黑德借酒消愁，她经常不吃任何食物，只喝啤酒，加上常年严重的失眠，身体受到严重伤害，自传进展缓慢。贝西·黑德手头有很多单篇文章、书信、文论等，为生计她会先发表部分文章，而整理成书则要花大力气统稿，她的精力似乎不济了。她为参加第三届津巴布韦书展精心准备了论文《作家私人工作室中的主题》（Themes Found in a Writer's Private Workshop）①，虽然未能与会宣读，但此文发表在了博茨瓦纳的报纸《报道者》上，同时以《写出南部非洲》（Writing out of Southern Africa）② 之名发表在了英国《新政治

---

① HEAD B. Themes Found in a Writer's Private Workshop [J]. Mmegi Wa Dikgang, 1985, 3 (8): 7.

② HEAD B. Writing out of Southern Africa [J]. New Statesman, 1985, 15 (8): 21-23.

家》杂志上。这是一篇非常有分量的文论。

在《写出南部非洲》中，贝西·黑德从"智力世界"（The World of the Intellect）、"一点基督教"（A bit of Christianity）、"一点泛非主义"（A Bit of Pan-Africanism）、"贝尔托·布莱希特的启发"（The Inspiration of Bertolt Brecht）、"新写作试验"（Experiments with the New）、"敬畏人民"（A Reverence for People）等六方面总结了自己的作品能走出南部非洲的主要原因，其中"一点"重复了两遍，非常值得玩味。"一点"和"启发""试验"等词表达的意思都是触探式的，对相关话题都是刚触及深处，激起读者探索欲望时就戛然而止，这正是贝西·黑德作品的重要特征之一。贝西·黑德作品的涉及面很广，她能做到对某一问题提出犀利深刻的一两句见解，但是拒绝对自己的见解做说服性的分析，把是否接受她的见解和如何阐释她的见解的权利交给了读者，这是她的作品能拥有各国高校读者群的主要原因。她对"智力世界"和"敬畏人民"的观点是非常明确的。"智力世界"是文学发生的温床，良好的教育是促进智力发展的重要条件，南部非洲能产出作家的先决条件之一是他们接受了良好的教育。"敬畏人民"是贝西·黑德文学艺术思想的核心，它有复杂的形成过程和表现方式，将在后文详细论述。

贝西·黑德努力从离婚事件和儿子出走的打击中恢复过来，答应 1986 年 9 月给海尼曼出版社交稿，1987 年 3 月到伦敦参加自传首发仪式。但是 1986 年 4 月 16 日，斯瓦能学校的老师鲁斯·福希哈默尔（Ruth Forchhammer）发现贝西·黑德病情严重，将她送到医院，医生诊断她患乙肝已经严重到不可治愈的程度，次日贝西·黑德离世，年仅 49 岁。贝西·黑德英年早逝的消息令国际文学界震惊悲痛，他们以出版论文、专著、文集等方式纪念她，其中克雷格·麦肯奇曾于 1985 年 1 月拜访过贝西·黑德，当时他刚从南非金山大学毕业，取得硕士学位，毕业论文就是贝西·黑德研究，他接过贝西·黑德未完成的自传，编辑出版了汇集诸多札记、创作笔记和文艺思想的独特自传体文集《孤身女人》。

第三章

贝西·黑德小说叙事艺术的发展与变化

贝西·黑德的创作以小说为主，并且前后有明显的创作对象和文类变化，前期作品以《枢机》《雨云聚集之时》《玛汝》《权力之问》4 部自传体中长篇小说为主，后期作品以短篇小说和历史小说为主，代表作是短篇小说集《珍宝收藏者及其他博茨瓦纳乡村故事集》和历史小说《魅惑十字路口：非洲传奇》。贝西·黑德的叙事艺术是不断发展与变化的，即使都是自传体小说，她使用的创作手法也是不同的。本章选择自传体小说《枢机》《雨云聚集之时》《权力之问》为代表，通过细读文本的方式，探讨贝西·黑德在这些作品中表现出的现代主义、现实主义、心理现实主义叙事艺术和创新之处，选择短篇小说《风与男孩》为代表，展示她逆写鲁滨孙故事的创新艺术，选择《魅惑十字路口》为代表，探讨她的历史小说叙事艺术的独到之处，以期整体呈现出贝西·黑德叙事艺术发展与变化的轨迹和特色。

第一节　《枢机》：现代艺术的尝试

《枢机》是贝西·黑德的第一部自传体中篇小说，也是唯一以南非为背景的作品，创作于 1960—1962 年，但由于南非 20 世纪 60 年代后日益严酷的种族隔离制和无处不在的审查制，该作品一直未能出版。1993 年，该作品的最早经手人帕特里克·库利南认为出版的"时机"① 到了，玛格丽特·戴蒙德编辑出版了《枢机与沉思等短篇小说集》（*The Cardinals with Meditations and Short Stories*，1993）。艾德勒·纽森（Adele S. Newson）指出，该作品的重要性在于"它预示

---

① CULLINAN P. Imaginative Trespasser: Letters between Bessie Head, Patrick and Wendy Cullinan 1963—1977 [M]. Johannesburg: Wits University Press, 2005: 41.

了贝西·黑德之后作品的主题、人物和风格选择"①。《枢机》是南非现代主义思潮的折射，以都市报纸《非洲鼓》为核心，采用片段、拼接、开放式结局等现代艺术手法展示 20 世纪 50 年代南非现代都市文化的复杂风貌和各种族人民对种族隔离制的抵制和反抗。本节将从都市报纸、都市情爱、暴力骚乱、爵士之声四个方面探讨《枢机》在内容和形式上的现代艺术特征，解读刘易斯·恩科西用"华丽 50 年代"② 概括此段南非文学史的含义。

一、都市报纸

《枢机》以南非 20 世纪 30—50 年代末的开普敦为背景，以 1957 年女主角成为《非洲鼓——人民之报》（*African Beat—The Paper of the People*）记者两三年间的经历为叙事主体，以片段和拼接的方式生动描绘了开普敦多种族混杂而居的状况和被种族隔离制终结前的众生百态。开普敦自然风光壮丽，拥有宜人的地中海气候，当时已经发展成繁华摩登的国际化大都市，是欧洲殖民者在南非最早建立的殖民地。作为连接南大西洋和印度洋的港口城市，开普敦最鲜明的特色是多种族混杂而居，形成丰富多彩的语言和文化环境。与开普敦繁华大都市形成鲜明对照的是它周围大大小小的贫民区，而这些充满暴力、酗酒、罪恶的贫民区又以独特的包容性、生命力和驱动力长久存在。

贝西·黑德在题记中对标题《枢机》做了解释，取其星相学上的意义，指"在变化中起关键作用的人"③。这些人就是女主角所在报刊编辑部里的上司和同事，他们扮演了她的写作老师和人生导师的角色。女主角的人生是从 20 岁当上《非洲鼓》的记者开始发生变化的。16 岁前她在贫民区先后以孤儿身份被 10 个家庭收养，没有固定的名字，16 岁后，孤儿福利金停发，她开始独立生活，在一家美发店当送茶女。一日她偶然发现一份新报纸《非洲鼓》，购买阅读后被其空洞的内容和粗俗的风格所震惊，便给编辑部写了封投诉信，没想到却收到编辑部的工作面谈通知。女主角初到编辑部时神态胆怯，被记者约翰尼（Johnny）戏称为"莫丝"（Mouse 老鼠），这个名字就保留了。莫丝从学习打字开始，在白人编辑皮克（PK）的咆哮和黑人同事约翰尼和詹姆斯（James）的冷嘲热讽下迅速成长为一线记者。

① NEWSON A. S. Review of the Cardinals, with Meditations and Short Stories by Bessie Head [J]. World Literature Today, 1994, 68 (4): 869-870.

② NKOSI L. Home and Exile and Other Selections [M]. London: Longman, 1983: 5.

③ HEAD B. The Cardinals [M] //HEAD B. The Cardinals with Meditations and Short Stories, Oxford: Heinemann Educational Publishers, 1993: 2.

《非洲鼓》报纸的原型是南非著名的《鼓》杂志。《鼓》杂志于 1951 年初由罗伯特·克里斯普和吉姆·贝利在开普敦创办，当时名为《非洲鼓》（*African Drum*），是南非第一个以黑人为目标读者的杂志，内容以非洲传统文化和乡村部落生活为主。但是由白人创办的杂志并不符合城市黑人读者的需求，每期的销量很少，亏损严重。到 11 月，在黑人读者和顾问委员会的建议下，杂志全面转型，以反映城市黑人生活为主，改名为《鼓》，罗伯特·克里斯普因意见不合而退出，吉姆·贝利成为独资经营者，1952 年年初总部迁到约翰内斯堡。约翰内斯堡是随金矿和钻石矿的发现开采而发展起来的城市，当时只有 50 多年的历史，黑人人口数占比最大。靠近市中心的索菲亚镇原本就是黑人"永久产权地"，已发展成为著名的黑人文化中心，与纽约的格林尼治村（Greenwich Village）形成跨大西洋的文化交流、影响和互动。

《枢机》的女主角莫丝就是在这样的文化大背景下加入了《非洲鼓》报纸开普敦分社，成了第一位黑人女记者。莫丝宽大的旧裙子裹着消瘦的身体，除了一双惊恐的大眼睛，整个面部表情和身体都是呆滞僵硬的，和《非洲鼓》报纸宣扬和打造的摩登女郎形成巨大反差。莫丝在编辑部里的工作反映了新闻从业者的双重生活：一重是他们作为都市一员的真实生活；另一重是他们作为都市生活打造者通过报纸呈现给读者的生活。报纸上呈现的生活有华丽的、动人的，也有血腥的、残酷的，而这其中有些是真实的，有些是编造的。就编辑部成员的种族结构和他们的关系来说，是混杂和融合的，不同于政府强制推行的隔离状态。白人编辑皮克和两位男性黑人记者是多年老搭档和彼此信任的好朋友，他们之间除了工作上的上下级关系外，工作和日常交流都使用平等、直白、粗暴的语言，彼此都用"笨蛋""傻瓜""浑蛋"称呼对方，有时是开玩笑、自嘲，有时是意见不同、愤怒，有时为刺激写作灵感，有时为释放压力。约翰尼骂皮克"你们白人老左分子"，而皮克用"黑人般的眼神"① 回敬。皮克每天早上和记者们的问候语是"早，奴隶们。字敲起来了"，"奴隶们"有戏称的意味，表明报社工作的强度、压力和服从性，也映射了开普敦靠奴隶劳工发家的历史。

20 世纪 50 年代的南非在国家意识形态上和进入"冷战"时期的美国非常接近，这使得两国间的文化交流非常亲密，以好莱坞电影、爵士乐和消费主义为代表的美国现代流行文化在南非几乎是同步被传播、接受和发展的。在此之

---

① HEAD B. The Cardinals ［M］//HEAD B. The Cardinals with Meditations and Short Stories. Oxford：Heinemann Educational Publishers，1993：19.

前，始于 20 年代的泛非主义思想和黑人性运动以"非洲复兴统一神话"① 的方式，将流散在世界各地的黑人和非洲大陆的黑人在精神和文化上凝聚在一起，美国哈莱姆文艺复兴以及 40—50 年代理查德·赖特（Richard Wright）、拉尔夫·埃利森（Ralph Ellison）、詹姆斯·鲍德温（James Baldwin）的作品也不断地激发南非黑人的文艺创作和发展，亚历克斯·拉古玛、刘易斯·恩科西、坎·坦巴、丹尼斯·布鲁特斯等人的短篇小说提升了《鼓》杂志的文化品位，成为该杂志最有价值的文化遗产。②

《枢机》中通过编辑和记者的工作讨论可以看出，20 世纪 50 年代的南非报刊记者接受的是美国新闻报道的两大传统，一是"黑幕揭发（扒粪）"（muck-raking），二是"人情味"（human interest），但是《枢机》揭示了美国新闻传统在南非语境中的困难。美国社会从镀金时代走到进步时代，一支强劲的推动力是新闻界的黑幕揭发运动。在 20 世纪初，由于中产阶级的形成、公共知识分子队伍的扩大、工人运动的兴起、独立报纸概念的成熟等各方面因素的推动，尤其有西奥多·罗斯福总统揭开的进步时代做背景，黑幕揭发运动达到高潮，之后美国黑幕揭发向纵深发展，逐渐成为传统和社会共识。③ 但是在 50 年代末的南非，政府审查森严，记者们所能揭发的黑幕就是暴力、暴乱和犯罪了，而这些都是以维护白人统治阶级利益的国家法律来界定的，犯罪主体自然以反抗国家不义法律的黑人居多，最典型的是曼德拉领导下的国大党的抗议斗争。《枢机》中的编辑和记者都非常清楚，他们的黑幕揭发不是推动社会进步，而是维护现有政府统治，他们深感自己干的是"脏活"，写的是"破烂"。

为体现报纸的人情味和为完成总部的任务分社也会编造假新闻。莫丝参与的一起假新闻，有人性之善和现实无奈的两面性。事情缘由是一位卧床 6 年的老妇人写信给编辑部，求助要一个轮椅。皮克认为这是个宣扬报纸爱心的机会，让莫丝想办法给老人找个轮椅，再报道一番。然而莫丝打电话给红十字会、残疾人处、救护车队，还求助陌生人，都没有结果，为了赶版面，莫丝受命临时借用轮椅，给老妇人拍了张坐轮椅的照片，发了头版，配上大粗体标题"《非洲

---

① 刘鸿武．"非洲个性"或"黑人性"：20 世纪非洲复兴统一的神话与现实［J］．思想战线，2002（4）：88.

② MATSHIKIZA J. Introduction［M］//CHAPMAN M. The "Drum" Decade：Stories from the 1950s，Pietermaritzburg：University of Kwazulu-Natal Press，1989：ix–xii.

③ 吴廷俊．理念·制度·传统：论美国"揭黑运动"的历史经验［J］．新闻大学，2010（4）：43.

鼓》——有大爱心的报纸——再次奉献"①。这个由皮克和莫丝推出的假新闻遭到约翰尼和詹姆斯的强烈谴责，他们在编辑部大吵一通。假新闻事件暴露了媒体报道和现实的差距，以及从业者面对职业道德和现实压力之间的选择、妥协或斗争，这在种族隔离制度下显得更加突出。

在严格的国家意识形态的控制下，《非洲鼓》报纸的记者们常有困兽之怒，他们希望摆脱"扒粪"工作，成为作家，自由表达思想，推翻强加给民众的错误标准，承担起推动社会进步的责任。② 这便是当时南非文人的追求和渴望，是《枢机》要表达的深层改变之意。

二、都市情爱

南非《背德法》企图消除南非 300 多年种族混居通婚的事实，竭力通过严酷的法律手段打造一个所谓的种族纯洁的社会，但遭到各种嘲讽式的抵制，更以强奸、乱伦、越轨等令人震惊的反叛方式表现出来，其结果是更多混血"有色人"的出生，大有野火烧不尽之势。贝西·黑德在《枢机》中通过对都市小报色情故事的精准把握和戏仿，揭露《背德法》的荒诞性。《枢机》只有 118 页的篇幅，却写尽了各种情爱纠葛，表现出强大的张力。这主要是通过拼接的现代艺术手法实现的。

《枢机》中，皮克派给莫丝的主要任务是到法庭旁听，写庭审报道。地方法庭每天审理的案件几乎都与《背德法》相关。《背德法》认定跨种族性关系是违背道德的，但此法的实施并没有提高公民道德，反而提高了国家犯罪率，甚至刺激一些人去冒险或挑战。皮克组织的夜间山顶混合派对（mixed party）就是其中一例。混合派对指白人男性邀请黑人女性，白人女性邀请黑人男性，带有公开的性意图的派对，以示对法律和政治的蔑视和反抗。③ 参加派对的人中，有人宣称支持不分种族的同校教育（integrated schooling /coeducation），而实际上，他们可能是在现有婚姻或性关系中遭受了性挫折，以寻求补偿，如莫娜·罗斯（Mona Ross）夫人以傲慢和赤裸的方式向约翰尼示爱，遭到拒绝后恼羞成怒。

---

① HEAD B. The Cardinals [M] //HEAD B. The Cardinals with Meditations and Short Stories. Oxford：Heinemann Educational Publishers，1993：53.

② HEAD B. The Cardinals [M] //HEAD B. The Cardinals with Meditations and Short Stories. Oxford：Heinemann Educational Publishers，1993：62.

③ HEAD B. The Cardinals [M] //HEAD B. The Cardinals with Meditations and Short Stories. Oxford：Heinemann Educational Publishers，1993：80.

与上述性关系相对应的是约翰尼和莫丝的"爱情"以及茹碧（Ruby）和约翰尼的情爱。《枢机》的叙述主体是这两对复杂的情、爱、欲的纠缠，而当事人却无从知晓他们之间的血缘关系。《枢机》开篇描绘的是 1937 年 6 月某日，一位乘轿车来的年轻漂亮的女人给贫民区的萨拉（Sarah）送来一个女婴。萨拉为那女人家洗衣服，知道孩子是私生的，因自己没有孩子，愿意收养她，取名米丽安（Miriam）。米丽安 10 岁时险些遭到养父强奸，逃了出来，后被儿童福利机构登记为夏绿蒂·史密斯（Charlotte Smith），又被送到不同人家收养直到 16 岁。夏绿蒂几乎没有受过正规教育，她 10 岁时跟贫民区里一位帮人写信的老人学会识字，15 岁时住在一位信仰共产主义的裁缝家，跟裁缝的孩子一起上了一年学，如饥似渴地读了裁缝的所有藏书。莫丝具有敏锐的心智和一定的读写能力，但困苦的生活让她表情呆滞冷漠。编辑部的三个男人对她都很粗暴，有时也用挑逗的方式看她是否真的一点不懂时尚、爱情，是否性冷漠，结果证明她确实不懂，这让他们对她又多了一份父亲般的怜悯之心。

约翰尼周围有很多女人，但是他对她们都感到厌倦了，莫丝的冷漠倒激起了他的关注，他分析她的出生、她的文字，想要把她培养成一个真正的作家，他认为让她懂得性和爱是让她"解冻"的前提。约翰尼让莫丝搬到自己的住所，帮她进行写作训练和小说创作，同时也在衣食住行各方面调教她。别人以为莫丝和约翰尼同居了，但实际上两人各住自己的房间，不越雷池一步，原因是莫丝无法打开心扉，走出自己僵死的身躯，约翰尼对性本身早已厌倦，他愿意耐心等待莫丝接受他。约翰尼无从知道的是莫丝其实是他的女儿。

《枢机》中贝西·黑德通过反传统的"女性凝视"的方式表达了非洲现代女性的主体性及其局限性，第五章的主角茹碧是女性主体性的化身。《枢机》通过第一章和第五章一个相同"国家公路"（the National Road）的路名和相似的"轿车开往贫民区"的场景呼应的方式，暗示开篇的"年轻漂亮的女人"就是茹碧。贝西·黑德虽然用了全知的叙述视角，但她没有力图保持叙事逻辑的连贯性，而采用了逻辑断裂的方式。第一章叙述莫丝在贫民区的成长和到报社就职，第二、三、四章写莫丝初到报社的各种经历，第四章结尾是约翰尼看着莫丝根据自己的提示创作的小说，陷入对自己初恋的痛苦回忆。

第五章是全书最凄美动人的一章，描述茹碧和约翰尼的悲剧恋情，可以看成是一个完整的短篇小说。在整个恋爱故事中，茹碧是把控者，约翰尼根本不知道茹碧的全部故事。第五章从逻辑上讲，不全是约翰尼的回忆，约翰尼的回忆只占了一半。这种逻辑断裂的叙述法是南非断裂的现代生活的真实反映，在贝西·黑德后期的作品中都有明显的体现，并且都达到极强的艺术表现力。第五章的现代性还表现在贝西·黑德大胆采用"女性凝视"这一反传统的艺术手法，用华美而撩人的文字描绘茹碧的女性情欲：

> ……她突然停下脚步，见他从浅滩水塘中起身，小心地在尖锐、锋利、光滑的岩石上穿行。他腿上修长、强壮的肌肉随着稳健的步伐而移动，他身上的肌肉更加光滑，经过大海的洗礼和太阳的炙烤，强壮的身体似乎充满了生机、活力和青春的力量。
>
> "多美啊！"她低语道，看着他，像任何人看到美的物体那样看着，刹那间入了迷，兴奋起来。①

贝西·黑德用诸多优美的文字描述两个年轻的灵魂和身体日渐相互吸引，不顾一切地沉浸在爱恋之中，茹碧只知道约翰尼从镇上来做渔夫，约翰尼只知道茹碧家在附近农场。茹碧和约翰尼在夜晚感到对方的隔空呼唤，而奔向彼此，他们在海边的交合充满了自然、原初的激情和生命。

茹碧对约翰尼赤裸身体的凝视和赞美发自原初生命力的萌动，是在海边晨曦和夜幕的掩护下发生的，但是这种青春激情丝毫经不起现实阶级壁垒的考验。在白天的大街上，茹碧"看见"约翰尼，他手上拿着大捆的鱼向她走来，她失去了"凝视"他的勇气，因为约翰尼"没有穿西装"，而茹碧身边是西装革履的男同学派迪（Paddy），相形之下，她就装作不认识约翰尼，但她看见约翰尼带着蔑视的眼神走过。从此茹碧不再能听见约翰尼在海边呼唤她，因而病倒了，这时医生又告诉她她怀孕了，她父母要她赶紧结婚，但她向父亲承认自己是个道德懦夫，无法放下身段和约翰尼结婚。为掩盖家丑，茹碧的母亲把她关在家里，直到孩子出生。派迪一直想攀附茹碧家，愿意娶她，但是不要孩子。茹碧答应把孩子送掉后和派迪结婚到外地去生活，然而送走孩子回到家后，茹碧就割腕自杀了。

茹碧的命运悲剧始于她对以"西装"为标志的阶级差距的认识。在海边，约翰尼赤裸健美的身体和高傲的灵魂深深地吸引了她，其他渔夫对她尊重、友善而又冷漠的态度助长了她的胆量。但是在白天的大街上，派迪的西装以醒目的方式告诉她阶级地位的差距，通过派迪的眼睛，她看到的是底层的约翰尼，她惊恐地认识到自己没有冲破阶级壁垒的勇气。而约翰尼的蔑视彻底击垮了她。

---

① HEAD B. The Cardinals［M］//HEAD B. The Cardinals with Meditations and Short Stories. Oxford：Heinemann Educational Publishers，1993：43.

茹碧是一个自我意识非常强烈的女性，她喜欢约翰尼骄傲的灵魂，当她的怯懦被约翰尼发现后，她接受母亲的"囚禁"作为自我惩罚，当她彻底失去约翰尼的孩子时，她毅然用死来偿付自己的错误。茹碧的整体形象具有女性主义的特质，她充满生机和活力，敢于表达自己的情欲，对约翰尼的爱情是纯洁真诚的。但她过于年轻，没有丰富的人生经验，没有对抗社会压力的能力。她骄傲的灵魂没有学会妥协与和解，只能独自承担一切人生后果。她的人生比伍尔芙在《自己的一间屋》中所写的"莎士比亚的妹妹"① 的人生又前进了一大步，因为她的爱情和孩子都是她个人意志和主动行为的结果，而不是上当受骗的结果。她的怯懦是一时的，而她的胆量和勇气是一生的。

三、暴力骚乱

黑帮、暴力和骚乱是南非现代社会无法摆脱的底色，自然成为南非新闻报道和文学创作的主要内容。《枢机》以莫丝小说创作的方式呈现黑帮故事，对黑帮帮派打斗、劫杀等暴力行为做了浪漫化处理，但是以现实主义方式描绘了更多的暴力和骚乱：家庭暴力、无名杀戮、民众抗议骚乱、警察暴力等。这些暴力的描写所占篇幅不多，都是点到为止，但散布全书，点绘式地勾勒出暴力恐怖无处不在的南非社会。

莫丝的第一篇小说就是黑帮故事，是在约翰尼的授意下完成的。约翰尼擅长新闻写作，文笔干练犀利，他发现莫丝的文笔能生动地捕捉到人性的微妙之处，更适合小说创作。他把自己在贫民区和黑帮周旋的零碎信息给了莫丝，让她写一篇短篇小说，莫丝拿出了让约翰尼称赞的作品。莫丝的第一篇小说以插入的方式呈现在第四章，和第五章约翰尼的回忆拼接成《枢机》中的黑帮故事。莫丝的小说没有题目，以赛弥（Sammy）在贫民区一天的生活为主，但这一天不同寻常：赛弥和老五（Five）狭路相逢，心高气傲的赛弥再次拒绝老五要他加入黑帮的要求，然后赛弥在餐馆打工碰到一个漂亮女孩，约她晚上看电影，看完电影后老五手下的一帮人再次逼他入伙，赛弥仍不答应，就被抹了脖子。莫丝的小说中赛弥和老五的对话颇为精彩，一个蛮横，一个高傲；餐馆老板也刻画得很传神，他的波兰口音、生意人的快活腔调、对女顾客的殷勤等都表现得活灵活现；赛弥和女孩子在电影中的身体触摸颇有乔伊斯的"顿悟"（epiphany）

---

① 弗吉尼亚·伍尔芙. 自己的一间屋［M］//乔继堂，等. 伍尔芙随笔全集：卷2. 北京：中国社会科学出版社，2001：532.

之神，揭示了"性和死亡"① 的主题，该主题在茹碧和约翰尼的故事中得到呼应。

莫丝的小说对黑帮暴力行为的直接描述只有两处，一是说明老五名字的由来，老五是该贫民区最强黑帮的老大，多年前他左手五个手指在帮派打斗中被全部砍掉，由此而得名；二是老五手下突袭赛弥。黑帮靠的是团伙暴力在贫民区称霸。对于贫民区的年轻人来说，加入黑帮是最容易的挣钱路子，而且风险最小。② 这些来钱容易、穿着时尚的年轻人被称作"托西"（Tsotsi）。"托西"是都市非洲人对40年代流行的"佐特套装"（Zoot Suit）的称法。大卫·考普兰（David Coplan）指出："托西原本指年轻的、城市出生的、黑人'骗子'，能说英语和阿非利肯语，能操纵白人体制。"③ "托西"多靠机智而不是暴力夺取白人经济。但随着种族隔离制的加强，黑人境遇每况愈下，"托西"集结成黑帮，进行盗窃、抢劫及其他暴力犯罪。"托西"一词也变成泛指所有城市犯罪。"托西"嗜血成性，杀人不眨眼，给社会带来恐怖和威胁，但是看一看贫民区孩子靠捡垃圾为生的状况，暴力的根源就很清楚了，因此《枢机》对黑帮的处理是通过莫丝的小说展示的，有浪漫化倾向，出于对暴力根源的深切感知。

和政府强行执行《通行证法》《背德法》《种族区域法》相比，杀富济贫的黑帮如同绿林好汉，而民众抗议不义法律的骚乱和警察暴力倒是更真实的现实。《枢机》中描写了一个小镇上人们为抗议《通行证法》而发起的骚乱。骚乱原因是《通行证法》让人们心中的屈辱和怒火积攒到一定程度而爆发了，但是民众骚乱的结果是政府更强的打压。贝西·黑德写道："他们烧掉一两个车库，抢劫一两个商店，但这就像愤怒的盲人在自己黑暗的世界乱打一通一样。这样做无法抵消他们要遭受起诉的代价。它只能带来更多的枷锁。"④ 皮克、约翰尼和詹姆斯接到暴动消息赶到现场时，警察（Defense Force）已经封锁了小镇，官方话语是"局势已经被很好地控制了"。皮克一行深知民众骚乱的代价是被封锁至少一周，这意味着如果没有人道主义援救，这些人就会被饿死、困死。他们等到天黑设法进入封锁区，采访到当事人：

① DAYMOND M. J. Introduction [M] //HEAD B. The Cardinals with Meditations and Short Stories. Oxford：Heinemann Educational Publishers，1993：xii.
② HEAD B. The Cardinals [M] //HEAD B. The Cardinals with Meditations and Short Stories. Oxford：Heinemann Educational Publishers，1993：42.
③ COPLAN D. In Township Tonight! South Africa's Black City Music and Theatre [M]. Chicago：The University of Chicago Press，2008：201.
④ HEAD B. The Cardinals [M] //HEAD B. The Cardinals with Meditations and Short Stories. Oxford：Heinemann Educational Publishers，1993：69.

"当有这样的事情发生时，我们都参加了。甚至那些不情愿的人，还有老人、妇女和孩子都必须参加。如果要遭受惩罚，我们大家一起遭受。"他们说。那是手无寸铁，被逼到绝望境地的人的无畏呐喊。①

这段话揭示了黑人团结一致反抗的决心，是被压迫者的反抗，他们视死如归。这样的反抗在20世纪50年代的南非时时发生，警察暴力也不断升级。1960年震惊世界的沙佩维尔大屠杀就是在抗议者手无寸铁、警察全副武装的情况下发生的。

皮克和约翰尼冒着生命危险来报道事件真相，呼吁人道主义援救。他们对"白色南非"有各自的看法，皮克感到自己无力改变世界，只能坐等"其必然结果"，约翰尼则要为"自由而战"②，但不加入任何派别，詹姆斯只是骑墙观望。"白色南非"如同一个巨大的笼子，把所有人都关进去，人们犹如笼中困兽，因愤怒而彼此伤害。贝西·黑德在描写民众骚乱时，没有涉及警察和民众的冲突，但是警察控制了局势，说明警察武装力量的强大。

警察暴力是通过皮克被监狱里的警察打得鼻青脸肿来体现的。皮克貌似闹剧的监狱经历再次揭露了《背德法》的荒诞性。皮克独自一人在酒吧喝多了，摇摇晃晃走在街上，一个16岁过路的女孩看见他趴在电线杆上，就想扶他到路边的凳子上，就在这时警察过来了，看见"一个有色女孩的棕色胳膊搭在一个所谓白人男子的肩上"③，警察马上以违反《背德法》的罪名把他们抓到法庭。女孩的父母大闹法庭，法官撤了案子。皮克被关了一晚上，警察以为他是犹太人，对他一顿乱踹。而这一切都是皮克酒醒后别人告诉他的。身为白人的皮克的荒唐经历说明南非种族隔离制下，执行国家暴力的警察肆意使用权力，他们抓住一切可以行使暴力的机会，根本无意深究事情的真相和本质。

四、爵士之声

爵士乐是黑人音乐，在20世纪20年代进入美国主流社会，并迅速传播到大西洋对岸，进而风靡全球，成为时代的音乐和现代文化的标志。爵士乐在20

---

① HEAD B. The Cardinals［M］//HEAD B. The Cardinals with Meditations and Short Stories. Oxford：Heinemann Educational Publishers，1993：70.

② HEAD B. The Cardinals［M］//HEAD B. The Cardinals with Meditations and Short Stories. Oxford：Heinemann Educational Publishers，1993：70-71.

③ HEAD B. The Cardinals［M］//HEAD B. The Cardinals with Meditations and Short Stories. Oxford：Heinemann Educational Publishers，1993：107.

世纪 30 年代至 60 年代早期在南非大都市开普敦盛行①，这既是回归故乡，又激发了现代黑人爵士乐的飞跃性发展。爵士乐是用现代、黑人、都市三个词来定义的音乐，其传播通常表达的是黑人共同的城市化经历，及其历史（传统上是农村和社区）经验与现代殖民地大都市之间不和谐的关系。② 南非爵士乐研究专家克里斯托弗·巴兰汀（Christopher Ballantine）指出，爵士乐在非洲代表两方面的信念。一方面代表的是自由和个人主义信念，这在一定程度上是南非非洲人国民大会的小资产阶级观点和做法的结果。另一方面代表的是激进的观点和做法，即爵士乐的非洲性具有内在价值，可以协助推动更根本的社会变革，在思想上表现为新非洲主义，并促成了南非非洲人国民大会青年联盟的成立。③这两种对爵士乐的信念在《枢机》中都有反映。

《枢机》中约翰尼对爵士乐的态度属于激进派，而白人编辑皮克则从个人的角度来欣赏爵士乐。约翰尼批评詹姆斯以欧洲文化标准和价值观来描写贫民区里的黑人，没有写出黑人真实的精神面貌，教导他要向爵士乐那样捕捉时代的节奏和真实的生活：

> "你在过去 4 年左右的时间努力摆脱你骨子里的贫民气息。你终于摆脱了之后，就把莫扎特、巴赫、肖邦当作文化。那会怎样？你会和 6 年前一样毫无希望。……如果你想要文化，我最好告诉你，巴赫和肖邦的音乐形式死了、死了、死了。它属于客厅茶会的时代和动辄晕倒的女士们。今天的音乐是爵士乐。爵士乐是唯一能反映我们生活的时代的速度和节奏的音乐。"④

约翰尼一针见血地指出，从南非黑人贫民区奋斗出来的人要抛弃自己的文化根基，在艺术文学创作中，用欧洲的文化形式和价值观来包装自己，肯定是行不通的。约翰尼的批评包含鲜明的黑人意识和新非洲主义。20 世纪 50 年代是

---

① MULLER C. Capturing the "Spirit of Africa" in the Jazz Singing of South African-Born Sathima Bea Bemjamin [J]. Research in African Literature, 2001, 32 (2): 133-152.

② TITLESTAD M. Jazz Discourse and Black South African Modernity, with Special Reference to "Matshikese" [J]. American Ethnologist, 2005, 32 (2): 210-221.

③ BALLANTINE C. Music and Emancipation: The Social Role of Black Jazz and Vaudeville in South Africa between the 1920s and the Early 1940s [J]. Journal of Southern African Studies, 1991, 17 (1): 129.

④ HEAD B. The Cardinals [M] //HEAD B. The Cardinals with Meditations and Short Stories. Oxford: Heinemann Educational Publishers, 1993: 16.

非洲城市工人阶级和工会迅速发展的年代，黑人意识得到提升，克服了黑人之间的阶级分化。新非洲主义倡导在黑人都市文化中加入土著特征，并以此为荣，非洲爵士乐自然成为不同于欧洲的、具有非洲特色的现代性的理想例子。皮克对爵士乐的欣赏更具有个人意味。他和约翰尼有一段关于文字和音乐差异的对话，认为："文字交流依赖于理性和逻辑。爵士乐人通过音乐向我倾诉，但我无法用文字把他通过音乐传达给我的内容翻译出来。"① 而那无法用文字表达的恰恰是爵士乐最触动人心的部分。

《枢机》中提到美国黑人爵士音乐家、小号手迈尔斯·戴维斯（Miles Davis），他既代表时代风尚，又代表创新精神。在20世纪40—60年代，他参与创造了酷爵士（Cool Jazz）、硬波普（Hard Bop）、融合爵士（Fusion Jazz）等爵士曲风。1959年推出的即兴专辑《泛蓝调调》（Kind of Blue）是爵士史上的不朽之作。他认为："所谓传统，本当是具有更广泛意义的事。它并不能简单地被继承，而是需要你付出巨大的精力才能从中汲取到养料。"② 迈尔斯·戴维斯的创新精神带给非洲爵士乐人巨大的灵感和精神鼓励。爵士乐在美国是受压迫的黑人音乐，因此在南非黑人中立刻得到相同表达和回应。卡罗尔·穆勒（Carol Muller）指出："南非爵士乐一般指黑人和'有色人'创作的音乐，而其消费者和表演者则范围极广，绝不限于单一个体和群体。"③ 非洲爵士乐是平等、世界主义、黑人团结的音乐，不是狭隘的部族主义，因此赢得了大量像皮克一样的欣赏者。

《枢机》中约翰尼和皮克对爵士乐的评论不多，但相当精彩，透露了报纸杂志评论和爵士乐在南非的流行之间的互动关系，这种互动关系促成了南非特色的现代文化。戴维·考普兰指出，《鼓》《班图世界》《金礁城邮报》《纳塔尔太阳报》等报纸、杂志上刊登的托德·马特史克扎、坎·坦巴、卡塞·莫西西、亨利·恩苏马洛、刘易斯·恩科西、埃斯凯·姆赫雷雷、纳特·那卡萨等人撰写的激励人心、入木三分的精辟都市文化评论，助力黑人社区塑造一个充满活力和韧性的自我形象，传达积极的成就感，尽管政府在不断加强对他们所珍惜

---

① HEAD B. The Cardinals [M] //HEAD B. The Cardinals with Meditations and Short Storie. Oxford：Heinemann Educational Publishers，1993：24.

② 乔治·格雷拉·迈尔斯·戴维斯：即兴精酿 [M]. 桂传俍，译. 上海：上海文艺出版社，2019：217.

③ MULLER C. South Africa and American Jazz：Towards a Polyphonic Historiography [J]. History Compass，2007，5（4）：1062-1077.

的一切价值的打压。① 《鼓》杂志资深撰稿人刘易斯·恩科西指出，南非爵士乐：

> 扎根于毫无保障的生活中，片刻的自我实现、爱情、光与律动比完整的一生更有超凡的重要性。热情洋溢的乐声从暴力泛滥的情景中传出，那里警察的子弹、非洲暴徒的刀刃随时致人死命，那乐声比美国之外的任何之地，都更直觉地揭示爵士乐要庆祝的——爱情、欲望、勇敢、增长、成果和身体尽情舞动的美好时光，当下就是一切。②

刘易斯·恩科西用充满诗意、绚丽而辛辣的文字揭露了南非爵士乐的精神实质：对抗暴力和死亡，享受生命和爱情，用片刻欲望的满足拉长短暂无常生命的时间。

南非爵士乐也促成了爵士评论独特的文风和话语，迈克尔·泰勒斯塔德（Michael Titlestad）称之为"爵士话语"③。爵士话语和爵士乐一样，有鲜明的即兴性、自发性和动感力，打破了欧洲殖民者的静态话语模式，充满非洲语言的活力。爵士乐报道在很大程度上成为黑人爵士乐人的传记，这些传记的存在为非洲现代历史的书写提供了丰富的资料，打破了种族隔离制下线性、单一的历史叙述。南非著名的爵士乐评论家托德·马特史克扎（Todd Matshikiza）本人就是音乐家、作曲家，他的评论开创了南非爵士话语。安东尼·桑普森如此概括托德·马特史克扎的风格："托德改变了《鼓》。他以轻快的节奏，边说边写，每句话都有节奏。他像弹钢琴似地敲击打字机。我们的读者热爱我们的'马特史克扎'，那是合着他们内心的爵士乐节拍，说话和思考的方式。"④

托德·马特史克扎作曲的爵士音乐剧《金刚拳王》（*King Kong*：*An African Jazz*，1959）讲述被粉丝称为"金刚"的重量级拳击手以西结·德拉米尼（Ezekiel Dlamini，1921—1957）辉煌、短暂、悲剧的一生，代表了新的非洲都市美学，令人耳目一新，创下票房纪录，并受邀到英国演出。伦敦演出一举成

---

① COPLAN D. In Township Tonight！South Africa's Black City Music and Theatre［M］. Chicago：The University of Chicago Press，2008：207.

② NKOSI L. Jazz in Exile［J］. Transition，1966（24）：34-37.

③ TITLESTAD M. Jazz Discourse and Black South African Modernity，with Special Reference to "Matshikese"［J］. American Ethnologist，2005，32（2）：210-221.

④ SAMPSON A. *Drum*：An African Adventure and Afterwards［M］. London：Hodder and Stoughton，1983：26.

功，《金刚拳王》成功登上国际经典名录。南非著名爵士乐队"爵士信使"（the Jazz Epistles）中的米瑞安·马卡贝（Miriam Makeba）、休·马赛卡拉（Hugh Masekela）等在其中扮演重要角色，整个剧组 70 位人员由此开启了他们伟大的演艺事业。①

约翰内斯堡索菲亚镇和开普敦第六区的黑人咖啡馆的表演往往成为多种族聚集的嘉年华。爵士乐队成员种族混杂，他们的表演吸引了各种族听众，与爵士乐交织在一起的还有跨种族的性关系，因此，爵士乐队被南非白人政府视为对种族隔离制的公然挑衅，如洪水猛兽。20 世纪 60 年代初，南非白人政府大力推行种族隔离制，国家采取紧急状态镇压持不同政见者，取缔非洲国民大会和泛非大会等政治组织，囚禁纳尔逊·曼德拉等领导人，很多人遭受禁令，日益严酷的局势迫使黑人爵士乐人和作家纷纷流亡海外。

在此局势下创作的《枢机》对未来自然没有明朗的看法，其开放式结局的要点不在于约翰尼和莫丝是否会发生乱伦关系，而在于莫丝和约翰尼面对毫无保障的、邪恶的、流沙般的生活所持的两种态度：莫丝的困惑和约翰尼享受当下的坚定信念。莫丝的困惑反映的是作者本人的困惑，而约翰尼的态度是多数爵士乐人的态度，以歌唱和创作对抗种族隔离制。贝西·黑德 1964 年也走上流亡博茨瓦纳之途，摆脱了摇摆不定的思想状态，写出了极具南部非洲特色的长篇小说《雨云积聚之时》，确立了她在世界文坛的影响力。

南非诗人巴伦德·托里恩（Barend Toerien）认为，对南非黑人来说，20 世纪 50 年代是最糟糕时代的开端，而就在这个年代，一批书写"非洲不败精神"② 的黑人英语作家涌出。20 世纪 60 年代后，这些黑人作家、音乐家被迫流亡海外，但他们继续以非洲不败的精神写作和创作音乐，树立了非洲文学和音乐的丰碑。他们是埃斯凯·姆赫雷雷、贝西·黑德、刘易斯·恩科西、卡塞·莫西西和布鲁凯·莫迪萨内，以及托德·马特史克扎。③ 他们都曾是《鼓》杂志编辑部成员，是南非现代文化缔造者，在《枢机》中留下诸多可循踪迹。《枢机》从内部人的视角揭示了南非现代媒体记者与真实世界的复杂互动，以及他们从记者到作家的成长道路、内心世界、精神追求。《枢机》无论在内容还是形

① King Kong the Musical 1959—1961 ［A/OL］. （2020-05-17）［2017-01-26］. https：//www. sahistory. org. za/article/ king-kong-musical-1959-1961.

② TOERIEN B. J. Review of the "Drum" Decade：Stories from the 1950s ［J］. World Literature Today，1991，65 （1）：176.

③ HEYWOOD C. A History of South African Literature ［M］. Cambridge：Cambridge University Press，2004：26.

式上，都充满现代主义特征，它通过片段式、拼接、非连贯的写法和开放式结局描绘了 20 世纪 50 年代南非多元、动态、复杂、矛盾的黑人都市文化及其对种族隔离制的各种抵抗。现代主义艺术手法的使用使这一篇幅不长的小说讲述了复杂的故事，蕴含了强劲的叙事潜能和开阔的阐释空间。

第二节 《雨云聚集之时》：现实主义成功之作

《雨云聚集之时》是贝西·黑德的成名之作，被译成荷兰文、丹麦文、德文等多国文字，深受国际读者喜爱，经久不衰。该小说应美国西蒙与舒斯特出版社编辑之邀而著，旨在回应国际社会对 20 世纪 60 年代非洲独立国家发展状况的关注和兴趣。小说聚焦科学农业发展，刻画了一系列生动的人物形象，淡化了当时非洲文学过浓的政治色彩，展示了非洲文学发展的新维度。近年来，国际学界多从空间、创伤、生态批评理论视角出发，对小说进行细读。例如，莫林·菲尔丁（Maureen Fielding）提出农业对作品人物精神创伤具有治愈力。[1] 伊丽莎白·奥德希安博（Elizabeth A. Odhiambo）指出贝西·黑德在第三空间进行创作，人物身份是流动变化的，杂糅是作者倡导的实现完美社会的一种方式。[2] 多库博·古德黑德（Dokubo M. Goodhead）指出贝西·黑德的作品展示了现代性与传统乡村自给自足的生活方式相结合以实现全球生态发展的可能性，为国际生态批评提供了全球维度。[3] 鲜有论著从贝西·黑德现实主义叙事艺术角度探讨该作品，本节将从新旧交替中的博茨瓦纳、发展与权力之争的双主题、典型人物形象的塑造三方面探讨《雨云聚集之时》的叙事艺术。

一、新旧交替中的博茨瓦纳

《雨云聚集之时》以博茨瓦纳为背景，采用传统线性叙事模式，以贝西·黑

[1] FIELDING M. Agriculture and Healing: Transforming Space, Transforming Trauma in Bessie Head's *When Rain Clouds Gather* [M] //SAMPLE M. Critical Essays on Bessie Head. Westport: Praeger Publishers, 2003: 11-24.

[2] ODHIAMBO E. A. The Place of Identity and Hybridity on Literary Commitment in Bessie Head's *When Rain Clouds Gather* [J]. Journal of Educational and Social Research, 2015, 5 (3): 61-72.

[3] GOODHEAD D. M. The Discourse of Sustainable Farming and the Environment in Bessie Head's *When Rain Clouds Gather* [J]. Legon Journal of the Humanities, 2017, 28 (1): 30-45.

德在博茨瓦纳雷迪赛尔农场的工作经历为原型，以文学介入生活的态度，探讨如何解决非洲发展过程中的贫困和饥饿问题。小说讲述了 20 世纪 60 年代博茨瓦纳独立前后，小村庄霍莱马·姆米迪（Golema Mmidi）的百姓在英国农业科学志愿者的带领下以合作社形式发展粮食生产所遇到的困难和取得的成功，具有鲜明的南部非洲特色和国际视野。20 世纪 60 年代，非洲国家纷纷独立，英属殖民地多通过政权平稳过渡实现独立，1966 年 9 月 30 日宣布独立的博茨瓦纳即是如此。1965 年英国在决定离开贝专纳兰保护地之前，帮助当地建立了自治政府，过渡期为一年。英国在贝专纳兰殖民的 80 年间采用间接管理方式，当地酋长是直接管理者，但需由英国任命，警察部门的官员是英国人，一般也就一两个人，和当地百姓很少打交道，因此博茨瓦纳是比较纯粹的黑人国家，受殖民影响较少。

独立前后的博茨瓦纳和周围国家处于微妙而紧张的政治关系中，它北部的赞比亚于 1964 年获得独立，卡翁达任总统，支持南部非洲各国的黑人政治团体，但它南部的南非、东北部的罗德西亚（1980 年独立，改称津巴布韦）、西部的西南非（1990 年独立，改称纳米比亚）、西北部的安哥拉（1975 年独立）都是白人执政，推行种族隔离制。南非和罗德西亚反对种族隔离制的人受到迫害，不少人以难民身份逃到博茨瓦纳，博茨瓦纳就成了难民聚集点。多数难民只是取道博茨瓦纳，然后在各种国际组织的安排下去非洲北部已经独立了的国家或欧美国家，只有部分难民留在博茨瓦纳。为维护博茨瓦纳的国土安全，防止南非和罗德西亚的进攻，博茨瓦纳的情报和警察部门密切监视边境状况和难民行动，以防间谍以难民身份混入本国，同时给真正的难民予以帮助。

《雨云聚集之时》开篇，南非反种族隔离记者马克哈亚·马塞科（Makhaya Maseko）从狱中逃出，偷越边界，到达博茨瓦纳。警察局里只有一位白人警官乔治·阿普尔比-史密斯（George Appleby-Smith），他早已从南非报纸的通缉令上得知马克哈亚的逃亡信息，等待他来报到。他向马克哈亚提出的政审问题是："你喜欢克瓦米·恩克鲁玛（Kwame Nkrumah）吗？"[1] 得到否定的回答后，警官让马克哈亚填写了难民登记表。警官的问题透露出博茨瓦纳的政治倾向是不支持恩克鲁玛在加纳推行的激进的社会主义路线。

博茨瓦纳人口稀少，土地面积广阔，但是地处卡拉哈里沙漠边缘，干旱缺水，环境恶劣，这一状况受到英国、丹麦和美国等国家的国际志愿者组织的关

---

[1] HEAD B. When Rain Clouds Gather［M］//HEAD B. When Rain Clouds Gather & Maru. London：Pearson Educational Limited，2010：16.

注，一些欧美国家的农牧业专业的大学毕业生获得这些国际组织的资金支持，到博茨瓦纳进行科学考察和试验。投身农牧业发展事业的国际志愿者为博茨瓦纳的发展注入了新力量。因此博茨瓦纳的新旧交替不仅表现在政治方面，而且表现在思想和生活生产方式等各方面。这是《雨云聚集之时》里马克哈亚加入英国农业科学家吉尔伯特·贝尔福（Gilbert Balfour）试验农场的背景情况。

贝西·黑德在《雨云聚集之时》里描写了小村庄霍莱马·姆米迪荒凉赤贫的状况，村庄的名字在茨瓦纳语中是"作物生长"的意思，但是"这些村庄因过度放牧而变成了沙质荒地。在这些荒地中，甚至连虱子草都已完全绝种，唯一能把土壤连在一起的植被是荆棘"①。靠传统农业和畜牧业为生的百姓生活资源极度匮乏，他们衣衫褴褛，忍饥挨饿，还要向酋长和英国统治者缴纳税，税收名目繁多，如养牛税、草屋税、成年税等，还有因不缴纳成年税而交的税。在贫困落后的乡村，受过良好教育的人很少，百姓毫无保护自然的意识、方法和手段，人畜对水源和土地的一味使用，使干旱地区变得更加荒芜。

贝西·黑德为读者提供了博茨瓦纳传统农牧业生活的模式：男牧女耕的社会分工和生活空间，并随季节而搬迁，因此一般情况下，每家都有三处住所。村庄里的住所是女人和孩子长期居住的，耕地附近的住所是在耕种季节短时居住的，远离村庄的畜牧站的住所是男人长期居住的。女人负责种地造房，在雨季抢种时，男人会带着牛来帮女人犁地。不过，霍莱马·姆米迪不同于博茨瓦纳其他大村庄，这里的百姓是定居的，以农业生产为主，农田就在附近，妇女是主要农业劳动力，男人和男孩都在各家远离村庄的畜牧站看管牛群。

霍莱马·姆米迪村庄 14 年来人口只增长到 400 人，这里的百姓一直沿用原始的耕作和放牧方式，土地已经非常贫瘠，加上严重缺水，农作物产量极低，百姓生活贫困。但是人们还是相信这是"上帝之乡"，因为这里民风淳朴，没有偷窃、打架、杀人的事。百姓很少有接受过教育的，虽然是英国保护地，但会讲英语的人没有几个。百姓对新鲜事物和社会发展很感兴趣，但是他们苦于没有受过教育，无从获得相关知识和技术。迪诺雷戈（Dinorego）老人深知教育的重要性，他在邮局门口碰到前来打听情况的马克哈亚，看出他受过良好教育，认定他能为村庄发展发挥作用，便把他带回了村庄。迪诺雷戈的想法代表了底层百姓的发展愿望，他知道要实现这种愿望，需要真心帮助百姓的人才，但是对于特权阶层来说，这些人才对他们的权力和利益造成了一定威胁，因而设法

---

① HEAD B. When Rain Clouds Gather［M］//HEAD B. When Rain Clouds Gather & Maru. London：Pearson Educational Limited，2010：37.

阻挠。

博茨瓦纳独立过渡期的自治政府，以英式民主选举方式产生，其前提是组建参加竞选的党派，于是各种党派纷纷产生，最终形成受过良好教育的"酋长儿子们的党"和文盲与半文盲的"奴隶儿子们的党"①两大对立阵营。以文盲为主的党派开展的竞选活动如同闹剧，如乔斯·策佩（Joas Tsepe）代表的民族解放党。乔斯出生在卡拉哈里沙漠受奴役的部落里，在南非待过一段时间，参加过一些政治活动演讲，学会了"自由""解放被压迫者""推翻殖民统治"之类的口号。他是民族解放党的副秘书长，这样的政党在博茨瓦纳有四五个，每个政党都有很多副秘书长，却没有几个党员。他们宣称和泛非运动（Pan-African movement）结盟，还称自己是非洲民族主义（nationalism）的先锋。作者这样评价泛非主义："对很多人来说，泛非主义几乎是个神圣的梦想，但就像所有的梦一样，它也有噩梦的一面，像乔斯·策佩这样的小人物和他们奇怪的作为就是噩梦。"② 这些政党挨家挨户大声宣传他们的纲领路线，宣传册上充满了拼写错误。不过在南部非洲喧嚣一片的民族主义到博茨瓦纳北部就停止了，因为这里的百姓不识字，没有报纸，听不懂政治新名词。受过良好教育的酋长们的儿子们建立的政党更加狡猾，"他们唱百姓听得懂的歌，跟百姓讲养牛、种庄稼这些他们听得懂的话，讨论博茨瓦纳的难题：水、农业、畜牧业发展"③，得到人民的支持，赢得大选。但是酋长儿子们执政的新政府限制了酋长们的很多权力，酋长们跟新政府又形成权力之争的局面。

二、发展与权力之争的双主题

发展与权力之争是非洲后殖民时期突出的社会问题，很多新独立的国家无法妥善解决这两个问题而不断发生革命和政变，流血冲突和暴力事件频发，政局不稳，社会动荡，民不聊生，百姓流离失所。博茨瓦纳在非洲独立国家中是个例外，因为它的整体社会状况向来比较平稳，不过它也面临相同的发展和权力之争问题。相对而言，博茨瓦纳的发展问题更为突出，在连年干旱的威胁下，粮食生产发展问题日益严峻，权力之争不可避免，但方式较为温和。除了上文

---

① HEAD B. When Rain Clouds Gather［M］//HEAD B. When Rain Clouds Gather & Maru. London：Pearson Educational Limited，2010：67.

② HEAD B. When Rain Clouds Gather［M］//HEAD B. When Rain Clouds Gather & Maru. London：Pearson Educational Limited，2010：48.

③ HEAD B. When Rain Clouds Gather［M］//HEAD B. When Rain Clouds Gather & Maru. London：Pearson Educational Limited，2010：67.

提到的各党派之争外，权力之争主要表现在酋长继承人为继承权而争，部族主义（tribalism）盛行，农畜产品垄断经济掌握在少数白人手中，泛非主义和社会主义等思潮涌动等。

正是在这样的背景下，英国农业科学家吉尔伯特·贝尔福来到霍莱马·姆米迪，他认为这个地方虽然贫穷落后，但和平宁静，是他逃离英国上流社会的虚伪、攀比和各种清规戒律的避难所，希望自己的专业知识和技术能有用武之地，造福当地百姓，实现自己的乌托邦梦想。他得到英国志愿者组织资金支持，说服当地大酋长塞克特（Sekoto）给了他250英亩（约101万平方米）土地用于农业试验，7000英亩（约2833万平方米）土地用于养牛场试验。

大酋长塞克特如此慷慨，有两个原因，一是那片土地贫瘠缺水，二是负责此地的小酋长马腾葛（Matenge）是大酋长的弟弟，他们为大酋长之位而争斗，大酋长希望吉尔伯特和马腾葛互相牵制，彼此损耗，终于两人都黯然退出。吉尔伯特是个单纯的科学家，对政治和权力毫无兴趣，只想用自己的知识服务社会，但是他的想法既得不到上层的支持，也无法让下层理解，三年时间几乎没有取得任何进展。贝西·黑德认为这正是非洲发展的瓶颈，"打通知识精英和底层百姓之间的沟通"①是解决问题的关键，非洲的知识分子应该放下身段，投身到实质的、建设性的基层工作中去，而不是一味地选择用军事的、破坏性的斗争方式来争取受压迫者的自由和美好生活。记者出身的马克哈亚起到重要的沟通桥梁的作用，他是祖鲁人，精通英语，茨瓦纳语流利，虽然不懂农业，但是能向百姓准确传达吉尔伯特的指导示范，还能阅读农业书籍自学，能很快把开小汽车的技术运用到开拖拉机耕地上。

吉尔伯特在马克哈亚的辅助下，为百姓解决了很多生活生产的问题，如用拉网罩的方式阻止鹰抓食家养的鸡；申请资金帮助百姓打深井；教百姓用塑料膜建造集雨水窖；在雨季用拖拉机代替牛耕，抢时耕种土地等。很受百姓欢迎。但是对于吉尔伯特来说，这离解决温饱问题和实现农业工业化生产还很远。吉尔伯特的合作社有两大发展方向：一是畜牧业方向，通过分类圈养牛的方式，提高牛肉的品质，再通过合作社统一销售牛肉，让参与合作社的百姓共同受益；二是农业方向，通过种植抗旱粮食作物解决粮食问题，通过种植抗旱经济作物提高百姓收入。吉尔伯特发展计划的实施面临很多问题，最主要的是百姓对这些计划的理解、接受和参与，这不再是简单的语言翻译问题，而是思想认识的

---

① CULLINAN P. Imaginative Trespasser: Letters between Bessie Head, Patrick and Wendy Cullinan 1963—1977 [M]. Johannesburg: Wits University Press, 2005: 117.

转变问题，触及传统世俗观念、生产生活方式和土地制度等。合作社具有明显的"共产主义"性质，如果试验成功，必然对垄断经济和特权阶层造成冲击，因此袖手旁观、设法拖延、等看笑话是特权阶层的做法和态度。

吉尔伯特从博茨瓦纳官方研究得知小米（millet）抗旱，易于种植，很多非洲国家都在推广种植，但是博茨瓦纳人对此作物反应冷漠，因为他们认为只有"低级的"① 部落才会吃这种粮食。还有一种抗旱的高粱在博茨瓦纳适合种植，但是这种高粱的壳内呈黑色，做的粥呈黑色，不受欢迎。博茨瓦纳人宁可挨饿也不愿放下传统世俗等级观念，这令吉尔伯特感到吃惊，改变百姓的思想，让他们接受新的知识迫在眉睫。吉尔伯特开办学习班，讲授农业知识，听课的都是男人，但是男人并不从事农业生产。吉尔伯特意识到要开展农业发展项目，"从长远来看，所有的变化都要依靠这个国家的妇女，或许她们能提供很多他还没有想到的问题的解决方案"② 吉尔伯特想通过种植经济作物土耳其烟草来提高百姓的收入。波琳娜·赛比索（Paulina Sebeso）带头召集一些妇女加入了烟草合作社，从种植烟草开始，到搭建烟草晒干棚架，学习处理烟草技术，再到直接供货卷烟厂，形成了良好的生产供销链。

博茨瓦纳保留传统土地制，土地属于酋长和部落，部落成员种地向酋长申请，得到批准即可，但不得圈围土地，将其私有化，更不得买卖。吉尔伯特为观察不同牧草生长情况对草场进行了圈围，对牛也根据种牛、肉牛等进行了分类圈养。百姓看到土地被圈围起来，表示反对，但是通过吉尔伯特的示范和讲解，经验丰富的养牛户马上理解了吉尔伯特的用意，接受了他的方法。但是从试验到推广，需要时间和更多养牛户的加入，而此时干旱已经持续五六年，很多养牛户还在自家畜牧站，既不了解吉尔伯特的试验，也没有应对干旱的有效办法，眼见家养的牛和野外的鹿成批死亡，才赶着仅剩的一些牛回到村子。吉尔伯特的新做法让他们大开眼界，纷纷加入他的合作社。

吉尔伯特的合作社吸引了越来越多的百姓参与，他们做出了一件件改变村貌的大事，百姓开心了，但是小酋长马腾葛深感自己的权力和利益受到极大威胁，闷闷不乐，想方设法要除掉吉尔伯特和马克哈亚。但是吉尔伯特是白人，还有英国组织的支持，马腾葛无法直接对吉尔伯特下手，马克哈亚作为政治难民，受到政治庇护，没有做任何违法乱纪的事，也无法除掉他。于是马腾葛把

---

① HEAD B. When Rain Clouds Gather ［M］//HEAD B. When Rain Clouds Gather & Maru. London：Pearson Educational Limited，2010：41-42.

② HEAD B. When Rain Clouds Gather ［M］//HEAD B. When Rain Clouds Gather & Maru. London：Pearson Educational Limited，2010：43.

目标定在积极参与烟草合作社工作的波琳娜身上，她是个寡妇，最容易找碴处理她，天灾人祸再次降临在波琳娜头上。波琳娜11岁的儿子伊萨克（Issac）在自家畜牧站看管牛群，得了肺结核无处治疗，待人发现时，孩子的尸体已经被白蚁食尽只剩下白骨，80头牛也全部死亡。马腾葛以波琳娜没有及时汇报儿子死讯为由，派人叫她到村法庭去受审。

发展和权力之争两个主题此时交汇在一起并达到高潮。波琳娜被叫到村法庭的消息在全村传开，百姓自发聚集到村法庭，也就是小酋长马腾葛在村中心的豪宅门前。马腾葛从没见过百姓团结得"像一个人"，"他们看着彼此微笑着，笑出声，思想的包袱卸掉了，因为他们最终是一个思想"①。他们只想和马腾葛平静地讨论一下旱灾和饥荒的事。马腾葛被如此阵势吓住了，在豪宅里上吊自杀了。大酋长塞克特首先极力掩盖自家发生的自杀丑闻，其次他无法理解百姓何以能像兄弟一样团结在一起。有人曾说吉尔伯特和马克哈亚是"共产主义分子"②，但是掌握最高机密的乔治警官说那是一派胡言。大酋长塞克特内心承认吉尔伯特和马克哈亚毫无危险，而一心要组织新党派搞军事破坏的马腾葛却让他彻夜不眠。无论如何在青年一代吉尔伯特和马克哈亚的带领下，百姓的思想已悄无声息地发生了革命性变化，非洲赤脚的平民百姓选择了发展进步的道路。

三、典型人物形象的塑造

《雨云聚集之时》的成功在于塑造了一群令人难忘的典型人物形象。这些人物形象既有爱·摩·福斯特在《小说面面观》中所说的扁平人物，也有圆形人物。《雨云聚集之时》非常符合福斯特的观点，"一本复杂的小说常常需要扁平人物与圆形人物出入其间，两者相互衬托的结果可以表现出人生的复杂真相"③。《雨云聚集之时》中的典型扁平人物是农业科学家吉尔伯特、大酋长塞克特、小酋长马腾葛，典型的圆形人物是波琳娜、马克哈亚、迪诺雷戈和米利皮迪夫人（Mma-Millipede）。现实主义文论家卢卡契认为："典型形象之所以成为典型是因为它的个性最内部的本质受着客观上属于社会要发展倾向的规则所左右和限定。只有通过最普遍的社会客观性而从个性的最真实的深处生长起来，

---

① HEAD B. When Rain Clouds Gather［M］//HEAD B. When Rain Clouds Gather & Maru. London：Pearson Educational Limited，2010：200-201.

② HEAD B. When Rain Clouds Gather［M］//HEAD B. When Rain Clouds Gather & Maru. London：Pearson Educational Limited，2010：206.

③ 爱德华·摩根·福斯特. 小说面面观［M］. 苏炳文，译. 广州：花城出版社，1984：134.

一个真正的典型才能在文学上产生。"①贝西·黑德塑造的典型人物形象既有其鲜明的个性，又根植于非洲社会客观现实。

在扁平人物中，吉尔伯特、塞克特、马腾葛、乔斯等在现实生活中都有对应的原型，并且他们以正反两派的方式代表社会发展和权力之争，其中正面形象吉尔伯特代表社会发展，反面形象塞克特、马腾葛、乔斯代表权力之争。对于扁平人物，贝西·黑德通过漫画式的方式突出了他们的某一特征，如吉尔伯特纯粹的理想主义，塞克特的老谋深算和耽于声色，马腾葛狭隘自私的部族主义，乔斯跳梁小丑般的政治野心。这种写法突出了博茨瓦纳在发展过程中面临的矛盾冲突，很好地为小说主题进行了服务，拉开了和原型人物的距离，避免陷入对号入座的危险，同时增加了小说的喜剧感以及幽默和讽刺色彩。

同样是漫画方式，贝西·黑德抓住正面人物吉尔伯特的"工作和爱"两大特点，以赞扬和大写的方式来描绘。吉尔伯特是个单纯的人，"生活对他来说意味着爱和工作"②。吉尔伯特是个大写的人，这体现在他巨大的外形上，作者用"高大"（big）、"巨大"（giant）、"魁梧"（massive）这三个词来形容他。他充满精力，不知疲倦，"生活似乎从来没有为他充沛的精力提供足够的工作，他的目光永远不停地扫视着地平线，寻找新的挑战，与此同时，他的头脑和双手可以像波浪一样在不断的活动中忙于最直接、最细微的细节"③。吉尔伯特的大脑里全是农业科学和他对博茨瓦纳生态状况的观察以及计划和解决方案，因此和吉尔伯特相关的场景主要是农场工作细节描写，突出了吉尔伯特的科学思维、行动力和工作实效。他似乎懂得动植物的语言和大自然的启示，向往万物和谐的世界，和当地百姓一样吃山羊肉酸奶粥，为他们解决了一个个生活难题。吉尔伯特的爱表现在对万物真挚的情感和大爱精神，尽管来自英国上层社会，但他对上层社会的虚伪和狡诈避而远之。作者通过吉尔伯特和迪诺雷戈的小女儿玛丽亚（Maria）的恋爱故事，描绘了他单一而纯净的情感世界。三年里他多次向玛丽亚求婚都没有成功，后来他才明白，根据茨瓦纳习俗，应该先向女方的父亲求婚，再由父亲征询女儿是否同意。这个细节一方面展示了吉尔伯特的单纯和用情专一，另一方面引出博茨瓦纳婚俗，充满非洲生活气息。吉尔伯特和

---

① 中国社会科学院外国文学研究所外国文学研究资料丛刊委员会. 卢卡契文学论文集：第2卷［M］. 北京：中国社会科学出版社，1981：141.

② HEAD B. When Rain Clouds Gather ［M］//HEAD B. When Rain Clouds Gather & Maru. London：Pearson Educational Limited，2010：94.

③ HEAD B. When Rain Clouds Gather ［M］//HEAD B. When Rain Clouds Gather & Maru. London：Pearson Educational Limited，2010：26.

玛丽亚的跨种族婚姻受到全村人的祝福，寄托了贝西·黑德对没有种族歧视和偏见的理想社会的期盼。

反面人物塞克特、马腾葛、乔斯的描写更多地采用了夸张和讽刺的手法。"塞克特有三大爱好：飞车、美食和美女。"① 在百姓都没有鞋穿的贫穷国家，他却拥有几处豪宅和高档的雪佛兰轿车，美食让他肥胖的身体走起路来像鸭子，美女打乱了他本该平静幸福的生活。老百姓都知道他金屋藏娇的事并当笑料谈论，但他的妻儿却蒙在鼓里，后来秘密被他大儿子发现了，不仅弄走了美女，还跟他断绝关系，离家出走了。马腾葛是部族主义的代表，他的世界只有"望族和百姓两个阶级"，望族都住豪宅，百姓住茅草屋。对他而言，"部族主义本质上就是对文盲的统治"②。他希望百姓永远处于文盲和无知的状态，他痛恨吉尔伯特把科学知识传递给百姓，打开了他们的眼界。"他细长的、阴郁的、忧愁的、怀疑的脸和他不停的阴谋、苦涩的忌妒和仇恨是黑暗的典范。"③ 他野心勃勃，但成事不足败事有余，没有人能忍受他的破坏力，妻子和他离婚了，带走了两个孩子。他唯一的朋友是乔斯，两人可谓狼狈为奸。作者没有描写乔斯的外貌特征，只突出了他满嘴政治口号的样子和卑劣行径，生动刻画了一个滑稽、鄙俗而可笑的政治小人物。

在圆形人物中，波琳娜的形象最为丰满鲜活。作者从波琳娜的坎坷经历、外貌性格和能力、欲望和爱情几方面塑造了令人难忘的非洲新女性，得到国际读者和学界的高度赞誉。波琳娜经历坎坷，她18岁外嫁到罗德西亚，丈夫在一家大公司当记账员，家庭条件不错。但是天有不测风云，她丈夫被公司新经理指控贪污，他以死证明自己的清白，却被公司认定是畏罪自杀，房屋被没收，30多岁的波琳娜拖儿带女回到家乡。波琳娜有南部非洲女性高挑的身材，她不是很漂亮，但"有一双可爱的大黑眼睛，大胆地注视一切，她又长又直的黑色双腿是村里最美的双腿。她走路的方式很果断，好像她总是知道自己要去哪里，想要什么。她喜欢色彩艳丽的裙子，比如橙色、黄色和红色"④。寥寥几笔，作者就刻画了一个大胆、有主见，虽遭不幸但对生活仍充满热情的黑人女性形象。

---

① HEAD B. When Rain Clouds Gather [M] //HEAD B. When Rain Clouds Gather & Maru. London: Pearson Educational Limited, 2010: 51.

② HEAD B. When Rain Clouds Gather [M] //HEAD B. When Rain Clouds Gather & Maru. London: Pearson Educational Limited, 2010: 45.

③ HEAD B. When Rain Clouds Gather [M] //HEAD B. When Rain Clouds Gather & Maru. London: Pearson Educational Limited, 2010: 46.

④ HEAD B. When Rain Clouds Gather [M] //HEAD B. When Rain Clouds Gather & Maru. London: Pearson Educational Limited, 2010: 83.

她自幼就不同于一般的女孩，充满好奇心，乐于尝试新事物，具有领导力，在她的带领下，全村妇女加入了吉尔伯特的烟草种植合作社。波琳娜是一个成熟的女性，有强烈的肉体欲望，但是她绝不接受和很多女人保持性关系的男人，她只"想要一个属于自己的男人"①。她被马克哈亚所吸引，最终他们因对生命本身相同的认识和对非洲发展的相同热望结合在一起。

马克哈亚是一个复杂的人物，是贝西·黑德本人以男性化方式创作的自传式人物，同时又融入了其他南非流亡者的一些经历和思想。学界普遍认为贝西·黑德塑造的男性主角形象比较抽象，血肉不够丰满，不及她塑造的女性形象生动鲜活，这种判断是比较客观公正的。马克哈亚这个人物形象承载了贝西·黑德对非洲政治、种族、传统、宗教、婚姻、社会等方面的思考。马克哈亚在博茨瓦纳淳朴的百姓眼里，相貌英俊、性格随和、受过良好教育，是从大城市来的，能帮他们发展进步。但是他在南非遭受的两年监禁使他丧失了对政治的兴趣，种族歧视让他深深怀疑自身的价值，他对前途、未来和信仰都感到迷惘。与单纯的吉尔伯特和博茨瓦纳百姓相比，马克哈亚的南非经历是复杂而痛苦的，他在博茨瓦纳的难民身份让他极为谨慎，沉默寡言，他复杂的内心世界是通过他眼中的博茨瓦纳荒漠风景和长篇内心活动的描写而展示的。

景物和人物心理的呼应、景物的象征性是作者塑造马克哈亚的特点之一。初到博茨瓦纳，平坦大地上绚丽的日出让马克哈亚震惊，"一望无际的荒凉沙地有一种魅惑之美"②，吸引了他急于寻找归地的荒凉之心。荆棘林中发出鸟儿尖锐的叫声，让他发现很多美丽的鸟儿。他欣赏日落，在绚丽的日落中看到波琳娜，穿着日落般绚丽的裙子。热情如太阳的波琳娜让他如冰的心渐渐融化了。作者塑造马克哈亚的另一特征是长篇内心活动描写，这些描写都与南非相关。南非种族歧视让他的心里充满仇恨、愤怒和自卑，他很容易陷入痛苦的回忆和抽象的思考中：男尊女卑的部落传统、约翰内斯堡贫民区的生活、骗人的基督教、被"黑狗""男孩"等蔑称剥夺的人性和尊严、有性无爱的婚姻家庭生活、赤贫的百姓等。这种长篇的内心活动描写在第九章尤为突出。马克哈亚的心理活动描写，预示了贝西·黑德创作的心理发展方向，并在《权力之问》中臻于成熟。

---

① HEAD B. When Rain Clouds Gather［M］//HEAD B. When Rain Clouds Gather & Maru. London：Pearson Educational Limited，2010：125.

② HEAD B. When Rain Clouds Gather［M］//HEAD B. When Rain Clouds Gather & Maru. London：Pearson Educational Limited，2010：13.

迪诺雷戈和米利皮迪夫人具有荣格所说的"智慧老人原型"① 特征。他们处于社会底层，深受压迫，但是在忍辱负重中积累了丰富的人生经验和智慧，他们用自己的人生洞见指导周围的人，尤其是年轻人，成为他们的精神父母和导师，在百姓中获得威望。作者除了对他们的外貌和坎坷经历进行描述外，主要通过他们具有茨瓦纳语特色的语言塑造了这两位老人。迪诺雷戈用这样的话语来表达博茨瓦纳人的思维方式：

> "博茨瓦纳人是这样思考的：'如果有办法改善我的生活，我就会做的。'他可能开始用铁锹挖井。他挖呀，挖呀，用铁锹慢慢把土挖到一边。当挖到很深的时候，他就在土里用两根杆子搭一个架子，在上面的杆子上系一个把手，再系一根绳子和一个桶，然后他把儿子放到井里。儿子挖呀，挖呀，把土放进桶里。最后终于挖出水了。现在来了一个人，跟他说了雨水库的事，那是用铲土机建造的。这人就套上他的牛，系上铲子，给他的牛建造了一个饮水库。他就是这样进步的。每次他觉得自己进步了一点，就准备再尝试新的主意。"②

这段话具有鲜明的口语特色，语言虽然简单笨拙，但思路清晰，符合一个不识字老人的表达方式，他的机智在于用生动形象的挖井和建造雨水库的例子来说明博茨瓦纳人的思维方式和对改善生活的渴望和行动力。而这两个例子完全源自生活现实，极具地方特色。

米利皮迪夫人接受过一点教会教育，会读茨瓦纳语版的《圣经》，她对基督教有自己的理解，认为信仰是"对生活的理解"。她年轻时和迪诺雷戈相爱，却被酋长的儿子拉莫霍地（Ramogodi）强娶为妻子，后来耽于酒色的拉莫霍地又和她离婚，还把她唯一的儿子驱逐到他乡。坎坷的人生和孤苦的老年生活没有消磨掉她的善良和宽容，她用自己的信仰给百姓精神慰藉。她对马克哈亚说："你不是黑狗，我的甜心。我一生还没有见过像你这么英俊的人。你一定不能被笑话你的人愚弄了。"马克哈亚问她何以看到"万事之善"，她说因为"生活之

---

① JUNG C. G. The Phenomenology of the Spirit in Fairytales [M] //JUNG C. G. The Archetypes and the Collective Unconscious. London：Routledge, 1968：207-254.

② HEAD B. When Rain Clouds Gather [M] //HEAD B. When Rain Clouds Gather & Maru. London：Pearson Educational Limited, 2010：22.

重"①。这些简单但充满哲理的话语来自苦难的人生，而不是《圣经》的教条，这让反感基督教的马克哈亚释怀，种族歧视在他心中留下的仇恨慢慢消散，他开始感受到真爱的力量。作者并没有把米利皮迪夫人拔高到圣母的地位，她的思想和经历都不可能比马克哈亚复杂，但是她机智、幽默、温暖，具有茨瓦纳语特色的语言给读者留下深刻的印象。

布莱希特认为："现实主义是最广阔的，而不是狭窄的。生活本身就是广阔的、多样的、矛盾的……真理可以采用许多方式加以隐匿，也可以采用许多方式加以表达。"② 贝西·黑德的《雨云聚集之时》以现实主义的方式向世界读者呈现了博茨瓦纳这个鲜为人知的非洲国家，聚焦博茨瓦纳独立前后的发展和权力之争问题，通过漫画式描写、外貌描写、心理描写、景物描写、语言描写等不同手段塑造了一系列生动的扁平人物和圆形人物，以喜剧性、幽默和讽刺的笔触揭露社会现实弊端，并提出解决方案，彰显文学介入社会改革的功能。

第三节 《权力之问》：心理现实主义的突破

《权力之问》是贝西·黑德的自传体小说，追述了她两次疯狂并康复的精神之旅。此书被海尼曼出版社誉为非洲第一部心理小说，它改变了非洲民族独立时期文学创作一味的"政治性倾向"③，是非洲小说发展史上的一块里程碑。④《权力之问》以独特的幻象人物表现主人公伊丽莎白（Elizabeth）的精神分裂过程，是现代心理分析手法的创新之作，但是作品不满足于停留在精神分析层面，而将个体生命的精神分裂和精神分裂般的南非种族隔离制联系起来，以独特的梦魇与现实交织的方式勾勒了人类的苦难历史，以边缘化的黑人女性个体的生死之旅观照非洲的命运、现实和前途，展示了非洲黑人女性书写生命的激情、力量、勇气和非洲百姓的关爱互助精神。本节将从身份之谜、梦魇地狱和康复之途三个方面解读《权力之问》这部气势恢宏、结构复杂、思想深刻的生命之作。

① HEAD B. When Rain Clouds Gather [M] //HEAD B. When Rain Clouds Gather & Maru. London：Pearson Educational Limited，2010：144-146.

② 张黎. 布莱希特研究 [M]. 北京：中国社会科学出版社，1984：304.

③ MAJA-PEARCE A. In Pursuit of Excellence：Thirty Years of the Heinemann African Writers' Series [J]. Research in African Literature，1992，23 (4)：125-132.

④ 李永彩. 南非文学史 [M]. 上海：上海外语教育出版社，2009：415.

一、身份之谜

贝西·黑德在自传《孤身女人》中写道:"在南非肯定有很多像我一样的人,他们的出生或孕育都充满了祸患和灾难,这些人是橱柜里的骷髅,或地毯下黑暗而可怕的秘密。我的出生状况似乎极有必要消抹掉所有家族历史的痕迹。"① 她曾是南非《金礁城邮报》唯一的女记者,并因加入泛非大会,抗议"通行证法"而被捕,官方因审讯缺乏有效证据而将其释放。1964 年她从南非流亡到英国贝专纳保护地(今博茨瓦纳,1966 年独立),1979 年获得博茨瓦纳公民身份。

贝西·黑德在《权力之问》中追述了自己在南非种族隔离制度和非洲民族主义思想压迫下两次疯狂及康复的过程。小说采用第三人称叙述,开篇第二页便点明"疯狂"的主题,暴露女主角伊丽莎白所经受的 4 年梦魇折磨,并从"遗传"角度探究其发病的原因:她有一个疯母亲。但伊丽莎白始终怀疑自己母亲的故事是别人强加给她的,因为她一直将养母当作自己的母亲。伊丽莎白 13 岁时,被送入英国教会学校,以校长为代表的官方是这样给伊丽莎白讲述她的疯母亲的故事的:

> "我们有你的全部档案。你必须非常小心。你母亲疯了。如果你不小心
> 会和你母亲一样发疯。你母亲是白人妇女。他们不得不把她关起来,因为
> 她和一个马夫有了孩子,他是土著人。"②

伊丽莎白疯母亲的故事 3 句话就概述完了,但这 3 句话中包含了丰富的殖民者信息和逻辑:第一,她是白人,不是土著人,是上等人,而不是下等人;第二,她疯了,因为她和一个土著马夫有了孩子,所以必须把她关起来;第三,你母亲是白人,因此你要接受白人的教育,你不能像你母亲那样发疯,和土著人混在一起。在这样的逻辑下,伊丽莎白在教会学校度过了 7 年,并受到特殊照顾——动辄被关禁闭以防止她发疯。伊丽莎白开始很痛恨校长,但后来她将校长看成母亲的变形版,是母亲冥冥之中通过校长求她做伴,以共同承受"疯狂"之恶名。

伊丽莎白毕业走出校门后,才真切地感受到南非种族隔离制的森严及其对

① HEAD B. A Woman Alone: Autobiographical Writings [M]. Oxford: Heinemann, 1990: 3.
② HEAD B. A Question of Power [M]. Johannesburg: Penguin Books, 2011: 9.

人的压迫。离开教会学校，伊丽莎白首先找到养母，请她讲讲自己的母亲，养母看她良久，突然大哭起来，说那是个伤心的故事，带来很多麻烦。养母所说的麻烦意指难以认定伊丽莎白的身份：

> "我丈夫在儿童福利委员会工作，你的案子被一再提起。最初他们从精神病医院接受了你，把你送到保育院。刚过一天，你就被送回来了，因为你看上去不白。他们把你送到一户布尔人家。一周后，你被送回来了。委员会的妇女们说：'我们把这个孩子怎么办呢？她母亲是白人。'我丈夫那晚回家让我接受你。我同意了。"①

伊丽莎白的案子反映了南非森严的法律制度和复杂的种族成分。南非的种族隔离制力图划清原本复杂的种族成分，赋予白人至高权力。南非的白人来自欧洲殖民者，以荷兰和英国殖民者为主体。荷兰殖民者在 17 世纪中叶即定居开普敦，他们多为农民，被称作布尔人（荷兰语"农民"之意）。19 世纪英国殖民者大批移民南非，并在 1880—1884 年和 1899—1902 年两次英布战争中打败布尔人。1910 年南非联邦成立，在国内推行种族歧视和种族隔离政策，1911 年以来先后颁布了几百种种族主义法律、法令。② 限制种族通婚的《背德法》有三版，分别颁布于 1927 年、1950 年、1957 年，还有《禁止跨族婚姻法》（1949）和划定肤色的《人口登记法》（1950）。

伊丽莎白正是在这样严酷的种族隔离环境中出生和成长的，她必定遭遇不幸，但她的出生也恰好证明泾渭分明的种族划分定会遭遇来自白人种族内部的挑战，暴露自定标准的混乱不清，更不用说来自非洲本土的抵抗。伊丽莎白的案子涉及南非各种族：她母亲是英国人，父亲是黑人，养母是英国和非洲混血。不接受伊丽莎白的布尔人的白人血统是经不起追究的，他们中的很多人实为早期荷兰移民与非洲女性的后裔。

尽管有法律文书，有母亲的遗嘱，有祖母送来的抚养费及玩具，还有养母的口述，但伊丽莎白本人的身份至此依然不清楚，人们只是强调她的母亲是白人，但没有一个白人家庭接受她，除了教会学校的老师，她跟白人没有任何实质的接触。母亲所在的精神病医院是她幼年时经常经过的地方，她何曾想到那高高的围墙、红色的屋顶、寂无人声的"红房子"与她的生命有紧密的联系。

---

① HEAD B. A Question of Power [M]. Johannesburg：Penguin Books, 2011：10.
② 李永彩. 南非文学史 [M]. 上海：上海外语教育出版社, 2009：145.

伊丽莎白离开她出生的小镇时，做的最后一件事便是再去看看那所医院，这时候她似乎领悟到她具有参透命运之中那些突发细节所含有的惊人信息的能力。这一能力是母亲遗传给她的吗？是她日后疯狂的先兆吗？还是母亲并没有疯，她只是没有理会种族隔离制而遭到关押的惩罚？母亲在疯人院的自杀是最后的反抗吗？如果母亲挑战种族隔离制的勇气被界定为"疯狂"，伊丽莎白倒能够以幽默的心情看待自己拥有这样"疯狂"的基因这件事。

伊丽莎白的身份认定始终是个难题，这个难题注定要将她推向其他任何非白人的族群，他们都处在南非的社会底层。底层生活让她接触到广阔的世界：寄宿在印度人家时，她了解了佛教，并为之吸引，从此远离基督教；从德国犹太妇人那里，她知道了希特勒对犹太人的大屠杀和二战；她还加入了反种族隔离制的党派，并为之被捕，虽然很快获释，但此事件最终导致她失去国籍。出狱后，她与有相似经历并对佛教感兴趣的人结婚，婚后一个月，她便被邻居告知丈夫不忠。一年后，她带着幼子，拿着单程出境签证毅然离开南非，到博茨瓦纳的乡村执教。

博茨瓦纳位于南非北部，撒哈拉沙漠以南，为内陆国，干旱少雨，自然环境恶劣，人口以皮肤黝黑的茨瓦纳人为主。① 融入博茨瓦纳的乡村生活并非易事，伊丽莎白不懂茨瓦纳语，不懂博茨瓦纳人的习俗，她反感当地人"我给你施法，你给我施法"的巫术，忌讳人们对她个人生活的打探，害怕乡村漆黑的夜晚。3 个月后，她开始在夜间出现幻觉。幻觉反复再现南非种族隔离制下底层社会遭受的各种非人待遇，可怕的幻影冲击她的视觉，辱骂呵斥的声音冲击她的听觉，令她彻夜不眠，此状况持续 4 年，如炼狱般痛苦不堪。

二、梦魇地狱

伊丽莎白无法被认定的身份使她处于南非的绝对边缘化境地，而她所受的教育使她具有了优秀的读写能力、高远的理想主义、悲悯的人文情怀和严格的分析思维能力，同时她也非常孤傲，离群索居。来到几乎没有白人统治者的博茨瓦纳后，伊丽莎白痛苦地发现自己也并不被黑人所接纳，因为她的肤色不够黑。在非洲大陆独立浪潮中，民族主义者掌握了权力之旗，但他们追求的纯粹黑人的非洲和白人殖民者的种族主义几乎如出一辙，这对伊丽莎白来说是昭然若揭的，她再次被边缘化的境地说明了一切。伊丽莎白怀着对非洲美好未来的憧憬，离开南非，到达黑人聚集的荒漠之地，但现实的境遇却让她惊恐地预感

---

① 卢敏. 茨瓦纳文化与贝西黑德的女性观 [J]. 文艺理论与批评，2017（1）：82--88.

人类苦难的历史可能还会重复，憧憬和恐惧在梦中交织缠绕，幻化成有形有声的对话者，刺激和挑战她的大脑和神经，使其精神之弦紧绷至断裂。

伊丽莎白的精神分裂前兆是典型的幻觉症，而此症状主要出现在夜晚。塞娄和丹是伊丽莎白梦魇中的两个幻觉人物，分别构成作品的"第一部分 塞娄"和"第二部分 丹"。作品在追述伊丽莎白的幻觉症时采用颠倒错乱的时间，场景和对话的重复是清理时间线索的主要方式。幻觉部分约占全书的三分之一，其中宗教、神话、历史事件和人物用典频繁，指代时清时混，幻象丛生，诡异刁钻，犀利尖刻，令人疯狂，正如杰奎琳·罗丝所说，"我不确定是否可能有人读过此书后不觉得自己有点疯了"①。塞娄和丹在现实生活中有对应者，是一对朋友，塞娄精通作物种植和牛种繁殖，丹是养牛百万富翁，非洲民主主义者，不过伊丽莎白在现实生活中和他们并没有实质性的接触。幻觉与现实的交错构成扑朔迷离的文本，将伊丽莎白混乱的精神状态真切地展露出来。

伊丽莎白幻觉中的塞娄是非洲黑人形象，身穿白袍，如印度佛教中的僧人，有着佛陀和上帝一般的深邃和悲悯，伊丽莎白将自己的灵魂和塞娄同步，两个灵魂每晚进行"男人般"的哲学对话。塞娄已经历过十亿个轮回，他用播放影像的方式向伊丽莎白展示芸芸众生，其中第一个出现的是"教父"，他递给伊丽莎白一大摞写满细小、整洁文字的纸，第一页上写着"贫穷"，他穿上非洲穷人穿的破烂、肮脏的衣服。"教父"在作品中反复出现，学界较普遍的看法认为"教父"代表甘地式的非暴力反抗思想。② 塞娄一插电源，伊丽莎白就看到有人走到她面前：

> 他们有着静止、悲伤、浴火般的脸。她一直没有领悟那静止、悲伤、强烈的表情的意义，直到他向她透露了他过去的一个细节。那是死亡。那是人民的表情，他们为一个又一个人类解放事业被一再杀害、杀害、杀害。③

伊丽莎白认为这些人是神圣的，他们是历经苦难的人民，他们拥有为未来而发的强大之声和相聚的共同之地，他们才配拥有一个绝对的"神"的称号。

---

① ROSE J. On the "Universality" of Madness: Bessie Head's *A Question of Power* [J]. Critical Inquiry, 1994, 20 (3): 404.

② MAGNOLIA T. A Method to Her Madness: Bessie Head's *A Question of Power* as South African National Allegory [J]. Journal of Literary Studies, 2002, 18 (1): 154-167.

③ HEAD B. A Question of Power [M]. Johannesburg: Penguin Books, 2011: 25.

伊丽莎白崇拜塞娄，认为他代表善，代表追求人类平等的精神，但塞娄告诉伊丽莎白"我是造成人类苦难的根源"①。在伊丽莎白没有预料的情况下，塞娄从身体中派出一个穿棕色袍子的复制体，还派出一个黑女人，名叫美杜莎（Medusa）。棕袍塞娄和美杜莎是白袍塞娄的对立面，充满仇恨和邪恶。棕袍塞娄咆哮着说他自己就是上帝，他把一切交给美杜莎处置。美杜莎极度排斥伊丽莎白，她嘲笑伊丽莎白的性欲不及非洲女人，她要驱逐伊丽莎白："我们不想要你。这是我们的土地。这是我们的人民。"② 贝西·黑德指出："美杜莎表达的是非洲社会的表层现实。它是关闭和排外的。一个强烈的权力崇拜主题贯穿于它，掌权者需要狭小、关闭的世界。在广阔、灵活的宇宙有太多对立的思想，他们感到不安全。"③ 美杜莎代表的是狭隘的非洲民族主义，不过她对伊丽莎白的批评"你没有和人民联系在一起。你不懂任何非洲语言"④ 却是一针见血。伊丽莎白的潜意识里起初确实看不起非洲百姓和穷人，她多次重复塞娄是处于上层社会的婆罗门。

塞娄虽然是幻觉人物，却具有非常复杂的象征含义，分析其含义有助于理解作者的复杂心理。塞娄是黑人，这说明贝西·黑德的非洲立场，她要写黑人的故事。然而塞娄穿着白袍，又是佛教僧人的样子，这透露出贝西·黑德宗教观的转变，她在教会学校接受的是英国国教，但她对印度佛教有更多的认同。⑤不过基督教善恶分明的观念还影响着她，当塞娄以善的形象出现时，她为之吸引，而没有料到其恶的一面。白袍塞娄派出的代表恶的棕袍塞娄和美杜莎打破了伊丽莎白善恶分明的观念，在恶的折磨下，她逐渐领悟佛教善恶一体的观念，开始反省自身的恶。然而公开地承认自身的恶是个艰难的过程，她没有走过这个坎，便崩溃了，那致命的打击是不断重复的"去死吧""狗，污秽，非洲人要活吃你"⑥ 的呵斥声。

这呵斥的声音让她在梦魇中再次回到南非种族隔离的生活：她被严格地划定为"有色人"，随时被呵斥"去死吧"。一再出现的死亡场景和呵斥的声音使伊丽莎白精神崩溃。她分不清梦魇和现实，认为当地的黑人都和美杜莎一样排

① HEAD B. A Question of Power [M]. Johannesburg：Penguin Books，2011：32.
② HEAD B. A Question of Power [M]. Johannesburg：Penguin Books，2011：33.
③ HEAD B. A Question of Power [M]. Johannesburg：Penguin Books，2011：33-34.
④ HEAD B. A Question of Power [M]. Johannesburg：Penguin Books，2011：41.
⑤ EILERSON G. S. Bessie Head：Thunder Behind Her Ears：Her Life and Writing [M]. Portsmouth, NH：Heinemann，1995：33.
⑥ HEAD B. A Question of Power [M]. Johannesburg：Penguin Books，2011：43.

斥和刁难她。在购买收音机时，收音机许可证登记员请她坐等，她却狂躁而傲慢地认为登记员愚笨无能，把椅子摔向墙壁，破口大骂"你们这些博茨瓦纳杂种"①！伊丽莎白的疯狂暴露了她内心的恶：她不喜欢非洲人，她认为他们愚昧无知，她只是假装认同非洲人。经过药物治疗，伊丽莎白认识到自己不懂得爱，因为她成长的环境没有爱，她与塞娄所谈论的人类平等是空洞抽象的，"很多意识形态是伪善或有缺陷的，充满陷阱"②。认识到这些以后，白袍塞娄从伊丽莎白的梦魇中退居后位，沉默不语。这说明伊丽莎白不再沉迷于空洞抽象的思想之辩。

伊丽莎白第二次精神崩溃是由丹控制的梦魇所致。丹在第一部分也不时出现，常常令人误解为棕衣塞娄，而从第二部分可以看出丹和塞娄是两个不同的幻觉人物。如果说塞娄是用精神来吸引伊丽莎白，那么丹则是用情欲来诱惑伊丽莎白。丹不像塞娄只静坐在椅子上，而是俯而亲吻伊丽莎白的脚趾，再用甜言蜜语表达他的爱情。伊丽莎白几乎被他的爱情所俘虏，这让丹非常高兴，他炫耀地引出"教父"，把自己扮演成英雄形象，向伊丽莎白保证要保护她，带她乘流星在宇宙翱翔。就在伊丽莎白沉醉之际，她看到一张小白卡片，上面写着"管理权始自1910"③，这让伊丽莎白警觉起来。

1910年《南非法案》（The South Africa Act，又称联邦法）正式生效，成立由白人自治的南非联邦，种族隔离制开始走向渐强阶段（1910—1948）。现在，丹要用同样的方式建立黑人政权，他开始暴露自己的真实嘴脸，变得恶俗：他懂得权力技巧；他精通电影、录音、录像等现代媒体技术；他是高高在上的非洲民族主义者；他要保持黑人血液的纯洁；他有拿破仑和希特勒那种统治世界的野心；他把"教父"拖进地狱；他弄来71个乐时女孩（nice-time girls），在伊丽莎白眼前做性表演。面对这些折磨，伊丽莎白尚能保持分析能力，她指出丹所做的一切是要让她知道非洲的神圣和神秘，但他以残酷的方式扭曲和滥用这一思想。非洲有两大社会缺陷：一是非洲男人随意、放纵的性欲；二是残酷的源自巫术的恶意。④丹综合了这些缺陷，将自己的人格投射成非洲的，将非洲变成邪恶和下流的，把非洲社会中的大体量善和力量变成了无用的，从而不断扭曲着伊丽莎白的思想。

---

① HEAD B. A Question of Power［M］. Johannesburg：Penguin Books, 2011：48.

② COUNIHAN C. The Hell of Desire：Narrative, Identity and Utopia in *A Question of Power*［J］. Research in African Literature, 2011（1）：68-86.

③ HEAD B. A Question of Power［M］. Johannesburg：Penguin Books, 2011：121.

④ HEAD B. A Question of Power［M］. Johannesburg：Penguin Books, 2011：145.

丹播放的非洲同性恋男人的录像似乎是打垮伊丽莎白的有力武器。凯姆分析道，伊丽莎白一直将自己当作白人男性，否认自己的女性性别和肤色，抵制了塞娄、美杜莎和丹的侮辱和诱惑，但是同性恋男人颠覆了她对男性的认同，致其崩溃。① 伊丽莎白并非不能接受同性恋，她提出王尔德的同性恋案②，并表达了不在意的态度，因为那在遥远的英国，然而非洲的同性恋者无处不在。伊丽莎白对南非的"有色"男同性恋者充满同情，他们穿着女人的衣服公然在街上展示，不把自己当"男人"，因为他们整天被警察盘查："嗨！小子，你的通行证呢？"③ 这些被糟践的人就这样自贱，令伊丽莎白痛苦不堪。丹用尽上述伎俩后，又将伊丽莎白现实生活中碰到的人在夜间丑化成堕落者和乱伦者。伊丽莎白每晚被丹播放的"去死！"的录音诅咒着，感到极度痛苦和冤屈，决定一死了之，但是还要找个垫背的人。她在黑夜中冲到老琼斯夫人家，大闹一番，次日清晨又跑到邮局贴了一张揭露塞娄乱伦的大字报。这次，警察把她送进了医院。

三、康复之途

伊丽莎白的疯狂给她带来了重生的机会，让她接触到真正的非洲人民。伊丽莎白梦魇中的塞娄、美杜莎和丹虽然都是黑人形象，但他们只是掌握了特权和财富的黑人，并不代表真正的非洲人民。真正的非洲人民多处于社会的底层，他们不仅有黑人，还有"有色人"、白人和亚裔，他们在恶劣的环境中顽强地生活，互帮互助，尝试新农业、工业技术，以改变非洲贫穷落后的面貌。尤金是非洲人民的一个代表，他是阿非利卡人。阿非利卡人是布尔人在南非彻底扎根并发展了不同于荷兰语的独立语言的民族，该语言被称为阿非利卡语。阿非利卡人在南非联邦（1910—1961）和南非共和国（1961—1994）时期都处于统治者地位，但是尤金代表的是不同于政府观点的一派，他们反对种族隔离和社会不公，遭到政府打压，流亡国外。

尤金流亡到博茨瓦纳，通过开办学校和农业合作社来践行自己的政治理想。伊丽莎白第一次精神崩溃让她有幸结识了尤金，他送她进了医院。经过治疗，伊丽莎白暂时摆脱了塞娄和美杜莎的折磨，自认为康复了，迅速离开了医院。

① KIM S. J. "The Real White Man Is Waiting for Me": Ideology & Morality in Bessie Head's *A Question of Power* [J]. College Literature，2008，35（2）：38-69.

② HEAD B. A Question of Power [M]. Johannesburg：Penguin Books，2011：146.

③ HEAD B. A Question of Power [M]. Johannesburg：Penguin Books，2011：41.

学校董事会要求伊丽莎白到医院开证明，说明其精神正常，伊丽莎白拒绝并与校长发生冲突，离开了学校。失业后，伊丽莎白只好求助于尤金。尤金创办的学校不同于博茨瓦纳政府办的学校，那些被认为是毫无希望的小学流失生都到了他的学校，他们组成学校青年发展工作组，学习掌握各种技能，如建筑、木工、电工、油漆工、制鞋、务农、纺织等。尤金秉持"教育是为所有人的"理念，打破了精英教育的局限，为非洲发展提供了新思路。尤金是一位实践者，少言多行，他与当地百姓融合在一起，将自己的新非洲理想付诸具体行动，与伊丽莎白梦魇中的塞娄和丹形成鲜明的对比，他身上具有真正的人性和尊严，那是非洲大地最缺乏也最渴望的。

伊丽莎白加入了尤金的农业合作社，尝试在博茨瓦纳干旱缺水的土壤环境中种植蔬菜。该合作社聚集了不少来自欧美国家的志愿者和当地的普通百姓，志愿者中有丹麦人、英国人、美国人等，他们多是农业专家，有大学背景，有各自的文化及个性，形成一个多元的小世界。各国志愿者与当地百姓的交流存在语言障碍，不少志愿者仍有种族偏见，认为黑人愚笨，学不会新技术。伊丽莎白这样批判以卡米拉（Camilla）为代表的志愿者：

> 她理所当然地认为黑人是卑劣的，她从不思考就当我们的面说我们是笨蛋，什么也不懂。像她一样的人很多。他们看不到黑人脸上生活的色彩和阴影。她从来没有停下一分钟，打住，转身站定，细看一下那些学农学生的严肃而认真的表情。他们身后是悲惨的生活，饥荒和连年的干旱，没有食物，没有希望，一无所有。眼前是个神奇的世界，知识将改变那令人绝望的、艰辛的半荒漠地区的农业状况。①

非洲人并非愚笨，他们只是没有机会接受教育，他们学习态度诚恳热切，"小男孩"、伊丽莎白、凯诺西等就是其中的佼佼者，他们很快掌握了荒漠蔬菜种植技术，得到大自然丰厚的馈赠。但是对于伊丽莎白来说，蔬菜种植技术和做饭洗碗一样并不需要太多的脑力，她的大脑依然被更宏大抽象的非洲意识形态之争、根深蒂固的种族问题、更紧迫的家国何在等问题困扰，她依然无法摆脱丹的诅咒。

伊丽莎白第二次疯狂的症状非常严重，她在医院度过了 7 个月。虽然博茨瓦纳政府为穷人办的医院条件很差，但是药物治疗起到一定作用，让她进入睡

---

① HEAD B. A Question of Power［M］. Johannesburg：Penguin Books，2011：83.

眠状态，大脑得到必要的休息。医护人员也并不专业，但他们对伊丽莎白反复发作的疯狂状态都予以理解和包容，这极大地减缓了她的心理压力。伊丽莎白终于公开承认自己也是种族主义者，承认自己既恨黑人，也恨白人，这反而让她感到回归正常了。幻觉人物丹依然纠缠威胁着她，还扬言要先杀死她的儿子，恰在此时，有人带着她的儿子来看她了。正是这些关键时刻的人际交流和关怀拯救了伊丽莎白。伊丽莎白明白自己患病期间儿子便成了孤儿，4 年间，儿子一直由村子里的好心人照顾着，朋友们不时来医院探望她，村子里的人都谅解了她的疯狂举动。普通百姓让伊丽莎白明白了塞娄的话"爱是两人互相哺育"，爱是双方的，爱让人进入一种超级的生命状态，感受到被万物亲吻——空气、生命之流、笑容和友谊，而最重要的是爱使万物和众生平等。至此伊丽莎白感到自身的净化，感到快乐，不再畏惧丹，不再依赖药物。

伊丽莎白终于明白了非洲人说"做个普通人"即"人人相爱"① 之意。她再次看到凯诺西用茨瓦纳语和英语组合拼写的账本时，感到那些文字是那么奇妙和美丽："Ditamati（西红柿）、Dionions（洋葱）、Dispinach（菠菜）"②。她不再以小学教师的眼光来看这些错误的英语。从苛求标准英语到接受和欣赏茨瓦纳语和英语的混杂，伊丽莎白开始真正融入博茨瓦纳的百姓生活，做个普通人让她找到了归属感，"穿越了一种精神羁绊"③，完成了她"逆写帝国"的故事。

《权力之问》是贝西·黑德用生命书写的力作。通过第三人称追述的方式，贝西·黑德深刻剖析了令伊丽莎白疯狂的各种制度、意识形态、偏见和误解，博茨瓦纳普通百姓的质朴、包容、救助和关爱改变了伊丽莎白孤傲的心灵和她对非洲命运的偏执而抽象的追问，她的黑人认同感和归属感使其精神得以康复。《权力之问》是贝西·黑德的生命书写，是非洲女性在大历史语境中对非洲的命运、现实和前途的深切观照。

第四节 《风与男孩》：鲁滨孙故事的逆写

后殖民理论揭橥之作《逆写帝国：后殖民文学的理论与实践》（1989）一

---

① HEAD B. A Question of Power［M］. Johannesburg：Penguin Books，2011：223.
② HEAD B. A Question of Power［M］. Johannesburg：Penguin Books，2011：220.
③ 比尔·阿希克洛夫特，格瑞斯·格里菲斯，海伦·蒂芬. 逆写帝国：后殖民文学的理论与实践［M］. 任一鸣，译. 北京：北京大学出版社，2014：11.

书"从两方面论述了前殖民地地区'逆写帝国'的方式,一是重置语言,二是重置文本"①。该书分析了很多当代印度、非洲、美国、加拿大、澳大利亚、新西兰、南太平洋和加勒比海文学作品中重置语言或重置文本的现象,但没有论及后殖民地区作家对《鲁滨孙漂流记》文本的重置。当代世界文学史上,南非白人作家库切的《福》(Foe,1986)是对笛福原著最广为人知的改写。海伦·蒂芬在《后殖民文学和反话语》中通过对《福》的解读,提出后殖民文学的本质是西方文学的"反话语"②。之后,斯皮瓦克③、阿特维尔④、史蒂芬·沃森⑤等都对库切这部现代主义的、"元叙事"的、晦涩难懂的《福》做了大篇幅的解读和阐释。然而这些文论家都没有注意到享有"世界文学大师"之誉的南非博茨瓦纳作家贝西·黑德在库切之前,在短篇小说《风与男孩》中通过外婆之口就已经逆写了帝国文学经典"鲁滨孙"故事,显示出非洲黑人的艺术创造力和精神追求。本文将从史诗般的开篇、外婆的"鲁滨孙"故事、新闻报道式结尾三方面探讨该作品精湛的叙事艺术和逆写方式,以期通过窥一斑而知全豹的方式展示贝西·黑德的作品从非洲走向世界的成功之道。

一、史诗般的开篇

贝西·黑德的英语短篇小说《风与男孩》以"爱心、温柔、同情、敏感、关爱和力量——善的力量"⑥入选欧美国家高中英语教材。该小说最早收录在贝西·黑德的著名短篇小说集《珍宝收藏者及其他博茨瓦纳乡村故事集》(The Collector of Treasures and Other Botswana Village Tales,1977)中。这个外婆和外孙之间的爱的故事及其悲剧性结局一下子就赢得了世界读者的心。多数评论都从主题角度来探讨此作品的价值,如青少年成长、非洲女性社会地位、后殖民社

① 赵稀方."后殖民理论经典译丛"总序[M]//比尔·阿希克洛夫特,格瑞斯·格里菲斯,海伦·蒂芬.逆写帝国:后殖民文学的理论与实践.任一鸣,译.北京:北京大学出版社,2014:4.

② TIFFIN H. Post-Colonial Literatures and Counter-Discourse [J]. Kunapipi, 1987, 9 (3): 28-29.

③ SPIVAK G. C. Theory in the Margin: Coetzee's Foe Reading Defoe's Crusoe / Roxana [J]. English in Africa, 1990, 27 (2): 1-23.

④ ATTWELL D. J. M. Coetzee: South Africa and the Politics of Writing [M]. Berkeley and Los Angeles: University of California Press, 1993: 20.

⑤ WATSON S. Colonialism and the Novels of J. M. Coetzee [M] //HUGGAN G, WATSON S. Critical Perspectives on J. M. Coetzee. London: Macmillan Press Ltd, 1996: 29-30.

⑥ THORPE M. Treasures of the Heart: The Short Stories of Bessie Head [J]. World Literature Today, 1983, 57 (3): 414-416.

会转型、现代与传统之间的冲突等，也有评论注意到该作品的叙事艺术特色，指出该作品体现了口述艺术和新闻语言的特色①，但这些评论都只是点到为止，缺乏对文本深入细致的分析。《风与男孩》中外婆随口编的"鲁滨孙"故事既是故事的高潮，也是非洲作家自觉摆脱英帝国文化影响的机智表现，蕴含着非洲百姓的智慧和明确的非洲民族身份认同。

　　小说的开篇非常简练，但出奇制胜。作者写道："像所有村子里的男孩一样，弗莱德曼有长风为他而起，但或许是那为他而起的魔力之风让整个村庄充满神奇。"② 这一句话构成的第一段落一下子将读者带入史诗般的奇幻意境，让读者的想象乘风起飞。然而作者在点题之后，并不急于讲述男孩弗莱德曼的故事，而是在第二段概括性描述所有在非洲丛林中如"国王般"的小男孩们。作者用诗性的语言描写那些整日在野外游荡的非洲乡村的小男孩们，他们自由如风，来去无踪，与鸟雀、野兔、鼹鼠和豪猪嬉戏、斗智，在对自然的探索中获得智慧，掌握狩猎本领，为家人提供美味猎物。这些非洲乡村的小男孩们勾起现代读者对人类原初生活的向往，让读者穿越时空，重回远古丛林的英雄时代。

　　接着作者以极其简练，但充满幽默的方式讲述男孩弗莱德曼（Friedman）不同寻常的"英雄出世"和"英雄成长"故事。像很多史诗描述的英雄一样，他们开始并不完美，在某些方面甚至还不及常人③，因此常常遭人嘲笑，弗莱德曼就是在人们的嘲笑中出生和成长的。作者风趣幽默地将这些嘲笑分为三个阶段：出生时、会走路时和淘气作恶时。在第一阶段，弗莱德曼的出生很不光彩，他是未婚妈妈轻率行为的产物，自然遭到人们的嘲笑。妈妈也不想让他妨碍她的生活，生下他就回到城里继续当打字员了。在医院里，只有外婆一人等待这个被人视为"小包裹"的小生命，只有一位叫弗莱德曼的外国医生跟外婆说话，外婆便给他起名"弗莱德曼"。第二阶段，作者用最简洁的文笔概括了母亲们对刚会走路的孩子的态度：这些小拖累，出门做客，能不带就不带。但是外婆不同，她一定要带上别人嘴里的"手提包"，一点儿都不嫌他麻烦，也不怕人

① NIXON R. Border Country：Bessie Head's Frontlines States ［J］. Social Text, 1993（36）：106-137.
　MACKENZIE C. The Use of Orality in the Short Stories of A. C. Jordan, Mtutuzeli Matshoba, Njabulo Ndebele and Bessie Head ［J］. Journal of Southern African Studies, 2002, 28（2）：347-358.
② HEAD B. The Wind and a Boy ［M］//Head B. The Collector of Treasures and Other Botswana Village Tales. Oxford：Heinemann, 1977：69.
③ DEME M. K. Heroism and the Supernatural in the African Epic：Toward a Critical Analysis ［J］. Journal of Black Studies, 2007, 39（3）：402-419.

笑话。

第三阶段，弗莱德曼开始显示出不同寻常的英雄气质和过人之处，人们对他的嘲笑已经带着欣赏和肯定了。"他似乎一夜之间长高了，细长的腿，大而严肃的眼睛，如一只优雅的瞪羚。他的话语带有奇特而轻快的乐调，当他戏弄别人或要调皮捣蛋时，细长脖子上的脑袋像眼镜蛇一样摆动。"① 他聪明灵巧，用铁丝和金属鞋油盒盖做的小汽车胜过其他孩子的。此时，动作利落、头脑清晰、极有主见的弗莱德曼成了男孩中的"王中之王"。他和男孩子们一起淘气作恶，甚至把盗窃当成游戏，成了真正的"大盗""讨厌鬼"，然而被抓挨揍的总是别的男孩，弗莱德曼总是以超然、不屑的姿态出现在事发现场。大人们似乎被这个孩子的独特气质和相貌所蛊惑，而反过来教训淘气的男孩们"弗莱德曼没你这么坏"②。这诙谐的笔调让读者在轻松愉快的氛围中接受了一个私生的，但具有"英雄"特质的孩子，巧妙地避开了传统道德的冰冷审判和僵化的价值判断。

这正是作者采用史诗般叙事文字的匠心和苦心。欧洲史诗的源头《荷马史诗》塑造了众多生动形象的英雄，不避瑕疵正是荷马塑造英雄的主要手法，阿喀琉斯的脚踵是他天生的缺陷，阿喀琉斯的暴怒致他于死命。史诗的宏大在于其包容性，贝西·黑德正是要借史诗的包容性来抵消受欧洲殖民侵害四百多年的非洲社会无处不在的歧视和自卑心理，法农在《黑皮肤，白面具》中对此心理情结做了深入的分析。③ 贝西·黑德一生饱尝歧视之苦，但她用温暖、宽容的笔触淡化歧视之恶，构建爱的王国。

1937年贝西·黑德出生在南非的一家疯人院，其白人母亲因怀有家中黑人马夫的孩子而被关进疯人院，黑白混血的贝西·黑德被划为"有色人"。"有色人"在南非种族隔离时代（1910—1994）专门指黑白混血儿，他们往往是双亲僭越《背德法》的产物，他们不为白人殖民者所接受，也遭到黑人的歧视。④ 无论在南非还是流亡博茨瓦纳，贝西·黑德都遭到种族、部族、性别等各种歧视，但是在塑造弗莱德曼时，她用"微笑"和"大笑"两个词来描述人们对这个私生孩子的态度，力图冲淡这些"笑"中可能包含的歧视和嘲笑的恶意成分，

---

① HEAD B. The Wind and a Boy［M］//Head B. The Collector of Treasures and Other Botswana Village Tales. Oxford：Heinemann，1977：70.

② HEAD B. The Wind and a Boy［M］//Head B. The Collector of Treasures and Other Botswana Village Tales. Oxford：Heinemann，1977：71.

③ FANON F. Black Skin，White Masks［M］. Charles Lam Markmann Trans. New York：Gove Press，1967：83-108.

④ 卢敏. 贝西黑德的女性生命书写：《权力之问》［M］//李安山. 中国非洲研究评论（2016·总第6辑）. 北京：社会科学文献出版社，2018：218-228.

将更多的笔墨放在人们对这个孩子的肯定和欣赏方面。而人们何以能欣赏和肯定这个孩子呢？作者反复使用"魔力""国王""神奇"这些史诗常用的字眼，激发读者对史诗英雄的想象，以包容姿态看待一个出生劣势，但天赋其才的孩子的成长。

二、外婆的"鲁滨孙"故事

《风与男孩》中最精彩的部分是外婆对"鲁滨孙"故事的重编。英国文学经典之作笛福（Daniel Defoe）的《鲁滨孙漂流记》（*Robinson Crusoe*，1719）以现实主义手法讲述鲁滨孙·克鲁索在荒岛 28 年的生活经历。英国商人鲁滨孙·克鲁索在去非洲的航海途中遭遇风暴，船触礁倾覆，被海水冲至一个无人荒岛边，鲁滨孙是唯一的幸存者，他在荒岛用尽各种办法生存，后来还营救了一个土著黑人，取名"星期五"，二人最终被过往大船营救，返回英国。该作品宣扬的是英国新兴资产阶级思想，具有浓重的帝国意识和殖民意识。英国传教士在非洲创建教会学校，企图以帝国经典文学传播其价值观，改造当地民众，而他们未曾想到的是，帝国经典文学激发了非洲人的另一种解读、想象和艺术创造力。

外婆小时候只在教会学校上过一年学，只学了 A、B、C 等几个字母，1、2、3、4、5 等几个数字，还有一首关于鲁滨孙的歌。外婆信仰基督教，每晚在祈祷时给外孙唱宗教歌，再加上这首鲁滨孙的歌："欢迎，鲁滨孙·克鲁索，欢迎，你怎么能，离开那么久，鲁滨孙，你怎么能那样？"外孙每次听到这首歌时眼睛都会发亮，这次他问外婆鲁滨孙干了什么大事，人们为什么为他唱颂歌。外婆早已忘记了这首歌的故事语境，但她注意到外孙的兴趣，就开始讲故事了：

> "他们说，他是一个猎人，经过圭塔时，一个人杀死了一只大象，"她当场编起故事来，"噢！在那个年代，可没有一个人杀死一只大象的。所有的团队都要聚在一起，每个人都要把剑刺进大象侧身，它才会死。鲁滨孙·克鲁索已经消失好几天了，人们都想知道他去哪儿了。'可能他已经被狮子吃掉了，'他们说，'鲁滨孙喜欢独来独往，总做傻事。我们不会独自去丛林的，因为我们知道，那太危险了。'然而，有一天，鲁滨孙突然出现在人群中，大家可以看得出他心里有大事。他们都聚拢在他周围。他说：'我为大家杀死了一只大象。'人们都非常惊讶！'鲁滨孙！'他们说，'这不可能！你是怎么做到的？一想到一只大象进了村子，我们就吓得浑身发抖！'鲁滨孙说：'啊，大伙，我看到很可怕的场景！我就站在大象的脚边。

我就像是一只小蚂蚁。我无法再看到这个世界了。大象就在我的上方，它的头挨到了天上，它平铺的耳朵就像巨大的翅膀。它非常生气，但我只看到了它的一只眼睛在愤怒地转动。现在该怎么办？我想最好是把它的眼睛挖出来。我举起我的长矛，掷向那只愤怒的眼睛。大伙！长矛径直插了进去。大象没有发出一声就倒在了一边。来，我给你们看看我都做了什么。'随后女人们高声欢呼：'噜噜噜！'她们跑去拿容器，因为有人想要大象的肉，有人想要脂肪。男人们把刀磨快。他们能用大象皮和骨头制作鞋子和很多东西。每个人都从鲁滨孙·克鲁索干的大事中受益了。"①

外婆的鲁滨孙故事和原著相差甚远，但令人耳目一新，忍俊不禁。外婆可谓是个鲁滨孙故事非洲本土化的高手。她把鲁滨孙变成了一个地道的非洲猎人，让他置身于非洲百姓生活中，赋予他非洲的集体主义意识，彻底颠覆了原著中倡导的个人主义和殖民主义。外婆的语言极为简单，具有儿童语言性，短句很多，夹杂很多人物对话，非常生动，叙事波澜起伏，悬念张弛有度，引人入胜。外婆的编故事能力来自非洲口头文学传统。吉拉德指出："非洲口头文学的主要功能是保存部落的宗教神话、延续历史记忆、增强集体身份认同与荣誉感、记录祖先世代相传的智慧结晶等。"② 非洲口头文学叙事传统中，男女性别不同，叙事内容和性质也不同，男性长辈负责历史正统叙事，女性长辈，尤其是祖母/外婆负责神话故事等娱乐性叙事。非洲传统社会每晚火边的故事会造就了一代代的讲故事能手。

《风与男孩》中的外婆并不只是一个扁平的外婆形象，一味地温柔善良，充满爱心。外婆是一个丰满的圆形形象。她年轻时可是引发了一个大丑闻的主角：离开自家村庄来到哈-塞弗特-莫里莫民宅区（Ga-Sefete-Molemo ward），和一个已婚男人住在一起，并从他妻子手中赢得了他，和他结了婚。她以天生女王的姿态面对人们的道德责难，即使到了老年，她的样子依然给人留下深刻的印象："她仪态万方地走过村庄，头高高抬起，面部平静，几乎毫无表情。随着年龄的增长，她的臀部变大，走路时以坚定的节奏显示臀部的存在。"③ 寥寥几笔，一

---

① HEAD B. The Wind and a Boy [M] //Head B. The Collector of Treasures and Other Botswana Village Tales. Oxford: Heinemann, 1977: 72-73.

② GéRARD A. Preservation of Tradition in African Creative Writing [J]. Research in African Literature, 1970, 1 (1): 35-39.

③ HEAD B. The Wind and a Boy [M] //Head B. The Collector of Treasures and Other Botswana Village Tales, Oxford: Heinemann, 1977: 71.

个极有主见、大胆、激情的女性形象跃然纸上。外婆更令人羡慕的是她的耕种能力，她如地母一般哺育作物，干旱之年仍有收获。祖母/外婆有丰富的人生经验，"被认为是知识产生、保存和传播的载体，向年轻人灌输传统文化、世界观、行为准则和道德规范"①。外婆对弗莱德曼的影响是不言而喻的，外婆的鲁滨孙故事点亮了弗莱德曼心中的英雄形象，他下定决心要做一个像鲁滨孙一样的猎人。

贝西·黑德对帝国文学的逆写没有停止在外婆编的鲁滨孙的故事上，她进一步写道，外婆的鲁滨孙故事唤醒了小小少年弗莱德曼心中的伟大柔情，那是对生命的同情心。弗莱德曼是这样解读鲁滨孙的："如果鲁滨孙·克鲁索不是在同敌人进行尘土四起的肉搏战，他就会作为酋长的大信使和使者，渡过汹涌的河水，穿越丛林——他的一切行动都是令人感动的——为帮助和保护人民。"②弗莱德曼被唤醒的同情心首先表现在他对暴雨中逃进家里的老鼠的态度，他不忍杀死这些老鼠，而是把它们放进盒子里送回田野。随着同情心和责任心与日俱增，弗莱德曼开始承担起生活和责任之重，他帮助外婆种地，打猎为家里提供肉食，给外婆跑腿。至此，一个完美的少年英雄形象出现在读者心中。

三、新闻报道式结尾

当读者还沉浸在远古史诗的浪漫意境中，期待少年英雄弗莱德曼的大作为时，故事发生急转，叙事风格也骤然变得冷峻，作者以硬新闻的语言风格告知读者：妈妈给弗莱德曼的礼物——自行车"使他的人生故事骤然终结"③。这句话让读者的心咯噔一沉，读者急切地想知道什么时候（when）、什么地方（where）、发生了什么（what）、谁干的（who）、为什么（why）。新闻报道中的五个 W 要素构成了此短篇小说的结尾部分，写实主义的案件报道将读者拉回社会现实，令读者意识到非洲的现实生活和世界其他地方的现实生活是如此相似。

14 岁的弗莱德曼为方便给外婆跑腿，想要一辆自行车，在城里工作的妈妈就给他钱买了一辆自行车。雨季开始时，弗莱德曼陪外婆到离村庄 20 英里处（约 32 千米）的农田耕种。外婆极为投入，她会从种植到收获一直住在那照料

① 孙晓萌. 西化文学形式背后的民族性：论豪萨语早期五部现代小说［M］//李安山. 中国非洲研究评论（2016·总第 6 辑）. 北京：社会科学文献出版社，2018：108-115.

② HEAD B. The Wind and a Boy［M］//Head B. The Collector of Treasures and Other Botswana Village Tales. Oxford：Heinemann，1977：73.

③ HEAD B. The Wind and a Boy［M］//Head B. The Collector of Treasures and Other Botswana Village Tales. Oxford：Heinemann，1977：74.

庄稼。弗莱德曼的主要任务是打猎给家里提供肉食。耕种季过半时，家里的糖、茶叶和奶粉用完了，外婆让弗莱德曼回村庄去买这些供给。弗莱德曼一大清早就骑自行车回村庄了，他先到了民宅区，在外婆的朋友家喝了杯茶，吃了碗粥，然后骑车上了大路。悲剧就发生在此：

> 他穿过村庄民宅区蜿蜒的沙路，到达大路高高的路基，用劲蹬着脚踏板往上骑，眼角的余光看到一辆小的绿色卡车朝他这边疾驶过来。像所有什么都不怕的小男孩一样，他径直骑上大路，转过头向司机恳求似的微笑。卡车的前保险杠撞到他，压扁自行车，以疯狂的速度拖着男孩又跑了一百码，丢下他，又猛冲了二十码才停下。男孩英俊的脸被沿路拖得碎烂，只剩下躯干。①

　　这段交通事故的描写非常冷静、客观，但又极具感官冲击力，显示了作者新闻记者的文字功力。贝西·黑德步入文坛从做新闻记者开始，21岁的她曾是南非开普敦著名的《金礁城邮报》的第一位黑人女记者，该报在非白人读者群中极具影响力。她常常被报社分派到法庭去写庭审报道，了解了很多案件，她还负责该报的儿童专栏。新闻记者的从业经历对该小说的创作起了一定铺垫作用。然而作者在写该小说时，已是一位世界知名作家，该作品充分体现了作者对新闻和小说的边界及其功能和价值的思考。

　　我们可以想象，在世界各地的报纸上，像上述交通事故的报道不在少数，人们在看到这些报道时的反应一般是"又出事故了""好惨啊""小孩真可惜"，随后又去看报纸上的其他内容，很快就将事故抛掷脑后了。而小说不同，小说通过塑造丰满生动的人物形象让读者入境，和人物发生情感共鸣。单看新闻，男孩被车压死的事实描述让人震惊，但不会让人流泪。小说中的事故描写，可以用新闻报道的手法，但其触动人心的力量是不同的，读者的反应和小说中的村民和外婆的反应是一致的：不能接受、心碎。外婆要警察收回他们宣布孩子死亡的话，跟跟跄跄往屋里走，一跤摔倒在地，被人送进医院后一个人又唱又笑自言自语，两周后离开了人世。

　　至此，小说叙事已经完成，读者悲痛惋惜的情感也已达到极限，作者却没有戛然而止，而是缓缓描述村民们对交通事故的全面讨论，他们一定要从各方

---

① HEAD B. The Wind and a Boy［M］//Head B. The Collector of Treasures and Other Botswana Village Tales. Oxford：Heinemann, 1977：74.

面来看这个问题，直到彻底弄清怎么回事。这一讨论不仅反映了博茨瓦纳乡村的民俗和百姓的思维方式，而且犀利地批判了博茨瓦纳这个新独立国家的公务员驾车肇事的深层原因。在这个时间似乎静止、沉睡的乡村，山羊在大路上站着，或让小羊吃奶，或就地打盹，车要避让它们。而那位肇事司机的车上没有刹车，他也没有驾照。肇事司机属于新富的公务员阶层，为和他们的地位相匹配，他们都要有辆车，只要有车就行，不管是什么车，也不管有无驾照。对于这种急躁、虚荣、不负责任的心态，作者嘲讽地写道："就这样，进步、发展和对社会地位及生活水平的关注首次向村庄宣布它们的到来。它就像一个讲述大路上铺满无头尸体的丑恶故事一样。"① 社会进步和发展以无视生命为代价是极为可悲和可怕的，作者没有回避这个丑恶的故事，而将它压缩到一句话，其警示意义更为强烈。

《风雨男孩》的故事核心实际是一起严重的交通事故，但是贝西·黑德以独特的匠心把它写成一篇充满人性柔情、同情、美丽、凄婉的故事。她通过史诗般的开篇、外婆的"鲁滨孙"故事、新闻报道式结尾，在巧妙融合非洲风土人情的基础上，探讨了非洲社会非婚生子女、城乡差异、独立后社会管理混乱、人心浮躁等复杂问题。对于这些问题，作者没有采用一味批评指责的方式，而是以诗性、幽默、包容、充满爱与同情的语言予以处理，在善恶之间，让人感到人性的温暖和生命的价值。贝西·黑德对鲁滨孙故事的逆写彰显了非洲的智慧、创造力和对非洲民族身份的认同，这正是贝西·黑德的作品能走出非洲，赢得国际读者的秘诀之一。

第五节　《魅惑十字路口》：历史小说的探索与创新

《魅惑十字路口：非洲历史传奇》是贝西·黑德的最后一部长篇小说，耗时10年，终得出版，这完成了她书写非洲历史小说的心愿。该小说时间跨度大，人物众多，事件纷繁复杂，波谲云诡。大量非洲部落名称和人物名称以及错综复杂的国际历史事件无疑都增加了阅读难度，但同时也证明了非洲悠久历史的存在，驳斥了非洲"无历史"② 的谬见。非洲无历史之说是对非洲口述历史的

① HEAD B. The Wind and a Boy［M］//Head B. The Collector of Treasures and Other Botswana Village Tales. Oxford：Heinemann，1977：75.
② 黑格尔. 历史哲学［M］. 王造时，译. 上海：上海书店出版社，2006：84-92.

全盘否定。贝西·黑德曾在历史著作《塞罗韦：雨风村》中力图赋予非洲口述历史合法地位，但作为文学家，她想要更大程度地发挥作者的能动性和想象力，寻找历史与文学的契合点，探索口述史和书面史料有机结合的历史小说创作形式，以更加生动形象的方式讲述非洲悠久的历史故事。本节将从口头文化传统、集体记忆之场"霍特拉"、"新学"与传统的交锋三方面分析贝西·黑德在非洲历史小说创作中的探索与创新。

一、口头文化传统

自 20 世纪 60 年代以来，口述/口头研究（orality）在人类学、语言学、历史、文学、文化、传媒等各领域引起广泛注意，其中克洛德·列维-斯特劳斯（Claude Levi-Strauss）的《野性的思维》（*The Savage Mind*，1962）①、马歇尔·麦克卢恩（Marshall McLuhan）的《古腾堡的银河》（*Gutenberg Galaxy*，1962）②、米尔曼·帕里（Milman Parry）的《荷马诗歌的创作》（*The Making of Homeric Verse*，1971）③ 对口述与思维的关系、口述与认知的关系、口头诗歌创作的模式化特征等问题发表了突破性观点，改变了学术研究过度崇尚书面文献的局面。沃尔特·翁（Walter Ong）的《口述和读写：词语的技术化》（*Orality and Literacy：The Technologizing of the Word*，1982）可谓是口述研究集大成者，出版 40 年来，产生广泛影响。现代非洲史研究主要奠基者让·范西纳（Jan Vansina）的《作为历史的口头传说》（*Oral Tradition as History*，1985）④ 开创了以口述资料研究非洲史的道路。贝西·黑德的历史小说《魅惑十字路口》则是在文学领域赋予非洲口述传统鲜活生命力的成功尝试。

《魅惑十字路口》共十四章，小说以小部落酋长塞比纳（Sebina）为主角，通过其家族在近百年乱世中 4 次迁移以求生存的历史，折射出 1800 年到 1966 年南部非洲现代民族的发展史和反殖民史。塞比纳家族的迁移史上溯穆胡姆塔巴帝国（Munhumutapa），中至恩德贝莱（Ndebele）王国，下延恩瓦托（Bamang-wato）王国至博茨瓦纳共和国。第一章概括了塞比纳部落近一个世纪的变迁史，起到提纲挈领的作用，其中提及的重大事件会在后面的不同章节里逐一详述，

---

① LEVI-STRAUSS C. The Savage Mind ［M］. London：Weidenfeld & Nicolson, 1962.

② MCLUHAN M. The Gutenberg Galaxy：The Making of Typographic Man ［M］. London：Routledge & Kegan Paul, 1962.

③ PARRY M. The Making of Homeric Verse：The Collected Papers of Milman Parry ［M］. Oxford：Clarendon Press, 1971.

④ VANSINA J. Oral Tradition as History ［M］. Madison, WI：University of Wisconsin Press, 1985.

以关键字句重复再现的方式帮助读者理清纷繁复杂事件的前因后果，这一谋篇布局的方式和《权力之问》很相似。从叙事文风上看，第一章口述历史的特征最为明显，凸显了殖民入侵前非洲大陆的历史发展轨迹，这主要表现在叙事时间淡化、侧重部落名称和习俗介绍、援引名言谚语和诗歌等方面。

自古以来非洲部落繁衍生息的总体特征是，人民生活与自然同节律，崇尚礼俗，能歌善舞，社会和平有序。第一章只提及 3 个重要年份，分别是开篇的 1800 年，即塞比纳部落大致历史起源时期，和结尾处的 1837 年到 1882 年，即塞比纳部落受强悍部落恩德贝莱压迫和奴役的时期。其他时间都是淡化的，以收获季节、星移斗转的方式表现在欧洲殖民者入侵之前南部非洲部落按自身发展规律分离、迁移、融合的生活。纪年时间的淡化，一方面凸显非洲部落以日升月落和季节交替为时间概念和计时方式的情境性和具体性，另一方面表明非洲部落生活多年如常，大变故不多，其漫长悠久的历史感是以静态恒久的方式呈现的。

命名是口述历史中重要的纪事方式。第一章用娓娓道来的方式讲述各部落名称的由来，句子都比较简短，句式不复杂，句子与句子之间的意思是递增的，前因后果之间有较大的时间跨度和小事件省略，这种表述突出历史的漫长感和记忆的选择性，后面的章节也都以此方式介绍部落和人物名字的来源和意义。塞比纳部落的名称从巴卡（Bakaa）到奇维齐纳（Chwizina）再到塞比纳，经历了两大事件。一是莫茨瓦因（Motswaing）带人离开酋长父亲莫特哈班（Motlha-bane）的家族——昆瓦纳（Khunwana）的罗朗（Barolong）部落，以"巴卡"命名，是茨瓦纳语"Ba ka ea"，即"他们要走"的意思。二是莫茨平（Mot-shiping）在父亲莫茨瓦因死后继位，带部落加入卡兰加（Bakalanga）孟威（Mengwe）酋长部落，放弃自己的酋长身份，向孟威酋长进贡，在酋长面前毕恭毕敬，被称为"奇维齐纳"，卡兰加语意为"摇尾讨好的狗"，该幽默的昵称被广为接受，取代了他的大名。但是卡兰加语的发音对莫茨平部落的人来说比较困难，出于方便，他们称莫茨平为"塞比纳"，这个名字便沿用下来了。

孟威酋长的部落在姆文-姆塔巴王朝（Mwene-Mutapa）的首都丹博沙巴（Damboshaba）。姆文-姆塔巴是王朝的缔造者，靠劫掠起家，多代王位继承者都沿用了他的名字，但后来的继承者认为沿用此名是对先王的不敬，改用"曼波"（Mambo）。"王室的儿子或者王子被称作瓦南博（Vanambo）。他们民族的古老名字是班叶（Banyai），但最早的历史记载中他们被称作绍纳（Shona）。"① 这段

---

① HEAD B. A Bewitched Crossroad：An African Saga［M］. New York：Paragon House Publishers，1986：10.

历史没有时间标记，但是根据后文的细节可知，此王朝最早在 11 世纪由绍纳人创建，到 15 世纪发展成穆胡姆塔巴帝国（今津巴布韦），融合了很多南部非洲部落，其中孟威酋长所属的卡兰加部落也是融合了很多部落而形成的庞大部落。由此可见非洲部落众多，虽然语言不同，有强有弱，但交融发展，自有一套社会发展规律。命名是新身份的标志，部落记忆的重点，承载着丰富的历史文化信息。

非洲部落口头文化传统内容丰富，包含信仰崇拜、习俗仪式、预言、名言、诗歌、谚语、图腾等，是历史小说再现口述社会的重要元素。作者通过塞比纳部落融入孟威部落，学习他们的语言和习俗的方式，展示南部非洲部落的信仰崇拜、社会等级、日常生活和情感态度。姆文-姆塔巴王朝崇拜雨神恩戈瓦勒（Ngwale），这部分内容的口述特征明显，句式简单，文字质朴，还略带翻译话语的异质感，但充满鲜活具体的非洲意象和动感，神秘而威严。曼波有通灵之术，是所有仪式和魔法的首领，他只要手指指向某人或向他撒一把土，就能置他于死地。雨神的神殿在涅莱莱（Njelele）的洞穴里，曼波每年要举办雨神祭祀仪式。旱灾时要向雨神祭献年轻漂亮乳房丰满的少女。雨神可以以万物形象现形，如巨蜥或毒蛇等。如果有人家出现巨蜥或毒蛇，就是雨神来临，人们要放下手头的杂活，赶来唱歌跳舞，祈祷雨神保佑，直到雨神消失。在雨神的庇护下，姆文-姆塔巴王朝的人民生活和平幸福。姆文-姆塔巴王朝没有割礼仪式，塞比纳把罗朗部落的割礼仪式介绍给孟威酋长，其教育意义深得孟威酋长欣赏，被纳入孟威部落的习俗仪式，塞比纳也由此获得仅次于孟威酋长的地位。

人们将姆文-姆塔巴王朝走向衰落的原因归咎于雨神崇拜和祭祀仪式遭到破坏。姆文-姆塔巴王朝的衰落从曼波生了个疯儿子瓦南博·通巴莱（Vanambo Tumbale）开始，他不敬神灵，嘲讽雨神，令曼波心力交瘁，他临死前对儿子说："你这么不听我的劝告，总有一天你会眼见这些事情发生的：所有人的矛都被血染红。我们的人民将成为秃鹫的食物……"① 这些话语成为王朝的末日预言。就在此时，骁勇强悍的恩德贝莱人来了，他们创造了新式武器，用长盾短矛，一路厮杀劫掠，所向披靡。疯曼波丢下百姓在逃跑中死去。面对强敌，孟威不愿百姓无谓牺牲，带领百姓投降，从此开始了受奴役的悲惨生活。这段悲惨的历史由亲历者口述和传唱。塞比纳的长子，部落的舞者和作曲者兰卡拉佩（Rankalape）创作的歌（songs）是典型的例子。

---

① HEAD B. A Bewitched Crossroad：An African Saga［M］．New York：Paragon House Publishers，1986：14.

用诗歌记录历史是口述社会重要的纪事手段，也是口头文学艺术创作的成果。鲁斯·芬尼根（Ruth Finnegan）在《非洲口头文学》（*Oral Literature in Africa*，2012）中将非洲口头诗歌分为 7 类，分别是颂词（panegyric）、挽歌（elegiac poetry）、宗教诗（religious poetry）、特殊目的诗歌（special purposes poetry）、抒情诗（lyrics）、主题或政治歌（topical and political songs）、儿歌和歌谣（children's songs and rhymes）①。特殊目的诗歌主要为战争、狩猎或工作而作。《魅惑十字路口》中兰卡拉佩的歌属于特殊目的诗歌，记录了姆文-姆塔巴王朝被恩德贝莱人征服的历史，歌的结尾部分是：

> 我们在峡谷被一支军队驱散。
> 我们头也不回地逃跑，
> 噢，姆文-姆塔巴！②

这首歌在第九章以更多篇幅来展现，主要是对曼波的颂扬，称他是圣人和先知，公平而善良，惩恶扬善等，结尾突转，戛然而止，愤懑而抑郁，可以想见受压迫的部族在强权之下敢怒而不敢言的悲惨境遇。

《魅惑十字路口》中第二章还援引了苏陀王国（Sotho kingdom）未来的统治者青年时代的莫舒舒（Moshoeshoe）在成人礼仪式（bogwera）中创作的赞美诗歌。成人礼在苏陀-茨瓦纳部落中是非常重要的习俗，男性成人礼以割礼（circumcision）为主，年龄相近的青年男子组成一个年龄军团，即莫法塔（age regiment / mephato），在年长者的带领下，进入丛林密地，一起接受割礼和 3 个月的教育和训练，违规者以鞭刑处罚。教育内容以长者口述男性应遵守的社会纪律和应承担的家庭社会责任为主，训练以体能和技能训练为主，包括抢牛（cattle raid）活动等。部落间互相抢牛，是展示男性能力的重要形式，有组织，有规模，行动前一般会提前打招呼，抢牛成功者被认为是有勇有谋的强者。莫舒舒成功抢夺了酋长拉莫纳亨先生（RaMonaheng）的牛群，为自己的战绩作了诗歌："我是莫舒舒，锋利的大剪刀，剃须刀，卡里（Kali）的后裔 / 理发师的剃刀，

---

① FINNEGAN R. Oral Literature in Africa ［M］. Cambridge：Open Book Publishers，2012：198-424.

② HEAD B. A Bewitched Crossroad：An African Saga ［M］. New York：Paragon House Publishers，1986：17.

剃掉拉莫纳亨先生的胡须。"① 隐喻修辞是赞美诗歌常用的手段，莫舒舒把自己比作剃刀，展示了他的锐利锋芒和豪迈气概。很快莫舒舒凭借智慧、勇气和仁爱之心成为苏陀王国的统治者，他的很多名言被百姓广为流传，如"和平如雨，使草生长""酋长是人民的仆人"② 等。口述社会丰富的文化传统是历史鲜活的证词。

二、集体记忆之场"霍特拉"

《魅惑十字路口》中贝西·黑德所要创作的核心历史人物卡马三世露面的主要场所是"霍特拉"，但卡马不是唯一的主角，而是个引导者，他像一块磁铁，以超强的能力吸引众多追随者，并将他们的思想汇聚成一个民族的思想。霍特拉是茨瓦纳语，贝西·黑德将其翻译成英文"chief's court"（酋长法庭），其主要功能是"断案和集会"，这个意思体现在叙事行文中。霍特拉的词义比酋长法庭更丰富。它既指具体的场所，一般在村落中心，酋长家门前，一棵大树下，用木板围墙圈起来的开阔场地，也指在此场所举行的大型集会，用于宣布重大消息、商讨要事、制定计划政策、立法、断案等。霍特拉在今天的博茨瓦纳社会生活中仍起到重要作用。"霍特拉"和"酋长法庭"两个词在小说中交替出现，便于英文读者理解，也突出非洲特性。霍特拉具有悠久的传统和固定的议事程序，是非洲部落古老的民主形式，更是非洲人民个体记忆被公开讲述形成集体记忆的重要场所。

德国学者阿莱达·阿斯曼（Aleida Assmann）指出，记忆有神经、社会和文化三个维度，记忆是在"载体"（carrier）、"环境"（environment）、"支撑物"（support）③ 三个要素的互动中成形的。阿斯曼的观点是对法国学者莫里斯·哈布瓦赫（Maurice Halbwachs）关于记忆的观点进一步的提炼和概括。哈布瓦赫认为个体记忆总是受到社会环境的支持，提出集体记忆（collective memory）概念，指出："尽管集体记忆是在一个由人们构成的聚合体中续存着，并且从其基础中汲取力量，但也只是作为群体成员的个体才进行记忆。""每一个集体记忆，

---

① HEAD B. A Bewitched Crossroad：An African Saga ［M］. New York：Paragon House Publishers，1986：25.

② HEAD B. A Bewitched Crossroad：An African Saga ［M］. New York：Paragon House Publishers，1986：28.

③ 阿莱达·阿斯曼. 个体记忆、社会记忆、集体记忆与文化记忆 ［J］. 陶东风，编译. 文化研究，2020（42）：48-65.

都需要得到在时空被界定的群体的支持。"① 法国学者皮埃尔·诺拉（Pierre Nora）在哈布瓦赫的集体记忆概念的基础上，创造出"记忆之场"（les Lieux de Mémoire）一词，指出"记忆之场"意味着两个层面的现实的交叉：一种现实是可触及、可感知的，有时是物质的，有时物质性不那么明显，它扎根于空间、时间、语言和传统里；另一种现实则承载着一段历史的纯粹象征化的现实"②。上述学者关于个人记忆、集体记忆和历史书写相互关系的论述有助于我们参悟贝西·黑德选取霍特拉场景作为叙事重点的用心。霍特拉既是集体记忆的环境，也是集体记忆的支撑物，具有文化和象征含义，而出席霍特拉的人就是记忆的载体。

《魅惑十字路口》重点在于表现 19 世纪南部非洲历史的巨变：非洲部落之间 20 年混战——姆法肯战争（Mfecane），非洲部落和殖民者布尔人、英国人之间的长久抗争，布尔人和英国人之间的两次战争，以及各方为获得土地、钻石矿、金矿而设计和实施的种种阴谋诡计等。但是贝西·黑德没有花笔墨去描述战争细节和阴谋诡计，而只是在第二章至第四章概述了这些事件发生的大致来龙去脉，如历史教科书一般，平铺直叙，知识点和信息量密集，叙事尽可能客观、中立，但缺少生动具体的情节和突出的人物形象，只给人留下一片乱世的印象。从小说创作的角度来说，如果只为创作惊心动魄、吸引读者的历史小说的话，恰卡（Shaka）领导下的祖鲁（Zulu）王国的崛起，是最好的素材，但是贝西·黑德并没有给恰卡太多的篇幅，她肯定了恰卡在现代祖鲁民族形成过程中所起的重要作用，对他的军事才能和骁勇予以充分肯定，赞扬了祖鲁王国与欧洲殖民者的不屈斗争，但是对于祖鲁王国在南部非洲征战造成的巨大破坏，尤其是其中的恩德贝莱人北上对被征服部落的奴役持否定态度。

与恰卡形成对照的是同时代的苏陀王国的莫舒舒，他不仅智勇双全，还宽容怀柔，使得苏陀王国不断壮大，也可作为历史小说的主角大书特书，但是贝西·黑德并没有给他太多的篇幅。她的理由也很充分，莫舒舒在 1871 年去世了，欧洲殖民者疯狂瓜分非洲的帷幕刚刚拉开，非洲前途由谁掌握的大问题只能由莫舒舒的下一代去回答了，在南部非洲众多部落酋长中，卡马三世给出了最好的答案。卡马三世和莫舒舒有很多相似之处，如他们的怀柔政策和对基督教的接受，但是卡马三世有他自己的治国理政之道，那就是在乱世中避免战争，

---

① 莫里斯·哈布瓦赫. 论集体记忆 [M]. 毕然，郭金华，译. 上海：上海人民出版社，2002：39-40.

② 皮埃尔·诺拉. 如何书写法兰西历史 [M]. 安康，译. 曹丹红，校. // 皮埃尔·诺拉. 记忆之场：法国国民意识的文化社会史. 黄艳红，等译. 南京：南京大学出版社，2015：77.

通过法制治理部落王国，应对欧洲殖民侵略。这样，卡马三世的故事就不是血腥的战争历史，而是思想和智力交锋的历史，霍特拉正是斗争的主战场。从第五章起，随着各色人物在霍特拉的出场和发言，小说开始变得鲜活而引人入胜。这正是贝西·黑德历史小说的创新之处，她不再像英国的历史小说之父司各特和美国的库柏那样去直接描写血腥的战争场面①，而是通过人物讲述发生过的战争，这种讲述是反思性的，情感是控制的和理性的。

霍特拉是一个具体的地点，又具有精神象征性。受召唤去霍特拉开会议事的部落人民都深感自己受到了尊重，也肩负着一种使命。霍特拉议事和断案都以口头形式进行。博茨瓦纳法律研究专家艾萨克·沙佩拉（Isaac Schapera）指出，卡马的很多法律都是在霍特拉口头宣布的。只有个别与欧洲人相关的法律是用文字（英文）书写的。早期霍特拉研究资料多由旁观的传教士记录。尽管很少有书面记录，百姓对这些法律却非常熟悉，因为其措辞和内容都非常直接。立法主要靠有经验的"法律专家"指导，他们是部落长者，有丰富的霍特拉议事和立法经验，起着"提示者/记忆者（bagakolodi）"②的作用。发言者要按照一定的规程轮流发言，整场会议或者连续相关的几个会议形成一个完整的叙事，其结构可以借用威廉·拉波夫（William Labov）的完整叙事，需包括"点题、指向、进展、评议、结局、回应"③六个部分。其中酋长在开场和结束时发言，酋长开场发言属于点题性质，中间是与会者轮流发言，议事情况下长者先发言，断案情况下当事人先发言，这些发言都具有指向和进展性质，然后进入众人讨论和评议，最后是酋长发言，总结各方观点，做出结论，这属于结局和回应性质，整场会议构成一个完整的叙事语篇。如果霍特拉讨论的问题重大而复杂，则需要多场会议，那么所有的会议一起构成一个完整的叙事。

《魅惑十字路口》中霍特拉场景共有7次，分布在第五、七、八、十二章，围绕部落在各个时期发展和变革的重大事件展开，是一个个历史事件发展的矛盾焦点，也是叙事的中心。这7次霍特拉分别是：（1）塞比纳召集的霍特拉商议部落是否加入卡马的恩瓦托部落王国；（2）卡马召集的霍特拉迎接塞比纳部落的到来并宣布本部落法令；（3）卡马召集的霍特拉宣布布尔人北上入侵的消息；（4）塞比纳召集的霍特拉研究和恩德贝莱人、布尔人、英国人的交战与接

---

① 卢敏. 美国浪漫主义时期小说类型研究［M］. 上海：上海人民出版社，2008：41-48.

② SCHAPERA I. The Sources of Law in Tswana Tribal Courts：Legislation and Precedent［J］. Journal of African Law，1957，1（3）：150-162.

③ LABOV W，WALETZKY J. Narrative Analysis：Oral Versions of Personal Experience［J］. Journal of Narrative and Life History，1997，7（1-4）：3-38.

触的情况以及下一步防御对策；（5）卡马召集的霍特拉商议加入英国保护地；
（6）卡马召集的霍特拉公布了一个新娘彩礼（bogadi）的复杂案件，提出公开
讨论废除新娘彩礼的议题；（7）塞比纳召集的霍特拉商议废除新娘彩礼习俗。
塞比纳和卡马的霍特拉属于不同的层级。卡马的酋长霍特拉是最高层的。塞比纳
原是自己部落的酋长，但是他自愿放弃了自己的酋长身份，先加入孟威部落，后
又加入卡马的恩瓦托部落，降级为头人。头人负责自己的沃德的所有事务，有自
己的霍特拉，属于最基层的。塞比纳在自己的沃德是霍特拉的主持者，他作为头
人和长者要参加卡马主持的霍特拉，要把卡马提出的议题带到自己的霍特拉进行
讨论，再将讨论结果上报给卡马的霍特拉，最终决议由卡马的霍特拉做出并宣布。

　　上述 7 次霍特拉中，（1）和（2）各自是完整的，又有因果关系，即塞比纳
部落协商后加入卡马的恩瓦托部落，接受卡马的恩瓦托部落的所有法律约束；
（3）（4）（5）构成一个完整的议题，即卡马王国面临各种外来势力的入侵，如
何审时度势，在对抗和合作中获得平衡，保持最大限度的独立；（6）和（7）
构成一个完整议题，即新娘彩礼废除问题。霍特拉（1）（2）（6）（7）都与部
落内部事务有关，均按传统的口头方式进行，而（3）（4）（5）与国际事务有
关，也是讲述卡马领导下的茨瓦纳民族在复杂的国际环境中，尽最大努力保持
民族独立性的成功故事。霍特拉（3）（4）（5）各自也是完整的叙事。霍特拉
（3）基本上是卡马一个人的发言，通报布尔人北上的情报消息，并提出欲寻求
英国女王庇护的议题。霍特拉（4）则将众多和塞比纳部落有相同遭遇的部落聚
集在一起，发言者追述了各自部落的历史和遭遇，分析各强敌的特点和提出应
对策略。霍特拉（5）的内容是与英国签署保护地文件，是小说中唯一一次有书
面记录的霍特拉，具有划时代意义，将在第三部分详述。

　　霍特拉（4）体现出霍特拉作为集体记忆之场的鲜明特性，有必要作为重要
例子详述。塞比纳部落为逃离恩德贝莱人的奴役而加入卡马的恩瓦托部落王国，
卡马王国因接受了很多有相似遭遇的部落而壮大起来，但是侵略成性、有枪支
武器的布尔人北上对卡马王国造成前所未有的威胁。塞比纳不了解布尔人，先
加入卡马王国的玛汝阿普拉（Maruapula），提议让逃离布尔人加入卡马王国的
人都到塞比纳的霍特拉开个会。作为长者和霍特拉之主，塞比纳以回应卡马议
题的方式开场："恩瓦托的酋长说得很对，他说我们罗朗人是很多独立的酋邦
（chiefdoms）。我们有一个缺陷。酋长们的儿子个个都想成为酋长。"① 由此，塞

---

① HEAD B. A Bewitched Crossroad：An African Saga［M］. New York：Paragon House Publish-
　ers，1986：91.

比纳讲述了自己的父亲带人离开父辈部落，以及他本人带人加入姆文-姆塔巴王朝，又被恩德贝莱人征服，再加入马卡王国的历史。接着一位名叫马普拉纳（Mapulana）的长者详述了他们佩迪人（Bapedi）先被恩德贝莱人征服，又与布尔人为邻，斗争和被迫逃离的历史。另一个名叫戈里伦（Gorileng）的人详述了他们特尔哈平人（Batlhaping）和格里夸人（Griqua）在居住地发现钻石后，布尔人与英国人为和他们抢夺钻石地而发动战争的情况。三位主要发言人的叙事，虽说都是讲述个人和部落的经历和遭遇，但叙事方式有以下两点相似之处：

第一，都采用了演绎法点题，呼应酋长议题，然后是举出事实例证，具有鲜明的主题性、概述性、说理性、庄严性和真实性，他们的词汇和谈资，也就是"历史上的命运性事件及展演背景、当事人的价值观和生活方式、人物传奇甚至个人隐私"①有很多相同和相似点。本次议题是如何对抗布尔人，总结过去的失败经验极为重要，各部落都发现了他们的通病，兄弟间为酋长继承权而内斗，部落之间为争夺牛群、土地、女人、孩子而相互残杀，这不仅造成严重内耗，而且部落内部矛盾还被布尔人和英国人利用，因此失败是必然的。在他们的叙事中"逃跑"一词反复出现，再现了非洲百姓在长期的混乱与动荡中的苦难经历和对和平稳定家园的追求和向往。

第二，讲述中引用流传的谚语或某人说过的话，增加事实的真实性和生动性。如马普拉纳在讲述中引用了"欺诈就是不按规矩办事"②这句话总结布尔人以欺骗的方式占用佩迪人牧场的卑鄙做法。他还引用了科嘉曼雅尼（Kgaman-yane）酋长对布尔人说的话"我不能再强迫我的人民交劳动税了。他们拒绝"以及布尔人的回话"科嘉曼雅尼，来和我们一起吃饭"③。科嘉曼雅尼酋长孤身入室后，被布尔人捆了起来，再被抬到户外，又被鞭打直至失去知觉，然后布尔人大笑着把他的尸体扔向束手无策的佩迪人群中。科嘉曼雅尼酋长的话语和行为表现出他先隐忍后反抗布尔人的坚定决心和独自赴鸿门宴的勇敢，他的悲剧性遭遇反衬出布尔人的狡诈和凶残。戈里伦在讲述中引用了波特哈西才（Bot-lhasitse）酋长在大会上嘲笑毫不起眼的钻石的话："以为这些石头比好的牧场更

---

① 周晓虹. 集体记忆：命运共同体与个人叙事的社会建构 [J]. 学术月刊, 2022, 54 (3)：151–161.

② HEAD B. A Bewitched Crossroad：An African Saga [M]. New York：Paragon House Publishers, 1986：92.

③ HEAD B. A Bewitched Crossroad：An African Saga [M]. New York：Paragon House Publishers, 1986：94.

值钱，太荒唐了！"① 这句话表现出波特哈西才酋长的性格，他豪爽、直接、珍惜传统价值，但缺少心机。后来他禁不住布尔人的白兰地的诱惑，被灌醉后签署了出让土地的文件，然后联合各部落发起对亲英的格里夸人酋长尼可拉斯·瓦特波尔（Nicholaas Waterboer）的战争，但最终以非洲部落两败俱伤而告终，波特哈西才和多位酋长被英国人囚禁多年，瓦特波尔被英国人驱逐。

霍特拉会议是众人对话的场合，在马普拉纳和戈里伦的讲述过程中，塞比纳和其他人有提出问题，也有做评论的，众人把他们在不同时空经历的故事讲述出来，一个个故事组合成一个完整的南部非洲历史大拼图。塞比纳多年的困惑和谜团被解开，他明白了恩德贝莱人从何而来，原来他们的家园被布尔人侵占被迫北上，凭骁勇之力打败姆文-姆塔巴王朝。而在三股强劲外来势力中，恩德贝莱人尚能保存非洲传统和对酋长的尊重，对被征服部落进贡来的孩子进行军事训练，培养他们成为指挥官。而欧洲殖民者布尔人和英国人的入侵行径则更为险恶，塞比纳做出了这样的会议总结："似乎布尔人是粗野的盗贼，只能让人蔑视，而英国人要复杂得多。"② 他的话语显示出了智者的思虑和警惕，这为卡马的恩瓦托王国和英国政府签署保护地文件前展开的一系列缜密协商做了铺垫。

霍特拉上一个个发言者通过他们讲述的故事，揭开了历史厚重的面纱，再现了众多的历史人物以及他们的个性和情感。在霍特拉的语境中，个体叙事者使用的相似词汇和谈资具有鲜明的集体记忆叙事的表征。霍特拉上讲述的故事成为部落民族珍贵的集体记忆和口述历史的重要组成部分。贝西·黑德充分利用霍特拉的叙事特点，将口述历史和人物塑造巧妙地融合在一起，赋予历史鲜活的生命质感。

三、"新学"与传统的交锋

《魅惑十字路口》的书名指的是南部非洲个人和集体在 19 世纪发展过程中面临的一个个十字路口，恩瓦托部落王国在卡马的带领下，在传统和现代的碰撞和交汇处，奇迹般地选择了正确的道路，把欧洲殖民侵略和破坏性影响降到最低，尽最大可能地保留了本民族发展的主体性，为独立后的博茨瓦纳走上平

---

① HEAD B. A Bewitched Crossroad：An African Saga [M]. New York：Paragon House Publishers，1986：95.

② HEAD B. A Bewitched Crossroad：An African Saga [M]. New York：Paragon House Publishers，1986：97.

稳的发展道路奠定了坚实的基础。在此过程中，苏陀-茨瓦纳民族的几位酋长对西方传教士带来的"新学"（new learning）的接受和推广起到重要作用。"新学"主要包括茨瓦纳语的书面化、茨瓦纳语版《圣经》的推广、基础教育的开放普及、高级精英人才的选拔培养等。但是"新学"的推广和接受并非一帆风顺，"新学"与传统的激烈碰撞和折中融合是一场场大戏，在恩瓦托王国的发展史上留下了浓重的笔墨。贝西·黑德通过一些代表性人物和事件生动再现了恩瓦托王国"新学"和传统交锋的历史。

尽管贝西·黑德珍视非洲口述传统，并且在历史著作《塞罗韦：雨风村》的资料搜集过程中积累了丰富的口述传统访谈经验，但是她还是借助塞比纳之口表达了书面文字的优点和长处："人类的思想总是像鸟儿飞过脑海，一掠而过容易忘记。停一下，我的人民说。重复那些话，按原样说，这样我们才能真正地、真正地知道那话是真的。"① 这是塞比纳在第一次听到传教士詹姆士·戴维森·赫本（James Davidson Hepburn，1839—1893）朗读茨瓦纳语版本《圣经》时的惊喜感受。最早将茨瓦纳语书面化的人是英国传教士罗伯特·莫法塔（Robert Moffat，1795—1883）。1816 年，莫法塔被伦敦会（London Missionary Society）派往开普殖民地传教。1821 年他在特尔哈平人的居住地库鲁曼（Kuruman）建立了传教基地，学会了茨瓦纳语并于 1826 年出版了茨瓦纳语《拼写课本》（Sepeletana），即《贝专纳拼写课本》（Bechuana Spelling Book），还出版了《贝专纳教义问答》（A Bechuana Catechism）。然后他开始翻译《圣经》，1857 年完成了整部茨瓦纳语《圣经》的翻译。1854 年，莫法塔翻译《圣经》过于疲惫，决定去拜访在布拉瓦约（Bulawayo）新建都的恩德贝莱的酋长姆齐利卡齐（Mzilikazi）。他从开普殖民地到布拉瓦约，乘牛车一路蜿蜒北上，途经诸多茨瓦纳部落首都，被很多部落酋长奉为座上客，还帮助解决了一些部落酋长之间的纷争，他一路所走的道路被称为"传教士之路"②，这条路很快成为欧洲商人从南部进入非洲内陆的主要通道。

《魅惑十字路口》中对早期到达南部非洲的欧洲传教士，如法国新教的尤金·卡萨利斯（Eugène Casalis，1812—1891），德国路德教的海因里希·施罗特（Heinrich Schröter，1829—1892）、海因里希·舒伦堡（Heinrich Schulenburg，1835—1914）等都有所介绍。而英国的大卫·利文斯顿（David Livingstone，

---

① HEAD B. A Bewitched Crossroad：An African Saga ［M］. New York：Paragon House Publishers，1986：79.

② HEAD B. A Bewitched Crossroad：An African Saga ［M］. New York：Paragon House Publishers，1986：43.

1813—1873)、约翰·麦肯齐和赫本等在茨瓦纳部落发展过程中起到很多重要作用，这与茨瓦纳部落注重"新学"紧密相关。

茨瓦纳部落是从南部的苏陀部落分离而出的，据说"茨瓦纳"（Tswana）就是"来，去""分离"①的意思。从苏陀部落分离出的茨瓦纳部落不断向北迁徙，后定居在北部广袤的半荒漠地区，被英国殖民者称为北贝专纳兰。茨瓦纳部落内最大的一次分离发生在1700年，酋长马洛普（Malope）死后，三个儿子奎纳（Kwena）、恩瓦托（Ngwato）、恩瓦凯策（Ngwaketse）互相争斗，然后各自分散，成为独立的三个酋邦。在19世纪早期，部落内部再次发生分离，分离出的部落继续向北迁至恩加米湖（Lake Ngami）地区，茨瓦纳部落的领地再次扩大。

姆法肯战争中，苏陀部落酋长莫舒舒和白人传教士尤金·卡萨利斯关系密切，通过传教士他获得了欧洲制造的枪支和弹药，战斗力大增。其他茨瓦纳部落也都纷纷效仿莫舒舒，邀请传教士到自己的首都来开办教会学校，和欧洲商人进行贸易往来，借英国的力量抵抗德兰士瓦和奥兰治的布尔人。奎纳部落的塞舍勒（Sechele）也是在姆法肯战争中脱颖而出的，1829年他担任酋长把四分五裂的奎纳部落再次凝聚在一起，他和莫舒舒是远亲，奎纳（鳄鱼之意）是他们共同的图腾。塞舍勒对基督教极感兴趣，通过莫法塔和利文斯顿，他很快学会了茨瓦纳语拼写，能阅读茨瓦纳语版《圣经》。

恩瓦托部落在塞库马一世（Sekgoma I）的带领下，成为在姆法肯战争末期最早重新聚集起来的大部落，塞库马1835年担任酋长，但他不是老酋长长妻长子，不符合茨瓦纳酋长继承习俗，地位不稳固。酋长长妻之子马成（Macheng）幼年时被恩德贝莱人俘虏，以普通士兵身份接受恩德贝莱人的军事训练，16年后，在塞舍勒的恳求和莫法塔的周旋下，被姆齐利卡齐释放，回到恩瓦托，被部落认为是合法酋长，塞库马和大儿子卡马三世为避免内战，到奎纳部落避难，期间被基督教所吸引。一年后，马成不得人心被赶走，塞库马回到恩瓦托首都绍松，恢复了酋长位，引进了基督教，舒伦堡、麦肯齐、赫本在此传教。

莫舒舒、塞舍勒、塞库马虽然都对基督教感兴趣，但是他们无法成为真正的基督徒，其中最大的问题是他们无法废除一夫多妻制。莫舒舒有200个妻子，这些联姻都是为了扩大部落势力，他不可能轻易宣布离婚。塞舍勒有5个妻子，联姻出于同样的目的，虽然他不顾莫舒舒的劝诫和部落人民的反对，宣布和4

---

① HEAD B. A Bewitched Crossroad：An African Saga［M］. New York：Paragon House Publishers，1986：40.

个妻子离婚，坚决接受洗礼，但是洗礼后他还和离婚的妻子保持性关系并致其怀孕，结果被利文斯顿逐出教会。塞库马有 12 个妻子，虽然他鼓励子女都学习"新学"，但他不放弃传统习俗，如占卜、割礼、求雨等。儿子们都接受了"新学"，参加基督教活动，不再参加他的传统仪式活动，儿子们还反抗早已定好的多门婚约，令他非常恼火，于是他在儿子中间挑拨离间，让他们互相忌妒、猜忌，还邀请马成回来当酋长。

卡马是坚定的基督教徒，他反感父亲的做法，在塞库马宣布马成为酋长的大会上，他向众人宣布："我的王国由我的枪、我的马匹和我的牛车构成。如果你们给我私人拥有这些自由，我公开宣布放弃对本镇的一切政治关注……"[1]马成再次成为酋长。从 1866 年到 1872 年 6 年间，马成不能主持公道，遇事优柔寡断，又和基督教教会发生冲突，要求一切恢复传统习俗，局面一片混乱。1872 年在塞舍勒部队的帮助下，卡马赶走了马成，成为酋长，接回了流亡在外的塞库马，但是塞库马却宣布让二子卡马尼（Khamane）继位，恢复所有传统习俗。卡马独自离开首都绍松，隐退到自己在塞罗韦的畜牧站。4 周后，恩瓦托部落的男女老少都收拾好行李家当搬离绍松，他们用弃城的行动表明对卡马的支持。卡马所在的塞罗韦成为卡马之乡（Khama's country），百姓广为流传的话是"王之为王，实乃民之恩赐也"[2]。可见百姓对卡马的拥护。1875 年，经过一年准备，卡马杀回绍松，赶走了父亲塞库马和弟弟卡马尼，在酋长就职演说中，卡马宣布按基督教仪式履行职责。之后卡马制定了一系列改革法案，废除传统习俗中祭仪谋杀的做法，保留传统习俗中的所有礼节，将传统习俗和基督教融合在一起，传教士的地位得到极大提升。沙佩拉指出："立法在传统部落生活中不重要，直到与西方文明接触之后，酋长立法才成为常见的做法。"[3] 卡马的立法在很大程度上推动了部落的现代化发展，加强了与西方殖民者抗衡与合作的力度。

"新学"以识字和算数为起点，实为基础教育的开放和普及。塞比纳带领部落于 1882 年加入卡马的恩瓦托王国，开始感受"新学"的力量。老眼昏花，但思维依然清晰敏捷的塞比纳听赫本给他读《出埃及记》（Exodus），犹太人的经

---

① HEAD B. A Bewitched Crossroad：An African Saga ［M］. New York：Paragon House Publishers，1986：52.

② HEAD B. A Bewitched Crossroad：An African Saga ［M］. New York：Paragon House Publishers，1986：54.

③ SCHAPERA I. Tswana Concepts of Custom and Law ［J］. Journal of African Law，1983 (2)：141-149.

历和他自己部落的经历有很多相似之处，他既被故事本身吸引，又被书本的神奇力量所吸引。"让书说话"① 成为塞比纳部落接受"新学"的驱动力，开明的塞比纳让村里的男女老少有空都去教会学校学习。一个南瓜或者一张兽皮就可以换购一本茨瓦纳语《拼写课本》，学习用品有一块写字的小石板、一支笔就够了。"用文字保留人类思想"令塞比纳部落的人无比惊喜，他们恳求识字的人一遍遍朗读书上的文字，以核实每次听到的都是一样的。

塞比纳的孙子马泽比（Mazebe）的学习深造过程体现出高级精英人才的选拔和培养。12 岁的马泽比表现出非凡的学习能力，很快老师就推荐他去绍松的高级学校学习整本的《圣经》，还有莫法塔翻译的茨瓦纳语《天路历程》和算数，4 年后他被挑选出送到开普接受更高级的教育，10 年后学成回到塞罗韦，成为新时代的建造者。与开明的塞比纳形成鲜明对照的是年轻但保守的玛汝阿普拉，他的家族有求雨之术，在塞库马时代享有特权，但是卡马废除了所有和祭仪谋杀（ritual murder）相关的传统陋习，也就间接剥夺了他们家族的特权，这使他对卡马的改革多有微词。玛汝阿普拉的儿子图米迪索（Tumediso）和父亲不同，他渴望"新学"，却被父亲禁止，他恳求年龄相仿的马泽比做他的老师。图米迪索没有马泽比的天分，但是他非常认真刻苦，最后成为受人尊敬的教会执事。贝西·黑德以传神的笔墨刻画了两个热切渴望新知的少年躲在丛林中刻苦学习的场景，为这部充满邪恶阴谋、权力之争、困苦挣扎、决绝反抗的厚重历史小说增加了纯真的力量。

卡马对新学的推广，不是要成为欧洲的附庸，而是为了保留自治。卡马继承了莫舒舒开创的"英国保护地"理念，即在无法直接抗衡欧洲列强的局势下，比较分析研究各列强特点，主动选择与英国合作，对抗其他欧洲列强，被保护的领地不是"被征服的"，而是专门"留给"英国使用的，土地不属于提供保护的英国，而属于"伦敦直接统治下的"② 原住民。这种化被动为主动的做法所带来的效果可以通过对比"基特判决"（Keate Award）③ 和麦肯齐为卡马执笔翻译的"保护地"文件看出。在上文分析过的霍特拉（4）中，讲述者戈里伦提到了 1871 年的"基特判决"。该判决是时任纳塔尔殖民地副州长的英国人罗

① HEAD B. A Bewitched Crossroad：An African Saga［M］. New York：Paragon House Publishers，1986：79.

② HEAD B. A Bewitched Crossroad：An African Saga［M］. New York：Paragon House Publishers，1986：33.

③ HEAD B. A Bewitched Crossroad：An African Saga［M］. New York：Paragon House Publishers，1986：96.

伯特·基特（Robert Keate, 1814—1873）划的一条边界线，把格里夸人的领地和布尔人的德兰士瓦的领地做了界定，但是这条线把原本属于特尔哈平人的领地也划给了格里夸人，激起了酋长波特哈西才的反抗，造成格里夸兰的长期动荡不安。

19 世纪 70 年代后，法国、比利时、葡萄牙、德国等列强开始分割非洲大陆，对英国在非洲的殖民地范围造成威胁，1885 年英国人突然决定把卡马的恩瓦托王国作为保护地，以南纬 22 度（latitude 22 degree）为北边界，但是卡马拿出了自己部落领地的"地图"①，要求超过南纬 22 度但属于恩瓦托部落的所有领地都要包括在内。卡马向英国特使查尔斯·沃伦（Charles Warren, 1840—1927）提出疑问："一个人能切成两半吗？保护一个人或一匹马，能只保护一半吗？为什么把我的疆土划成了两半，如果要划分，为什么就按那条线？"② 这是非洲人用自己的"新学"纠正欧洲人武断地凭借数理边界划分领地的一个罕见例子。最终英国人接受了卡马的地图划定了保护地范围，卡马酋长及兄弟还有所有头人都在文件上签了字。

贝西·黑德通过塞比纳签字后的内心活动赞扬了新时代的到来。塞比纳在助手的帮助下，生平第一次握笔，用颤抖的线条写下自己的名字，他非常激动，不知道自己怎么走到桌边，又怎么回到座位上的。"自古以来，像他一样的老人就是部落的图书馆，所有知识和习俗的专家"③，但是在他们的记忆中，很多艰难的协商、恢宏的战斗就只剩下一棵树、一条河、一个场景。但是这次不同了，他刚刚接触的文件会把那天商议的所有细节永久地保存下来，再也不会因为人的记忆的衰退而被忘记或更改。贝西·黑德以全文引用的形式再现了那份重要的历史文件。这份文件和其他一些节录的书信、传教士笔记、英国报刊报道等书面史料构成《魅惑十字路口》又一突出的特点。格洛丽亚·卡斯特里翁（Gloria Castrillon）指出，评论界高度赞誉贝西·黑德在文学创作中成功表现的口述特性，但是没有认识到她在《魅惑十字路口》中把非洲口述史和西方文献有机融合的一面。④ 塞比纳的第一次书写象征着传统与现代的有机融合，非洲的

---

① KNIGHT J. Shoshong：A Short History ［M/OL］. (2020-3-17). https：//www. kwangu. com/ shoshong /8_ protectorate. htm.

② HEAD B. A Bewitched Crossroad：An African Saga ［M］. New York：Paragon House Publishers, 1986：115.

③ HEAD B. A Bewitched Crossroad：An African Saga ［M］. New York：Paragon House Publishers, 1986：120.

④ CASTRILLON G. Whose History Is This? Plagiarism in Bessie Head's *A Bewitched Crossroad* ［J］. English in Africa, 2004, 30 (1)：77-89.

历史不仅有丰富的口述史，也有非洲人自己的书面历史。"新学"的推广，为茨瓦纳部落赢得了更多的话语权和自治权。1895年，为阻止贪婪的塞西尔·罗德斯控制下的英国南非公司接管贝专纳兰，茨瓦纳部落三大酋长巴托恩（Bathoen）、塞贝莱（Sebele）、卡马亲赴英国请愿，取得成功，为博茨瓦纳1966年的独立和稳定发展奠定了坚实的基础。

"新学"与传统的交锋是推动博茨瓦纳社会发展的动力之一，即使如玛汝阿普拉一样的保守者，也为能与英国人签署维护自身利益的文件而骄傲。在"新学"与传统的交锋中，女性在霍特拉的声音也开始被听到。讨论废除新娘彩礼的霍特拉第一次向恩瓦托部落的女性敞开了大门，热衷"新学"的茉杜杜艾索（Moduduetso）称之为"灿烂之光"，而传统家庭秩序的维护者塞比纳的长妻芭可薇（Bakhwi）从道德的角度表达了自己的不同意见，提出妇女不能因为不受丈夫的管教而变得放荡。霍特拉公开讨论的结果是废除了新娘彩礼，这意味着出不起彩礼的男人也可以娶到妻子，而丧夫的妇女可以再婚了，私人的情感和爱情开始得到重视。妇女们在刚刚获得的自由面前反而表现得非常谨慎，她们"肩上裹着围巾，看上去和任何人一样保守。但社会上开始出现独立解放了的妇女"[1]。非洲女性一直是父权阴影下的沉默存在，但是"新学"让她们走出阴影，在光明中发出自己的声音。

《魅惑十字路口》通过命名、信仰崇拜、习俗仪式、预言、名言、诗歌、谚语、图腾等充分展示了非洲部落传统口头文化丰富的内容。贝西·黑德以至今仍在博茨瓦纳社会发挥重要作用的霍特拉为叙事焦点，充分利用霍特拉集体记忆之场的功能，让具有独特个性和丰富情感的生命个体讲述他们的部落在不同时空经历的故事和遭遇，以拼图的方式渐次呈现出南部非洲历史画卷。在此波澜壮阔的历史画卷中，贝西·黑德选取恩瓦托部落酋长卡马三世作为现代茨瓦纳民族发展史和反殖民史的英雄代表，凸显非洲思想和智力交锋的历史，而不是血腥的战争历史，揭示出"新学"与传统的交锋是博茨瓦纳历史发展中建设性的动力，"新学"与传统的和谐相融使博茨瓦纳在充满魅惑的十字路口做出了正确的历史选择。贝西·黑德在《魅惑十字路口》中充分发挥作者的能动性和想象力，寻找历史与文学的契合点，探索口述史和书面史料的有机结合，创新历史小说的叙事结构，以塑造生动形象的方式讲述了非洲悠远漫长而盘根错节的历史。

---

① HEAD B. A Bewitched Crossroad：An African Saga［M］. New York：Paragon House Publishers，1986：172–173.

　　本章以《枢机》《雨云聚集之时》《权力之问》《风与男孩》和《魅惑十字路口》为研究案例，从小说的类型、主题和叙事特色方面对这些文本进行细读和分析，揭示出贝西·黑德小说叙事艺术的发展与变化轨迹。从自传体中长篇小说到短篇小说，再到历史小说，贝西·黑德不断突破自我，尝试不同写作主题、方法和技巧，从现代主义小说、现实主义小说、心理现实主义小说到逆写"鲁滨孙"的故事，再到历史小说，每篇小说都表现出作者的创新意识、创作能力和叙事艺术。贝西·黑德的作品开创了现代非洲心理小说之先河，以独特的幻象人物表现女主角的精神分裂过程，其高超的心理描写突破了常规。贝西·黑德作品中具有鲜明特色的艺术手法还包括非洲口头艺术的运用、非线性叙事与重复手法的交织、片段拼接开放式的结局、漫画与素描式人物的刻画、爵士乐的话语、霍特拉的叙事结构等，还不乏喜剧性、幽默和讽刺的笔触。另外对印度教和佛教中的转世与化身说、中国儒家思想等的有机融合造就了贝西·黑德极具包容性的艺术表达方式和独特的审美价值。

第四章

贝西·黑德的中国文学艺术情缘

贝西·黑德的作品和书信中透露出一种深深的中国情结，这是她与非洲同代作家阿契贝、索因卡、恩古吉、戈迪默等的明显不同之处。究其原因，一方面可能是她的混血肤色发黄，在南部非洲，既不被白人认可，也不被黑人认可，这反倒使她对同样受歧视、受苦受难的黄皮肤的中国人产生了一定的好奇心和模糊的认同感；另一方面是贝西·黑德早年受南非共产主义思想的影响，对毛泽东思想有所了解，非常关注新中国的发展。但在现实生活中，贝西·黑德接触到的华人或中国人是非常有限的，这必将限制她对中国、中国人或华人的想象和理解，她作品中时常闪现的一些中国文化符号表达了她渴望了解中国和中国人或华人的愿望。贝西·黑德参加聂华苓主持的国际写作计划在一定程度上实现了她的愿望，她们的友谊和文学艺术思想交流一直延续到贝西·黑德生命终止。贝西·黑德和张洁是同年出生，虽然她们没有直接的接触和相互影响，但是她们的作品中体现出的非洲和中国的女性主体意识非常相似，这是她们对世界女性主义思潮的积极反应。本章重点讨论《权力之问》中的中国符号、贝西·黑德和聂华苓的文学艺术思想交流、《玛汝》与《祖母绿》中的女性主体意识，探索中非文学间的互动观照。

第一节　《权力之问》中的中国符号

贝西·黑德自传体小说《权力之问》不是纯粹的心理小说，其内容非常复杂，有超强的艺术表现力，其创作手法的独特新颖之处是把梦境、幻象和文化符号糅合在一起，以冲击视觉的方式，逼迫读者思考和感受文化符号所承载的历史之重。《权力之问》的解读难点之一是其中大量的不同来源的文化符号的碰撞、交织、替换和变形，而国际学界未能就此给予充分阐释。本节从符号碰撞与变形、"中国的/华裔的"符号意义、作为象征符号的"毛泽东"三方面入手，分析非洲作家对世界经典文化符号创造性使用的伦理思考和价值取向，探讨贝西·黑德对中国文化符号的接纳和创造性运用，揭示其对中国的精神认同和所秉持的中非道义相守的创作原则。

一、符号碰撞与变形

符号是人类社会特有的文化产物。自索绪尔（Ferdinand de Saussure）以来，人们对符号意义的探究越发兴趣浓厚，无论是语言学模式，还是皮尔斯（Charles Sanders Peirce）的逻辑-修辞学模式，抑或卡西尔（Ernst Cassirer）的"文化符号论"，以及莫斯科-塔尔图学派（Moscow-Tartu School）的"符号场"①，都力图以各自的方式和角度对符号及其意义做出阐释和理论性总结。无独有偶，在20世纪60、70年代符号学理论起飞的年代，贝西·黑德创作了令世界文坛震惊的《权力之问》，其叙事时间颠倒错乱，思绪复杂跳跃，指代时清时混，实为诡异刁钻，犀利尖刻。《权力之问》创作手法的独特新颖之处是把梦境、幻象和文化符号糅合在一起，以冲击视觉的方式，逼迫读者思考和感受文化符号所承载的历史之重。琳达·苏珊·比尔德在《贝西·黑德的融合小说：重构权力和重现平凡》中指出："这位文字纺织者是一位超凡的'珍宝收藏家'，她将自传、政治寓言和哲学评论、古典神话、英国文学、基督教、佛教和印度象征主义等多种元素融为一体。"② 比尔德所说的"多种元素"中文化符号居多。梳理一下这些文化符号，笔者发现佛陀（Buddha）、大卫（David）、麦当娜（Madonna）、撒旦（Satan）、美杜莎（Medusa）、珀尔修斯（Perseus）、奥西里斯（Osiris）、艾西斯（Isis）、卡利古拉（Caligula）等反复出现，并以相互变形的方式形成某种所指链。在读者串联这些文化符号的所指链时，作者创作的伦理思考和价值取向凸显而出。

德国哲学家卡西尔把人定义为"使用符号的动物"，指出人生活在一个符号宇宙中，"语言、神话、艺术和宗教则是这个符号宇宙的各部分"③。语言的形式、艺术的想象、神话的符号以及宗教的仪式，构成庞大的符号之网，人们通过这些符号来理解世界，"并生活在想象的激情之中，生活在希望与恐惧、幻觉与醒悟、空想与梦境之中"④。这些文化符号，既帮助人们理解他所生活的世

---

① 赵毅衡. 符号学原理与推演［M］. 南京：南京大学出版社，2011：12-13.
② BEARD L. S. Bessie Head's Syncretic Fictions：The Reconceptualization of Power and the Recovery of the Ordinary［J］. Modern Fiction Studies，1991，37（3）：575-589.
③ 恩斯特·卡西尔. 人论［M］. 甘阳，译. 上海：上海译文出版社，2004：35.
④ 恩斯特·卡西尔. 人论［M］. 甘阳，译. 上海：上海译文出版社，2004：35.

界，又不断地挑战人们的理解，让人陷入思维混乱、精神痛苦之中。卡西尔引用埃皮克蒂塔（Epictetus）的话指出："使人扰乱和惊骇的，不是物，而是人对物的意见和幻想。"①《权力之问》以小说的形式回应了卡西尔和埃皮克蒂塔的哲学论述，再现了文化符号对人的精神的振奋以及相反的摧残之力。

小说的第一部分"塞娄"中，充斥伊丽莎白梦境的是古老的神话、宗教、历史人物，如大卫（David）、奥西里斯（Osiris）、卡利古拉（Caligula）等，这些人物除了名字外，都只以一个经典的细节形象出现，如大卫，"他手里拿着一个投石索"②，奥西里斯，"他被碎成一千块"③，卡利古拉，"他细棍般的腿穿在小靴子里"④。要捕捉到这些细节的要义，需要了解相关人物故事。《圣经·旧约》中少年大卫用投石器打败巨人歌利亚（Goliath）。奥西里斯是古埃及神话中开明的法老，被弟弟塞特（Set）害死并碎尸，他的妻子艾西斯（Isis）找回尸体碎片，唯独缺了生殖器，制成木乃伊之后奥西里斯复活，成为冥王。卡利古拉是罗马皇帝（公元 37—公元 41 年在位），以残酷、荒淫无度以及狂妄自大著称，他的绰号是"小靴子"。贝西·黑德没有重复他们的故事，而是通过伊丽莎白和塞娄的片段对话展开。

塞娄不是滔滔不绝的言谈者，他通过"放电影或录像"的方式向伊丽莎白展示他十亿个"轮回"中经历的人类历史剧，尤其是那些黑暗恐怖的，而伊丽莎白"一遍又一遍挣扎地把一些简短的快照，他说的一些话，和某些精神状态的折磨，连接成某种连贯的、广阔的、完整的模式"⑤。这样，这些人物形象不时地重复闪现，并不断变形，塞娄从佛陀、上帝变成撒旦，又从卡利古拉变成奥西里斯等。这些文化符号跳离它们自身产生的语境，蜂拥而来，重新组成寓意丰富的关系链，是梦境、幻象，更是伊丽莎白的思维内容。而它们之所以能被贝西·黑德如此创造性地使用，正是因为它们是文化符号，是抽象价值概念的形式表现，其形式是固定的，但所指却处于流动和变化中。贝西·黑德通过轮回变形的故事揭露了人类历史悲剧的重复性，那是权力之争和滥用造成的，而其中的"恶"往往以"善"之名掌控权力。

贝西·黑德利用轮回之说和影像技术使得不同来源的文化符号发生碰撞和变形。在貌似混乱的变形中，有两个线索是清晰的：一是这些文化符号多指向

---

① 恩斯特·卡西尔. 人论［M］. 甘阳，译. 上海：上海译文出版社，2004：36.
② HEAD B. A Question of Power［M］. Johannesburg：Penguin Books，2011：27.
③ HEAD B. A Question of Power［M］. Johannesburg：Penguin Books，2011：35.
④ HEAD B. A Question of Power［M］. Johannesburg：Penguin Books，2011：38.
⑤ HEAD B. A Question of Power［M］. Johannesburg：Penguin Books，2011：35.

"杀戮""暴政""阴谋"等；二是这些文化符号主要来源是西方，其次是印度，再次是埃及。这两条线索揭示了当代非洲所受到的文化影响及其苦难根源。西方基督教文化以文明自居，但其血腥暴力的基因通过殖民在非洲蔓延成疾。印度文化虽有佛陀之悲悯，但其沉重的种姓等级枷锁是贝西·黑德所批判的。埃及文化虽是非洲古老文化之源，但遭破坏，所剩无几，如同奥西里斯被切碎的尸体，虽被重新拼凑，得以复活，但没有了生殖器，象征非洲文化遭到阉割，无法传承。《权力之问》中这些文化符号的碰撞，产生的是梦魇，是对探索者伊丽莎白精神的摧毁。贝西·黑德以犀利的方式揭露了这些文化符号所承载的历史之重和人性之恶，蕴含着她深刻的伦理思考和价值取向。

二、"中国的/华裔的"符号意义

《权力之问》中丰富的文化符号一方面展示了非洲自身古老的文化，另一方面体现了世界文化，尤其是西方和印度文化对非洲的影响。中国既是文明古国，又是在反封建反殖民斗争中取得胜利的大国，并且在非洲反殖民斗争和新非洲建设中，新中国也予以大力支持与援助，但是在笔者的阅读范围内，非洲文学作品中与中国有关的描写，尤其是正面描写并不多见。

在阿契贝、恩古吉、戈迪默等第一代非洲作家的作品中偶尔会出现"china""Chinese""China"的字符，但没有特别具体的描述，"中国圣人""中国智慧""中国哲学"等字符偶有闪现。在阿契贝的小说和索因卡的早期戏剧中，"Chinese"几乎没有出现，但是在索因卡的小说《痴心与浊水》（现译为《诠释者》）中出现了"中国圣人"① 对流水变化的论述，大意是现在的河水和过去的河水是不一样的。此说法估计出自孔子《论语》的"逝者如斯夫！不舍昼夜"和庄子《外篇·天道》的"万物化作，萌区有壮，盛衰之杀，变化之流也"。索因卡在讽刺喜剧《巨人的游戏》中通过人物之口，表达了非洲人对中国人的看法："中国人不同""他们来帮我们建铁路""中国恨超级大国的游戏"②。阿契贝在政论散文集《尼日利亚的问题》中批评尼日利亚一党制选举的愚民做法。他写道："中国人有一句非常智慧的谚语：愚弄我一次是你的错，愚弄我两次是我的错。"③ 虽然他用了现成的美式英语，但他强调的是"中国谚语"，而不是"美国谚语"，表达了他的立场。估计这句出自《孔子·雍也》中

---

① SOYINKA W. The Interpreters ［M］. New York：Africana Publishing Corporation，1965：8.

② SOYINKA W. A Play of Giants ［M］. New York：Methuen，1984：43.

③ ACHEBE C. The Trouble with Nigeria ［M］. London：Heinemann，1983：52.

的"不贰过"。纳丁·戈迪默在《伯格的女儿》第二部分以王阳明的"知而不行是为不知"① 为开篇引言。这些都说明非洲作家对中国圣人、智慧、哲学的了解和肯定。

贝西·黑德与她同时代的作家相比，作品和书信中表现出较明显的中国情结。一方面，她的混血肤色是导致她在南部非洲被白人和黑人都不认可的原因之一。这反过来激发了她对于同样遭受歧视、苦难的中国黄皮肤族群产生好奇心并模糊地认同。另一方面，贝西·黑德早年接触到南非共产主义思想以及毛泽东思想，并且十分关注新中国的发展。《权力之问》中有三处与中国相关的文字，其中"Chinese"出现两次，"Mao Tse-tung"（毛泽东）出现一次。这些文字出现的方式同上文论述过的文化符号相同，点到为止，不做阐发，但是作为中国读者，这些文字值得深思揣摩，因为这些文字本身具有文化指向性。

"Chinese"第一次出现是修饰"lanterns"（灯笼）一词的，其前面还有一个修饰词"graceful"（雅致的）。"雅致的中式灯笼"② 会激起中国读者的骄傲，它代表的是中国古典文化中的美和含蓄，是高雅生活品位的象征。这些雅致的中式灯笼挂在来博茨瓦纳当志愿者的丹麦人卡米拉的（Camilla）家里。卡米拉的家具以红色为主色调，红沙发、红靠垫、红地毯，这些红色的家具和中式美学很契合，整个房子非常漂亮。当我们把中式灯笼、红色、丹麦主人、博茨瓦纳地域联系在一起时，中式灯笼就代表了普世认可的美与优雅。

"Chinese"第二次出现是在伊丽莎白的梦魇中，是丹的 71 个乐时女孩中的一个，叫"扭臀小姐"（Miss Wriggly-Bottom）。71 个乐时女孩的名字很"经典"：魅力小姐、美女王小姐、美腿小姐、美臀小姐、美体小姐、糖果仙女、缝纫机小姐等。这些女孩无论是高贵、甜美、能干、时髦，还是粗俗、强悍、性欲旺盛，都只是丹玩弄的对象，呼之即来，挥之即去。这些"经典"的名字貌似赞美，实际是将女性降格成物或文化符号，是父权思想对女性的贬低、利用和糟践。这些小姐中有"女神"般的，也有当地普通人，但只有"扭臀小姐"被明确写明"她看上去像华人"：

> 第二晚，他有了一个新女孩——扭臀小姐。她看上去像华人，她肤色很黄，她长长的、直直的、黑黑的头发瀑布般地落在裸露的肩上。这女孩不在乎衣服，她一丝不挂。缝纫机小姐在熄灯之前，一直穿着裙子。扭臀

---

① GORDIMER N. Burger's Daughter [M]. New York：Penguin Books, 1980：213.
② HEAD B. A Question of Power [M]. Johannesburg：Penguin Books, 2011：78.

有一双小而圆的乳房，紧收的小腰。她哼着无声的爵士乐，和着节奏走动，扭着，扭着她的臀。①

"扭臀小姐"的外貌和形态描写相当简洁传神，估计这是很多英文研究论著都直接引用此部分的主要原因，但是这些论著都没有对此引文做出令人信服的评价和分析。笔者认为"扭臀小姐"是受歧视者的混合体，既可能是南非华人，也可能是博茨瓦纳的萨瓦人，而她哼的爵士乐则传达了南非爵士乐的反抗姿态。

华人在南非境遇艰难，可谓在夹缝中生存。据非洲华人历史文献记载，中国人移民南非有四百多年的历史。17世纪中叶，荷兰在南非和东南亚殖民，殖民政府把史称"马来奴"的华人囚犯送到南非服刑。18世纪中叶，中国人到南非做工。② 19世纪，在南非的绝大多数中国人都是华侨，在国籍上仍属于中国。③ 布尔战争后，南非成为英国殖民地。1904年，中英两国签署《保工章程》，南非殖民政府在中国大量招募契约华工来开采金矿和钻石矿，华工遭受恶劣待遇，1910年之后，契约华工基本上都被遣返。④ 李安山认为，非洲华裔的祖先并非契约华工，而是"自由移民"⑤。移民主要来自广东和福建的穷苦人家，他们做苦力，开杂货店、餐馆、洗衣店等。文献记载中，女性移民数目极小，更缺乏详细的描述，而贝西·黑德描写的"像华人"的女孩透露了华裔女性生活片段的某种可能性。

爵士乐是黑人音乐，在20世纪20年代进入美国主流社会后迅速传入欧洲，之后风靡全球。爵士乐在20世纪30年代至60年代早期在南非大都市开普敦盛行。⑥ 贝西·黑德于1958—1959年居住在开普敦第六区。第六区是"有色人"聚集区，是大量印度人和华人的家园，还有部分白人和少数获得居住许可或非法居住的非洲人，第六区还吸引了政治激进分子和享受夜生活（性和爵士乐）

---

① HEAD B. A Question of Power [M]. Johannesburg: Penguin Books, 2011: 136.

② 艾周昌. 近代华工在南非 [J]. 历史研究, 1981 (6): 171.

③ 郑家馨. 17世纪至20世纪中叶中国与南非的关系 [J]. 西亚非洲, 1995 (5): 30.

④ HEAD B. Foreword to Sol T Plaatje's *Native Life in South Africa* [M] //PLAATJE S. T. Native Life in South Africa. Johannesburg: Ravan Press, 1982: ix-xiii.

⑤ 李安山. 论清末非洲华侨的社区生活 [J]. 华侨华人历史研究, 1999 (3): 25-42.

⑥ MULLER C. Capturing the "Spirit of Africa" in the Jazz Singing of South African-Born Sathima Bea Bemjamin [J]. Research in African Literature, 2001 (2): 133-152.

的人。① 开普敦的爵士乐队成员种族混杂，他们的表演吸引了各种族听众，与爵士乐交织在一起的还有跨种族的性关系，因此，爵士乐队被南非白人政府视为对种族隔离制的公然挑衅，如洪水猛兽。20世纪60年代后，爵士乐队遭禁，乐人纷纷流亡国外，② 其中包括贝西·黑德在南非做记者时撰文赞誉过的米瑞安·马卡贝、达乐·布兰德等。此处哼唱爵士乐的"像华人"的女孩是多种文化符号的混杂体，是被种族隔离边缘化的底层社会的一个缩影。

"像华人"在南部非洲还有另一层歧视含义，即凡是人们不了解的人种，就一律用"像华人"来概括。贝西·黑德在中篇小说《玛汝》中通过塑造"像华人"的玛格丽特来颠覆"非洲种族歧视和部族歧视镜像中萨瓦人半人半兽的形象"③。在博茨瓦纳，肤色发黄的萨瓦人（又被称作布须曼人）长期遭到茨瓦纳人的歧视。为教育民众，改变歧视，贝西·黑德塑造了有学识、有教养、有艺术天赋的萨瓦人玛格丽特，她"黄色的面容如阳光"，"如迎风招展的黄色雏菊"④。贝西·黑德塑造的"像华人"的女孩，无论是南非华裔，还是博茨瓦纳的萨瓦人，都不仅仅是受压迫、遭歧视、被边缘化的，她还具有潜在的颠覆性和反抗力。

三、作为象征符号的"毛泽东"

20世纪50—70年代，新中国通过文化、外交、援助等手段成功获得越来越多国家的认可，从最初只有10个国家到70年代末近120个国家与中国建立外交关系。⑤ 在此过程中，通过书籍、报纸、杂志、广播、电影等各种媒体在世界各地的传播，"毛泽东"成为家喻户晓的名字，成为新中国和反殖民主义、反帝国主义的象征符号。毛泽东的著作、语录、照片、画像、像章、毛式礼服（中山装）等在世界各地的发行、传播、流行使"毛泽东"的形象和思想深入人心。

---

① DRIVER D. The Fabulous Fifties：Short Fiction in English ［M］//ATTWELL D，ATTRIDGE D. The Cambridge History of South African Literature. Cambridge：Cambridge University Press，2012：401.

② EILERSON G. S. Bessie Head：Thunder Behind Her Ears：Her Life and Writing ［M］. Portsmouth，NH：Heinemann，1995：46.

③ 卢敏. 中非文学中的女性主体意识：以张洁和贝西·黑德为例 ［J］. 当代作家评论，2019（5）：178-182.

④ HEAD B. Maru ［M］//HEAD B. When Rain Clouds Gather & Maru. London：Pearson Educational Limited，2010：221.

⑤ 外交部网站. 中华人民共和国与各国建立外交关系日期简表 ［OL］. （2020-5-15）［2017-06-14］. http：//www. gov. cn/guoqing/2017-06/14/content_ 5202420. htm.

罗斯·特里尔在《毛泽东传》中指出，"在 20 世纪 50—60 年代的许多第三世界国家，毛泽东是各种各样反殖民主义形式中主要的人格象征"①。韩素音在《早晨的洪流：毛泽东与中国革命》中引用埃塞俄比亚皇帝海尔·塞拉西（Haile Selassie）访问中国时说的话："毛主席的个人历史本质上就是新中国的历史。像这样个人对整个民族产生深远影响的例子很少见。"②"毛泽东"和"新中国"成为互指的两个词，并由此产生英文表述"毛的中国"（Mao's China）。

毛泽东在 20 世纪 60 年代提出的"第三世界"等概念在法国知识界产生重要的影响。1964 年法国成为首个与中国建交的西方国家。中法建交打开了中国在法国和西欧扩大影响的合法缺口。③ 中国的思想文化产品，如《毛主席语录》《毛泽东选集》《北京周报》等进入法国。让-吕克·戈达尔（Jean-Luc Godard）导演的电影《中国姑娘》（*La Chinoise*，1967）直观地展示了这些中国元素，如"红宝书"、北京广播电台的广播等。法国的 1967 年被称为"中国年"④。1968 年法国的青年学生将"毛的中国"理想化，认为那是解决法国社会政治问题的良方，在法国引发了毛主义运动。⑤ 五月风暴促成法国知识分子萨特（Sartre）、阿隆（Aron）、列维·斯特劳斯（Levi-Strauss）、福柯（Foucault）、拉康（Lacan）、巴尔特（Barthes）、莫兰（Morin）、德勒兹（Deleuze）、图雷纳（Turrellenaud）、列斐伏尔（Lefebvre）、博德里亚（Baudrillard）、利奥塔（Lyotard）、德里达（Derrida）、布迪厄（Bourdieu）等纷纷出场，走向社会舞台。⑥ 五月风暴得到世界各国的支持，并与西欧和美国的妇女解放运动、民权运动、反越战运动等交汇在一起。五月风暴中与"毛的中国"相关的旗帜、臂章、宣传画、涂鸦、流行歌曲等符号被广泛运用，是 20 世纪 60 年代留下的"符号遗产"⑦。

毛泽东思想文化产品在非洲国家的传播和流行和西欧情况相似，但有两点不同：第一，这些产品更多的是通过中国援助的方式到达的；第二，欧美社会

---

① TERRILL R. Mao：A Biography［M］. New York：Harper and Row，1980：429.

② HAN S. Y. The Morning Deluge，Mao Tse-tung and the Chinese Revolution，1893—1953［M］. London：Jonathan Cape，1972：17.

③ 万家星. 中国"文革"与法国"五月风暴"评论［J］. 学术界，2001（5）：55-67.

④ 蒋洪生. 法国的毛主义运动：五月风暴及其后［J］. 文艺理论与批评，2018（6）：12-29.

⑤ WOLIN R. The Wind from the East［M］. Princeton：Princeton University Press，2010：3-4.

⑥ 于奇智. 五月风暴与哲学沉思［J］. 世界哲学，2009（1）：152-158.

⑦ 李公明. 我们会回来 1960 年代的多重遗产［J］. 上海文化，2009（3）：56-64.

的"毛主义"（Maoism）社会变革思潮也同时传播到非洲。在非洲较早独立并实行社会主义的国家中，坦桑尼亚、加纳、几内亚、马里、赞比亚等与中国交往较多，其中中国对坦桑尼亚的援助最多，最具有代表性。从 1964 年到 1975 年，中国对坦桑尼亚的援助潮涌而入。坦桑尼亚的书店和图书馆里都有《毛主席语录》的英文版和斯瓦希里语版，但是对于识字率很低的坦桑尼亚人民来说，他们更多是通过乡村广播、电影和口传形式来了解毛泽东的。中国援助修建的坦赞铁路（1969—1974）具有深刻意义："中国通过资金、技术、技术人员和劳动力的援助，使坦桑尼亚和赞比亚的经济受益，帮助了南部非洲的殖民解放斗争，巩固了中国的反殖民主义。"[1] 非洲人民在反殖民斗争中，以宣扬黑人力量、非洲美学，重写非洲历史为要，非洲传统成为抵抗殖民主义和帝国主义的有力武器。坦桑尼亚总统尼雷尔倡导的乌贾马运动（Ujamaa）即是非洲传统和社会主义思想结合的产物。20 世纪 60 年代欧美社会变革之风也不断吹进非洲，并且在语言上毫无障碍，接受速度更快。

在 20 世纪 50—70 年代的非洲文学中，关于非洲的发展模式/道路问题是一个主旋律，毛泽东领导的新中国道路和美国道路、俄国道路等经常以并列选择的方式出现。恩古吉在《一粒麦种》（1967）中通过小说人物探讨肯尼亚的发展模式要走中国式道路还是俄罗斯式的。[2] 阿契贝在回忆录《曾经有一个国家》（2012）中肯定了毛泽东领导的军队纪律和战术，以及比亚夫拉共和国的领导人所受的影响。[3] 总体来说，虽然非洲作家在涉及中国革命、共产主义思想、毛泽东等时，态度都是积极肯定的，但笔墨非常有限。主要原因有三点：一是中国与非洲相隔遥远，互通有限，即使有援助，也只限于几个国家，无法覆盖整个非洲大陆，此状况直到 21 世纪中非合作论坛成立才发生巨变。二是此时段华裔在非洲的数量不多，生活方式和语言都自成一体，和当地人的交往比较有限，相对封闭，或者有些华裔为了生存和当地人通婚，完全融入当地人生活，不再主张自己的华裔血统和背景。三是非洲政权频繁变更、审查制严格，有些国家采用亲英美资本主义制度，非洲作家进监狱、被迫流亡时有发生，出于自我保护，只能采取点到为止的方式。

贝西·黑德的《权力之问》中"毛泽东"也只出现了一次，但是作品描述

---

① LAL P. Maoism in Tanzania：Material Connections and Shared Imaginaries ［M］//COOK A. C. Mao's Little Red Book：A Global History. Cambridge：Cambridge University Press，2014：105.

② NGUGI W. T. A Grain of Wheat ［M］. New York：Penguin，2012：208.

③ ACHEBE C. There Was a Country ［M］. London：Penguin Books，2013：133.

的农场合作社试验和中国当时的情况极其相似，因此作品人物对"毛泽东"的讨论是非常具体的，而不像其他作家作品在处理此问题时，是停留在思想家式的人物的高谈阔论上。《权力之问》中"毛泽东"出现在伊丽莎白和汤姆的对话中。汤姆是《权力之问》中的主要人物之一，是伊丽莎白现实生活中的好友，是将伊丽莎白从塞娄和丹的梦魇中拉回现实和理性的人物之一。汤姆认为粮食对世界人口极为重要，大学便选择农业为专业，毕业后带着美好的愿望，从美国来到博茨瓦纳当志愿者。汤姆和伊丽莎白都在尤金开办的试验农场工作。尤金是从南非流亡到博茨瓦纳的白人知识分子，他的试验农场吸引了一些欧美志愿者，他们带领当地人在此荒漠之地采用科学方法种植蔬菜、水果和烟草等，此项事业较为成功。他们还试图发展当地的初级工业，制陶、制肥皂、制衣等，进行初级经济贸易，买卖家禽、食物，送水、送货等，但赤贫的当地人几乎没有现金进行交易，此项事业极难推进。《权力之问》中写道：

> 快速发展经济是汤姆最喜爱的话题。他热切地要给伊丽莎白这样一个印象，即她应该从道义上支持毛泽东、卡斯特罗和尼雷尔，因为他们代表快速发展经济。①

虽然小说对毛泽东一笔带过，但是"从道义上支持"这一说法是极其耐人寻味的。这不仅仅是因为毛泽东、卡斯特罗（Castro）和尼雷尔（Nyerere）代表社会主义阵营，更因为社会主义的初心是快速发展经济，让人民大众尽早摆脱贫困和饥饿。汤姆对1970年美国入侵柬埔寨表示愤慨，批评美国盲目插手世界事务，推销可乐、口香糖，根本不管当地经济发展。对坚持反帝、反殖民、反对贫困的人民来说，"毛泽东"是一种象征，一个文化符号，一种精神和信念。

贝西·黑德在很多书信中提及毛泽东，但是南非严格的审查制度和由此形成的谨慎文风，都使相关内容限于点到为止。非洲反殖民领袖和知识分子对可获得的毛泽东著作译本都会认真地阅读和讨论。1959年贝西·黑德第一次和泛非主义大会领袖索布奎见面时，索布奎和她谈起毛泽东关于土地改革的著作。②在博茨瓦纳离群索居的生活状态中，贝西·黑德通过收听英国国际广播，阅读

---

① HEAD B. A Question of Power [M]. Johannesburg: Penguin Books, 2011: 139.

② EILERSON G. S. Bessie Head: Thunder Behind Her Ears: Her Life and Writing [M]. Portsmouth, NH: Heinemann, 1995: 46.

国际友人寄来的报刊书籍，关注中国的发展状况，从或赞誉或诋毁或真实或夸大的文字中，构想她心中"如神""如兄弟"的"毛泽东"和"毛的中国"。在1972年《权力之问》创作期间，贝西·黑德在给派蒂·凯诚的信中提到埃德加·斯诺（Edgar Snow）的《红星照耀中国》（*Red Star Over China*）、韩素音的《早晨的洪流：毛泽东与中国革命》以及当时的中国发展状况，最后她写道："现在一种强烈的渴望袭上我的心头，去中国，住在其中一个公社里，在那里写一本书。"①贝西·黑德希望了解一个真实的中国。

中国符号在《权力之问》中所占的比重是非常低的，从来没有引起国外学界的关注，但是从中国读者的视角出发，我们发现了很有意义的启示：中式灯笼和毛泽东这两个中国符号出现在伊丽莎白现实生活的描写中，作者的态度是积极肯定的，但作者与这两个符号之间的距离是遥远的，寄托了作者更多的遥想和希望。"像华人"的女孩出现在伊丽莎白的梦魇中，是多种文化符号的混杂体，融入了作者自身复杂的经历和遭遇。西方及印度文化符号是伊丽莎白所熟悉的，而对这些文化符号的探究和追问却变成她的梦魇，致其精神崩溃。《权力之问》的中国文化符号虽然少，但能体现出作者坚持中非道义相守的创作原则，作者的创作伦理选择是清晰明朗的。

今天中国和非洲有了越来越多的实质接触，中国在非洲的立场也引起西方世界的焦虑和恐慌，他们叫嚣中国在非洲实行新殖民主义。通过《权力之问》的解读，我们应该清楚地看到中国文化在非洲的传播和影响是非常有限的，而非洲文化既有古老文明渊源，又与西方文化之间存在既接受又抵制的复杂关系，中国需要加强对非洲文化的深入了解。中国和中国文化走向非洲也绝不能拷贝西方的霸权方式，而应在中非已有的精神认同和道义相守的基础上采用中非认同的方式。

第二节　贝西·黑德与聂华苓的文学艺术思想交流

贝西·黑德于1977年受邀参加美籍华裔作家聂华苓和她先生保罗·安格尔共同创办的爱荷华大学的"国际写作计划"，由此开启了走出非洲、接触世界、

---

① HEAD B. Letter to Paddy［M］//DAYMOND M. J. Everyday Matters：Selected Letters of Dora Taylor，Bessie Head，and Lilian Ngoyi. Johannesburg：Jacana Media Ltd，2015：195-196.

开阔视野的新人生和新创作阶段。吉列安·埃勒森在传记《贝西·黑德：耳后的雷声》① 中和彼得·纳扎瑞斯（Peter Nazareth）在《国际写作的风险》（Adventures in International Writing）②、《雷霆之路：遇见贝西·黑德》（Path of Thunder：Meeting Bessie Head）③ 两篇论文中都较详细地记录了贝西·黑德在爱荷华大学的生活经历和相关旅行，但是对贝西·黑德与聂华苓的直接接触、交流和影响缺少应有的笔触。笔者根据博茨瓦纳卡马三世博物馆中收藏的贝西·黑德与聂华苓之间的 8 封通信、她们的人生经历和作品发现她们的文学艺术思想有很多相似之处，本节将从爱荷华与塞罗韦、流亡与家园、"小我"与"大我"世界三方面探讨两位作家的文学艺术思想交流。

一、爱荷华与塞罗韦

贝西·黑德在《爱荷华的甜美记忆》中写道："在爱荷华市，我很快就感到高兴和放松。这里的人口与我的村庄塞罗韦一样：四万人。和我的村庄一样，镇子很小，易于掌握，我很快就熟悉了周边环境。"④ 从南部非洲博茨瓦纳的部落旧都塞罗韦到美国中部的爱荷华市，贝西·黑德关注的是它们的相同点，而不是地域、气候、生活习惯等方面的差异，这是乐于融入新环境的人常有的心态。这篇文章是贝西·黑德离开爱荷华十年后，应安格尔和聂华苓之邀，为国际写作计划 20 周年纪念《世界走向爱荷华：爱荷华国际文集》（The World Comes to Iowa：Iowa International Anthology，1987）所写的，文字轻松幽默、真诚感人。不幸的是贝西·黑德回信后一个月就去世了，没有看到文集出版。

爱荷华大学的国际写作计划自 1967 年创办至今，已有 150 多个国家的 1500 多位作家⑤受邀参加，产生了深远的国际影响，其中 1985 年和 2004 年参加过此计划的土耳其作家费利特·奥尔罕·帕慕克（Ferit Orhan Pamuk）和我国的莫言分别于 2006 年和 2012 年获得了诺贝尔文学奖。爱荷华大学被誉为"美国的写

① EILERSON G. S. Bessie Head：Thunder Behind Her Ears：Her Life and Writing ［M］. Portsmouth，NH：Heinemann，1995：207-223.

② NAZARETH P. Adventures in International Writing ［J］. World Literature Today，1987，61（3）：382-387.

③ NAZARETH P. Path of Thunder：Meeting Bessie Head ［J］. Research in African Literatures，2006，37（4）：211-229.

④ HEAD B. Some Happy Memories of Iowa ［J］. World Literature Today，1987，61（3）：392-393.

⑤ The International Writing Program ［OL］.（2021-1-20）. https：//iwp.uiowa.edu.

作大学"①。经过多年的发展,爱荷华大学形成了条线清楚、互相支持的网格式创意写作体系。国际写作计划脱胎于作家工作坊,但各自都有一套运行机制,又互相补给。爱荷华大学为美国本土培养了40多位普利策文学奖得主、7位美国桂冠诗人,还有无数获奖剧作家、编剧、记者、翻译、小说家和诗人等。

爱荷华大学有深厚的创意写作教学传统,在此基础上,韦尔伯·施拉姆(Wilbur Schramm)于1936年创办了"爱荷华作家工作坊"(Iowa Writers' Workshop 1937—1941),并将此发展成硕士学位点,1941年首批硕士生毕业。这年保罗·安格尔获得硕士学位,留校任教,并成为此学位点负责人,提出学生不一定要写学术论文,可以凭一部小说、一首长诗或一个剧本获得学位,萧乾认为"在西方大学教育史上,那可以说是一种革命"②。安格尔经常聘请世界各地著名作家到工作坊工作,1964年,事业和家庭都陷入困境的聂华苓受保罗·安格尔之邀从中国台湾来到爱荷华,以作家工作坊顾问的名义留下。不久,聂华苓提议创办"国际写作计划",1966年得到爱荷华大学批准,但资金需要自筹。聂华苓和安格尔到处写信寻求资金,筹得300万美元的基金,1967年第一届国际写作计划成功举办,来自世界各国的12位作家入住爱荷华大学。受邀作家都是在本国和国际上已经具有较高的知名度,在很大程度上能代表本国文学成就的作家,他们3个月的旅美之行在世界各地很快产生较大的影响力,1970年起国际写作计划得到了美国国务院的资助。

贝西·黑德在1977年7月底收到美国驻博茨瓦纳大使馆的来信,通知她代表博茨瓦纳参加国际写作计划。此事首先是时任美国驻博茨瓦纳大使馆的临时代办弗兰克·阿尔伯提(Frank Alberti)提名的,得到总统办公室批准后,爱荷华大学接受了贝西·黑德的申请。聂华苓专门写信告诉她每日30美金津贴,共计100天的发放方式。③ 美国国务院还向她提供全部旅行的费用,并为她的儿子霍华德在她离开期间提供一千美金的生活费。对于生活在困顿中的贝西·黑德来说,这就是"一个大彩虹"④,对塞罗韦全村来说,也是件令人激动的大事件。贝西·黑德在斯瓦能项目中的同事,她的邻居、朋友都来为她的出行做准备。霍华德即将参加初中毕业考试,他的老师温迪·威里特(Wendy Willett)和丈夫负责照顾他。有人给她送了一条晚礼服裙,有人提醒她带保暖的衣服,

---

① The Writing University [OL]. (2021-1-20). https://writinguniversity.org.

② 萧乾. 湖北人聂华苓 [M]//李恺玲,谌宗恕. 聂华苓研究专集. 武汉:湖北教育出版社,1990:175.

③ NIEH H. L. Letter to Bessie Head. KMM 186 BHP 6 [A].

④ HEAD B. Letter to Betty Fradkin. KMM 15 BHP 27.7.1977 [A].

有人为她筹钱作为告别礼物。这次为期100天的出行是她人生中的很多"第一次"：第一次乘飞机、第一次离开非洲大陆、第一次和世界各国的作家居住生活在一个屋檐下。

贝西·黑德此时还是无国籍的难民身份，她的旅行文件由美国大使馆提供，她不能入境南非，整个行程只能绕道，从哈博罗内经卢萨卡、内罗毕、伦敦再到纽约。到达爱荷华大学后，贝西·黑德和来自其他国家的25位作家都住在五月花公寓（the Mayflower）里，6位女性，20位男性，两人一个套间。五月花公寓的生活条件非常舒适，生活津贴极其慷慨，旨在为作家们提供宽松的创作环境和创作灵感。宽松的创作环境是通过舒适的居住环境和充裕的时间来实现的；创作灵感是通过受邀作家之间交流思想，以及受邀作家与美国学术界和读者接触的方式实现的。[①]

国际写作计划给爱荷华大学的创意写作教学带来丰富的教学资源，具有很强的反哺教学能力。受邀的各国作家每年8月到10月住在大学里，进行创作、查阅资料、举办讲座和研讨会、参观访问等。参加国际写作计划的作家都要参与爱荷华大学的文学活动和创意写作教学活动，很多作家给学生现身说法，朗读自己的作品，介绍创作背景和思路，介绍自己国家的文学发展状况，极大地开阔了学生的视野，丰富了学生的人生经验和对文学的认识。贝西·黑德在爱荷华大学给学生分享了她的作品《权力之问》中个人精神崩溃的细节，解释南非的种族隔离制。这些对当时参加国际写作计划的各国作家和爱荷华的学生来说，都非常陌生，难以理解，他们的反应令敏感的贝西·黑德感到不满。当时乌干达作家彼得·纳扎瑞斯是爱荷华大学的讲师，刚刚担任国际写作计划受邀作家顾问，组织讨论前也没有读过《权力之问》，贝西·黑德迁怒于他，拒绝和他说话。彼得·纳扎瑞斯后来成为贝西·黑德研究专家，在爱荷华大学开设贝西·黑德专题研究课程。这是个典型的文人之间"不打不成交"的例子。

二、流亡与家园

国际写作计划成功的秘诀在于其用温馨的"家园"精神抚慰了众多敏感的、流亡的和受伤的灵魂。每年受邀参加国际写作计划的作家都住在五月花公寓。闫纯德写道："五月花公寓依山傍水，环境优美娴雅，那条日夜不息地向远方流淌的爱荷华河，那山林、草坪和雪花，更有醇酒一般的友情，都曾出现在许多

---

① EILERSON G. S. Bessie Head：Thunder Behind Her Ears：Her Life and Writing ［M］. Portsmouth，NH：Heinemann，1995：208.

诗人和作家的笔下。"① 聂华苓以安详、和平、美丽的爱荷华为家，她的寓所在五月花公寓对面，这两处都成了作家们的"家"。世界各地的作家们带着各自的文化和经历聚集在一起，进行思想、艺术交流。聂华苓在《我在爱荷华的一天》中写道：

> 每年秋天，三十几位作家从世界不同的地区到爱荷华来：南非受压迫的黑人作家，向往革命的南美作家，为"团结工会"挣扎的波兰作家，渴望和平的印尼作家，反抗独裁的菲律宾作家，幽默透着点颓废的爱尔兰作家，因为左倾而坐牢的西班牙作家，在政治波涛中沉浮的中国作家……我和他们一起喝酒，讨论，争辩，流泪，唱歌，开怀大笑。②

在五月花公寓这个小小的联合国里，作家们的交往需要跨越国家、民族、语言、政治、意识形态、生活习性等的差异和障碍，在日常生活和创作研讨过程中他们不可避免地会遇到一些不同意见和观点，甚至不解、误解和冲突。很多作家都经历过受压迫、监禁、流亡等，有人有较深的心理创伤、应激反应、分裂人格甚至自杀倾向。聂华苓夫妇以极大的耐心和包容让作家们在爱荷华的"家园"无拘无束地生活三个月，宣泄情感、释放才能。

聂华苓作为主要负责人对贝西·黑德和彼得·纳扎瑞斯的冲突非常清楚，对贝西·黑德和同套间的菲律宾作家妮洛琦卡·罗思嘉（Ninotchka Rosca，1946—）的冷战也非常清楚，也一直在中间调和③，但她从未就此发表过任何点名道姓的负面文字。聂华苓的智慧、幽默和宽容从她和安格尔给贝西·黑德的几封信中可见一斑。一封是为出版第一部《爱荷华国际文集》索稿而写，文字简短，虽不是非常私人的，但充满感情和风趣。此信写于1985年12月27日，有一页信纸篇幅，共六段，前两段告知文集事宜、写作格式等，后几段是内容要求和家常话语、细节叮嘱，如下：

> 一件重要的事是：我们不能保证收到的每一篇文字都会使用，因为这

① 闫纯德. 小说家聂华苓 [M] //李恺玲，谌宗恕. 聂华苓研究专集. 武汉：湖北教育出版社，1990：226.
② 聂华苓. 我在爱荷华的一天 [M] //李恺玲，谌宗恕. 聂华苓研究专集. 武汉：湖北教育出版社，1990：70.
③ NAZARETH P. Path of Thunder: Meeting Bessie Head [J]. Research in African Literatures, 2006, 37 (4): 211-229.

本书不能太大，我们不能使用内容太过近似的东西。这本书将是很多不同的才华之人对此地感受的精彩记录。文本不必是赞誉之词或非常个人化。邮寄时，请在信封左下角标明"文集"。

请记住我们永远记得你！告诉我们任何关于新书、获奖、孩子们（合法的或野崽子们）、妻子们、情妇们、男友们的消息。

请允许我们修改你的文字中出现的任何拼写或语法错误。

用"大"邮票，我们可以送给孙子们。①

这是一封充满人情味的信，尤其令人感慨的是"孩子们（合法的或野崽子们）、妻子们、情妇们、男友们的消息"这行文字，所有的可数名词都是复数形式，既可以指所有作家的情况，也可以指一位作家的多种情况。让人笑出眼泪的是，这句话讲得那么私密，又那么公开，国际写作计划的大家庭里没有圣人，只有不能被鄙视和遗忘的活生生的生命个体和他们与人世难分难舍的纠缠，而这一切都涌向聂华苓夫妇海洋般辽阔而平静的胸怀中。

贝西·黑德和妮洛琦卡·罗思嘉的冲突表层上是两人的饮食习惯和道德标准的差异造成的。据埃勒森记载，贝西·黑德喜欢在面包上涂很多黄油，茶里加很多糖，而妮洛琦卡·罗思嘉年轻漂亮，注意饮食，只吃柠檬，喝咖啡，她建议贝西·黑德节食减肥，贝西·黑德很不以为然。② 分析两人的冲突，可以挖掘出一些深层悲剧性的原因。贝西·黑德为对抗南非种族隔离制走上流亡之途，妮洛琦卡·罗思嘉因反抗菲律宾马科斯独裁政府进过监狱，后流亡美国。虽然两人有相似的经历，但她们以往的生活状态相差甚远。贝西·黑德经常食不果腹，她肯定倾向于享受食物带来的满足感。而妮洛琦卡·罗思嘉出生在菲律宾的上层社会家庭，乐意接受节食减肥这个美国丰裕社会出现的新概念，通过刻意的自我约束和限制，减少食物的摄取，保持健康的身体。贝西·黑德对此概念并非一无所知，她也经常在给友人的信中取笑自己逐年发胖的身体③，但是她经常入不敷出，忍饥挨饿，如果有机会吃喝，便很难控制自己。从今天的医学观念看，这是严重营养不良造成的肥胖和饮食陋习。高脂肪、高蛋白、高糖和喝酒的饮食陋习让她失去了一些善意的朋友，杯中之物更让她的稿费快速消失，

---

① ENGLE P, NIEH H. L. Letter to Bessie Head. KMM 186 BHP 83 ［A］.

② EILERSON G. S. Bessie Head: Thunder Behind Her Ears: Her Life and Writing ［M］. Portsmouth, NH: Heinemann, 1995: 210.

③ VIGNE R. A Gesture of Belonging: Letters from Bessie Head, 1965—1979 ［M］. London: Heinemann, 1991: 127.

让她不断陷入饥饿的恶性循环。

贝西·黑德的内心其实非常害怕别人提及她的体重，她在《权力之问》中多次写到，女主角伊丽莎白梦魇中折磨她的黑色美杜莎用鞭子抽打她，对她呵斥：“不要吃得太多了。你太胖了。”① 贝西·黑德对“减肥”和“肥胖”字眼过度敏感，表现出应激反应的心理症状。此症状也影响了她和爱丽丝·沃克多年的书信友谊。她们在纽约相见，但是贝西·黑德觉得爱丽丝·沃克会暗地里嘲笑她的外表和肥胖，因为爱丽丝·沃克的评论文对肥胖有很多批评之词。② 贫困、饥饿、暴饮暴食、应激反应带给贝西·黑德一些致命的悲剧。她于1986年4月17日死于肝炎，此前友人们在她床下发现很多空酒瓶，医生也一再嘱咐她戒酒。《权力之问》中汤姆的原型汤姆·赫辛格在笔者访问博茨瓦纳时说，霍华德不成器，因为天资不行，这可能跟贝西·黑德怀孕时大量饮酒有关。当时没有人知道饮酒会对胎儿不利，是后来的医学研究才发现的。

贝西·黑德和妮洛琦卡·罗思嘉更激烈的冲突表现在不同的道德观上。贝西·黑德被很多西方女性主义者认为是她们中的一员，但是她对西方女性主义者倡导的性解放和同性恋持排斥态度。妮洛琦卡·罗思嘉性生活开放，男友很多，而贝西·黑德喜欢独处，性观念保守。③ 贝西·黑德和爱丽丝·沃克见面后也是不赞成她的双性恋爱态度。据传记作家伊芙琳·怀特（Evelyn White）记载，爱丽丝·沃克1976年和梅尔文·利文撒尔（Melvyn Leventhal）离婚后与《黑人学者》（*Black Scholar*）杂志编辑罗伯特·艾伦（Robert Allen）保持了13年的恋爱关系，后又和其他男女约会，包括女歌手特蕾西·查普曼（Tracy Chapman）。④ 在20世纪60—70年代，美国女性主义者和民权运动者以激烈的姿态和生活方式表达对传统社会和价值观的抵抗，爱丽丝·沃克、梅尔文·利文撒尔、罗伯特·艾伦、妮洛琦卡·罗思嘉都是此思潮身体力行的激进分子。贝西·黑德和她们意见不合表明不同的女性主义观点和实践。

聂华苓也不认同美国女性过激的行为态度。她在1984年和茹志鹃的通信中明确表达了她的观点：

---

① HEAD B. A Question of Power [M]. Johannesburg：Penguin Books，2011：60.

② EILERSON G. S. Bessie Head：Thunder Behind Her Ears：Her Life and Writing [M]. Portsmouth，NH：Heinemann，1995：214.

③ EILERSON G. S. Bessie Head：Thunder Behind Her Ears：Her Life and Writing [M]. Portsmouth，NH：Heinemann，1995：210.

④ WHITE E. C. Alice Walker. A Life. Authorized Biography [M]. New York：Norton，2004：451.

老实说，美国女性至今令我迷惑，尤其是中产阶级妇女。她们有世界上最好的物质享受……她们毁了婚姻，毁了儿女，毁了自己。至于女性知识分子呢？我的天！有些你分不清她们是男人还是女人？她们穿着"中性"服装，讲话粗声粗气，来势汹汹。……但是美国女性缺少中国女性的韧力和优雅，……我们彼此需要啊！表壮不如里壮。①

聂华苓赞扬中国女性内在的韧力和外在的优雅，她说："她们穿的是缎袄、缎袍，心却是由韧性的纤薄钢条编成的。中国女性美就在此，是西方女性所没有的。"② 聂华苓本人也一直坚持中国女性之韧力和优雅，这是她和安格尔成功举办一届届国际写作计划的秘诀。茹志鹃对国际写作计划的评价是："在你那橡树掩映的阳台上，熊熊的壁炉边，多少人间的喜剧、悲剧，令人拍案的现实小说，正在那里搬演。多少诗人、作家的感情在那里奔突、坦露。"③

聂华苓半生流亡，深解流亡人的心，她在爱荷华为国际作家营造的"家园"虽然插曲不断，但温馨永在。十年后贝西·黑德用"甜美记忆"为题总结了她的旅美之行，其中她写了一个有趣的买橡皮的小故事。她说"rubber"，店员给她的是"避孕套"，并用奇怪的眼神看她，"好像她是入侵爱荷华的妓女"，听她解释后，店员说那是"eraser"④。这个以小见大的故事蕴含了作者的很多匠心和智慧，它通过同一语言中的能指和所指差异，映射了现实中她在美国遭遇的更大的文化、价值观的冲突和误解，今天看来依然意味深长。

三、"小我"与"大我"世界

聂华苓和贝西·黑德在文学艺术思想上有很多相似之处，她们之间的十年友谊可谓惺惺相惜。纵观她们的创作轨迹，两人在文学创作道路上有两点惊人的相似：一是她们影响力最大的作品《桑青与桃红》（1976）、《权力之问》（1973）都描写人物的精神分裂；二是她们后期的作品都转向历史小说创作，

---

① 茹志鹃，聂华苓. 爱荷华小简［M］//李恺玲，谌宗恕. 聂华苓研究专集. 武汉：湖北教育出版社，1990：153.

② 茹志鹃，聂华苓. 爱荷华小简［M］//李恺玲，谌宗恕. 聂华苓研究专集. 武汉：湖北教育出版社，1990：153.

③ 茹志鹃，聂华苓. 爱荷华小简［M］//李恺玲，谌宗恕. 聂华苓研究专集. 武汉：湖北教育出版社，1990：148.

④ HEAD B. Some Happy Memories of Iowa［J］. World Literature Today，1987，61（3）：392-393.

《千山外，水长流》（1984）、《魅惑十字路口：非洲历史传奇》（1984）都表现出深重的历史使命感，从"小我"走向"大我"世界。

聂华苓的《桑青与桃红》和贝西·黑德的《权力之问》都描写大时代背景下，女主角颠沛流离、精神崩溃的悲剧人生。《桑青与桃红》中桑青经历过抗日战争、解放战争，后随丈夫到台湾，因丈夫贪污公款被通缉，一家三口躲在阁楼两年后丈夫被捕，桑青只身赴美，无合法身份，一直被美国移民局追踪，到处游荡，随便与人同居，堕落成"桃红"，最终被精神病院收纳。《权力之问》中黑白混血的伊丽莎白在南非不堪种族隔离制的压迫，带着年幼的儿子流亡到博茨瓦纳，孤身女人和难民身份让她难以融入当地生活，经历了两次精神崩溃，最后在博茨瓦纳百姓的救助下得到康复，找到归属感。这两部作品在表现人物心理方面都进行了大胆试验，并取得重大突破。聂华苓通过"桑青"和"桃红"两个性格、行为截然不同的人物写她的精神分裂，贝西·黑德则通过伊丽莎白梦魇中的两个外表相似一善一恶的人物"塞娄"和"丹"来描绘伊丽莎白的精神分裂。两部作品以各自的表现手法成为现代心理分析的经典之作。

1977年，聂华苓和贝西·黑德在爱荷华相会，因为语言障碍，贝西·黑德未必深谙聂华苓用中文创作的《桑青与桃红》，但是聂华苓对贝西·黑德用英文创作的《权力之问》一定有所了解，她对贝西·黑德的经历和精神创伤一定有超出常人的理解和洞见，对她呵护有加，这从彼得·纳扎瑞斯的论文中可以看出。① 白先勇指出，《桑青与桃红》中"所描写的本来只是个人人格的病态，但是透过了连串的投射与转置作用，却象征了整个国家的混乱状况"②。这一评价同样适于《权力之问》。《桑青和桃红》和《权力之问》以心理描写取胜，通过个人心理反射社会大背景，但总体还是"小我"世界的创作。这两部作品之后，聂华苓和贝西·黑德不约而同地走向历史小说创作，可以说是走上"大我"世界的创作。对于聂华苓来说，《千山外，水长流》是从"家"史到"国"史的飞跃③，对于贝西·黑德来说，《魅惑十字路口：非洲历史传奇》是她找到归属的姿态。

《千山外，水长流》以柳风莲和美国记者彼得的遗腹女莲儿赴美留学并探望祖父母为主线，牵引出中美三代人在历史中的沉浮。作品地域跨中美两国。中

① NAZARETH P. Path of Thunder：Meeting Bessie Head［J］. Research in African Literatures，2006，37（4）：211-229.

② 白先勇. 流浪的中国人：台湾小说的放逐主题［M］//周兆祥，译. 李恺玲，谌宗恕. 聂华苓研究专集. 武汉：湖北教育出版社，1990：512.

③ 聂华苓. 千山外，水长流［M］. 成都：四川文艺出版社，1984：300.

国这边，时间跨度虽不大，但历史事件纷繁，时代巨变，从抗日战争、解放战争、"反右"斗争、"文化大革命"再到改革开放；美国这边，从拓荒时期到19世纪后期，再到1982年。戴天指出："这样的题材，因为涉及中美不同思想文化背景、不同观念价值取向、不同心理生理反应，必然是交缠不清、冲突迭起的。"① 聂华苓通过莲儿到美国后和母亲的系列通信，第一次走进了母亲的内心世界，弄清了自己的身世，弄懂了中国历史，产生了由衷的爱国之情，同时理解了父亲，向美国亲人证实了她的合法身份，展示了中国女性的优良品质，得到了认可。顾月华指出，《千山外，水长流》体现出聂华苓的作品："天地也越来越大，内涵也越来越深刻，创作手法也越来越新。"②

　　贝西·黑德的美国之行为她的历史小说《魅惑十字路口》增加了关键的史料支持。该历史小说从酝酿到出版历时10年，实现了贝西·黑德以非洲人写非洲历史的宏愿。作品通过19世纪末南部非洲小部落酋长塞比纳主动寻找恩瓦托部落酋长卡马三世庇护的前因后果，书写了现代意义上茨瓦纳民族的形成史。作品时间跨度大，从11世纪绍纳人创建的穆胡姆塔巴帝国到19世纪初崛起的祖鲁王国，再到20世纪初卡马三世为首的恩瓦托王国。作品涉及的历史事件纷繁，从科伊人不敌荷兰殖民者的烈酒，到非洲部落间的姆法肯战争、英布战争、欧洲殖民瓜分非洲，再到茨瓦纳民族发展壮大。茨瓦纳民族源于苏陀-茨瓦纳部族（Sotho-Tswana），不断吸收众多小部族，以基督教化为抓手，学习西方科学文化，选择英国王室作为保护，对抗布尔人和英国南非公司以及德国等西方列强的瓜分，最大可能地保留黑人自治权，把白人统治和影响降到最低限度，为1966年博茨瓦纳共和国和平独立铺好了道路。这是现代非洲文学中第一部通过非洲人的眼睛来展示他们自己历史的作品，是贝西·黑德的创作走向"大我"世界的大手笔之作。

　　除了相似的创作道路外，贝西·黑德和聂华苓最直接的文学艺术思想交流体现在她们的书信中。1985年年底，贝西·黑德收到聂华苓夫妇的信后，就写了《爱荷华的甜美记忆》一文，但是文稿放在书桌上没有及时寄出。聂华苓夫妇在1986年2月27日又给贝西·黑德写了一封催稿信，这封信比较个人化，现摘录如下：

---

① 戴天. 读聂华苓新作［M］//李恺玲，谌宗恕. 聂华苓研究专集. 武汉：湖北教育出版社，1990：562.
② 顾月华. 又一朵沉毅的花：读聂华苓新作《千山外，水长流》［M］//李恺玲，谌宗恕. 聂华苓研究专集. 武汉：湖北教育出版社，1990：563.

亲爱的贝西：

为编辑出版原国际写作计划成员的《爱荷华国际文集》，我们希望你能写点东西，任何只要是相关的都可以，哪怕只有一丁点关系，和爱荷华市、爱荷华州、国际写作计划、爱荷华河、国际写作计划的其他成员、文化冲突、友谊、天气、风景、树林、狗等有关的都行。写一写你的回忆、一封长的回忆信、你在这儿生活的个人记录。任何你能回忆起的，任何你想说的。笑话也行！戏剧性场景。悲伤。快乐。你是否见过其他国际写作计划的成员，或收到过他们的信？这里的生活对你的写作和态度留下永久的影响吗？给我们写写这些事。我们想要鲜活的、机智的、真实的东西。或者是我们在此信中没有提到的狂野的事情！

请附一张你的照片，头部照，一份个人简介。

速！

充满深情的祝福！

保罗·安格尔 聂华苓①

这封信以更具体的方式说明了《爱荷华国际文集》的选文标准，也是聂华苓夫妇的选文标准：第一，范围比较宽泛，任何与爱荷华沾边的都行；第二，内容和风格突出人文主义关怀，以个人经历和情感体验为主，贵在鲜活、机智和真实。这恰恰是贝西·黑德所擅长的。

《爱荷华的甜美记忆》以简洁而风趣的笔触描写了爱荷华和塞罗韦的相似之处，突出了两地的"乡村味"，除了橡皮故事外，爱荷华的地方报纸和妇女俱乐部都足以证实其乡村味。地方报纸头条都是农事，如鸡粪问题会连续几周占据头版，中间插入一两条国际混乱事件。妇女俱乐部的成员热心、质朴、虔诚，仍保留着欧洲和英格兰的乡村生活方式，可见她们保守的程度。贝西·黑德以较大篇幅写了爱荷华大学图书馆，五楼的藏书对贝西·黑德的创作留下了永久的影响。她对图书馆的描写如下：

我正在为写一本历史小说做研究，在家里已经做了一些工作。我的下一个任务是去大学图书馆。我第一次去的时候颇为震惊。一个年轻人站在柜台后面在卡片上写字。他抬头看了一眼。"需要什么帮助吗？"他问。

我的故事很长。我这样开头："我在为写一本南部非洲历史小说而做

① ENGLE P，NIEH H. L. Letter to Bessie Head. KMM 186 BHP 84 ［A］.

研究。"

"非洲,"他说,"五楼。"然后又在卡片上写字了。我站在那里怕得发抖。我习惯了让图书馆员带领着找书。那个年轻人对我的存在完全不感兴趣。我鼓起勇气乘电梯到了五楼。我从未见过如此空寂无人的图书馆,一片寂静,全是书。我去过的图书馆都挤满了人。然而,我很快就被这些书暖心了,我看到这儿有关于非洲的所有出版的书籍,那些早已绝版,但对我的研究至关重要的书就在这里。我惊奇地看着一本古书,索尔·普拉杰的《南非的土著生活》(*Native Life in South Africa*)。它从未被借出或阅读过。我得撕开几页的边缝,才能阅读。豪尔赫·路易斯·博尔赫斯(Jorge Luis Borges)说:"天堂就是图书馆。"五楼成了我的天堂。①

贝西·黑德初到美国大学图书馆的经历和情感体验恐怕会得到很多来自第三世界的留学和访学者的认同:小心谨慎地学习自助借阅,诚惶诚恐地走在空无一人的楼层,欣喜若狂地发现难觅之书,然后就把图书馆据为己有,整日泡在里面,徜徉在书海中,这种幸福而快乐的感受只有"天堂"二字可以表达。1982 年,南非拉文出版社再版了普拉杰 1916 年出版的《南非的土著生活》,编辑布莱恩·威兰(Brian Willan)邀请贝西·黑德撰写前言,其中提到 1904—1910 年中国契约劳工在南非金矿遭受的非人待遇。②

《爱荷华的甜美记忆》中所说的历史小说正是《魅惑十字路口》。该小说于 1984 年由南非阿登克出版社出版,贝西·黑德给聂华苓夫妇寄去一本,并附了一封信。在彼得·纳扎瑞斯的文章中附有这封信,信中感谢聂华苓夫妇在 1984 年 12 月 14 日给她寄去 500 美金作为礼物。这 500 美金对贝西·黑德来说,真是救命稻草,否则她就会因 83.32 普拉的欠债而进监狱了。信的末尾,贝西·黑德感谢聂华苓夫妇寄来的与国际写作计划相关的所有时事简报,可见她们的友谊是一直延续的。③

聂华苓的《千山外,水长流》和贝西·黑德的《魅惑十字路口》是同年出版的,但是受到国际政治大环境影响,两部历史小说的命运截然不同。中国改革开放后,国内读者迫切需要了解国外情况,阅读文学作品是重要途径之一。

① HEAD B. Some Happy Memories of Iowa [J]. World Literature Today, 1987, 61 (3): 392-393.

② HEAD B. Foreword to Sol T Plaatje's *Native Life in South Africa* [M] //PLAATJE S. T. Native Life in South Africa. Johannesburg: Ravan Press, 1982: ix-xiii.

③ NAZARETH P. Path of Thunder: Meeting Bessie Head [J]. Research in African Literatures, 2006, 37 (4): 211-229.

1984 年《千山外，水长流》先在《啄木鸟》杂志 4~6 期连载，年底由四川人民出版社和四川文艺出版社同时出版，受到广大读者的热烈欢迎和评论界一致好评，1985 年香港三联出版社、1995 年四川文艺出版社、1996 年河北教育出版社都再版了此书。然而 1984 年，南非的种族隔离制遭到全世界的批判，受到国际贸易制裁，南非被孤立，尽管《魅惑十字路口》是种族隔离制的受害者写的南部非洲黑人的历史，但是依然无法幸免，销量不佳。1986 年美国纽约的佳作书屋出版社（Paragon House Publishers）再版了此书。

在美期间贝西·黑德还受邀到加拿大毕索大学、美国杰克逊州立大学、北爱荷华大学做讲座、参加研讨会，还和以前的老朋友卡夫林夫妇以及笔友玛格丽特·沃克、爱丽丝·沃克等会面。返回途中经伦敦，跟海尼曼出版社商议历史著作《塞罗韦：雨风村》的出版事宜，见到了一群从开普敦流亡到伦敦的老朋友：伦道夫·瓦因、麦肯奇夫妇、詹姆士·库里等。从美国回到博茨瓦纳后的 10 年间，贝西·黑德又陆续收到德国、丹麦、尼日利亚、澳大利亚等国的邀请，参加文化节和书展，接受电台采访，到各大学参加研讨会等，多次和阿契贝、恩古吉、法拉赫（Farah）等非洲著名作家一同出席会议，将非洲文学传播到世界各地。聂华苓夫妇创办的国际写作计划至今仍保持着鲜活的力量，继续为各国作家的交流和发展提供温馨"家园"。

贝西·黑德与聂华苓之间 10 年的友谊和文学艺术思想交流产出很多重要的成果，对非洲文学、中国文学、美国文学都产生了重要的影响，推动了世界文学的发展。贝西·黑德和聂华苓两位经历 20 世纪风云巨变的女性，虽颠沛流离，去国离家，但始终立足本民族的文化传统，书写个人和民族的遭遇，坚持东方女性的婚姻和家庭观念，探寻个人精神支柱和民族灵魂，以丰厚的传世之作赢得世界读者的尊敬和仰慕。

第三节　《玛汝》与《祖母绿》中的女性主体意识

近年来我国非洲文学研究进入快速发展时期，很多学者意识到"非洲文学研究将帮助我们重新勾勒'世界文学'的版图，重新考察世界文学形成的秩序"①，中国文学与非洲文学的比较研究将帮助我们认识中非文学的相似性与差

---

① 蒋晖. 载道还是西化：中国应有怎样的非洲文学研究?：从库切《福》的后殖民研究说起［J］. 山东社会科学，2017（6）：62-76.

异性，促进中非文化交流与合作，打破西方中心主义，"建立中非学术话语"①。张洁和贝西·黑德是新中国和新非洲杰出的女性作家代表，塑造了大量的立足于中国和非洲社会现实的女性形象。本节尝试比较张洁和贝西·黑德两位作家，以她们的代表作《祖母绿》和《玛汝》为主要研究对象，分析她们作品中女性主体意识明暗交错的表达方式，指出她们的作品表达了相似的以知识女性为主体的女性主体意识，具体表现在对自我身体的认同和掌控、对情欲的表达、对爱情婚姻的渴望、对自我才能的清晰认识中，而这种女性主体意识是在与复杂社会环境的互动中显示、发展、成熟起来的，是现代思想教育、传统思想浸染、社会制度约束、权力关系运作等各种因素综合的结果。

一、贝西·黑德与张洁

贝西·黑德（1937—1986）与张洁（1937—2022）的可比性在于她们相当的文学成就和作品对女性人物的塑造，而身为同龄人的事实为比较研究提供了便利的共时性参照面。出生于南非后流亡博茨瓦纳的贝西·黑德已于1986年离开人世，但她的声誉自1958年步入文坛开始便一路上升，到21世纪已成为"世界性产业"②。张洁的创作始于1978年，起步虽晚，但作品数量可观，并一路拿下国内外若干文学大奖。

两位作者都主要从事小说创作，并且在短篇、中篇、长篇方面都很擅长，张洁是新中国第一个获得短篇、中篇、长篇三项国家奖的作家，最具代表性的获奖作品是短篇小说《森林里来的孩子》（1978）、中篇小说《祖母绿》（1984）、长篇小说《沉重的翅膀》（1983）和《无字》（2002）。贝西·黑德生前没有获得任何奖项，但是鉴于她在世界文学中的影响力，博茨瓦纳政府将其文稿收藏在卡马三世纪念馆，南非总统于2003年授予她天堂鸟金勋章（The Order of Ikhamanga）。贝西·黑德的《风与男孩》等短篇小说被纳入英语国家的中学课本，中篇小说《玛汝》和长篇小说《权力之问》为她赢得了世界文学大师的声誉。

两位作者都勤于笔耕，除小说创作外，还有大量散文、札记、海外见闻等。两位作者的创作都深深根植于她们的生活中，在小说创作中有较明显的自传性倾向，而她们的散文、札记、见闻等既记录了作为个体生命经历的日常生活及

---

① 卢敏，弗兰克·杨曼. 中非高校学术合作自主创新模式：以博茨瓦纳大学与上海师范大学的合作为例［J］. 现代教育论丛，2016（2）：73-78.

② MNTHALI F. Preface［M］//LEDERER M. S, TUMEDI S. M, MOLEMA L. S, DAYMOND M. J. The Life and Work of Bessie Head：A Celebration of the Seventieth Anniversary of Her Birth［M］. Gaborone：Pentagon，2008：vii.

感悟，也反映了 20 世纪大时代风云对个体生命，尤其是对女性的深刻影响。在女性终于获得选举权的 20 世纪，女性书写进入了全新的时代，贝西·黑德和张洁正是在这个时代书写她们自己和时代的故事。在世界历史上，1937 年注定是个不能忘记的年份，而 1937 年出生在中国和非洲的女性必然要经历战争、革命、斗争、发展等历史风云和思想变革的洗礼。对于个体生命，尤其是中国和非洲父权社会的女性而言，国家和民族的不幸和苦难往往通过家庭和婚姻的不幸和痛苦被深刻地感知和经历，"孤身女人"和"母女相依为命"这样的字眼便精确概括了贝西·黑德和张洁的生存状态。

《孤身女人》是贝西·黑德去世后由克雷格·麦肯奇选编出版的自传性文集的书名。贝西·黑德生前与海尼曼公司签订合约时，将自传书名定为《生活视界》，以体现印度教大师辨喜的内心"视界"观对其的影响。不幸的是贝西·黑德英年早逝未能完成写作计划，而由克雷格·麦肯奇选编完成的由自传、札记、故事、笔记、信件等构成的文集以《孤身女人》之名出版。此文集一经出版便得到学界广泛关注和频繁引用。对于读者而言，"孤身"既指贝西·黑德父母的缺失，蕴含了对南非种族隔离制的抵制和批判，也指其生活中"另一半"的缺席，蕴含未能持久的爱情和婚姻以及人生的缺憾，而"女人"则显示了贝西·黑德的成熟、坚强及其与世界抗争的勇气和力量。张洁诸多作品的作者简介页都在首段写明其姓氏和籍贯"随母亲而不是随父亲"，对任何读者而言这都不仅仅是事实的陈述，读者很容易在张洁的文稿中找到原因：那个身为人父的人在战乱年代从军后就抛家弃子了。张洁与母亲之间的胶着情愫最终在 12 万余字的纪实文《世界上最疼我的那个人去了》（2006）中得以宣泄。张洁与母亲共同生活了 54 年，这是贝西·黑德无法享有的福分。

贝西·黑德自称有三位母亲：生母、养母和精神母亲。这是因为她黑白混血的身份在种族隔离制森严的南非遭到排斥，生无定所。贝西·黑德的生母是英裔白人，出生在南非上层社会家庭，离婚多年后在疯人院生下她，母亲为女儿了取了自己的名字，并在遗嘱中要求让女儿接受教育。贝西·黑德构想母亲摆脱了不幸的婚姻后回到娘家，却只能在黑人家仆中寻找温暖，因而孕育了她，之后被彻底关进疯人院，这样触犯南非《背德法》和让南非上层社会蒙羞的事情得以掩盖。贝西·黑德出生后被送至"有色人"奈莉·希思科特家收养至 12 岁，再由孤儿福利主管部门送到为"有色女孩"办的英国教会寄宿学校。在教会学校，贝西·黑德将最喜欢的老师玛格丽特·凯德莫当作自己的精神母亲，并在《玛汝》中让女主角及其养母共用玛格丽特·凯德莫这一名字。

贝西·黑德和张洁在很多作品中都以浓重的自传色彩描写了自己的母亲，

代表性的作品有《权力之问》和《无字》。这些母亲形象都是处于社会边缘的女性，在贝西·黑德的《权力之问》中，主角伊丽莎白的母亲只是医院和法律文件中记载的疯女人，张洁的《无字》中主角吴为的母亲叶莲子是带幼女千里寻夫却被丈夫及其情人羞辱驱赶出门的女人。很显然，非洲女性的境遇比中国女性的境遇更为艰难和凄惨。而改写女性的境遇则成为两位作家共同的使命，对于代表历史和过去的母亲，两位作家都实录了她们作为女人的卑微和无能，同时赋予她们母爱的力量和神圣性。对于活在当下的女儿辈，两位作家都突出了她们作为知识女性的主体意识，并展示了不同的女性在复杂的社会政治环境中表达女性主体意识的方式，以及女性主体意识通过磨砺发展成熟，与社会调和并为社会贡献个人才智，实现女性价值，具有鲜明的中非特色，最典型的作品是《祖母绿》和《玛汝》。

二、明示的女性主体意识

《祖母绿》和《玛汝》有很多相似性。首先，两者都是高尚圣洁的爱情故事；其次，两者都以双线对比的方式讲述故事，即与高尚圣洁的爱情故事对应的是一个世俗欲望的爱情故事；最后，作品中的主要人物是知识分子和社会上层精英，具有较强的社会改造思想意识和主体意识。不同的是《祖母绿》的标题用以指女主角曾令儿，明确显示了女性角色的主要地位，而《玛汝》则以男主角命名，凸显了非洲的父权社会性质，不过玛汝是个非常虚幻的人物，他出场和独自存在的情形非常少，作品真正的主角是玛格丽特。曾令儿和玛格丽特在世俗的眼中都是卑微的女人，但是作者以深刻的笔触刻画了她们直面被放逐命运背后明确而强烈的女性主体意识，重塑了她们的形象，改变了人们的世俗偏见，起到新的道德价值引领作用。

张洁的《祖母绿》讲述了 20 世纪 50—80 年代三位大学同学之间的爱情故事。曾令儿替男友左葳承担了写大字报的罪名，被打成右派，毕业时被分配到边疆工作，左葳在年级党支部书记卢北河的帮助下留在大城市研究所工作并和卢北河结婚。"文革"后研究所成立计算机微码编制组，卢北河力荐曾令儿参加编制组工作，以帮助担任组长的左葳，曾令儿放下历史恩怨，回到大城市，投身"四个现代化"建设事业。张洁将曾令儿比作"无穷思爱"① 的祖母绿，但在过往的 20 多年青春岁月中，曾令儿在世人眼中不仅是个政治改造对象，而且

① 张洁. 张洁文集：世界上最疼我的那个人去了 [M]. 北京：人民文学出版社，2006：377.

是个养野孩子的堕落女人，为此她承受了所有污名、大庭广众之下的性骚扰、养育孩子的艰辛和丧子之痛。曾令儿孩子的父亲是左葳，他不但不知道那是他的孩子，还和众人一样相信曾令儿的堕落，然后坦然地结婚生子了。孟悦认为，曾令儿"通过遗忘有关背叛耻辱及至悲伤痛苦的记忆，遗忘有关所爱之人的记忆而获得对爱本身的回忆，这回忆支撑着生命的意义"①。戴锦华指出，"《祖母绿》：一个遭劫掠、遭叛卖、遭践踏的女人，试着用她血肉模糊的双手，给他人，也许是给自己一点暖意和抚慰"②。两位评论者都谴责曾令儿的背叛者，言辞透露出女性主义者的激愤和血泪，但是她们都没有探讨曾令儿在与左葳肉体结合时的主动性、自由意志和决绝的态度。那复杂、微妙而坚定的女性主体意识超越了世俗的规约，并知晓其必将遭受世俗的责难，而承受被放逐的命运。在这一点上，《玛汝》中的玛格丽特表现出同样的洞察力和勇气。

贝西·黑德的《玛汝》讲述了 20 世纪 60—70 年代博茨瓦纳部落大酋长继承人玛汝为娶异族女人玛格丽特而放弃继承权的爱情故事。玛格丽特大学毕业以优异的成绩获得教师资格证，被分配到村庄小学当老师。她黄色的皮肤和优雅的言谈举止让当地黑人猜想她有"白人父亲"，便纷纷把孩子送到她所在的学校来读书。玛格丽特本可以充分利用人们被殖民化的"黑皮肤，白面具"的"从属情结"③ 来营造自己的舒适教学环境和生活环境，但是她偏偏坚持声称自己是萨瓦人，于是遭到校长、部分家长和学生的挑衅、侮辱、责难和排挤。萨瓦人又被称作布须曼人，主要生活在非洲南部。在博茨瓦纳，萨瓦人被茨瓦纳人奴役、驱逐、边缘化的历史长达几百年，此状况直到 21 世纪才有所改变。萨瓦人和布须曼人都是蔑称，如今他们被称为桑人，被人类学家证明是人类最古老基因的携带者。在非洲民族主义盛行的 20 世纪 60 年代，非黑即白的肤色才是合法的颜色，黑白混血的"有色人"和肤色呈黄色的萨瓦人都遭到黑人的严重歧视。

曾令儿和玛格丽特的女性主体意识的相似之处在于她们对自我身体的认可和掌控。这种认可和掌握超越了世俗的规约，难免遭到世俗偏见的鄙视、责难和凌辱，但她们敢于直面鄙视、责难和凌辱，其勇气来自对人性的理解和宽容。渔家女出身的曾令儿的身体总是令人仰慕：肥短的渔家裤穿在她身上有飘逸之感；她在大学是"仰卧起坐"冠军；她在大海致命的漩涡中救出左葳；她到白

---

① 孟悦. 历史与叙述 [M]. 西安：陕西人民教育出版社，1991：141—142.

② 戴锦华. 涉渡之舟：新时期中国女性写作与女性文化 [M]. 北京：北京大学出版社，2007：64.

③ 弗朗兹·法农. 黑皮肤，白面具 [M]. 万冰，译. 南京：译林出版社，2005：62.

发之年仍拥有女孩般窈窕的腰身。然而她从来没有刻意塑造自己的身体和外形：恋爱时不懂得在男友面前装扮自己，只知道帮他补功课；男友提出结婚时，不为他送的结婚衣物所动。在严酷的政治环境中，曾令儿将自己的身体献给她的初恋，以自己的方式完成了她的结婚仪式，撕毁了左葳开好的结婚介绍信，也终结了所有肉体和世俗的爱情，接受被放逐的命运。怀孕带给她喜悦，使她彻底拥有了自己的身体。政治批判、道德谴责和男同事的调戏和打骂都无法伤及她的坚定和贞洁。相反，她遭侮辱和欺凌的身体像一面镜子，映射出她周围人的虚伪、冷漠、残酷、淫荡和邪恶。

玛格丽特自幼在遭侮辱和欺凌中坚定了这样的信念："你将与你的外表共度此生。你无法改变它。"① 玛格丽特是在母亲的尸体旁被发现的，当地人发现死者是萨瓦人，都不愿为她收尸，就将事情报告给英国传教士，传教士的妻子只好亲自处理此事，并收养了这个刚出生的孤儿，还给她取了和自己一样的名字。玛格丽特上学后遭到同学们的奚落、嘲笑和欺侮，因为在他们看来萨瓦人如同野兽，根本没有上学的特权。对此问题，养母肯定了两个事实：一是他们都错了；二是人无法改变自己的外表。当年养母在让护士清洗玛格丽特生母的尸体时，为其表情和身形所动，画下一幅素描，并留下批注"她像个女神"②，这幅素描成为玛格丽特自我身份认同的重要镜像。玛格丽特天资聪颖，勤奋好学，在养母的灌输下，她阅读了从柏拉图（Plato）到叶芝的所有作品。那些充满人性、敏锐和美丽的作品让她知道宇宙之大，人不该被狭隘的种族定义所限，这成为玛格丽特自由意志的源泉。她不掩盖自己的出身，不去迎合所谓科学的种族优劣论，不畏惧蔑视和排斥。她黄色的面容如阳光，如迎风招展的黄色雏菊，自有一份灿烂和美丽，颠覆了非洲种族歧视和部族歧视镜像中萨瓦人半人半兽的形象。

三、暗隐的女性主体意识

曾令儿和玛格丽特的女性主体意识是建立在其较高的知识和文化层次上的，她们对自我身体有超越时代的自信和认同，其直接而义无反顾的表达便被认为是与权力和世俗的对抗，这就意味着她们选择了孤独和被放逐的命运。对于刚

---

① HEAD B. Maru ［M］//HEAD B. When Rain Clouds Gather & Maru. London：Pearson Educational Limited，2010：233.

② HEAD B. Maru ［M］//HEAD B. When Rain Clouds Gather & Maru. London：Pearson Educational Limited，2010：230.

刚毕业的女大学生来说，由其主体意识选择的孤独和被放逐的命运过于悲壮，其付出的人生代价也过于昂贵，这也正是其稚嫩和不成熟之处。女性主体意识不仅仅指女性对自我身体外表和机能的认同和掌控，它还指向更高的层面，如女性创造力和人生价值的实现。我国马克思主义研究者祖嘉合指出：

> 女性主体意识是女性作为主体对自己在客观世界中的地位、作用和价值的自觉意识。具体地说，就是女性能够自觉地意识并履行自己的历史使命、社会责任、人生义务，又清醒地知道自身的特点，并以独特的方式参与社会生活的改造，肯定和实现自己的需要和价值。①

此表述精确地表达了中国马克思主义者对女性主体意识的认识，得到国内学界公理般的认可和引用，其中"历史使命、社会责任和人生义务"这些字眼与崇尚"集体主义""家国利益""族群利益"的东方传统社会价值观相契合，将女性主体意识的传统性和现代性有机结合在一起。作为新中国和新非洲受马克思主义思想影响的女性作家，张洁和贝西·黑德都积极倡导女性履行历史使命、社会责任和人生义务，而其实现方式是集体主义的而不是个人主义的，是团队的而不是孤军奋战的，这就是具有东方特色的女性主体意识。

张洁和贝西·黑德都饱尝人生孤独和被放逐之苦，但是她们绝不歌颂和赞扬此种人生，她们寄希望于爱情以及超越爱情的人间大爱，这是《祖母绿》和《玛汝》的要旨。曾令儿和玛格丽特不是绝对孤立的，她们的女性主体意识能够得到具有同样先驱思想的人的认可和支持。曾令儿和玛格丽特也正是在这些人的支持和帮助下改变了处境，学会了与社会调和并获得为社会贡献个人才智的机会，实现人生的价值。这也是两篇小说都采用双线来讲故事的原因。两个爱情故事的并置有一定的对比意味，但是其互补性更为重要。《祖母绿》这个三角恋爱故事的反传统之处在于曾令儿和卢北河两个女人在智力和能力方面都胜过左葳，她们都以自己的方式拥有和帮助左葳，她们之间有竞争，但没有冲突，有隔阂，但仍能合作。曾令儿对左葳纯粹的精神恋爱和卢北河与左葳的平和家庭生活构成一定反差，但没有发生任何激烈的碰撞，这都归功于两位女性强烈的主体意识，但是卢北河的主体意识是暗隐的，从来没有直接表露过，却在关键时刻发生决定性作用。

卢北河是个有政治心机的女人，但是如果没有她的巧荐，走在学术前沿的

---

① 祖嘉合. 女性主体意识及其发展中的矛盾 [J]. 社会科学论坛，1999（Z1）：44.

曾令儿也很难回到研究所发挥她的全部才干。卢北河巧荐的结果是多边共赢，利己更利国。排除中国传统社会对善于利用权力的女人的厌恶心理，理性分析卢北河的女性主体意识，我们看到在政治胁迫、人性扭曲、黑白颠倒、疯狂错乱的时代，她维持了一个家庭的稳定，一个重要单位部门的稳定，在社会转型期，她敏锐地捕捉到科研发展的前沿方向，巧妙地指引团队走向正轨。卢北河在发挥她的女性主体意识时有明显的"操演"，且"强制形成"①，这体现在她一成不变的发型、灰色着装、周到谨慎的待人接物、言行举止。她成功地扮演了一系列"二等重要"的角色——副书记、副所长、儿媳妇、妻子、母亲，但实现了所有"一等重要"的目的。从这一意义上来说，曾令儿和卢北河是互补的。她们的合作使得曾令儿变得成熟，也给予卢北河袒露自己弱点的机会。她们都将在科研团队中更好地履行自己的历史使命、社会责任和人生义务。

曾令儿女性主体意识的成熟表现在她"回归集体"上，而玛格丽特的女性主体意识的成熟则表现在"融入集体"中。玛格丽特在养母的教养和庇护下，过着与非洲百姓有一定距离的生活。玛格丽特大学毕业有了工作，养母完成使命回英国了。玛格丽特带着养母向她灌输的"将来你要帮助你的人民"②的使命感踏入非洲社会，这使命感是纯粹理想主义的，她不清楚非洲社会权力和等级关系的复杂和险恶，幸运的是迪克莱蒂成为她的引路人和庇护者。迪克莱蒂是大酋长的女儿，享有阶层特权，但她与众不同，具有革命精神。她在英国获得的儿童教育专业文凭不是自己社会地位的装饰，而是改变非洲社会的武器。作为特权阶层，她善于利用自己的身份保护玛格丽特，对抗校长恶意的批评，但作为女性，她深知非洲社会父权的强势，了解酋长继承者之间的斗争和阴谋，懂得依靠兄长和集体的力量。校长团伙利用萨瓦人执教事件以达到更换酋长继承人的目的，但阴谋遭到玛汝支持者的巧妙还击，他们公开集体起哄，私下监控布局，夜间装神弄鬼，把爱面子又迷信的校长团伙弄得精神错乱，逃离学校。百姓公认的优秀教师迪克莱蒂被任命为校长。迪克莱蒂的女性主体意识虽受到西方人文思想的浸染，但根系深植于非洲社会，因此自有其复杂、微妙之处。

玛格丽特以教师身份留在学校并不等于她已融入非洲社会，教学之余，她只在图书馆空房间的临时居所静心作画。她的艺术才能使她的女性主体意识得以更充分地体现，而她的非洲性也随之体现出来。第一，她的艺术才能令人自

---

① 朱迪斯·巴特勒. 性别麻烦：女权主义与身份的颠覆 [M]. 宋素凤，译. 上海：上海三联书店，2009：34.

② HEAD B. Maru [M] //HEAD B. When Rain Clouds Gather & Maru. London：Pearson Educational Limited，2010：231.

然联想到萨瓦人在远古时代留在岩石上的壁画,这足以证明萨瓦人的文明程度,她的绘画手法虽师承养母,却又具有她自己的风格特点。第二,她所绘的是自己的生活和梦境,她既是绘画的主体,又是绘画的客体,实现了"主客一体化"①。第三,她所绘的梦境表达了她想要摆脱孤独的情感和"非洲女性原始质朴的情欲"②。玛汝看见玛格丽特的画,感悟到自己的梦投射到玛格丽特的梦中了,明白了黄雏菊的含义,便下了娶玛格丽特的决心。玛格丽特艺术才能的展示开启了她改变部族命运的大门,她的婚姻唤醒了萨瓦人:

> 当萨瓦部族的人听说玛汝娶了他们部族中的一员时,一扇门悄悄打开了,他们的灵魂在那间狭小、黑暗、不透气的房间已经关了很久。那已吹遍世界人民的自由之风转向了,吹进了那房间。当他们呼吸到新鲜、清洁的空气,他们的人性复苏了。③

玛格丽特完成了她的使命,那不是翻天覆地的革命,而是不可逆转的新的思想和新观念。我们必须注意到,不同于西方的"灰姑娘"故事,这个故事的结局是玛汝放弃了继承权和玛格丽特一起自我放逐隐居,这说明非洲部族的父权制、民主制、等级制的森严,并且这些制度在非洲当今的社会生活、政治决策中仍产生着重要作用。

有学者认为《玛汝》以联姻的方式解决非洲的种族和部族歧视弱化了作品的力量④,而我们认为此联姻仅仅表达了作者的希望和梦想,与之相对的是迪克莱蒂对玛莱卡的苦恋,此线索更真实地反映了非洲父权社会女性的情爱之惑。迪克莱蒂深爱玛莱卡,但是玛莱卡是个情种,已经有 8 个没有母亲的孩子,这是受西方思想影响的迪克莱蒂所不能接受的,可她又无法控制自己对玛莱卡的情欲,最终还是因怀孕而与玛莱卡结婚。贝西·黑德反复写到玛莱卡和玛汝互为影子的关系,也写到玛格丽特和迪克莱蒂互相影响,彼此变成对方,因此《玛汝》所写的两个爱情故事其实只是一个故事:一个现实,一个梦想。

---

① GULDIMANN C. Bessie Head's Maru: Writing after the End of Romance [M] //SAMPLE M. Critical Essays on Bessie Head. Westport: Praeger Publishers, 2003: 61.

② 卢敏. 茨瓦纳文化与贝西·黑德的女性观 [J]. 文艺理论与批评, 2017 (1): 82-88.

③ HEAD B. Maru [M] //HEAD B. When Rain Clouds Gather & Maru. London: Pearson Educational Limited, 2010: 331.

④ ABRAHAMS C. The Tyranny of Place: The Context of Bessie Head's Fiction [J]. World Literature Written in English, 1978, 17 (1): 22-29.

卢北河和迪克莱蒂的爱情和婚姻都是非常现实的，是身份、权力、地位等各种因素综合考量的结果，然而不可忽视的是，她们对自己爱恋对象的缺点和不足是非常明了的，但仍然对他们有一种不能自拔的痴迷，这使她们不仅包容他们的缺点、不足和过错，还设法帮助、庇护他们。曾令儿和玛格丽特表现出同样的痴迷。这种痴迷源自女性对自我能力的了解和把握，以及对男性情欲的自然舒放，因此她们主动承担情爱的后果，而没有过多的抱怨或控诉。

《祖母绿》和《玛汝》以两个知识女性互衬互帮的方式展示了中非女性强烈、复杂、微妙的主体意识，那是现代思想教育、传统思想浸染、社会制度约束、权力关系运作等各种因素综合的结果。中非女性的主体意识构成了她们自在的心灵王国，那里有她们自己的身体、欲望、情爱和梦想，还有担当、责任、大爱和希望。

张洁和贝西·黑德作为新中国和新非洲杰出的女性作家代表，塑造了大量的立足于中国和非洲社会现实的女性形象，《祖母绿》和《玛汝》以两个知识分子女性形象互相帮助衬托的方式展示了中非现代女性强烈、微妙而复杂的主体意识。她们的女性主体意识包括对自我身体的认同和掌控、对情欲的表达、对爱情婚姻的渴望、对自我才能的清晰认识，而这一切都是在与复杂社会环境的互动中显示、发展、成熟起来的。中非女性主体意识具有包容性、使命意识和社会责任意识，其明暗交错的表达方式自有东方文化的神韵。

本章从《权力之问》中的中国符号、贝西·黑德和聂华苓的文学艺术思想交流、《玛汝》与《祖母绿》中的女性主体意识三方面探讨了贝西·黑德的作品和书信中透露出的深深的中国情结。贝西·黑德的中国情结源自她的发黄的混血肤色，而在南非拥有黄色皮肤的还有古老的原住民布须曼人（萨瓦人）和少量的华裔移民，他们遭受到同样的歧视，贝西·黑德倾向于和这些人共情，并关注他们的历史、现状和生存境遇。

受共产主义思想影响的贝西·黑德对马克思主义和毛泽东思想的发展和传播具有敏锐的觉察力，以毛泽东为代表的中国革命的成功和新中国的社会进步与发展以及对非洲民族解放运动的援助和支持，使得毛泽东在非洲进步知识分子和人民心中成为一种灯塔般的符号。对于处于南部非洲社会边缘的贝西·黑德来说，毛泽东就是她心中的神，是被压迫者心中的希望，是遥远的精神支持和道德的守望相助，这是她在作品和书信中以符号形式反复提及毛泽东和中国的/华裔的原因。

贝西·黑德和聂华苓的近距离接触进一步加深了她的中国情结。受聂华苓之邀在美国爱荷华大学参加国际写作计划，让贝西·黑德切身感受到聂华苓身上华裔女性的人格魅力，她们相似的流亡经历、对精神家园的渴望和从"小我"到"大我"的创作道路，揭示了 20 世纪中非女性作家从本土走向世界的成功要素：立足本民族的文化传统，书写个人和民族的遭遇，探寻个人精神和民族灵魂。

贝西·黑德是她那个时代的非洲作家中明确表达过关注中国的作家之一。受各种因素限制，中非文学在 20 世纪 70—80 年代的交流和影响不多，贝西·黑德和张洁之间没有直接的联系和互动，但是作为同龄人，她们的作品明显受到 20 世纪后半叶的世界女性主义思潮和女性文学发展大语境的影响，在西方女性主义思想的启示下，她们的作品立足中国和非洲的社会现实，表达了强烈的第三世界女性的主体意识，具有独特的东方文化底蕴，在很大程度上丰富了世界女性主义文学和女性主义思想。

在大的世界历史政治环境和社会文化思潮语境下，细读贝西·黑德、聂华苓和张洁三位同时代女性的作品，不难发现她们的成功在于对个人、国家、民族命运的深切关怀和积极的投入，同时她们也得益于世界对中国和非洲的关注，以及中国和非洲对世界日益增长的影响。

第五章

贝西·黑德的文学艺术思想观念

贝西·黑德的文学艺术思想在克雷格·麦肯奇编的《孤身女人》中有一些阐述，但文字都非常简短，点到为止，没有深入系统的分析、阐释和论述。《孤身女人》是贝西·黑德的自传，但它与一般意义上的自传不同。它由按写作时间顺序编排的短文组成，包括书信、报纸文章、杂志文章、虚构小品文、散文以及为他作和自作而写的前言和自己的小说创作论文等，并没有连贯的叙述。贝西·黑德之所以无法完成一部关于她自己出身和家庭的可靠传记，一是因为缺乏相关资料和信息，二是为撰写传记而回忆她被边缘化的苦难人生如同再次揭开伤疤，再次承受回忆的痛苦，三是她的身体每况愈下。贝西·黑德生前未能按照出版社的要求交出书稿，去世后，麦肯奇挑选整理出版了这些文字。贝西·黑德在《孤身女人》中表达的文学艺术思想，是对自己 20 多年发表和出版的作品的总结，是她与各国报纸、杂志、出版社的编辑不断沟通、磨合、斗争的结果，除去了热血沸腾、义愤填膺的过程性情绪，留下的是平静的智慧箴言。本章在研读贝西·黑德所有作品的基础上，结合其他研究文献，梳理出贝西·黑德在文学创作和文论中表现出的有连贯性和发展性的三大思想观念：女性观、生态观和人民文学观。

第一节 女性观

20 世纪 60 年代末到 80 年代中期，贝西·黑德的英语小说在英国和美国陆续出版和发表，在英语世界得到广泛好评，此时段正逢欧美女性主义文论风生水起之时，贝西·黑德自然被贴上女性主义的标签，但是她本人拒绝接受此标签。她认为自己"是一位作家、一位知识分子，女性主义是不必要的，因为智力世界既不是男性的也不是女性的"①。贝西·黑德的观点遭到非洲女性主义者

---

① HEAD B. A Woman Alone：Autobiographical Writings［M］. Oxford：Heinemann，1990：95.

的批评，奥宏带普-莱斯利（Ogundipe-Leslie）指出："贝西·黑德受西方父权思想影响，形成了智力无性别的错误意识。"① 无论是肯定和赞扬，还是批评和讨论，贝西·黑德的文学成就、她的性别和她所塑造的独特而鲜明的非洲女性形象必然为女性主义文论阵营所用，贝西·黑德的存在体现了女性主义的多元性和复数性（Plurality）。本节欲从黑色美杜莎的欲望、茨瓦纳传统家庭婚姻与性、生育权与养育责三方面探讨贝西·黑德的女性观，以期对非洲文化中的生命观、道德观和女性价值观有更深刻的理解和认识，进而拓展女性主义视角并充盈和丰富女性主义文论。

一、黑色美杜莎的欲望

贝西·黑德在《权力之问》中对美杜莎这一西方经典文化符号进行了最为复杂的改写，使之成为黑色美杜莎。黑色美杜莎是以棕袍塞娄的帮凶、伊丽莎白的迫害者的形象出现的。对于熟悉女性主义经典文论《美杜莎的笑声》的读者来说，黑色美杜莎的形象似乎背离了女性主义的解读期待。对于后殖民理论者来说，黑色美杜莎似乎也背离了贝西·黑德的黑人身份认同。但是黑色美杜莎并没有遭到女性主义者和后殖民主义者的批评，因为贝西·黑德赋予她极为复杂的伦理思辨性，使之免受简单的标签定义。贝西·黑德对黑色美杜莎的描写方式不同于小说中对其他西方经典文化符号的描述，如"拿投石索的大卫""穿小靴子的卡利古拉"等，他们只有一个不变的道具，此外并无具体的形象，而黑色美杜莎占据了大量的篇幅，她有具体的形象、语言、动作和思想。

蛇发美女美杜莎是古希腊神话中一个复杂矛盾的文化符号，她诸多版本的故事恰好揭示了其复杂性和矛盾性。马乔里·加伯（Marjorie Garber）和南希·维克斯（Nancy J. Vickers）在《美杜莎读本》（*The Medusa Reader*，2003）选集中这样总结了美杜莎的前生今世：

> 诗人们称她为缪斯。女权主义者把她当作强大女性的符号。人类学家把她的形象解读为镶嵌在护身符、辟邪物和文物中的悖论逻辑。精神分析学家们认为，缠绕在她头上的蛇，象征着对阉割的恐惧。政治理论家们把她视为反叛形象。画家们以各种情绪描绘她，从崇高到恐怖。最经典的作

① OGUNDIPE-LESLIE M. Stiwanism：Feminism in an African Context［M］//OLANIYAN T, QUAYSON A. African Literature：An Anthology of Criticism and Theory. London：Blackwell Publishing，2007：548.

家们（荷马、但丁、莎士比亚、歌德、雪莱）都提及她的故事，传唱对她的赞美和责难。最具冒险精神的后现代设计师和表演者将她视为当代的模型、徽标和形象。①

古希腊神话中有诸多女神，然而得到后人青睐的并不是赫拉，也不是雅典娜，反倒是凡人美杜莎。她的美丽、她的笑声、她的蛇发、她的眼睛、她的死亡，蕴含了很多的故事和冤屈，给后人留下无限遐想、重述和阐释的空间。

法国女性主义文论家埃莱娜·西苏（Hélène Cixous）的《美杜莎的笑声》（*The Laugh of the Medusa*，1975）具有颠覆性力量。范达·扎伊科（Vanda Zajko）和米里亚姆·伦纳德（Miriam Leonard）这样评价西苏的文章：

> 西苏之文的力量，部分来自其标题中那令人困惑的形象——美杜莎。西苏笔下的戈耳工蛇头女是美丽和欢笑的，这就以可能又可信的方式挑战了身体从属心灵的传统观念，更重要的是，它要求我们重新审视珀尔修斯虚妄的胜利。西苏对美杜莎的使用，展示了神话形象能超越其特定文本具象限制的方式。这也表明独特的接受方式如何具有改变神话形象的能力，从而使她后来和以前的身份发生了深刻的变化。②

然而西苏的文章对美杜莎的论述是极为有限的，她跳跃的思维和诗性的表达令很多读者困惑不解。除了标题之外，西苏在文中只有两次提到美杜莎：

> 黑暗大陆既不黑暗也并非无法探索。——它至今还未被开发，因为我们相信它太黑暗了无法开发。还因为他们想迫使我们相信，我们关心的是白色大陆，还有它的匮乏之碑。我们相信了。他们将我们牢牢地钉在两个可怕的神话之间：美杜莎与深渊。③

---

① GARBER M，VICKERS N. J. Introduction ［M］//GARBER M，VICKERS N. J. The Medusa Reader. London：Routledge，2003：1.

② ZAJKO V，LEONARD M. Introduction ［M］//ZAJKO V，LEONARD M. Laughing with Medusa：Classical Myth and Feminist Thought. Oxford：Oxford University Press，2006：13-14.

③ 埃莱娜·西苏. 美杜莎的笑声 ［M］. 黄晓红，译 .//张京媛. 当代女性主义文学批评. 北京：北京大学出版社，1992：200.

　　这是美杜莎第一次在文中出现。在紧接的一段结尾处，西苏写道："你要想见到美杜莎，只需直视她。而她并不是致人死命的。她是美丽的，她在笑。"①西苏的文字中有几个字眼"黑暗""深渊""笑"和贝西·黑德的黑色美杜莎形成了惊人的契合。贝西·黑德的《权力之问》1973 年由英国海尼曼公司出版，苏西的法文原文于 1975 年发表在《弓》（L'Arc）期刊上，从语种差异和如此接近的发表时间来看贝西·黑德和西苏没有直接的相互影响，但是她们都在思考美杜莎这一文化符号，她们用颠覆性的改写方式来表达她们的思考。西苏的文字过简，贝西·黑德的改写加入了非洲的特色和境遇，更加复杂。

　　在《权力之问》中，黑色美杜莎之所以重要，是因为她提出了权力、性别和身份三大伦理问题。黑色美杜莎也是伊丽莎白幻觉中的人物，她是从塞娄的妻子身体中走出来的。她体格健壮，"穿一件简单无袖的白色裙子。平胸，细腰，大臀，肤色漆黑，长黑发飘散，黑色眼睛大而饱满且有力"②。她和棕袍塞娄、丹一起要驱逐伊丽莎白，因为她不是黑人，不懂任何非洲的语言。黑色美杜莎是棕袍塞娄和丹实施迫害伊丽莎白计划的执行者，她有雷电霹雳之力，塞娄和丹却无此力量。黑色美杜莎对伊丽莎白的打击方式有三：一是雷劈；二是嘲讽伊丽莎白不是女人；三是痛骂伊丽莎白不是非洲人。

　　黑色美杜莎有雷电霹雳之力，那是她的力量/权力（power），但是她将此力量/权力施加于伊丽莎白这样的被边缘化的弱者身上，实为力量/权力的滥用。对此伊丽莎白做出了自己的伦理解答，她以坚强的意志抵抗力量/权力的滥用。黑色美杜莎虽然拥有她自以为豪的代表超强性能力的巨大阴道，但是她不是非洲女性的代表，她的"平胸"说明她没有完整的女性身体。伊丽莎白看出美杜莎，"她真正是男人自身邪恶、权力欲望、贪婪、妄自尊大的直接和可见的形式"③。黑色美杜莎的巨大阴道不过是男人欲望和无知的镜像罢了，伊丽莎白的洞见表现出强烈的女性主体意识和伦理价值观，使她能够抵抗黑色美杜莎的嘲讽。但是黑色美杜莎提出的身份问题对伊丽莎白来说是致命的。20 世纪 50 年代起，南非种族隔离制日益严酷，白人优越论甚为嚣张，通行证法案严格限制黑人的生活和活动区域，而新独立的非洲国家，民族主义盛行，强调黑人血统的纯正性。黑白混血的伊丽莎白在两种意识形态下，都是被排斥和边缘化的。现实中面对无处不在的身份盘诘，睡梦中遭遇美杜莎的痛骂，伊丽莎白的精神被

---

① 埃莱娜·西苏. 美杜莎的笑声 [M]. 黄晓红，译.//张京媛. 当代女性主义文学批评. 北京：北京大学出版社，1992：200.

② HEAD B. A Question of Power [M]. Johannesburg：Penguin Books, 2011：32.

③ HEAD B. A Question of Power [M]. Johannesburg：Penguin Books, 2011：36.

摧垮。

黑色美杜莎让伊丽莎白发疯，同时也让她走上康复之途。发疯的伊丽莎白被人送到医院，得到人们的关照，开始融入当地的生活。通过黑色美杜莎，伊丽莎白认识到自己的恶：孤傲、冷漠、仇恨。这是种族主义施加于她的，而她竟然也以种族主义的方式去对抗种族主义。当伊丽莎白承认自己也是种族主义者时，黑色美杜莎消失了。伊丽莎白反思何为美杜莎：

> 在印度，他们给过她一个名字——摩诃摩耶，造幻者——让男人陷入自己的激情中的那种吗？那是死亡的陷阱。他们撞到她，把她当作一种创造力，当作一种他们身外的，能够入侵并毁灭他们的力量。他们曾以微妙的心智训练了一种无化身的恶，但是他们生动地化身成上帝。他变得越来越真实，而撒旦则被本能地变成一切坏事的模糊阴影。但曾几何时，而今已成谜，撒旦般的力量明显成为社会秩序的一部分。什么东西在躲避她——神秘的麦当娜。她所有的愤怒之火何以平息下来，变成一条寂静永恒的抽象灵魂之河？她思量那些时光，业已成谜，那些模糊的记忆，萦绕于众神之战。一位像珀尔修斯的勇士出现了，斩掉了可怕的戈耳工蛇头女怪的头；曾有太多的屠杀，旨在控制毁灭性的力量。伊丽莎白只能揣度。或许，在某个暗淡时光，美杜莎曾遭遇珀尔修斯，然后从他施与她的死亡中重新升起，一张平静、悲伤、浴火的脸。她只有塞娄给她看过的他自己从卡利古拉重生为奥西里斯的录像，奥西里斯已完全免受任何女人的支配了。①

这段文字揭示了古往今来文化符号不断被改造和利用以达到权力目的的真相。贝西·黑德用摩诃摩耶（造幻者）之名概括了文化符号的本质特性：想象和权威化。

对于美杜莎的命名，恰如赵一凡在概括布迪厄的命名特征中所总结的三点："第一，无论褒贬，命名都在权威指导下进行，并受到共识的支配。…… 第二，命名把语言层面的象征权威转换为社会认可的力量，同时强加一种不可违抗的社会共识。第三，命名是一场永不停歇的争斗，其目的是以象征符号巩固合法性。"② 美杜莎是人们对可怕力量的想象的命名，这可怕的力量可能是外界的，

---

① HEAD B. A Question of Power [M]. Johannesburg: Penguin Books, 2011: 101-102.

② 赵一凡. 西方文论关键词 象征权力 [J]. 外国文学, 2010 (1): 102-111.

更可能是自身的。为了对抗这些可怕的力量，人们还想象出上帝、撒旦、珀尔修斯等。既然是想象，美杜莎也可能是麦当娜（意大利语，指圣母玛利亚），然而美丽、圣洁、神秘的麦当娜就没有愤怒和痛苦吗？麦当娜的愤怒和痛苦可能和美杜莎是一样的。美杜莎也会和麦当娜一样是不朽的，美杜莎会涅槃、重生，正如奥西里斯重生一般。人心无恶时，美杜莎就不可怕，无论她是白皮肤，还是黑皮肤。

二、茨瓦纳传统家庭婚姻与性

贝西·黑德的黑色美杜莎在哲学思想层面为西方经典中被污名化的女性形象正名，同时揭露西方对女性的殖民思想已潜入非洲并造成负面影响，她从博茨瓦纳传统社会的女性身上找到独特的力量和价值。通过书写茨瓦纳女性在家庭生活中承担的重任、她们对婚姻和性的态度，贝西·黑德塑造了一系列生动鲜活的女性形象，表达了自己的女性观，赢得了国际读者的认可。

贝西·黑德认为："古老非洲……在博茨瓦纳几乎被完整地保留着。那个世界移动迟缓，好像沉睡在自我之中。它像宽广、深邃、平静的大河容纳一切。"① 贝西·黑德到博茨瓦纳时，该国家正在酝酿独立。1966 年博茨瓦纳独立时，是世界上最贫穷的国家之一，其社会结构是传统的父权社会并保留了酋长制。博茨瓦纳父权社会体现在酋长制和部落议会即霍特拉中。尽管现代政府通过将酋长纳入公务员体系的方式削弱并限制了酋长的权力，但酋长和霍特拉在社会生活中依然起到重要作用。酋长和村子里有一定声望的男性长者成为议会成员，掌管土地分配、水资源使用权之类的事务，并听审各种纠纷、案件。女人没有议事权，一切听从男人安排。日常生活中女人在任何男人面前都必须低头少语，不得公然表达意见，提出异议和反驳。但是"男牧女耕"的生活方式决定了男人长期独处畜牧站，极少参与家庭生活，而女人在家庭生活中自然起到主导地位的现象。

博茨瓦纳的农作物主要有高粱、玉米、小米和谷类。人们生活的主食便是高粱、玉米、牛肉。蔬菜在博茨瓦纳较难种植，主要有菠菜和南瓜。贝西·黑德在《雨云聚集之时》中写道："没有哪个男人比茨瓦纳女人劳作更辛苦的，因为整个大家庭食物供给的重担全部落在女人身上。在收获季节，她们的木棍敲打在玉米棒上，她们的筛子扬起的谷壳飘散在几英里的空中，此外她们还常常

---

① Head B. A Woman Alone：Autobiographical Writings［M］. Oxford：Heinemann，1990：69.

在雨水早降的时节赶早接过男人的任务去播种，牵牛犁地。"① 此外各家居住的房屋也都是村子里女人们通力合作建造的。打扫卫生、烧火做饭、挑水洗衣、编织缝衣、生儿育女、照料一家老小全都是女人分内的事情。② 这种生活方式在博茨瓦纳至今保持着。茨瓦纳妇女的劳作不仅代表非洲南部广大农村妇女的劳作，也代表非洲大陆农村妇女的劳作。妇女是非洲农业劳动大军的主力，她们为非洲经济生活做出巨大的贡献。

茨瓦纳女人是西方基督教和现代基础教育的先行接受者，因为教堂和学校都设在村庄，而村庄几乎就是女人国，男人们多在偏远的畜牧站看管牛群。在殖民地时代，传教士设立在村庄的教堂多为茨瓦纳女人光顾，她们参加教会布道，认真阅读茨瓦纳语版的《圣经》，成为虔诚的基督教徒，但是茨瓦纳女人并不喜欢那些伪善的传教士，认为他们传道的言辞和行为不一致，玷污了《圣经》。茨瓦纳女人坚持自己解读《圣经》的方式，体现了对西方文化的选择性吸收和抵抗。《天堂未关闭》中笃信基督教的哈莉丝伯格（Galethebege）与抵制基督教的拉罗卡伊（Ralokae）结婚，被传教士驱逐出教会，并被恐吓天堂对她关闭了。但哈莉丝伯格没有理会传教士的咒语，一生坚持自己的宗教信仰和实践，90 多岁平静离开人世，留下"我能安息因我信上帝"③ 之语。除了接受宗教教育外，茨瓦纳女孩住在村庄里，到入学年龄都去学校上学，接受现代基础教育，而很多男孩子在畜牧站错过或推迟了上学的时机，因此女孩子较早、较好地接受了现代基础教育，这使得她们的思想更加开放，更容易接受社会进步和新生事物，更善于在传统与现代生活中调和。

茨瓦纳传统中，婚姻是非常重要的。博茨瓦纳首位女性高等法院法官尤妮蒂·道指出："博茨瓦纳的离婚案由高等法院听审，足见这个国家对婚姻的重视程度……婚姻不是两个人，而是两个家庭的结合，无论何事，就连死亡，都不能拆散这一关系。"④ 根据当地习俗，去世的女人仍然能和活着的男人保持婚姻关系。因此，在传统法律中，死亡本身并不能终结婚姻。茨瓦纳传统对婚姻的

---

① HEAD B. Maru［M］//HEAD B. When Rain Clouds Gather & Maru. London：Pearson Educational Limited，2010：117.

② NHLEKISANA R. O. B. Just a Song? Exploring Gender Relations in Setswana Wedding Songs ［M］//TUMEDI S.M，NHLEKISANA R. O. B，DANA N. Lips & Pages. Gaborone：Pentagon Publishers，2010：36-45.

③ HEAD B. Heaven Is Not Closed ［M］//HEAD B. The Collector of Treasures and Other Botswana Village Tales. Oxford：Heinemann，1977：7.

④ 尤妮蒂·道，麦克斯·埃塞克斯. 周末葬仪 ［M］. 卢敏，朱伊革，译. 武汉：武汉大学出版社，2019：21.

重视尤其表现在男方送给女方的彩礼上。牛是最重要的彩礼，少则一两头，多则六七头。如果两人离婚，或女方回到娘家，就得归还这些牛，而娘家不愿或无法归还这些牛时，必定要将女儿送回男方家。

贝西·黑德在短篇小说《霍特拉》中讲述了一个与彩礼相关的断案故事。盲人霍巴萨芒（Gobosamang）听到各种关于妻子罗丝（Rose）红杏出墙的谣言，心生妒忌，整日与她争吵，罗丝便回到在布拉瓦约的娘家。但娘家人接受了彩礼，怕男方要回那些牛，就逼罗丝回去。三个月后罗丝回家了，发现带着4个孩子的新寡妇茨艾索（Tsietso）和丈夫住在一起。后因嚣张的茨艾索打伤霍巴萨芒的母亲，霍巴萨芒才让茨艾索离开，但是茨艾索及其家人说她带来的300兰特的钱和值钱的什物都被霍巴萨芒吃光用光了，要他偿还。霍巴萨芒无力偿还，案件陷入僵局，最后罗丝提出债务由她日后挣钱偿还，案件得以了结。该短篇小说通过复杂的家庭纠纷揭示了博茨瓦纳以及南部非洲人们的日常生活、传统习俗以及解决与婚姻、性、金钱、财物交织在一起的生活矛盾的方式。类似的家庭纠纷在很多社会中都普遍存在，具有人类社会的共性。此故事的核心并不是像某些女性主义解读的那样旨在揭露由老年男性组成的霍特拉的无效及其权威被受过西方教育的女性所替代。① 此故事中罗丝备受赞扬的只有一处，即她主动承担了还债责任，从而挽救了她的婚姻和合法妻子的身份。罗丝不是怨妇，也不是宽待丈夫的少数女人，而是以宽容对待家庭和性的态度融入博茨瓦纳社会的女人。茨瓦纳人对待金钱的态度比对待性的态度要认真严肃得多。

贝西·黑德在短篇小说《生命》中写道："人们对性的态度是宽泛而大度的——它被认为是人的生命中的必要部分，应该像食物和水一样随时可得，否则人的生命就会熄灭，或者人就会得可怕的疾病。为避免那些灾难的发生，男人和女人都有很多性生活，但是在彼此尊敬和保持人性层面上的，对其后果有经济方面的承担。"② 两情相悦、彼此给予和付出是此类性关系发生的道德基础，但它不是婚姻的保障或枷锁，更不具备长久性。与此性关系对立的是卖淫嫖娼。卖淫嫖娼中纯粹的肉体和金钱的交易被认为是不道德的。《生命》中从南非回来的名叫"生命"的茨瓦纳女孩在村子里开起了酒吧和妓院，并在婚后趁丈夫莱西霍（Lesego）去畜牧站时，重操旧业，结果被不期而归的丈夫杀死。

---

① STEC L. The Didactic Judgment of a Woman Writer: Bessie Head's *The Collector of Treasures* [M] //SAMPLE M. Critical Essays on Bessie Head. Westport: Praeger Publishers, 2003: 127.

② HEAD B. Life [M] //HEAD B. The Collector of Treasures and Other Botswana Village Tales. Oxford: Heinemann, 1977: 39.

根据茨瓦纳习俗，杀人者须偿命，但是白人法官同情其丈夫，只判了他五年监禁。生命的死亡和莱西霍的监禁都令当地人惋惜，他们认为对于坏女人，离开即可，不必要她的命，甚至再搭上自己的生命和自由。

婚姻的昂贵和对性态度的大度使得茨瓦纳的婚姻和性既可以是统一的，也可以是分离的。当然在博茨瓦纳坚守一夫一妻制的大有人在，不过婚前性行为和婚外性行为也都是极为普遍的社会现象。并且这种宽泛大度的性态度对男人和女人是一样的，不像美国清教主义、维多利亚传统道德观和中国传统贞节观那样对男人和女人采取双重标准。女性主义严厉抨击这种双重标准，也对西方文明通过婚姻赋予性唯一的合法地位提出一定的质疑。贝西·黑德的作品显示她对英美文学有很深的造诣，英美作家、作品和人物常常被她信手拈来嵌在行文中，但是美国作家霍桑（Nathaniel Hawthorne）从来未被提及，这是可以理解的。在茨瓦纳语境中，《红字》（The Scarlet Letter）中的海斯特（Hester）永远不会因为与丈夫之外的男人发生性关系而被关进监狱并且被示众。博茨瓦纳公民身份法案承认所有博茨瓦纳公民非婚生的孩子都为博茨瓦纳的公民。①

茨瓦纳文化宽容的性态度使茨瓦纳女人可以大胆地表达"我要男人"的想法。贝西·黑德在《雨云聚集之时》塑造了令人难忘的茨瓦纳女人波琳娜·赛比索。她在丧夫之后，决定开始新的生活。"她的计划中包括一个男人，因为她是一个激情、冲动的热心肠女人。他是哪种男人和他的毛病缺点有多大都不重要。只要她的感情能被激起就够了，一切都会膨胀成一个专注、忠诚令人炫目的太阳。当然，如果她找到一个男人，他碰巧又能赢得世界对他的尊重，这个被爱的人就会魔术般地变成一万个炙热的太阳。"② 此段文字所描写的茨瓦纳女人的欲望是直白、强烈、原始、质朴，甚至是可敬的，因为它没有被现代社会择偶的物质标准所绑架，更没有将男人物化成权力、地位、金钱和靠山，她对激情和受尊重的要求是真正人性的。

波琳娜的欲望在博茨瓦纳社会不必遮掩，很多人也都在帮她找一个男人，米利皮迪夫人就是其中最重要的一个。米利皮迪夫人是虔诚的基督教徒，她凭借丰富的人生经验，总结了她的国家里存在的两种男女关系。"一种是纯粹的身体关系。它不会造成精神崩溃，是自由而随意的，每个女人有六七个情人，还

---

① Government of Botswana. Citizenship Act of Botswana amended 2004［OL］. (2016-11-23)［2004］. http：//www.ilo.org/dyn/natlex/natlex4.detail? p_ lang=en&p_ isn=84984&p_ country=BWA&p_ count=182.

② HEAD B. When Rain Clouds Gather［M］//HEAD B. When Rain Clouds Gather & Maru. London：Pearson Educational Limited，2010：84.

包括一个丈夫。另一种是更严肃的，也很少见的，它可能导致女方的精神崩溃或自杀。"① 米利皮迪夫人不希望女人们都为情而死，因此她倾向于前一种关系，尽管那与她的良知相悖。米利皮迪夫人看出波琳娜对马克哈亚感兴趣，仔细研究了这位从南非逃来的政治难民，引导他重建对人类和家庭的信心。为了解和赢得马克哈亚，波琳娜带领全村妇女加入了英国志愿者吉尔伯特的农业合作社。农业专家吉尔伯特必须依靠马克哈亚这位受过良好教育的，精通茨瓦纳语和英语，并且没有狭隘部族主义的非洲人向茨瓦纳人传播现代农业知识，而波琳娜具有聚集全村茨瓦纳女人的感召力，农业合作社试验得以成功。波琳娜也在她经历丧子之痛时得到马克哈亚的巨大精神支持，收获了她的爱情。

三、生育权与养育责

茨瓦纳文化中婚姻与性的非统一状态必然产生很多非婚生子女和单身妈妈，他们在茨瓦纳文化中不受歧视。就非婚生子女不受歧视和单身女性享有生育权这一点来说，博茨瓦纳的人权状况是以一种自然的状态走在世界前列的。就单身女性生育权问题来说，欧美已经进行了半个多世纪的讨论，人们的观念已有巨大改变，加上现代医疗技术的发展，经过理性选择成为单身妈妈的人数正在增长，家庭类型也变得更加丰富。国际社会对单身女性生育权的讨论出于很多慎重的考虑，生育意味着更为漫长和艰辛的养育责任，这对现代社会经济发达地区和国家的女人来说，是一种挑战和选择，并非人人愿意承担，但对茨瓦纳女人和女方家庭来说，承担养育责任几乎是天经地义、理所应该的，无论生活多么贫穷和艰苦，几乎无人抱怨孩子，这种宽容是令人感动的。

贝西·黑德在《权力之问》中刻画了一位单身妈妈凯诺西（Kenosi），她多次在女主角伊丽莎白受梦魇折磨出现精神混乱状态时将她拉回到现实生活中，通过一起种植蔬菜，让伊丽莎白感受到人性的温暖、劳作的价值与收获的喜悦。凯诺西和伊丽莎白是同龄人，但就教育程度、生活经历、宗教信仰和思想复杂度而言，她们形成鲜明的对照。凯诺西是地道的茨瓦纳人，没有接受过什么教育，生活在博茨瓦纳农村，经历简单，信仰天主教，思想单纯而执着。伊丽莎白是黑白混血儿，在南非的英国教会学校受过较好的教育，获得教师资格证，在非洲最发达的城市开普敦生活过，对南非的种族隔离制深恶痛绝，对印度教颇为着迷，因对丈夫乱交女人和对国家的失望，只身带着年幼的儿子到博茨瓦

---

① HEAD B. When Rain Clouds Gather [M] //HEAD B. When Rain Clouds Gather & Maru. London: Pearson Educational Limited, 2010: 109.

纳乡村来教书，在学校又因与校长发生冲突离开学校，来到南非流亡者尤金创办的试验农场种菜。凯诺西是默默给伊丽莎白提供帮助的人。两个女人之间第一次敞开心扉的话题是婚姻和孩子：

> "你结婚了吗？"伊丽莎白问道。
>
> "没有。"
>
> "找个丈夫难吗？"伊丽莎白追问道。
>
> "是的。"
>
> "你有孩子吗？"
>
> "我有一个孩子。"她说。①

这段女人之间的对话既是经典的，又是不寻常的。婚姻、丈夫、孩子是全世界女人关心的话题，然而"没有结婚，没有丈夫，但有孩子"的事实并不是所有文化能公开言说、坦然承认的。凯诺西对自己有孩子这一点是感到骄傲的。贝西·黑德写道："她真是极为美丽的女人，面部表情富有力度和深度，知晓并把握生活，知其喜悦和预料的失望。"② 伊丽莎白相信她会是个超级棒的妻子，并情不自禁地表达了自己如果是男人定会娶她为妻的想法。凯诺西对此报以微笑，她骄傲地说她用双手工作，并且样样能干。凯诺西的骄傲和自信代表了茨瓦纳女人的担当和责任。

茨瓦纳女人中像凯诺西这样能干、坚韧、心地善良的女人是有很多的，但并不是所有女人都愿意承担孕育和养育的责任，堕胎在茨瓦纳文化中也不是新鲜事。不能生育或要堕胎的女人往往寻求巫医（witch doctor）的帮助。巫医一般都使用草药和骨头等占卜式的工具，他们中有好有坏，好的巫医治病救人，坏的巫医则会加害于人。茨瓦纳文化中利用巫医让对自己不利的人生病或倒霉是常用的手段。贝西·黑德在《雨云聚集之时》描写了一位懂草药的老妇人，她被指控使用巫术弄死了村子里的几个孩子和一个年轻女人，后经医生验尸证明孩子们死于肺炎，年轻女人因堕胎造成子宫感染而死。女人堕胎的无奈和无言在海明威（Ernest Hemingway）的《白象似的群山》（*Hills Like White Elephants*）中刻画得入木三分，而因堕胎而死更令人感到悲哀和恐惧。堕胎而死的女人为性付出生命的代价，这古老的悲剧至今在世界各地仍在上演，而由无知、意外、轻信、

---

① HEAD B. A Question of Power [M]. Johannesburg：Penguin Books，2011：92.

② HEAD B. A Question of Power [M]. Johannesburg：Penguin Books，2011：92.

放纵、强奸、诱奸等造成的怀孕使堕胎问题变得极其复杂，非一言能说清。

茨瓦纳女人对生育和养育的担当反衬了茨瓦纳男人的不担当。贝西·黑德在《雨云聚集之时》不留情面地指出："现在这个国家的孩子都没有父亲。"①此话也许有些极端，但确实反映了一个较普遍的社会问题。贝西·黑德在短篇小说《珍宝收藏者》中更客观地分析了茨瓦纳男人，指出这个社会真正只有两种男人："一种男人制造的悲惨和混乱程度之深只能用邪恶一词来咒骂。""另一种男人有能力创造全新的自我。他把所有的资源，情感的和物质的都投向他的家庭生活，他像河流一般，以自己的节奏不停地向前、向前。他是一首温柔之诗。"② 贝西·黑德并非一味地责备茨瓦纳男人，她深怀同情地分析了造成第一种男人存在的社会历史原因。在殖民者入侵非洲之前，祖先们犯下许多错误，其中最苦涩的就是在部族中赋予男人高于女人的权力和地位，这造成女人至今仍在遭受身为劣等人的灾难。殖民地时期和移民南非采矿时期，男人与家人分离，到南非采矿，古老、传统的家庭生活形式被打破，而男人赚得的钱缴纳了英国政府的税收，致使他们成了白人的"男孩"和南非采矿业的机器和工具。独立之后，社会巨变，没有了部族约束和殖民奴役，新政府提供了很多工作岗位，薪水剧增，这些有钱的男人却内心空空，只能以放纵来填塞空虚。

《珍宝收藏者》中的女主角迪克莱蒂就嫁给了第一种男人。8 年里迪克莱蒂独自拉扯大三个儿子，现在大儿子以优异的成绩考上了中学，要付 85 兰特的学费，她无奈之下找到孩子的父亲希望他帮忙出 20 兰特学费。孩子的父亲不但拒绝，还责备妻子有情人，并威胁性地回家过夜，迪克莱蒂当夜用锋利的刀割掉了她丈夫的性器官。这个惨痛的杀夫故事并非只有非洲版，它让我们想起中国台湾李昂的《杀夫》和美国苏珊·格拉斯佩的《同命人审案》。贝西·黑德所说的珍宝收藏者就是迪克莱蒂，这个名字意为"眼泪"的女人心灵手巧，她感念生活中一切善的言行和举动，将它们一一当作珍宝收藏在心。8 年里，她和邻居夫妇结为好友，互相帮助扶持。邻居女人甚至主动提出要把自己的老公借给她，让她感受男人的温柔和性的甜蜜，但是面对如此好的男人，她知道"那太美丽故不可以爱"③。丈夫的无耻和无中生有激发了她的杀心，而让她下手的是

---

① HEAD B. When Rain Clouds Gather [M] //HEAD B. When Rain Clouds Gather & Maru. London：Pearson Educational Limited，2010：133.

② HEAD B. The Collector of Treasures [M] //Head B. The Collector of Treasures and Other Botswana Village Tales. Oxford：Heinemann，1977：93.

③ HEAD B. The Collector of Treasures [M] //Head B. The Collector of Treasures and Other Botswana Village Tales. Oxford：Heinemann，1977：98.

他回家后对自己孩子的彻底冷漠。迪克莱蒂被判终身监禁，在牢房遇到4个同罪行的女人，她们在狱中依然发现善的珍宝，收藏在心。

贝西·黑德并没有对茨瓦纳男人失去信心。《珍宝收藏者》中的邻居好男人就是"一首温柔之诗"，他在迪克莱蒂入狱后，担负起照顾她的孩子的责任。《玛汝》中的酋长继承人玛汝打破部族成见，娶了遭歧视的萨瓦人玛格丽特为妻，为爱放弃了酋长继承权，玛汝的行为唤醒了萨瓦人的人性和自尊，这让茨瓦纳人不愉快地意识到："再以非人的方式对待萨瓦人将会引来杀身之祸。"①短篇小说《雅各：信仰康复牧师的故事》中，牧师雅各的简陋教堂"是唯一能让孩子们休息、唱歌和玩耍的地方"②。雅各对孩子们的爱让约翰娜（Johanah）深深地爱上了他。年轻美丽的约翰娜有4个没有父亲的孩子，那都是她错误地认为那些男人会跟自己结婚的代价，但"真女人"不会让自己的孩子饿死。约翰娜和雅各组建了幸福的家庭，孩子们欣然接受雅各为父亲，因为茨瓦纳文化中所有的成年人都被认为是所有的孩子的爸爸和妈妈。

蒋晖指出："西方文学产生的现代条件是由国家、公民社会和家庭稳定的三位一体的政治结构提供的，但在非洲，国家的权力被少数人垄断，公民社会残破不全，家庭缺乏必要的稳定，可以说，一切坚固的东西都在烟消云散，只剩下个体赤裸裸地面对暴力。"③贝西·黑德在《雨云聚集之时》描写的马克哈亚正是在这样的处境中逃离南非，来到博茨瓦纳的。博茨瓦纳并不是非洲整体状况中的例外，这里少不了拥有特权压榨百姓的酋长，以女人为主的村庄也无法构成稳定的家庭，不过与南非不同的是，这里的百姓仍如赤子，他们有强烈的集体主义和互助精神，这让他们在酋长滥用权力要置波琳娜于死地时能用集体力量对抗暴政。这是贝西·黑德认同茨瓦纳文化的关键，也是将其作为非洲黑人文化之根的主要原因。茨瓦纳文化中的"大家庭"传统观念对于构建现代社会的"小家庭"仍有指导意义：无论生活多么艰辛，政治多么险恶，权力多么腐败，只要男人和女人仍彼此渴望和爱恋，仍将孩子当作天赐之福，勇于承担家庭责任，幸福就不会太远。

贝西·黑德谙熟西方经典，洞悉西方父权思想对女性的压迫，通过对黑色美杜莎的形象塑造和深刻的哲学思辨，揭露了西方经典对美杜莎的污名化。她

---

① HEAD B. Maru［M］//HEAD B. When Rain Clouds Gather & Maru. London：Pearson Educational Limited，2010：331.

② HEAD B. Jacob：The Story of a Faith-Healing Priest［M］//Head B. The Collector of Treasures and Other Botswana Village Tales. Oxford：Heinemann，1977：35.

③ 蒋晖. 论非洲现代文学是天然的左翼文学［J］. 文艺理论与批评，2016（2）：24.

从茨瓦纳文化中挖掘了很多黑人文化传统，充分肯定了茨瓦纳女人在家庭生活中承担的劳作重任，她们对性的坦率和对爱的执着，她们为此毫无怨言地承担了生育和养育责任，这就是她们对"真女人"的阐释，是真正的女性主义宣言，但贝西·黑德提出家庭的稳定和幸福少不了如"温柔之诗"的男人，这对一味强调颠覆和抵制父权文化的女性主义者具有一定反驳和启发意义。贝西·黑德基于非洲传统的女性观体现了女性主义的多元性和复数性，揭示了非洲文化中的生命观、道德观和女性价值观在漫长的历史和社会政治变动中得以延续和发展的原动力。

第二节　生态观

非洲作家和批评家对源自世界大都会中心的生态批评一直保持警觉的态度。吉翰·霍齐曼（Jhan Hochman）认为西方主流的生态批评是白人为了保护带给他们"愉悦"① 的环境，根本没有顾及黑人的生计问题。罗伯·尼克松（Rob Nixon）指出，美国的生态批评论著有明显的"排外态度"②。拜伦·卡米内罗-桑坦格洛（Byron Caminero-Santangelo）指出，非洲对生态批评的抵抗主要原因是它具有潜在的"帝国的"③ 含义。来自非洲等第三世界的批评促成了生态批评和后殖民批评的某种融合，推动了后殖民生态批评的发展。④ 后殖民生态批评关注到非洲、亚洲和拉丁美洲的生态危机和环境退化问题，提倡一种更新的地方和环境意识，强调对环境的全球化的研究。⑤ 目前后殖民生态批评关注的文本多聚焦发展与环境、田园书写和反田园书写、动物再现、动物保护与本土居民

---

① HOCHMAN J. Green Cultural Studies：Nature in Film，Novel and Theory［M］. Moscow：U-niversity of Idaho Press，1998：190.

② NIXON R. Environmentalism and Postcolonialism［M］//OLANIYAN T，QUAYSON A. African Literature：An Anthology of Criticism and Theory. Malden：Blackwell Publishing，2007：715-716.

③ CAMINERO-SANTANGELO B. Different Shades of Green：Ecocriticism and African Literature［M］//OLANIYAN T，QUAYSON A. African Literature：An Anthology of Criticism and Theory. Malden：Blackwell Publishing，2007：700.

④ 江玉琴. 论后殖民生态批评：后殖民批评困境突围与生态策略［J］. 鄱阳湖学刊，2018（1）：65-75，126-127.

⑤ 赵建红. 从对话到建构：读《后殖民生态：环境文学》［J］. 外国文学，2014（6）：145-153.

权力等①，对发展中国家原本脆弱的生态环境，如干旱地域，关注不够。贝西·
黑德的作品以南部非洲内陆之国博茨瓦纳为创作中心，以令人震撼的笔墨描绘
了卡拉哈里沙漠边缘地区的风景和生态环境，以及当地百姓及国际志愿者从事
的农牧业发展试验，表达了深切的生态意识和科学精神。本节将从博茨瓦纳的
风景与迁徙文化、现代农业技术与传统土地制度、旱灾与求雨习俗、女性与现
代生态农业、生命共同体与非洲梦想五方面探讨贝西·黑德的生态观。

一、博茨瓦纳的风景与迁徙文化

贝西·黑德对博茨瓦纳风景的描写不仅给读者留下了独特而深刻的印象，
并且时刻唤醒着读者对此风景中的人和动植物生态的关怀之情。贝西·黑德笔
下的风景与生态环境是紧密联系的。英国历史学家、文艺史学家西蒙·沙玛在
《风景与记忆》中追溯了"风景"一词的丰富内涵。他指出，风景一词是16世
纪末从荷兰输入英国的，源自荷兰在防洪领域中创造的令人惊叹的工程，其词
根意味着人类占有，即"人类对风景的规划和使用"②，因此在以埃萨亚斯·范
德·维尔德为代表的荷兰风景画中，总有渔夫、赶牛人和骑马者点缀其间。米
切尔在《风景与权力》导论中则指出："风景（不管是城市的还是农村的，人
造的或者自然的）总是以空间的形式出现在我们面前，这种空间是一种环境，
在其中'我们'（被表现为风景中的'人物'）找到——或者迷失——我们自
己。"③ 博茨瓦纳的干旱地貌和丰富多样且生命力顽强的物种和人构成的风景深
深吸引了来自南非东部沿海地区的贝西·黑德，她在博茨瓦纳的乡村找到了自
己，找到了归属感。她笔下的博茨瓦纳风景给世界读者呈现了完全不同的生态
环境、审美体验和文化渊源。

贝西·黑德对生态环境有敏锐的感知和觉察力，她的作品中对动植物和生
态环境的描写常常令人叹为神来之笔，这一方面和她的天赋相关，另一方面和
她的生活经验相关。从生态环境宜人的南非东南沿海城市到缺水少雨的博茨瓦
纳乡村，巨大的生态环境差异赋予她双重的感知体验和强烈对比的意识，这使
得她的文字具有强烈的唤醒力，使人重新审视自己的生态环境，学会欣赏、珍
惜，进而保护它。1964年贝西·黑德从南非流亡到博茨瓦纳，她出生和生活过

---

① HUGGAN G，TIFFIN H. Postcolonial Ecocriticism：Literature，Animals，Environment ［M］.
New York：Routledge，2010：69，104，185.

② 西蒙·沙玛. 风景与记忆 ［M］. 胡淑陈，冯樨，译. 南京：译林出版社，2013：8.

③ W. J. T. 米切尔. 导论 ［M］ //W. J. T. 米切尔. 风景与权力. 杨丽，万信琼，译. 南
京：译林出版社，2014：2.

的南非彼得马里茨堡、德班、开普敦等地都处于东南沿海地区，属于地中海气候，舒适宜人，植被丰富，风光旖旎，但是她从来没有描写和赞美过这些地方，因为南非的种族隔离制度剥夺了黑人的土地，让他们成为自己家园里的流浪者。博茨瓦纳生态环境恶劣，但是贝西·黑德对离开南非无怨无悔，她用令人惊叹的笔墨描绘了博茨瓦纳的赤裸荒凉之美。

在自传体小说《权力之问》中，贝西·黑德描绘女主角伊丽莎白初到博茨瓦纳看到的风景和生态环境：

> 莫塔本是指沙地。这是一个偏远的内陆村庄，位于卡拉哈里沙漠的边缘。看起来，人们在那里定居的唯一原因是地下水供应充足。一个陌生人要花上一段时间才会爱上它粗糙的轮廓和漆黑的树木。在去博茨瓦纳的火车上，一位乘客笑着说："你要去莫塔本？那是一个大村庄，全是泥草屋！"在旱季，泥草屋的主体和半灰色的茅草屋顶给了它一种灰白的外观。在雨季，莫塔本只会下一种沙漠雨。雨在天空飘落，拉着长长的雨丝，但雨还没到地面就干了。人们把鼻子转向风，嗅着雨。但在莫塔本往往不太可能下雨。伊丽莎白私下给它改名了。"雨风村"，取自她某处读过的一首诗。①

这是博茨瓦纳村庄的常态，地处沙漠边缘，干旱少雨，地下水是所有生物赖以生存的基础。"雨风村"是个非常诗意、贴切的名字，包含了作者对此地的精神认同。即使在雨季，这里的雨也只是沙漠雨，未落地就干了。偶尔会有暴雨，会造成洪水泛滥，但更多的是带来新的生机，并为地下水做充分补给。人们抓紧时间在短暂的几周降雨期播种农作物，期待一年的收获。

在干旱环境中生活的博茨瓦纳人民一直在探索自然，发现自然的启示，以便更好地建设自己的家园。贝西·黑德在历史著作《塞罗韦：雨风村》中，记录了博茨瓦纳乡村特有的事物：绿树、村里的狗、老历法、人名含义、婚丧仪式。"绿树"被放在第一个位置，有三个原因：一是人们遥望村庄第一眼看到的就是"绿树"；二是"绿树"在村庄大面积被种植表明当地人擅长互相学习；三是在"绿树"特殊功能的发现和普及中，具有探索和尝试精神的先行者和有影响力的倡导者的引领和推广具有重要作用。

"绿树"在茨瓦纳语中叫塔哈瑞塞塔拉（Tlharesetala），是一种橡胶类植物，

---

① HEAD B. A Question of Power [M]. Johannesburg: Penguin Books, 2011: 13.

被当地人用作庭院的篱笆。贝西·黑德这样描述这一奇特的植物：

> 这种植物具有惊人的繁殖力。在只有一点儿水或几乎没有水的地方，人工插枝，绿树都能发出新根，开始生长。绿树上的蜡层能有效防止水分蒸发流失，乳状树汁的味道很差，阻止了山羊食用。汁液暴露于空气时就会凝结，因此只有茎干遭到破坏，才会造成水分流失。叶子长得极小，达到绝对小的程度。[①]

这种"绿树"近看毫不起眼，遥看却形成郁郁葱葱的样子，其景致恰如我国古诗中所写"绿"色遥看近却无。用"绿树"做篱笆非常经济高效。塞罗韦是博茨瓦纳最大部落恩瓦托部落的旧都，曾是非洲最大的村庄之一，常住人口有三万五千人，每家都有很大的庭院。据贝西·黑德粗略估计，大约需要将近一千棵树的木桩来做一个院子的篱笆，三万五千人家的院子，需要砍伐大量的树木，而木桩又很容易被白蚁吞噬，需要经常更换，费人力费材料。"绿树"不为动物食用，也无其他大功用，但作为庭院篱笆，则发挥了它的特性和功能，是物尽其用、人与自然共同创造美好生态景观的例子，也是生态经验传播、传承的结果。

在塞罗韦，人们用"绿树"做篱笆有其历史渊源，那是 1923 年开始的。那一年，普雷托瑞斯（Pretorius）夫妇搬到塞罗韦，他们去马翁（Maun）拜访亲戚，发现了那里的人用"绿树"做篱笆，有很好的防风功能，于是他们就带了一些枝条回来。这些枝条两个月就长到三英尺（约 0.9 米）高了，他们把修剪下的枝条送给邻居，这样大家都有了绿色篱笆。蔡凯迪酋长看到"绿树"适合做篱笆，就召开霍特拉会议，鼓励村民种植"绿树"。莫萨瓦·奥尼恩（Mosarwa Aunyane）是塞罗韦人，嫁到了布拉瓦约，那里的人早就用"绿树"做篱笆了，听到酋长的鼓励，她用卡车把布拉瓦约的"绿树"拉来出售，做了一笔生意。"绿树"布满了村庄，也无须花钱购买了，新庭院的"绿树"都是免费赠送的。"绿树"在塞罗韦的广泛种植体现了博茨瓦纳人本能的生态意识，但是在传统部落迁徙文化中，人们大多缺少科学理性的生态保护意识。

博茨瓦纳地广人稀，历史上部落逐水草而迁徙是常见的做法。在干旱和半干旱地带，人们寻找地表水和地下水源丰富的地方居住、农耕、放牧，但是随

---

① HEAD B. Serowe：Village of the Rain Wind ［M］. London：Heinemann Educational Books Ltd. ，1981：xvii.

着人畜增长，水源用尽而被遗弃的地方越来越多，适合生存的环境就越来越少。塞罗韦是 1903 年卡马三世带领恩瓦托部落从旧都帕拉佩（1889—1902）迁至此的，因为那里的水被用尽干枯了，至今帕拉佩的旧都废墟还和被遗弃时是一样的。① 部落迁徙文化使人们只追寻自然丰饶的一面，而以简单抛弃的方式解决自然资源匮乏的问题。但随着欧洲的殖民统治和资源掠夺的加剧，非洲的土地资源被侵占，部落很难通过迁徙的方式获得宜居的生活环境，加上酋长对百姓的剥削，缺少教育的贫穷百姓只能向自然索取，日积月累，河流干涸，草木被牛羊吃光，土地沙化，生态环境不断恶化。

二、现代农业技术与传统土地制度

20 世纪 60 年代是世界格局发生变化的时代，非洲国家纷纷独立，现代化发展被提上议程，很多国际志愿者到非洲进行科学发展试验。贝西·黑德的《雨云聚集之时》以 20 世纪 60 年代博茨瓦纳独立前夕农牧业改革试验为原型，描写了英国农业科学家以志愿者身份在小村庄霍莱马·姆米迪带领当地百姓以合作社形式开展干旱农牧业发展研究所取得的成功和遇到的困难，具有鲜明的非洲特色、科学精神和生态意识。

博茨瓦纳典型的植被是荆棘，其中高大的金合欢最引人注目，而低矮的金合欢更具有生命力和保护土壤的能力。"金合欢有高大挺拔的树干，顶部黑色树枝形成精致的伞状，但更多的时候荆棘长得像低矮的野草丛，枝条上是长长的白刺，根部长着成簇的浅绿色叶子。"② 吉尔伯特认为解决土地沙漠化问题至关重要，他走遍村庄，发现大片被遗弃的村庄和干涸的河床，唯一能把土壤连在一起的植被是低矮的金合欢，这些观察结果使他确信，"只有大规模的土地围栏和控制放牧，才能拯救那些尚未被完全侵蚀成不适合人类和动物居住的区域"③。金合欢，属于豆科类，叶子是甜的，山羊最爱吃。要避免村民的山羊把刚长出的金合欢吃光，吉尔伯特提出用铁丝网把草场围起来，却遭到百姓的一致反对。

自古以来，非洲的土地属于酋长和部落，被称为"公地"，无人圈围土地将其私有化。最早在非洲殖民的荷兰人 1652 年登陆好望角以后，便以"公地"无

---

① 徐薇. 博茨瓦纳族群生活与社会变迁 [M]. 杭州：浙江人民出版社，2014：72-74.

② HEAD B. When Rain Clouds Gather [M] //HEAD B. When Rain Clouds Gather & Maru. London：Pearson Educational Limited，2010：13.

③ HEAD B. When Rain Clouds Gather [M] //HEAD B. When Rain Clouds Gather & Maru. London：Pearson Educational Limited，2010：37.

主为借口，大量侵占土地，后来英国人又引入产权概念来改变非洲人传统的土地观念。南部非洲最大的原住民部落科伊部落原本在自己丰饶的土地上过着富足的生活，但是他们的土地被"欧洲人通过军事力量和不平等的协议"①掠夺光了。早期欧洲殖民者在军事力量尚弱的情况下，用欧洲烈酒攻破了科伊部落的酋长们，让他们在醉酒状态下签协议而丧失土地，这些悲惨的故事在南部非洲各个部落中广为流传。

19世纪茨瓦纳民族形成过程中的三大著名酋长——恩瓦托部落的塞库马一世、奎纳部落的塞舍勒和巴苏陀部落的莫舒舒，都以史为鉴，禁止部落成员饮酒。② 他们在19世纪后半叶欧洲列强瓜分非洲时，审时度势，主动寻求英国保护，以此确保酋长对部落的直接管理，维护了非洲的传统土地制度。1895年，靠金伯利钻石矿发家的塞西尔·约翰·罗德斯欲以英国南非公司之名接管贝专纳兰。③ 罗德斯庇护布尔人，强迫酋长把土地割让给布尔人，其野心和对非洲原住民的剥削和压迫臭名昭著，卡马三世、塞贝莱和巴恩托三位大酋长到伦敦抗议，罗德斯的野心未能得逞。④ 酋长的直接管理使得博茨瓦纳在最大程度上保留了黑人传统和部落公地观。

部落公地不得购买，也不许圈围，部落成员要种地，只需向酋长提出申请，无需付费，就可得到分配的土地。此制度旨在保护穷人的利益，防止土地落入少数富人的手里。⑤ 吉尔伯特提出要圈围土地时，立刻遭到百姓的反对，他们担心他像其他狡猾的殖民者一样，以试验为借口，把公地私有化。吉尔伯特理解了公地制度后，向百姓展示了他的试验草场：

> ……养牛场被分成了四个区域。其中两个将空置一段时间。在其中一个空置区域，他希望观察各种天然草的恢复速度。在另一个区域，他清除了树

① 蒋晖. 土地、种族与殖民治理：南非种族隔离土地法的演变 [J]. 开放时代, 2021 (6)：11, 203-221.

② HEAD B. The Founding of the British Bechuanaland Protectorate, 1885—1895 [M] //HEAD B. Serowe: Village of the Rain Wind. London: Heinemann Educational Books Ltd., 1981: 181-185.

③ ROTBERG R. I. The Founder: Cecil Rhodes and the Pursuit of Power [M]. New York: Oxford University Press, 1988: 484.

④ HEAD B. The Founding of the British Bechuanaland Protectorate, 1885—1895 [M] //HEAD B. Serowe: Village of the Rain Wind. London: Heinemann Educational Books Ltd., 1981: 198.

⑤ HEAD B. When Rain Clouds Gather [M] //HEAD B. When Rain Clouds Gather & Maru. London: Pearson Educational Limited, 2010: 37.

桩，耕好了地，播下了抗旱草种。由此，他将能够判断是本土草还是进口的抗旱草最适合放牧。

在两个被使用的区域里，他放养了从合作社成员那里购买的一百头牛。其中最好的牛将用于繁殖试验，然后这些牛再卖给希望补充畜群的合作社成员。最后一个区域用于提高肉品档次试验。四号区域的牛以一种特殊类型的玉米秸秆为食，这种玉米只长茎和叶，并且作为一年作物的一部分在农场种植。此区域内围栏附近还为牛配有饮水、骨粉和盐舔。①

吉尔伯特圈围土地的科学意图对于有丰富经验的牧民来说，通过亲眼所见就能马上领悟，他们明白草场恢复的重要性，对新的抗旱草种和饲料作物的功效也充满好奇和希望。吉尔伯特进一步解释了圈养牛在一定范围内的科学头数，控制牛的存栏数反而能提高牛的质量，牧民出售肉牛，将获得更多的现金。此外圈养牛还可以防止牛跑丢，防止口蹄疫等疾病的传播。

吉尔伯特圈围草场养牛的试验与公地制度没有抵触，被当地百姓接受了，但是农牧业科学试验周期都较长，一般要三五年才能见成效，之后还需要很多年才能普遍推广。在此过程中，人工控制的局部生态环境修复工程尚未见大成效，气候却在变化，持续干旱促使生态环境恶化的速度加快，植物、动物开始大批死亡，儿童营养不良造成的疾病和死亡问题凸显。农牧业发展和生态环境保护不仅依靠科学指导和相适应的土地制度，还需要应对气候变化。

在《雨云聚集之时》中，贝西·黑德描绘了代表死神的秃鹫成为荒凉世界主宰的骇人场景：

在这荒凉之中，秃鹫称霸了。它们聚集在地上，60 到 100 个一群，用嘶哑、粗暴的声音进行重要的讨论，它们长长的、邋遢的棕色羽毛表现出专横的愤怒。它们可以专横、愤怒、自视甚高，因为它们将成为一个埋葬六十多万头牛的群体。它们感到惊讶和疑惑的是，它们能否应付这一切，或者它们是否应该向非洲和印度的其他同胞发送信息。但不管它们在考虑什么，它们都是无所畏惧和骄傲的，因为这些凶猛的鸟知道，它们总是地球上受灾地区的最后访客。②

---

① HEAD B. When Rain Clouds Gather［M］//HEAD B. When Rain Clouds Gather & Maru. London：Pearson Educational Limited，2010：38.

② HEAD B. When Rain Clouds Gather［M］//HEAD B. When Rain Clouds Gather & Maru. London：Pearson Educational Limited，2010：180.

这段文字中的"六十多万头牛"是当地百姓饲养的牛，是他们的主要生计来源。在连续七年的干旱中，男人带着一群牛不停地寻找水源，一批批的牛饿死、渴死，横尸遍野。而这死去的"六十多万头牛"并不是多年的累积数，而是当年死亡的总数，称得上是灭顶之灾了。贝西·黑德这样评价博茨瓦纳的牛和人："人没有吃的，牛也没有吃的了，牛和人一样，他们不吃不喝，就那样过着。"① 但是牛和人的忍耐力都是有极限的，对于牛这种大型牲畜，严重缺水必然造成大面积死亡。从牛的死亡开始，整个地区的生物物种就像连环套似的走向死亡。

三、旱灾与求雨习俗

气候变化对农牧业的影响是人类文明史上一个反复出现的难题，也是文学中的一个母题。对于干旱，先民采用的祭祀和求雨仪式至今还存留在人们的记忆中，这种记忆在绝望之境就会被激活。祭祀和求雨仪式带来的是希望还是灾难成为文学中的一个沉重、严肃而复杂的议题，简单的道德判断和法律制裁是难以实现诗学正义的。博茨瓦纳是世界上最容易受干旱影响的国家之一。贝西·黑德在多个作品中书写了博茨瓦纳始于1958年的连续七年干旱，这也是博茨瓦纳历史上有记录最早的一次大旱灾。恩亚拉德斯·巴蒂萨尼（Nnyaladzi Batisani）在向联合国防治荒漠化公约组织递交的《博茨瓦纳共和国国家抗旱计划》（*Republic of Botswana National Drought Plan*，2020）中指出，博茨瓦纳自20世纪50年代经历了多重、多年的旱灾后，干旱出现的间隔时间缩短，而严重性增强。② 该计划详细记录和分析了1981年至2013年的5次全国范围的大旱灾，但没有详述20世纪50年代的旱情，因此贝西·黑德的作品具有重要的史料价值，这也再次证明了她超前的生态保护意识和对生态相关的各种问题的多方位思考。

贝西·黑德在短篇小说《寻找雨神》（*Looking for a Rain God*）中描写了连续七年干旱对土地、植物造成的影响：

---

① HEAD B. When Rain Clouds Gather［M］//HEAD B. When Rain Clouds Gather & Maru. London：Pearson Educational Limited，2010：166.

② BATISANI N. Republic of Botswana National Drought Plan［OL］. The United Nations Convention to Combat Desertification.（2022-1-8）［2021-11-10］. https：//knowledge. unccd. int/sites/default/files/country _ profile _ documents/National% 20Drought% 20Plan% 20-% 20 BOTSWANA. pdf.

但从 1958 年开始, 长达七年的旱灾降临在这片土地上, 就连水源地也开始变得像荆棘地一样干枯荒凉; 树叶卷曲枯萎; 苔藓变得又干又硬, 在缠绕的树枝阴影下, 土地变成了黑色和白色粉状, 因为没有下雨。人们相当幽默地说, 如果你试图接一杯雨水, 结果只得到一匙水。在干旱的第七年开始之际, 夏天已经成为一种痛苦的煎熬。①

连续七年干旱造成植被全部枯死, 土地沙化, 地下水资源无法得到补给, 万物进入"干熬"状态。虽然博茨瓦纳的人和动植物具有超强的忍耐力, 但是忍耐力也是有极限的。

在《雨云聚集之时》中, 贝西·黑德不仅描写了大旱之下万物死亡的恐怖场景, 而且聚焦死于大旱的儿童。通过细致刻画天真无邪的儿童面对死神的反应, 激发读者深切的同情和对自然的敬畏与反思。寡妇波琳娜·赛比索 11 岁的儿子伊萨克没有上学, 独自在畜牧站放牛。当其他牧民发现自家牛群和其他野生的鹿群出现大量死亡状况时, 都带着剩下的牛回村庄了, 可怕的死亡消息在村子里传开, 但是伊萨克却不见踪影。马克哈亚和吉尔伯特帮助波琳娜到畜牧站去寻找伊萨克, 驱车一天接近目的地时就看到秃鹫盘桓在上空, 那是死亡地的标志。果然, 波琳娜家的 80 头牛已经全部就地死亡。马克哈亚推开伊萨克茅屋的门, 只看到: "一堆干净、白色的骨头躺在地上。它们保持卷曲、紧缩的状态, 手的骨头是向内弯曲的。白蚁和蛆虫相互竞争地把小男孩的肉全部清理干净了。"② 这一死亡场景是结果式的描写, 但是它的冲击力比直接描写男孩垂死的挣扎更让人揪心。

在贝西·黑德的笔下, 秃鹫、白蚁和蛆虫得到非常客观公正的描写, 它们虽然不讨人喜欢, 但是它们在自然界的功能和存在的意义得以彰显, 这是非人类中心主义思想的体现。人们通过秃鹫、白蚁和蛆虫来判断事态的发展, 它们既是自然的信使, 也是自然的净化者。人与动物在此意义上是完全平等的。警察和医生检查过现场后, 马克哈亚果断地用汽油焚烧了男孩的遗骨, 他不愿让更多的人受到这个场景的刺激。他把男孩的骨灰和木雕带回给波琳娜。医生从男孩死亡的姿势上判断他死于营养不良, 很多送到医院因营养不良而死亡的孩子都是以这个姿势离开人世的。伊萨克的营养不良早有其他症状, 他怕冷、发

---

① HEAD B. Looking for a Rain God [M] //Head B. The Collector of Treasures and Other Botswana Village Tales. Oxford: Heinemann, 1977: 57.

② HEAD B. When Rain Clouds Gather [M] //HEAD B. When Rain Clouds Gather & Maru. London: Pearson Educational Limited, 2010: 183.

烧、咯血，这是波琳娜早就知道的，但是她没想到这是肺结核，贫穷甚至限制了她应该送孩子去医院看病的念头。而伊萨克害怕妈妈责备他，一直不敢跟妈妈说他的病痛，不敢擅自离开畜牧站，回家寻求妈妈的呵护和关爱，更谈不上有营养丰富的饭食了。

旱灾造成的儿童营养不良和其高致死率是近年来联合国防治荒漠化公约（United Nations Convention to Combat Desertification，UNCCD）组织和世界银行非洲国际水域的合作项目（The Cooperation in International Waters in Africa，CIWA）都特别关注的一点，各种食物救济和福利会首先考虑发放给 5 岁以下儿童和学龄儿童。① 但是在 20 世纪 50 年代，这些组织和机构尚未出现，儿童不仅没有得到特殊保护和关照，反而成为旱灾的主要牺牲品。伊萨克是旱灾的直接受害者，还有一些孩子成了求雨祭祀品，他们的死亡是愚昧落后信仰的产物，有深厚的传统根基，还有巨大的心理因素。贝西·黑德在《寻找雨神》中讲述了一个家庭杀死两个幼儿祭祀雨神的故事，故事短小，但令人掩卷长思。

巫术在博茨瓦纳有悠久的传统，贝西·黑德在多部作品中对此予以批判。在短篇小说《巫术》（Witchcraft，1975）中，贝西·黑德指出，这是一种出于嫉妒而进行的人伤害人的恶意活动，通过术士的草药、咒语、咒符等得以实现。为避免被别人伤害，人们也求助术士，在自家房前屋后撒上草药、护身符等。② 最邪恶的做法是"祭仪谋杀"，有权势的人为了保护自己的权力和地位，会杀死女童，食用她们的肉，并认为某些部位具有特别功效。博茨瓦纳首位女性大法官尤妮蒂·道（Unit Dow）的小说《无辜者的呐喊》（The Scream of the Innocent，2002）在真实案件的基础上，重写了这一悬而未决的谋杀案，揭露和批判了这一陋习，通过文学创作的方式达到诗性正义，呼吁国际社会舆论介入，促使博茨瓦纳司法改进。③ 但是在《寻找雨神》中，贝西·黑德没有一味地谴责"祭仪谋杀"，而是刻画了旱灾对人的心理的影响，并指出单一的法律惩罚无法彻底改变此陋习。

贝西·黑德在《寻找雨神》中写道，干旱第七年夏初，空气中弥漫着悲剧，一些男人熬不下去了，径直走出家门，吊死在树上。连续两年，靠土地为生的人们种地一无所获，"只有江湖术士、咒术师和巫医赚了一笔钱，因为人们总在

---

① Drought Resilience Profile：Botswana，2020 ［OL］.（2021-1-15）. https：//www. ciwapro-gram. org/wp-content/ uploads/ SADRI_ Resilience_ Profile_ Botswana. pdf.

② HEAD B. Witchcraft：Fiction by Bessie Head ［J］. Ms，1975（4）：72-73.

③ 查伟懿，卢敏. 司法限度与诗性正义：从《无辜者的呐喊》透视正义实践 ［J］. 非洲语言文化研究，2021（1）：80-92.

绝望中求助于他们，迫切希望用护身符和药草擦擦犁，就能让庄稼生长、雨水降落"①。这句话说明干旱使人们感到越来越无能为力，驱使越来越多的人求助巫术，这为故事情节的发展做了铺垫。小说随后聚焦莫科布亚（Mokgobja）老人一家。老人已经70多岁，和小儿子拉马迪（Ramadi）、儿媳妇蒂洛（Tiro）、蒂洛的妹妹、两个小孙女生活在一起。从第一滴雨飘下，一家6口就赶到农田耕好地，坐等下雨播种。

博茨瓦纳的农业完全依赖降雨，没有充分的降雨，种子就不能发芽。人们满怀希望地看到雨云聚集，但是连续七年都没有盼到畅快淋漓的大雨。在此过程中牲畜被卖光换取食物，而食物也已吃光，女人们无计可施，在夜里号哭。女人的哭声如鞭子一样抽打男人的心。孩子们不明白事态的严重，学大人玩过家家，学大人训斥孩子。莫科布亚老人想起古老的求雨仪式，和儿子商议，杀死了两个幼女，把她们的尸体切碎撒在地里，但是雨神并没有如期而至。一家人沮丧地回到村庄后，人们发现两个孩子不见了，报了警。莫科布亚和拉马迪被判处死刑。"法庭上不接受任何关于压力、饥饿、精神崩溃微妙作用的说法，但是靠农作物为生的人都知道，在他们心中，也就是一念之差使他们免遭莫科布亚家的相同命运。他们也会为求雨杀死什么东西的。"② 小说以此句结束，看似超然的表述方式，实则蕴含了深刻的生态反思：要避免这样的悲剧，人们需要更好地了解自然，读懂自然，寻找科学有效的方式应对气候变化，应对干旱。

四、女性与现代生态农业

丹麦女经济学家伊斯特·博赛洛普（Ester Boserup）在《妇女在经济发展中的作用》（*Woman's Role in Economic Development*，1970）中指出，非洲妇女在农业生产和食物采集中承担了重要作用，因为殖民主义改变了非洲男性参与农业生产的传统，使他们变成西方人眼中的"懒惰的非洲男人"③ 这一刻板形象。伊斯特·博赛洛普的著作一经出版，妇女发展问题便引起了世界广泛的关注，

---

① HEAD B. Looking for a Rain God [M] //Head B. The Collector of Treasures and Other Botswana Village Tales. Oxford: Heinemann, 1977: 57.

② HEAD B. Looking for a Rain God [M] //Head B. The Collector of Treasures and Other Botswana Village Tales. Oxford: Heinemann, 1977: 60.

③ BOSERUP E. Woman's Role in Economic Development [M]. New York: St. Martin's Press, 1970: 19, 55.

但是半个世纪过去了，非洲妇女发展问题并没有多大的改善。① 生态女性主义哲学家凯伦·沃伦（Karen J. Warren）指出，非洲妇女生产了百分之七十的非洲粮食，但是她们很多人都没有拖拉机和耕牛，甚至没有犁。② 非洲妇女是农业生产的主力军，但是她们的生产工具和生产资源极度匮乏，在父权统治下，她们还被限定在严格划分的社会性别空间里，所能获得的资源和帮助受到更多的制约。

贝西·黑德在《雨云聚集之时》深入探讨了妇女与农业发展的问题，并且提出了解决方案。波琳娜热情开朗，性格泼辣，乐于尝试新事物，具有领导力。通过迪诺雷戈，波琳娜了解到吉尔伯特种植经济作物土耳其烟草的计划，并愿意带头来做。在波琳娜的引领下，妇女们陆续都加入了烟草合作社，种烟草，搭建烟草处理和晒干棚架，学习烟草处理技术，烟叶直接供给新建的卷烟厂。一体化的生产和销售链建立起来。妇女们的成功，她们的丈夫看在眼里，随时准备加入更大规模的烟草种植项目。

吉尔伯特的烟草项目是在博茨瓦纳生态条件基础上发展的现代生态农业。经过几年的观察研究，他总结出博茨瓦纳发展农业的四大优势：第一，灌溉农业是最可控的农业，通过打深井、修水库和集雨水窖，能解决用水问题；第二，沙质土壤最适合种植土豆和烟草等喜旱作物；第三，这里的土壤非常肥沃；第四，这里的病虫害很少。这些科学分析和技术应用得到妇女的认可，并通过试验得到证明，体现了贝西·黑德对女性和现代生态农业的信心。

贝西·黑德在《权力之问》中更详细地描绘了博茨瓦纳妇女在菜园项目中的成功试验。蔬菜和水果在博茨瓦纳难以种植，这也吸引了国际上很多农业专业毕业的大学生通过加入英国的国际志愿者服务组织（International Voluntary Service, IVS）、美国的和平队等志愿者组织，来到博茨瓦纳进行科学试验。《权力之问》中的女主角伊丽莎白从南非流亡到博茨瓦纳加入丹麦政府资金支持的合作社菜园部的项目，她和莫塔本中学（Motabeng Secondary School）的学生一起，在丹麦农业专家贡纳（Gunner）的指导下种植蔬菜。伊丽莎白到菜园第一天，用笔记本记下了当地学生"小男孩"（Small-Boy）展示给她看的滴灌系统：

---

① STAUDT K. Gender Politics in Bureaucracy: Theoretical Issues in Comparative Perspective [M] //STAUDT K. Women, International Development and Politics. Philadelphia: Temple University Press, 1990: 8.

② WARREN K. J. Taking Empirical Data Seriously: An Ecofeminist Philosophical Perspective [M] //WARREN K. J. Ecofeminism: Women, Culture, Nature. Bloomington and Indianapolis: Indiana University Press, 1997: 8.

每个苗圃中央都铺设了长长的带孔水管，水从孔中喷出，像一个个微型的瀑布，形成一个连续的溪流。水管纵横交错，像个迷宫，把整个菜园的溪流和溪流都连在一起。一打开中央龙头，整个菜园就能全天自动浇灌了。①

滴灌系统很好地解决了博茨瓦纳地表干旱的问题。这项目前在全球干旱地区推广的灌溉做法，在当时的博茨瓦纳确实是创新型的尝试。贡纳还把菜园设计成了一个供人观赏之地，一条中央大道和40条边道穿行在狭长的菜地里，便于人们行走和观赏蔬菜。菜园变成了美丽的风景，这是干旱地区生态良性发展的喜人景象。

在解决灌溉问题的基础上，找到更适合此地生态的优良种子和掌握作物轮作规律是提高生产效率的关键。在这个菜园里，伊丽莎白第一次见到早熟巨型鼓状卷心菜（Giant Drumhead Early）。通过聪明勤奋的"小男孩"的传授，伊丽莎白了解了一套种植蔬菜的技术和知识：育苗、间苗、移植、施肥、保墒、通风、护根等。这里的作物轮作规律是：先种卷心菜、生菜或菠菜等叶类作物，豆角和豌豆等豆类作物紧随其后，然后是甜菜根、胡萝卜或白萝卜等块根作物，再种西红柿、土豆或洋葱等。很快受过良好教育的伊丽莎白就成了当地妇女们的导师，凯诺西是第一个，随后更多妇女加入，她们一起创造了菜园奇迹。她们通过移植培育好的蔬菜幼苗，"卷心菜、西红柿、花椰菜和辣椒仿佛从天而降，闪闪发光的绿叶在炙热中生长。它们将使从约翰内斯堡订购半腐烂的绿色蔬菜的事成为历史"②。博茨瓦纳的蔬菜多依赖从南非进口，菜园项目的成功让当地人吃到自产的新鲜蔬菜，无形中又汇聚了一种对抗南非种族隔离制的力量。

伊丽莎白自家的菜园成了她的试验地，她种植的烟草、西红柿、西兰花、花生等长势喜人，不但令路人驻足观赏，而且还把自己得到的国外的种子拿给她试种。农场经理英国人格雷厄姆（Grahame）给了伊丽莎白一些灯笼果种子，告诉她这种浆果最适合做果酱。伊丽莎白从未见过这种植物，没想到它适合在此生长：

起初，奇迹发生在伊丽莎白的院子里。她种下了50棵幼苗。在三个月的时间里，它们长成了两英尺高的灌木。一天，当她穿过花园时，注意到

---

① HEAD B. A Question of Power［M］. Johannesburg：Penguin Books, 2011：73.
② HEAD B. A Question of Power［M］. Johannesburg：Penguin Books, 2011：131.

灌木丛下的地上落了一层又一层的棕色的灯笼果外皮。她与凯诺西一起，收获了一大篮灯笼果，还有这些棕色、金黄色、绿色果实带来的如天堂般闪亮的秋色。篮子里的果实重 10 磅。莫塔本的沙漠环境，让她们难以置信地盯着这巨大的丰收。接下来的一周，她们又收获了 10 磅。看起来每周 10 磅果实的收获似乎会无限期地持续下去。①

灯笼果是茄科酸浆属多年生草本植物，耐高温，在沙质土壤易于生长。果实被灯笼形的绿色外皮包裹着，躲在叶子中间不易被察觉，但是果实成熟时，外皮变成浅棕色，半透明，可爱的样子引人注目。剥开外皮，露出闪亮的红色或黄色的圆形浆果，酸甜可口，可直接食用，还可做果酱。伊丽莎白的灯笼果果实和果酱让地处沙漠边缘的人大开眼界，人们争相抢购。这是伊丽莎白尝试现代生态农业的奇迹。

贝西·黑德在作品中表达了女性对现代生态农业的接受，并通过积极实践推动了现代生态农业的发展，女性和现代生态农业形成互惠关系。朱丽安娜·恩法-阿本伊（Juliana Nfah-Abbenyi）指出，在非洲和第三世界国家，只有把传统/当地的认知方式和现代科学/技术结合在一起，才能最好地保证生产，也能保护环境。在这些国家，现代化和所谓的"进步与文明"② 正将环境恶化和人类生存推向极限。除非"进步和文明"也意味着人们学会将本地和外来的认知方式积极地结合在一起，否则他们的生存仍将是难以预料的。

五、生命共同体与非洲梦想

在贝西·黑德的笔下，女性和自然形成了亲密的生态关系，但这并不意味着女性就摆脱了社会压迫和剥削。法国作家弗朗索瓦丝·德奥博纳（Françoise d'Eaubonne）在《女权主义或死亡》（Le féminisme ou la mort，1974）中指出，农业和生育带来了世界财富和人口的大幅增长，而财富与人口增长迅速的原因是父权制对土地肥力和女性受孕的征服，而人口膨胀与资源枯竭进而成为威胁人类的两个生态性灾难。③ 在《生态女权主义：革命或变异》（Feminism-Ecology：Revolution or Mutation?，1978 法文版，1999 英文版）中，德奥博纳倡导女性为主体

---

① HEAD B. A Question of Power [M]. Johannesburg：Penguin Books，2011：162.

② NFAH-ABBENYI J. M. Ecological Postcolonialism in African Women's Literature [M] // OLANIYAN T，QUAYSON A. African Literature：An Anthology of Criticism and Theory. Malden：Blackwell Publishing，2007：710.

③ D'EAUBONNE F. Le féminisme ou la mort [M]. Paris：Femmes en Mouvement，1974：223.

的生态革命，并提出"变异"之说：变异包含真正、全面的革命，出自女性的主观性，是女性觉醒的根本，是对意识全面的唤醒。① 只有唤醒全体人类意识才能构建彻底的革命计划。德奥博纳进一步指出，女性在这场变异的全面革命中扮演着重要角色，妇女是斗争的主体。首先，作为人类成员，女性和男性一同受到生态威胁；其次，作为生育者，女性是两性中唯一能够接受、拒绝、放缓或者加速人类繁衍的性别人群。② 德奥博纳呼唤女性和男性以全新的平等关系建构一个理想社会，共同解决生态难题。

贝西·黑德在《雨云聚集之时》中描绘的农业合作社，即是一种以女性为主体解决生存和生态问题的理想社会，但是合作社概念对于非洲特权阶层来说是一种威胁。人人平等、共同富裕的社会是"共产主义者"③ 的，无特权而言，因此特权阶层必定要设法阻止合作社的发展和成功。小说中，波琳娜带领全村妇女种植烟草，令小酋长马腾葛耿耿于怀。在合作社各项目的实施过程中，他总是说这也不行，那也不行，并以阻挠为乐。七年大旱中，他提出解决水源的方案是让百姓西迁，但是百姓知道西边是狮子的领地（lion country），有人就被狮子吃掉了，无人愿意去送死。波琳娜未能及时汇报她儿子的死讯，被小酋长抓住把柄，要置她于死地。波琳娜再次面临人生危机。无论是她丈夫的死亡、儿子的死亡，还是她自己面临的死亡，都充分说明非洲女性和自然一起遭受的压迫和剥削是极其深重的。

《权力之问》中的伊丽莎白遭受了更多的压迫和剥削。虽然逃离了南非，但是南非种族隔离制下非人的生活经历一直出现在她的梦魇里，博茨瓦纳陌生的环境、语言障碍和离群索居的生活，让她孤立无助。在与幻象人物塞娄和丹的对话中，伊丽莎白看清了人类苦难历史的根源是权力的滥用和对权力的狂热，这对任何国家、民族、种族来说都是一种毁灭性的力量。非洲新独立的国家尽管摆脱了殖民统治，但是黑人权力阶层对权力的滥用和对权力的狂热带给人民的是同样的灾难。伊丽莎白在校长的胁迫下离开学校，失去了工作，只能求助于难民和国际志愿者组织，加入菜园项目。土地和当地百姓把伊丽莎白从精神崩溃的状态挽救回来。菜园项目中，人对土地的了解和关爱得到土地的慷慨回

① D'EAUBONNE F. Feminism-Ecology：Revolution or Mutation？［J］. Ethics and the Environment，1999，4（2）：175-177.

② D'EAUBONNE F. What Could an Ecofeminist Society Be？［J］. Ethics and the Environment，1999，4（2）：179-184.

③ HEAD B. When Rain Clouds Gather ［M］//HEAD B. When Rain Clouds Gather & Maru. London：Pearson Educational Limited，2010：206.

赠，菜园变成美丽的风景，人成为风景的创造者、呵护者和享受者。

人和土地形成一种生命共同体，这是贝西·黑德描绘的乌托邦，是她的非洲梦想。受压迫的波琳娜和伊丽莎白最终都因和土地以及百姓的亲密关系而得到解救。在《雨云聚集之时》中，以土地为生的百姓失去了自己的牛群，所有的生存希望寄托在波琳娜带领妇女种的烟草上，丰收在望，小酋长却让波琳娜到村法庭来，百姓不约而同地来到村子中心小酋长的豪宅门前的村法庭支持波琳娜：

> 今天他们想跟他见个面，他们的牛都死了，而他的牛在北部边境却很安全，那儿有一条川流不息的河，那里的草好，含盐分，绿油油的。他们想看看这个拥有一切特权的人，在这个两年好雨、七年干旱的国家，他没有挨过一天饿。……他们想让他知道他们不求他的雪佛兰轿车或豪宅。……他们只想搞好自己的生活……霍莱马·姆米迪的人民不可能永远被猎杀、追捕、驱逐和迫害。①

小酋长从来没有见过这种阵势，他知道自己在干旱之年干了多少邪恶的事情，被逼上绝路的百姓团结起来的力量吓破了小酋长的胆，他在自家豪宅上吊自杀了。

贝西·黑德以此方式解决小说的冲突，虽然大快人心，但是也难免有"简单化、浪漫化倾向"的嫌疑。其实贝西·黑德的简单化和浪漫化是建立在善良和对人性力量的信任基础上的，小酋长的自杀说明他还具有人性和良知，知道承担自身邪恶的后果。更重要的是贝西·黑德相信普通人的力量，只要大家团结起来像一个人一样，那力量就是无敌的。这也是贝西·黑德在《权力之问》中的结论：人民的力量是最强的力量、最高的权力。

贝西·黑德笔下以女性为主体，凝聚大众，通过科学的方法构建人与自然生命共同体的思想，在很大程度上呼应了马克思的观点："自然界，就它自身不是人的身体而言，是人的无机的身体。人靠自然界生活。这就是说，自然界是人为了不致死亡而必须与之处于持续不断的交互作用过程的、人的身体。"② 自

---

① HEAD B. When Rain Clouds Gather [M] //HEAD B. When Rain Clouds Gather & Maru. London：Pearson Educational Limited，2010：200.

② 中共中央马克思恩格斯列宁斯大林著作编译局. 马克思恩格斯文集：第1卷[M].北京：人民出版社，2009：161.

然是人的无机身体，人和自然是"双向生成的"①，是不可分离的生命共同体。习近平用形象的比喻说明人与自然生命共同体的相互依赖性："山水林田湖是一个生命共同体，形象地讲，人的命脉在田，田的命脉在水，水的命脉在山，山的命脉在土，土的命脉在树。"② 拥有天蓝、地绿、水净的美好家园，是每个中国人的梦想，也是每个发展中国家人民的梦想。

在《雨云聚集之时》中，贝西·黑德描绘的生态农业合作社寄托着普通民众同样的非洲梦想，他们包括厌倦了英国中上层阶级死板虚伪生活的吉尔伯特，逃离南非种族隔离制的马克哈亚，敢于尝试新事物的波琳娜，饱经人生磨难而获得丰富人生经验和智慧的迪诺雷戈和米利皮迪，还有全村渴望美好生活的百姓。他们的梦想是在生态农牧业的基础上，建立共同富裕的生活：

> 他喜欢这个想法：未来霍莱马·姆米迪全村都是百万富翁。这和他自己关于非洲的梦想融为一体，因为只有非洲在未来成为百万富翁的大陆，才能弥补数百年来非洲人遭受的恫吓、仇恨、羞辱，还有全世界的嘲笑。加强合作和分享财富的公共发展体系比狗咬狗的政策、接管投标和大金融霸权要好得多。③

贝西·黑德在 20 世纪 60 年代借助马克哈亚表达的非洲梦想并非完全是乌托邦，如今博茨瓦纳已经发展成非洲中等收入的国家。当代博茨瓦纳的经济发展中钻石经济和旅游业起了重要作用，虽然这些不是贝西·黑德所能够预见的，但是消除贫富差距，通过保护生态环境而获得红利，使百姓过上衣丰食足、尊严体面的生活是符合贝西·黑德的理想期望的。

博茨瓦纳在 1967 年发现了丰富的钻石矿，20 世纪 80 年代后经济得以迅猛发展，从独立初期世界最贫穷的国家之一发展成非洲的中等收入国家。艾伦·希尔博姆（Ellen Hillbom）和尤塔·博尔特（Jutta Bolt）指出，钻石经济在很大程度上降低了传统农牧业造成的贫富不均，因为传统农牧业中优良的自然资源

---

① 韩志伟，陈治科．论人与自然生命共同体的内在逻辑：从外在共存到和谐共生［J］．理论探讨，2022（1）：94-100．

② 中共中央文献研究室．习近平关于社会主义生态文明建设论述摘编［M］．北京：中央文献出版社，2017：55．

③ HEAD B. When Rain Clouds Gather［M］//HEAD B. When Rain Clouds Gather & Maru. London：Pearson Educational Limited，2010：177．

如水和肥沃的牧场都掌握在社会精英如酋长及其亲属手中，① 这也正是贝西·黑德的作品所批判的。博茨瓦纳政府非常理性地认识到单纯依靠钻石不足以保持长久的经济发展状态，因而积极寻找多种发展之途，其中旅游业成为首选。博茨瓦纳拥有丰富多样的生物，被认为是地球上野生物种最丰富的地区之一，奥卡万戈三角洲（Okavango Delta）、乔贝国家公园（Chobe National Park）、卡马犀牛保护区（The Khama Rhino Sanctuary）是世界级野生动物旅游点。为保护博茨瓦纳的野生动物，尤其是大象和犀牛，1987 年博茨瓦纳通过公投决定由国防部承担保护野生动物的任务。② 在后殖民时代，人与动物构成的生命共同体是实现非洲梦想的基础。

贝西·黑德在文学作品中表达的生态观是建立在她切身的生活经验基础上的，面对博茨瓦纳荒凉贫瘠的生态环境，她没有被吓到、退缩或逃离，反而积极投身到对生态环境的研究和改造中。通过对动植物的细致观察，她敏锐地感受到博茨瓦纳乡村荒凉贫瘠风景中潜藏的强大生命力，发现部落传统迁徙生活方式和殖民统治对土地和百姓的剥削和压迫是造成环境恶化的主要原因。她和以女性为主体的当地百姓一起加入合作社，在农业科学家的指导下，从事土地改良和恢复工作，发展现代生态农牧业，目睹了很多生态奇迹的发生，得到大自然的慷慨馈赠。但是这一切并非一帆风顺，生态保护和乌托邦性质的合作社对传统部落的土地制度、特权阶层、传统社会性别空间都提出了新的挑战，而气候变化和旱灾驱使底层百姓求助巫术。这些问题说明生态恶化是意识形态、思维方式、政治制度、经济利益、宗教信仰等多方因素交织驱动的人类行为的后果。贝西·黑德通过人与土地的相互关爱和呵护，表达了受创伤的土地和受创伤的人之间的相互治愈，人与土地上的万物由此获得新的生命，这是生命共同体思想的体现。贝西·黑德通过作品表达了她深切的非洲梦想，这一梦想在博茨瓦纳今日的生态环境保护中得到积极回应。

第三节　人民文学观

南非左翼作家路易斯·恩科西在《任务与面具：非洲文学的主题与风格》

---

① HILLBOM E, BOLT J. Botswana——A Modern Economic History：An African Diamond in the Rough ［M］. Cham：Palgrave Macmillan, 2018：77, 192.

② HENK D. The Botswana Defense Force in the Struggle for an African Environment ［M］. New York：Palgrave Macmillan, 2007：4.

中指出，"除了少数情况外，南非文学整体关注的主题是斗争和冲突"①，而贝西·黑德"在多数情况下，似乎对政治一无所知"②。路易斯·恩科西和贝西·黑德早年都是南非报业巨头《鼓》杂志出版集团的记者，贝西·黑德是非洲第一位黑人女记者，路易斯·恩科西可谓是贝西·黑德的从业导师之一，他的观点代表了非洲左翼作家普遍接受的马克思主义文艺观，"力求从大的世界历史，而不是文类和形式的历史中来理解文学"③。贝西·黑德在诸多文论和书信中袒露她在创作中一直在向这个方向努力。吉列安·埃勒森指出，她最后的 3 部作品《珍宝收藏者》《塞罗韦：雨风村》《魅惑十字路口：非洲历史传奇》体现了她的"社会和政治担当"④。蒋晖在《〈在延安文艺座谈会上的讲话〉的边疆学研究：在非洲的故事》⑤ 和《中国的非洲文学研究展开的历史前提、普遍形式和基本问题》⑥ 两篇文章中系统梳理了现代非洲文学与马克思主义文艺观的渊源，指出毛泽东《在延安文艺座谈会上的讲话》对非洲作家有深刻的影响，提及人民文学观对贝西·黑德的影响。本节以《塞罗韦：雨风村》《魅惑十字路口：非洲历史传奇》为研究对象，以文本细读和历史文化研究结合的方式，从贝西·黑德与共产主义思想、人民之声、人民眼中的伟人三方面探讨贝西·黑德的人民文学观。

一、贝西·黑德与共产主义思想

贝西·黑德的成名之作《雨云聚集时》《玛汝》《权力之问》均带有浓厚的自传色彩，并且都笼罩在南非种族隔离制的阴影之下，但是《权力之问》之后，贝西·黑德选择彻底融入博茨瓦纳的生活，她的写作明确转向博茨瓦纳的历史和人民。通过研读资料、采访民众，她越来越清晰地发现博茨瓦纳在非洲大陆

① NKOSI L. Tasks and Masks：Themes and Styles of African Literature ［M］. Harlow：Longman，1981：76.

② NKOSI L. Tasks and Masks：Themes and Styles of African Literature ［M］. Harlow：Longman，1981：99.

③ 阿吉兹·阿罕莫德. 在理论内部：阶级、民族与文学 ［M］. 易晖，译. 吕黎，校. 北京：北京大学出版社，2014：59.

④ EILERSON G. S. Bessie Head：Thunder Behind Her Ears：Her Life and Writing ［M］. Portsmouth，NH：Heinemann，1995：44.

⑤ 蒋晖.《在延安文艺座谈会上的讲话》的边疆学研究：在非洲的故事 ［M］//刘卓."延安文艺"研究读本. 上海：上海书店出版社，2018：289-300.

⑥ 蒋晖. 中国的非洲文学研究展开的历史前提、普遍形式和基本问题 ［J］. 文艺理论与批评，2019 (5)：127-141.

的独特性，立志以自己独特的方式书写非洲人自己的历史，为普通民众写他们自己的故事。她在《写出南部非洲》中总结了自己"成为作家"的几点要素：早年在教会学校接受的智力教育、泛非主义影响、贝尔托·布莱希特马克思主义文艺观启迪、新写作试验、"敬畏人民"①。"敬畏人民"是她一向遵循的原则，这一原则回应了毛泽东《在延安文艺座谈会上的讲话》中提出的"人民文学"思想。贝西·黑德的人民文学观有共产主义思想的基础，她所参与的国际志愿者和流亡者在塞罗韦创办的合作社和生产大队具有明显的乌托邦性质，博茨瓦纳以部落为主的乡村共同体在最大程度上抵制了殖民影响，确保了普通民众的主体性和人性尊严。《塞罗韦：雨风村》《魅惑十字路口：非洲历史传奇》两部历史著作是贝西·黑德人民文学观的具体体现。

　　贝西·黑德自幼在南非接受英国教会学校教育，对宗教有较强的敏锐性，但"有色人"边缘化的社会地位使其对政治持旁观者态度。她的泛非主义思想和共产主义思想是在 1958 年当记者以后，受马修·恩科阿纳、丹尼斯·布鲁特斯等同行和工作大环境的影响迅速发展起来的。通过阅读乔治·帕德摩尔的作品，与罗伯特·索布奎的接触，贝西·黑德的精神面貌发生了明显的变化，从胆怯焦虑变得坚定自信。但是贝西·黑德在南非加入泛非主义者大会，公开表达自己政治立场的时间很短暂，前后不过两年（1959—1960 年）。1960 年沙佩维尔大屠杀发生后，贝西·黑德也因其泛非主义者的政治身份遭到逮捕，但警方因证据不足而将其释放。这次被捕的经历不仅迫使贝西·黑德走向流亡博茨瓦纳之途，也深刻地影响了她的写作策略，泛非主义和共产主义思想总是以忽隐忽现、飘忽不定的方式出现在她的作品中，直到她在《权力之问》中明确提出自己的"人民宗教观"，小说以拥抱普通百姓作为"归属的姿态"② 而结尾。该结尾实际开启了她"人民文学"创作的新方向。

　　人民文学是马克思主义文艺理论在中国发展过程中的重要文学观，在国内外均产生了重大影响。1942 年毛泽东《在延安文艺座谈会上的讲话》（以下简称《讲话》）中提出："我们的文学艺术都是为人民大众的，首先是为工农兵的，为工农兵而创作，为工农兵所利用的。"③ 之后，绍荃麟、郭沫若、周扬等

---

① HEAD B. A Woman Alone：Autobiographical Writings［M］. Oxford：Heinemann，1990：99.

② HEAD B. A Question of Power［M］. Johannesburg：Penguin Books，2011：223.

③ 毛泽东. 在延安文艺座谈会上的讲话［M］//中共中央文献编辑委员会. 毛泽东选集：第 3 卷. 北京：人民文学出版社版，1991：863.

对毛泽东的话进行了阐释，从中引申出"人民文学"① 的说法。1949 年 10 月沈雁冰为主编的《人民文学》创刊，从此"人民文学"这个概念成为毛泽东延安讲话精神所倡导的文艺方向的一个重要理论范畴。②

邦尼·麦克杜格尔（Bonnie S. McDougall）指出："毛泽东的著作在全世界流传的范围可能比本世纪任何一个人的著作都要广泛。《在延安文艺座谈会上的讲话》在他的众多作品中占有突出地位，受到国内外的高度关注。"③ 1950 年印度、美国、英国都先后出版了《讲话》的英文版。④ 而我国外文出版社在 1956年推出最早的《讲话》英文版，此外，外文出版社推出的《毛泽东选集》英文版各版本中也都有《讲话》，这些英文版较容易流传到非洲英语通用国家。尼日利亚马克思主义文学理论家欧玛福姆·弗·奥诺戈（Omafume F. Onoge）在《非洲文学中的意识危机》和《殖民政治和非洲文化》两篇文章中都引用了毛泽东的《讲话》，引文分别出自 1962 年美国出版的《毛泽东选集》⑤ 和 1967 年我国外文出版社出版的《毛泽东论文艺》⑥。奥诺戈的文章反映出《讲话》在非洲的深远影响。蒋晖指出，非洲马克思主义文学家并不是那么熟悉西方马克思主义著作，也对现实主义和现代主义的纷争不感兴趣。他们熟悉的是毛泽东的《讲话》和苏联马克思主义的著作。⑦

马克思主义在南非有很长的历史，1921 年南非共产党就成立了。贝西·黑德 1959 年 5 月来到约翰内斯堡在《金礁城邮报》的副刊《家庭邮报》任职，为"嗨，青少年"专栏撰稿。通过《鼓》杂志记者马修·恩科阿纳，贝西·黑德开始接触泛非主义思想，阅读乔治·帕德摩尔的《泛非主义还是共产主义》。1959 年乔治·帕德摩尔在加纳去世，他的去世更加激发了贝西·黑德对他的作

① 魏建亮. 何为"人民—文学"：中国当代文学破困自救的理论再思考 [J]. 青海社会科学，2017（5）：164-169，212.

② 冯宪光. 人民文学论 [J]. 当代文坛，2005（6）：5-10.

③ MCDOUGALL B. S. Mao Zedong's "Talks at the Yan'an Conference on Literature and Art"：A Translation of the 1943 Text with Commentary [M]. Ann Arbor：Center for Chinese Studies, University of Michigan，1980：3.

④ 涂武生.《在延安文艺座谈会上的讲话》在国外的传播和影响 [J]. 泰安教育学院学报岱宗学刊，2000（1）：44-48.

⑤ ONOGE O. F. The Crisis of Consciousness in Modern African Literature：A Survey [J]. Canadian Journal of African Studies，1974，8（2）：385-410.

⑥ ONOGE O. F. Colonial Politics and African Culture [M] //GUGELBERGER G. M. Marxism and African Literature. Trenton：Africa World Press，1985：50.

⑦ 蒋晖.《在延安文艺座谈会上的讲话》的边疆学研究：在非洲的故事 [M] //刘卓."延安文艺"研究读本. 上海：上海书店出版社，2018：289-300.

品研读的兴趣，她写道：

> 读完乔治·帕德摩尔的书，我说话、思考和走路的方式整个都发生了
> 变化。像南非这样的气候和环境完全不适合我在这儿生活。它赋予我新的
> 皮肤和新的生活，那是在这儿的条件下完全不能被接受的……乔治·帕德
> 摩尔对我来说是个先知。此外他是发起人，是非洲的解放者。①

乔治·帕德摩尔在《泛非主义还是共产主义》中主张非洲的民族主义应该
实行社会主义经济政策，走城镇工业化和农村合作化的治国之路。他的这个主
张代表了初期非洲社会主义者的集体思想。1957 年加纳独立，恩克鲁玛实行社
会主义制度，自此拉开非洲社会主义运动的序幕。从 1957 年到 1992 年，非洲
55 个国家里面至少有 25 个在一段时期内宣称自己是社会主义国家。② 但是南非
却被白人的种族隔离制引向深渊。

贝西·黑德于 1960 年 3 月见到索布奎。当时索布奎领导的泛非主义者大会
正在准备抗议通行证法活动，贝西·黑德参加了几次激烈的讨论大会，参与了
抗议活动，亲眼看见了索布奎被捕。索布奎是贝西·黑德心中的英雄，她在
1978 年索布奎去世时写了一篇短篇小说《基督之子降临》，满怀深情地追忆了
他的一生，特别记录了他对毛泽东著作的阅读：

> "我正在阅读这本关于中国革命后土地斗争问题的书，"他说，"毛泽东
> 在让人们耕种土地时遇到了难题，因为那里的人们有祖先崇拜的习俗。我
> 在我的出生地特兰斯凯见过人们做同样的事情。那里几乎没有土地可以耕
> 种了，但是人们宁可饿死也不愿意在埋葬了他们祖先的土地上耕种。"③

这段话显示出索布奎的不同之处，他阅读马克思主义和中国革命的著作数
量可能比不上很多其他非洲知识分子，但是他非常善于把所读之书和非洲现实
联系起来，这是他吸引大量追随者的主要原因。随着时间的推移和艰难的流亡
经历，贝西·黑德几乎没有再提及帕德摩尔，但是索布奎和毛泽东的名字经常

---

① EILERSON G. S. Bessie Head：Thunder Behind Her Ears：Her Life and Writing［M］. Ports-
mouth，NH：Heinemann，1995：45.

② 蒋晖. 关于非洲国家社会主义道路的几点断想［J］. 台湾社会研究季刊，2016（103）：
113-145.

③ HEAD B. The Coming of the Christ-Child［J］. Callaloo，1980（8/10）：110-117.

出现在她的作品或书信中，毛泽东和中国社会的发展一直是她所关注的。

1964 年贝西·黑德流亡到博茨瓦纳，她发现博茨瓦纳是黑人的家园，看不到几个白人，几乎没有受到殖民影响。惊喜之余，她积极创作，改变在南非形成的现代主义的文风，遵循非洲大陆阿契贝、索因卡、恩古吉等主流作家倡导的现实主义创作原则，进行创作。非洲的现实主义创作思想一方面受到 19 世纪西方文学传统影响，注重文学与社会的互动关系，另一方面受到马克思主义文艺观影响，强调"文学必须反映社会现实"①。贝西·黑德创作的若干篇关于当地百姓的短篇小说，很快就发表在国际反南非种族隔离的进步杂志上，如《致塞罗韦：非洲村落》发表在南非的《新非洲人》杂志上；《来自美国的女人》发表在英国的《新政治家》杂志上；《悲伤的食物》发表在乌干达的《转型》杂志上；《博茨瓦纳村民》《老妇人》《夏日骄阳》《绿树》发表在南非的《经典》杂志上。她的短篇小说表达了她想融入黑人家园的热切心情，但不久她就发现因为语言障碍和肤色问题自己并不为当地人所接受，她的南非大城市派头和知识分子的清高也让她离群索居，为了生计和自己的文学追求，她转向长篇小说创作，本节开篇提到的三部带有自传体色彩的长篇小说即是此时的产物。

二、人民之声

博茨瓦纳艰难的流亡生活让贝西·黑德精神崩溃了两次，她在《权力之问》中追溯了那地狱般的精神之旅，是博茨瓦纳人民和她自己的坚定选择让她走上康复之途。《权力之问》出版后，贝西·黑德决定不再写自己，转而去写博茨瓦纳的普通百姓。编辑吉列·戈登建议她写一本"乡村"著作，类似瑞典作家杨·米达尔（Jan Myrdal）的《来自中国乡村的报告》（*Report from a Chinese Village*，1963 年瑞典文版，1965 年英译版）和英国作家罗纳德·布莱斯（Ronald Blythe）的《阿肯菲尔德：英国乡村的肖像》（*Akenfield：Portrait of an English Village*，1969），但她自己必须对选题感兴趣，并且一定要有她自己的特色。②贝西·黑德欣然接受此提议，开始《塞罗韦：雨风村》的资料搜集、民众访谈和写作工作。

塞罗韦是博茨瓦纳独立前茨瓦纳族大部落之一恩瓦托的首都，于 1902 年由

---

① NGUGI W. T. Writers in Politics［M］//NGUGI W. T. Writers in Politics：Essays. London：Heinemann，1981：74.

② EILERSON G. S. Bessie Head：Thunder Behind Her Ears：Her Life and Writing［M］. Portsmouth，NH：Heinemann，1995：158.

恩瓦托部落酋长卡马三世创建，到 20 世纪 60 年代，塞罗韦已经发展成非洲最大的村庄之一，很多国际志愿者和流亡者聚集在此，进行社会发展和改革试验，其中最为著名的是南非流亡者帕特里克·范伦斯堡的"斯瓦能项目"（The Swaneng Project，1963—1973），包括斯瓦能山学校、农业合作社和生产大队。贝西·黑德 1964 年到博茨瓦纳蔡凯迪纪念学校教小学英语，因反抗校长性骚扰，被以"疯癫"之名开除。在范伦斯堡的帮助下，贝西·黑德加入博伊特科项目的菜园部，与波赛丽·西阿纳纳结为好友。波赛丽·西阿纳纳是茨瓦纳人，跟贝西·黑德学会了英语，成为贝西·黑德访谈塞罗韦人的向导和翻译。

塞罗韦的自然地理环境与贝西·黑德所熟悉的南非东南部沿海热带湿润气候不同。博茨瓦纳地处南部非洲内陆，属热带草原气候，西面是卡拉哈迪沙漠。塞罗韦位于博茨瓦纳东部，属丘陵地带，降雨稀少，气候非常干燥，贝西·黑德称之为"雨风村"。贝西·黑德对"雨风村"的描写如下：

> 在某个阶段，我开始将泰马科的诗句与我自己的诗句混淆，我将塞罗韦改名为雨风村。我们干旱的年份多于雨年。……
>
> ……夏日的雨都以这种玩笑的方式飘荡着。风从雨中掠过，一阵凉爽、清新的雨风把你从头到脚扫一遍。这就是大多数夏天你在塞罗韦所能获得的一切——雨风，而不是雨。①

雨水在荒漠地区就代表生命，因此在博茨瓦纳，雨总是和所有美好的人和事联系起来。对"雨风村"的翻译绝对不能随意换成中文里的"风雨"一词，因其意境和意义是完全不同的。在塞罗韦的生态环境下，人们的生活以畜牧业为主，主要是养牛，农业种植则以抗旱粮食作物为主，蔬菜和经济作物都很难生长，因此 20 世纪 60—70 年代很多国际志愿者来此地进行现代科学农业试验。

贝西·黑德认为塞罗韦人在艰苦的生态环境下养成了坚韧沉稳、乐于接受新事物、善于融合变通的优良品质，《塞罗韦》这本书就以社会改革和教育发展为主题，以卡马三世、蔡凯迪和范伦斯堡三个人物所代表的时代为线索，以村里各时代亲历者和见证者的讲述为肌理，辅以历史资料引文，前后加上作者的简介、塞罗韦概述、乡村特有的事物、后记和关于英国殖民历史的附录而构成。《塞罗韦》的谋篇布局最鲜明的特色是贝西·黑德让普通百姓直接出来说话。全书共有 46 位受访者，年龄最大的 104 岁，最小的 25 岁，他们的人生经历、社会

---

① HEAD B. Serowe：Village of the Rain Wind［M］. London：Heinemann，1981：x.

地位、教育状况各不相同。受访者中有茨瓦纳传统历史学家、退休教师、伦敦传教会成员、牧民、茅屋建工、制陶匠、铁匠、皮匠、箩筐编织匠、裁缝、园丁、商贩、农民、行政管理人员、医生、护士、接生婆、传统医生、国际志愿者、学校学员、项目经理等。

贝西·黑德的人民文学观在《塞罗韦》中有两点具体体现，一是以非洲普通民众为中心，二是把所有的人都放在平等的位置上。贝西·黑德努力让每个受访者讲述自己的故事，给他们足够的篇幅，让读者看到他们的个性和差异，让非洲传统的口述艺术得以展示。以下是一位退休牧民讲述的老人在霍特拉中的作用的头两段，具有浓郁的茨瓦纳特色，其中霍特拉和沃德都是茨瓦纳术语，分别指议会（或酋长法庭）和村社：

老人在霍特拉的作用
莱科托·迪哈特，86 岁，退休牧民

在塞罗韦有很多小村庄沃德，每个小沃德都有自己的霍特拉。这意味着村庄里的小霍特拉是数不过来的，太多了。不过塞罗韦有四个高级沃德，这些沃德先听取塞罗韦大量的小霍特拉报来的案子。如果高级沃德的酋长有不能处理的案子，他会把它交给酋长霍特拉，就是塞罗韦的主霍特拉。[①]

这段讲述展示了博茨瓦纳历史悠久的议会制，是非洲民主议事的主要形式，至今仍保留着。老人的话语非常质朴，不卑不亢，还略带威严。这种以非洲人为中心，让他们讲述自己故事的表现方式完全不同于西方作家关于非洲的表现方式，这只要和康拉德（Joseph Conrad）的《黑暗的中心》（*Heart of Darkness*，1899）、凯伦·布里克森的《走出非洲》对比一下，差异就显而易见了。《黑暗的中心》周围的非洲土著都不出场，小说的中心仍然是欧洲白人，《走出非洲》的中心人物也都是欧洲白人，非洲土著仅仅是陪衬者。

贝西·黑德把所有的人都放在平等的位置上，突破了历史学家的分类方式。她的采访话题是围绕卡马三世、蔡凯迪和范伦斯堡所做的社会改革和教育发展，让受访者讲述自己亲身经历过的故事。卡马三世的重大贡献是主动接受基督教，废除男性成人礼和一夫多妻制，主动寻求英国王室保护，避免部落沦为英国南非公司的附庸，保持了民族独立性。蔡凯迪的重大贡献是创办多所中小学和莫

---

① HEAD B. Serowe：Village of the Rain Wind［M］. London：Heinemann，1981：40.

恩学院，提高百姓教育水平。范伦斯堡曾是南非驻比属刚果首都利奥波德维尔的副领事，1957 年加纳独立使他对南非马兰政府的种族隔离制的看法发生了巨变，遂辞去副领事职务。此事惹恼了南非政府，他被吊销护照，流亡英国，又辗转来到博茨瓦纳。把范伦斯堡和卡马三世、蔡凯迪并置不符合历史学家的归类原则，因为卡马三世和蔡凯迪都是统治者，而范伦斯堡只是一个流亡者。但是贝西·黑德的理由是这三位人物有相似之处，他们都具有颠覆性的变革思想，并因此都遭到驱除，但是他们都坚持变革并推动了博茨瓦纳社会的进步。

贝西·黑德力图将此作品称作历史著作，以改写"非洲没有历史"的妄论，但她的写作方式不为历史学家所欣赏，反倒是文学界将此作为独特的历史小说来看待。① 卡马三世、蔡凯迪和范伦斯堡三位人物并没有得到正面描写，只是引用了一些史料来呈现他们的变革思想，而受访的普通百姓则对这三位人物的思想、做法从自身亲历的角度进行描述和评价，这种写法确实使"人民之声"得以表达，并且这些声音是复调的，口述者的语言风格各异，观点不尽相同，句子之间的逻辑性不强，思维跳跃和分岔时有出现，还有圈内人之间省略所指人和事的亲密表达，这些都体现了非洲口述艺术的特点。

《塞罗韦》第三部分范伦斯堡的"斯瓦能项目"所展示的教育改革、生产大队与合作社概念和做法与中国同时代的情形极为相似，这是因为斯瓦能项目和中国当时的社会发展思想都源自马克思主义思想，尤其是其中的"公社"（community）概念（如今更多地翻译成"共同体"）。从法国巴黎公社到苏联集体农庄，再到中国的人民公社，都是受到共产主义理想的感召。斯瓦能项目的理念也是基于此，不同的是它以范伦斯堡个人的名义发起，得到瑞典、丹麦、英国等欧洲进步组织的资金、人员支持，获得塞罗韦部落行政管理部门批准的土地，有国际志愿者参与教学任务，有当地百姓积极加入。斯瓦能项目中的学校项目是最成功的。学校和生产大队结合的方式解决了小学毕业无法进入中学的"问题孩子"的难题，他们以半工半读的方式加入各种生产大队，掌握一技之长，同时学习文化知识。最早建立的"建工大队"（Builders' Brigade）参与了校舍建造，留下了有形的物质遗产。范伦斯堡说生产大队的想法是他从加纳的

---

① BROAD C. Translating, Writing, and Gendering Cultures：Bessie Head's *Serowe*：*Village of the Rain Wind* ［M］//LEDERER M. S, TUMEDI S. M, MOLEMA L. S, DAYMOND M. J. The Life and Work of Bessie Head, Gaborone：Pentagon Publishers, 2008：59~71.

恩克鲁玛那儿借来的,① 而恩克鲁玛是从苏联和中国学来的。

斯瓦能项目中有很多女性参与,上文提到的贝西·黑德的翻译波赛丽·西阿纳纳参加的是博伊特科项目的菜园部。博伊特科在茨瓦纳语中是"人手多,活就轻"② 的意思,有浓厚的非洲部落集体主义和原始共产主义意味,和马克思提出的共产主义天然对接。该项目参与者主要是女性,主要工作是制陶、纺织、缝纫、种菜。一旦掌握新技术,这些女性就改变了传统角色,不只提供"无报酬的家务劳动",而是拥有了自己的事业,变得更加独立,在一定程度上实现了马克思主义女性主义"消灭私有制以改变种族和阶级关系"③ 的目标。波赛丽·西阿纳纳是《权力之问》中凯诺西的原型,她代表了勤劳、善良、聪慧、独立的茨瓦纳女性,是贝西·黑德女性观的体现。

斯瓦能项目持续 11 年后,博茨瓦纳政府要收回项目管理权,但是国外资金组织不接受政府干涉,双方不能达成一致,1973 年项目就此中止。贝西·黑德认为项目归政府管理是合理的,但事已至此,她只能以作家身份记录这段历史,并说是德国剧作家布莱希特的共产主义思想激励她把这个项目一一记录下来的。④ 这些记录让我们感受到,那个年代世界进步人民在崇高理想的支持下所进行的热火朝天的共产主义试验,有成功,也有失败,但其精神永存。在 1972 年,贝西·黑德在给派蒂·凯诚的信中提到埃德加·斯诺(Edgar Snow)的《红星照耀中国》(*Red Star Over China*,1937)、韩素音的《早晨的洪流:毛泽东与中国革命》(*The Morning Deluge:Mao Tsetung and the Chinese Revolution* 1893—1954,1972)以及当时每天从英国广播公司(BBC)听到的中国发展状况,最后她写道:"现在一种强烈的渴望袭上我的心头,去中国,住在其中一个公社里,在那儿写一本书。"⑤ 贝西·黑德在写斯瓦能项目时,一定怀着对中国的人民公社的向往。

---

① EILERSON G. S, TUMEDI S. M. Interview with Patrick van Rensburg, Friend of Bessie Head and Founder of Serowe's Swaneng Hill School and the Brigade Movement in Botswana [M] // LEDERER M. S, TUMEDI S. M, MOLEMA L. S, DAYMOND M. J. The Life and Work of Bessie Head, Gaborone:Pentagon Publishers,2008:287-293.

② HEAD B. Serowe:Village of the Rain Wind [M]. London:Heinemann,1981:170.

③ 刘岩. 后现代视野中的女性主义与女性主义文学批评 [J]. 广东外语外贸大学学报,2011,22(4):9-13.

④ HEAD B. A Woman Alone:Autobiographical Writings [M]. Oxford:Heinemann,1990:99.

⑤ HEAD B. Letter to Paddy [M] //DAYMOND M. J. Everyday Matters:Selected Letters of Dora Taylor, Bessie Head, and Lilian Ngoyi. Johannesburg:Jacana Media Ltd.,2015:195-196.

历史学界和文学界对《塞罗韦》解读的差异还表现在其口述资料的真实性上，主要聚焦两个质疑点，一是翻译问题，二是受访者的记忆精准性问题。博茨瓦纳人以茨瓦纳语为母语，英语是官方语言，受过正式教育的人接受的是英语教育，而年长者则大多没有受过正式教育，不懂英语。贝西·黑德不精通茨瓦纳语，需要波赛丽翻译成她们俩能懂的英语。贝西·黑德写完访谈记录后，会念给受访者听，如果受访者提出异议，她就进行修改，这样的来回很多。这种情况在采访老人时更容易发生，因为很多八九十岁的老人已经记忆不清了，对自己说过的话出尔反尔，对这些老人，贝西·黑德就采用记叙文的方式记录在老人家的所见所闻。这些在历史学界看来不可靠的文字，在文学界看来都是很有意思的创作和想象互动的结果，称之为故事或小说都是恰当的，符合"人文学"观念，如栾栋所言：我们赞同"文史哲不分家"的大人文识断，倡导"文史哲互根"的人文学透解。[①]

当然，需要指出的是，《塞罗韦》在力保人民之声的同时，也在一定程度上限制了作家本人的创造力和作品本身的平衡感和整体性，书稿完成后未能按原出版社计划在 1973 年出版，而是经历了 8 年波折最终由海尼曼出版。为更好地发挥作者的创作自由，《塞罗韦》完成后，贝西·黑德再次出发，以历史小说的方式创作了《魅惑十字路口：非洲历史传奇》。

三、人民眼中的伟人

在贝西·黑德的传记和书信集里，她反复提到要写一本卡马三世的书，但是《魅惑十字路口》经过 10 年努力终于出版后，读者发现卡马三世并不是这部历史小说的主角，主角是面临部落灭亡而主动寻找卡马庇护的小部落酋长塞比纳。读者通过体态衰老但思维仍然开放活跃的塞比纳的眼睛逐渐看到一个卡马的形象，他有高大、伟岸的轮廓，但没有丰满具体的细节。这种写法既继承了英国历史小说之父司各特（Walter Scott）的写法，也有贝西·黑德人民文学观的体现和创新。在司各特的历史小说中，重大历史事件和重要历史人物都是背景，主角是虚构的人物，而恰恰是虚构人物有丰满的形象、鲜明的性格、复杂的思想情感、坎坷的经历，他们的经历和思想折射出重大历史事件和重要历史人物对社会各方面造成的冲击。

贝西·黑德选择的主角塞比纳不是纯粹虚构的，而是真实的，他的一生几乎跨越整个 19 世纪，不经意间他就成了 19 世纪南部非洲诸多划时代事件的一

---

① 栾栋. 人文学的远源［J］. 广东外语外贸大学学报，2011，22（5）：53-55.

部分。这些事件是：部落间的姆法肯战争（1817—1837）、布尔人大迁徙（Great Boer Trek，19 世纪 30—40 年代）、布尔人建立德兰士瓦共和国（1852—1877，1881—1902）和奥兰治自由邦（1854—1902）、发现大钻石矿（1866）、第一次英布战争（Anglo-Boer War，1880—1881）、发现大金矿（1886）、贝专纳兰成为英国保护地（1885—1895）、贝专纳兰对抗塞西尔·罗德斯操控下的英国南非公司、第二次英布战争（Second Boer War，1899—1902）、南非联邦成立（1910）等。塞比纳和他家族的生活和命运反射出一个新时代的痛苦和奇迹。在这个新时代，现代意义上的茨瓦纳民族形成了，它源于苏陀-茨瓦纳部族，不断吸收众多小部族，以基督教化为抓手，学习西方科学文化，选择英国王室作为保护，对抗布尔人和英国南非公司以及德国等西方列强的瓜分，最大可能地保留黑人自治权，把白人统治和影响降到最低限度，为 1966 年的和平独立铺好了道路。

通过将塞比纳家族纳入卡马三世的保护之下，贝西·黑德实现了双重目的，一是把她的写作范围扩大到整个南部非洲，二是依旧保持了写作的中心。① 塞比纳及其孙子马泽比的人物塑造是在彼得·马泽比·塞比纳（Peter Mazebe Sebina）的文章《马卡拉卡史》（History of Makalaka）的基础上进行了艺术加工，以凸显他作为那个历史时代代表的人格特征。② 对于塞比纳这个人物，作者充分运用个人写作风格发挥想象力，进行了很多诗意的描写，人物形象有血有肉，丰满生动，使南部非洲纷乱纠缠、残暴血腥、波谲云诡的历史变得引人入胜、可读可赏。

贝西·黑德选择塞比纳家族作为焦点，旨在牵出南部非洲被殖民统治前的辉煌历史，即 11 世纪起由绍纳人创建的穆胡姆塔巴帝国和 19 世纪初崛起的祖鲁王国。塞比纳家族所在的穆胡姆塔巴帝国在 19 世纪初已处于末世，在新起之秀祖鲁王国中北上的恩德贝莱人的强弩面前不堪一击。恩德贝莱人以残暴的武力著称，很多部落被征服，被蔑称为"马卡拉卡"③，即被征服或被奴役的部落之意。而此时，卡马三世统治的恩瓦托国日渐强大，可与恩德贝莱人抗衡，但卡马用的是怀柔政策，通过吸纳被恩德贝莱人打败的各部落的难民来扩大自己的人数和力量，形成现代意义上的茨瓦纳民族。塞比纳家族被马卡接纳时只有

---

① EILERSON G. S. Bessie Head：Thunder Behind Her Ears：Her Life and Writing［M］. Portsmouth, NH：Heinemann，1995：262.

② HEAD B. A Bewitched Crossroad：An African Saga［M］. New York：Paragon House Publishers，1986：7.

③ LIVINGSTONE D. Missionary Travels and Researches in South Africa［M］. London：John Murray，1857：141.

600 人，这样的小家族在部落战争中很容易被灭绝，寻求大部落保护是小家族求生存的主要方式之一。其实在融入卡马的恩瓦托部落前，塞比纳家族已经经历了从最早的罗朗部落到融入卡兰加部落的漫长历史过程。以塞比纳部落为叙述焦点更好地展示了非洲部落演化的方式，各部落间的分裂与融合都在非洲广袤的大地上按照自己的节奏进行着。

塞比纳家族和卡马是不打不成交。他们的真正接触是在 1882 年年初，塞比纳家族 16 人到恩瓦托首都绍松去交易物品，第十日晚在营地休息时，被卡马的军团误当成恩德贝莱间谍而攻击了。卡马了解情况后派兄弟护送幸存者回家，在塞比纳的法庭真诚道歉并提出补偿。塞比纳家族属卡兰加部族，此时在恩德贝莱人的奴役下，艰难度日。两相对比，塞比纳决定寻求卡马的庇护，并很快得到答复，塞比纳家族迁徙到卡马指定地安顿下来，次日，卡马在酋长法庭接见塞比纳。这是塞比纳第一次见到卡马：

> 所有头人一般都衣着整齐，穿戴传统服装——兽皮外套、缠腰，但今早此时到来的头人都根据个人喜好加了一件欧式服装——马甲、帽子、鞋子或衬衫。只有卡马全身是现代装束。他大约 40 岁。他快步走进法庭，很高、很瘦，从头到脚穿着欧式服装，英式帽子和西装，还有英式靴子。他用平静的眼神扫视法庭上所有的人和新来者，然后坐在他那张低矮的传统样式的椅子上，按公事程序等待塞比纳的问候。①

卡马的服装是欧式的，但是他的法庭是传统的，酋长法庭既是非洲原始民主议事制的体现，又是部落最高权力的象征，卡马在他的法庭上始终保持民主议事程序和他的权力和威严，绝对不允许任何人侵犯，这种权力和威严在后来和英国人谈判时更是表现得不容置疑。其中卡马对英国关于 22 度纬线作为保护地界限的驳斥保留了博茨瓦纳民族和地域的完整性，避免了很多非洲国家被殖民者人为划分而造成的无尽种族冲突和血腥屠杀。因此，卡马的欧化是表面的，他可以接受欧洲文化中人性的、先进的东西，学会用基督教信仰、欧式思维、欧式程序和欧洲人打交道，避免落入他们的圈套。同时他用欧式文化中人性的做法对抗非洲传统文化中的一些野蛮做法，废除男性成人礼和求雨仪式，因为这些活动中都有祭仪谋杀的环节。在塞比纳眼中，卡马是冷静、睿智、善良的，

---

① HEAD B. A Bewitched Crossroad：An African Saga ［M］. New York：Paragon House Publishers，1986：64-65.

是欧式文化和传统文化融合的典范。

仅仅通过塞比纳一人之眼去看卡马肯定会失之偏颇，贝西·黑德还塑造了一个和塞比纳对应的有趣人物——玛汝阿普拉，他对卡马的为人和做法总有微词，这在一定程度上增加了卡马的多面性，也提醒读者卡马变革必将遇到阻力，卡马的成功并非一帆风顺。卡马颁布禁酒令以对抗欧洲殖民者企图通过烈酒消灭非洲人的险恶用心，科伊人（Khoikhoin）沦落到无土地遭奴役的地步就是先例。科伊人是南部非洲最古老的部落之一，是第一个被欧洲酒精毁掉的大部落。但是非洲普通民众并没有卡马那么理智和有自控力，欧洲酒贩子也很嚣张，认为卡马拿他们没有办法。玛汝阿普拉给塞比纳讲了卡马颁布禁酒令后发生的一段故事：

> 这年轻人惟妙惟肖地模仿卡马真诚而清心寡欲的样子："'我不能因为白人喝酒就把他们赶走，而允许我自己的人民继续喝这坏东西。所有的啤酒酿造都要停止，无论老少！'这就是他的聪明之处！他伺机待发，直到所有的人都从心底里同意他的观点时，他才提出来，他就是这样统治我们的。人们渴求啤酒，白人也渴求白兰地。他们还都在这儿，还是喝醉了，但都提心吊胆，偷偷摸摸的。女人们的啤酒罐子都深深地埋在地下……"①

玛汝阿普拉称卡马为"伟人"有讽刺的意味，因为卡马废除求雨仪式，间接剥夺了他们家族的特权。他们擅长做求雨仪式，在卡马父亲塞库马时代得到重用，而在卡马时代沦为普通人，因此他怀念旧时代，死抓传统不放。尽管玛汝阿普拉对卡马有微词，但是他不得不佩服卡马的能力。他对卡马的评价虽然刻薄，但相当精准，这种评价在书中占有一定比例，其效果比塞比纳单纯的欣赏更能抓住读者的心，更能反映出卡马在抵制列强瓜分非洲时的超人智慧和坚定立场。

除了塞比纳和玛汝阿普拉外，贝西·黑德还生动塑造了塞比纳的几个妻子、儿子和孙子，以及玛汝阿普拉的儿子。这些人物体现了在卡马引领的新时代下，不同人物对引进基督教和西方语言、科学、技术、知识等的反映和选择。以塞比纳和他的第一位妻子芭可薇为代表的老一辈属于开明的保守派，他们坚持自己的传统，但是不干涉年轻人选择基督教及进行相关学习。这里的年轻人不仅

---

① HEAD B. A Bewitched Crossroad：An African Saga ［M］. New York：Paragon House Publishers，1986：70.

包括塞比纳的孩子、孙子，还包括他其他的年轻妻子。这些年轻人构成卡马时代的支持者和社会主流。而同样还年轻的玛汝阿普拉却走上死守传统的道路，他严禁自己的儿子图米迪索接触基督教，然而图米迪索与他父亲相反，对基督教充满向往。在塞比纳的孙子马泽比的偷偷帮助下，图米迪索坚持学习《圣经》和西方文化知识。马泽比是非洲人中极具天赋的代表，他被教会老师一路欣赏选拔送到南非的大学，成为非洲人中的知识精英。图米迪索则代表非洲人中虔诚的基督教信仰者，他没有太多天赋，但非常认真、执着，最终在他父亲死后凭借自己的努力被教会推选接受了大学教育，成为恩瓦托国的第一位教会执事长。

这部历史小说引用了很多文献来引证其历史真实性，其中约翰·麦肯奇的《奥兰治河以北十年》（*Ten Years North of the Orange River*，1871）和赫本的《卡马之乡二十年》（*Twenty Years in Khama's Country*，1895）两本书中的作者观点和史料得以较多呈现。虽然这些书都是英国传教士所著，但是贝西·黑德没有简单地把他们排除在外，而是把他们纳入"人民"的范围，他们在茨瓦纳民族历史发展过程中既是参与者也是记录者。卡马是伟大的，因为他成功推广了"西学为用"，茨瓦纳人民更加伟大，因为他们能做出正确的选择，保留了民族的尊严。贝西·黑德在《塞罗韦》中写道，塞罗韦可能是南部非洲唯一一个黑人可以非常有尊严地说："我喜欢白人带来的一些东西，比如铁螺栓。"①

贝西·黑德的人民文学观是非洲知识分子自我改造的一种努力，它也不断受到中国发展信息的鼓舞。贝西·黑德后期作品所走的人民之声和人民眼中的伟人的创作路线是值得肯定的，与塞罗韦民众的大量接触使贝西·黑德获得了真正意义上的"共同体感"。虽然没有直接受到中国人民文学观指导下创作出的作品的影响，但是她的作品所展示的非洲人民对抗殖民统治、参与现代农业社会改革、发展现代教育的斗志、热情和行动与相同题材的中国文学作品有惊人的相似之处，这正是人民文学观对非洲作家产生重要影响的明证之一。

本章重点论述了贝西·黑德在文学创作和文论中表现出的三大思想观念：女性观、生态观、人民文学观。这三大思想观念伴随着贝西·黑德对自我身份的探寻而形成，扎根非洲发展现实，有连贯性并且相互交织发展，表达她对西方殖民主义和种族隔离制的深刻批判，对博茨瓦纳黑人文化的真切认同。为践行这些思想，贝西·黑德主动承担作家的社会使命，放下身段，走进百姓生活，

---

① HEAD B. A Bewitched Crossroad：An African Saga［M］. New York：Paragon House Publishers，1986：70.

进行田野调查，通过访谈和记录搜集一手资料，以真挚的感情和震撼的文字书写非洲人民的故事，在世界图书市场赢得可观的份额。贝西·黑德基于非洲传统的家庭、婚姻、性、爱观念，反对一味强调颠覆和抵制父权文化的西方女性主义者，提出家庭的稳定和幸福少不了如"温柔之诗"的男人，她笔下的茨瓦纳女性对性与爱的坦率和执着以及她们对"真女人"的阐释令女性主义者为之一振。

贝西·黑德以令人震撼的笔墨描绘了卡拉哈里沙漠边缘地区的风景和脆弱的荒漠生态环境以及百姓在旱灾面前求助巫术的无奈行为，指出生态恶化是意识形态、思维方式、政治制度、经济利益、宗教信仰等多方因素交织驱动的人类行为的后果。贝西·黑德倡导通过科学生态的手段恢复和保护生态环境，通过人与土地的相互关爱和呵护，实现遭破坏的土地和受创伤的人之间的相互治愈，表达了她基于生命共同体思想的生态观和共同发展的非洲梦想。

贝西·黑德受中国特色人民文学观的影响，提出"敬畏人民"的创作思想。贝西·黑德早期在南非受到共产主义思想的影响，流亡博茨瓦纳后，与非洲和欧美进步期刊保持密切联系，她的人民文学观是非洲知识分子通过融入当地民众进行自我改造的一种努力，这种观念也不断从中国发展的信息中得到激励。她后期致力于非洲历史著作创作，采用表达人民之声和描绘人民眼中的历史伟人的创作路线。在与塞罗韦民众的大量接触使贝西·黑德获得了真正意义上的"共同体感"。

结　论

贝西·黑德的文学创作立足南部非洲黑人的现实生活、精神追求和文化传统，探讨殖民与被殖民的文化、心理、信仰之间的复杂关系，以高超的叙事艺术向读者讲述非洲的故事，是非洲文学中的艺术典范。贝西·黑德的三部自传体小说《雨云聚集之时》《玛汝》《权力之问》为她赢得了世界声誉，两部短篇小说集《珍宝收藏者及其他博茨瓦纳乡村故事》和《柔情与力量故事集》夯实了她世界文学大师的地位。这些小说包含了丰富的主题，如非洲后殖民时代的合作、种族歧视和部族歧视、权力的邪恶之源、黑人意识、自我身份认同、传统与现代社会的冲突、两性关系、家庭与婚姻等。口述历史著作《塞罗韦：雨风村》和历史小说《魅惑十字路口：非洲历史传奇》展示了贝西·黑德从"小我"世界到"大我"世界的创作创新实践和深重的历史感与使命感。

贝西·黑德的创作是真正意义上的非洲本土创作，是非洲文学研究不可忽视的一部分，她用英语书写的非洲苦难和创伤让世界震撼，是用国际话语体系讲述民族故事的成功案例。作为非洲黑人文化的代言人，贝西·黑德的小说充满历史的张力。一方面，她凭借独到的洞察力和想象力，勾勒出一幅幅栩栩如生的非洲人生活画卷，不惜笔力对真善美进行颂扬，对假恶丑进行鞭笞和讽刺。另一方面，她具有坚持回归本真性的历史责任感和仗义执言的道德情操，通过田野调查记录口述历史和民族神话，通过查阅殖民历史档案，重新塑造了民族形象。她描写的是本地的人物和事件，反映的是世界性的问题，着眼的是非洲的现实，关注的却是整个人类的命运。

贝西·黑德的创作吸引了国际学界的广泛关注，产出了大量的研究论著。贝西·黑德精湛的英语和她的非洲血脉及传统渊源，首先引起英语世界的关注，其遭排斥、被边缘化的流亡生活在欧美发达国家和非洲、南亚、拉美等发展中国家的黑人、"有色人"和其他弱势群体中引起广泛同情和共鸣，产生深远的影响，催生了大量的比较研究论著。这些论著将贝西·黑德置于国别区域文学和世界文学的大语境中，反映了个体作家与所处国家、地区和世界的互动关系，以及具有可比性的作家之间的共性、差异和他们共同推动文学史发展的合力作用，从而呈现出现当代世界文学复杂而丰富的全貌，及其纵横交错的发展脉络。

将贝西·黑德和其他世界著名作家进行比较研究的论著，跨越和打通了国别、区域、种族、性别界限，呈现出开放性，深化了贝西·黑德研究的世界性现象，揭示了世界文学的多样性和共通性。贝西·黑德不是孤立的文学现象，她和奥莉芙·施赖纳、布奇·埃梅切塔、多丽丝·莱辛、纳丁·戈迪默、托妮·莫里森、爱丽丝·沃克、艾玛·阿塔·艾杜、乔丽·麦高耶、格蕾丝·奥戈特、弗洛拉·恩瓦帕、齐齐·丹噶菜姆布噶、佐伊·威科姆、依温妮·维拉、尤妮蒂·道、佐拉·尼尔·赫斯顿、简·里斯、克拉丽丝·李斯佩克朵、聂华苓、张洁等各国著名女性作家，以及劳伦斯、帕斯捷尔纳克、布莱希特、普拉杰、阿契贝、恩古吉、A.C.乔丹、姆图齐利·马索巴、恩贾布洛·恩德贝莱、马瑞彻拉等各国著名男性作家共同构成了丰富、复杂、多样又有共性的世界文学图景。在此图景和作家群像中，贝西·黑德不再是"孤身女人"，而是创造博茨瓦纳文学、南非文学、非洲文学、世界文学的重要一员。

在前人研究的基础上，本研究从作家创作的角度重点讨论了四部分内容：贝西·黑德文学创作的社会思想文化语境、贝西·黑德的流亡人生与文学创作阶段、贝西·黑德小说叙事艺术的发展与变化、贝西·黑德的中国文学艺术情缘。这四部分内容主要围绕作为小说家的贝西·黑德所受的思想影响、社会生活环境、具体作品创作内容和叙事特色而展开，而贝西·黑德的中国情结则是笔者以中国学者独有的敏感性和主体性，通过不断探索、研究、比较而得，展示出中非文学间互动观照的坚实基础和有待开拓探索的广阔空间。四部分内容总结如下：

第一，贝西·黑德是现代非洲第一代获得国际声誉的黑人女作家，她的文学成长经历反映了非洲文学在20世纪的发展脉络。她的文学作品和文论是在20世纪非洲社会思想文化语境中孕育、发生、发展和演变的。20世纪，泛非主义、黑人性、现代主义、黑人意识、都市文化、消费主义、种族隔离、反种族隔离、女性主义、黑人力量、第三世界主义、后殖民主义等各种思潮冲击着非洲大陆。在这些纵横交错、交织重叠的文化思潮中，现代主义、泛非主义和第三世界思想对贝西·黑德的影响最为深刻而长久。贝西·黑德对这些理论思想并不是简单地接受或抵抗，而是在与这些思想的接触和碰撞过程中，不断探索、质疑、有选择性地吸收、内化，最后变成她自己的思想，并付诸创作实践。

第二，贝西·黑德的文学创作根植于她所生活的现实社会，其文学生涯不同阶段独特的政治氛围、宗教思想、社会心理、文化价值观和审美取向对她的

创作都具有深刻的影响。贝西·黑德的文学生涯经历了南非英国教会学校教育
与记者起步（1937—1964）、博茨瓦纳难民生活与小说创作成熟（1964—1977）、
国际交流与文艺思想理论化（1977—1986）三个阶段。南非良好的教会学校教
育为她的智力发展提供了保障，现代大都会开普敦和约翰内斯堡的黑人都市文
化开阔了她的视野，记者工作让她接触到社会各层面并引领她步入文坛，种族
隔离制给她造成永久的心理创伤。博茨瓦纳的难民生活充满艰辛，但是她通过
书写自己的故事和博茨瓦纳的故事找到了精神归属。她极具原创性的作品让世
界读者了解了博茨瓦纳和南部非洲，也为自己赢得了走出非洲的机会。国际交
流为她表达自己的文学艺术思想提供了大平台，更进一步促成她的作品在世界
文学中的经典化。

第三，贝西·黑德的小说叙事艺术呈现出多元性、现代性、融合性、开放
性以及包容性等诸多文学艺术特征。以《枢机》《雨云聚集之时》《权力之问》
《风与男孩》和《魅惑十字路口：非洲历史传奇》为研究案例，从小说的类型、
主题和叙事特色方面对这些文本进行细读和分析，揭示出贝西·黑德小说叙事
艺术的发展与变化轨迹。从自传体中长篇小说到短篇小说，再到历史小说，贝
西·黑德不断突破自我，尝试不同写作主题、方法和技巧，从现代主义小说、
现实主义小说、心理现实主义小说到逆写"鲁滨孙"的故事，再到历史小说，
每篇小说都表现出作者的创新意识、创作能力和叙事艺术。贝西·黑德的作品
以独特的审美价值赢得世界读者的心，尽管其主张文学的教诲功能，但其作品
没有流于说教，没有降低美学标准。贝西·黑德的作品开创了现代非洲心理小
说之先河，以独特的幻象人物表现女主角的精神分裂过程，其高超的心理描写
突破了常规。此外，贝西·黑德作品中具有鲜明特色的艺术手法还包括非洲口
头艺术的运用、非线性叙事与重复手法的交织、片段拼接开放式的结局、漫画
与素描式人物的刻画、爵士乐的话语、霍特拉叙事的结构等，另外也不乏喜剧
性、幽默和讽刺的笔触。东西方文化和文学艺术思想的碰撞、冲突与融合构成
了贝西·黑德独特的文学艺术思想。贝西·黑德在南非的英国教会学校长大成
人，接受的是西方教育，但她毕业离开教会学校接触广阔复杂的社会后，在精
神和道德情感上更加认同东方的文化和艺术思想。对《圣经》的叙事方式、印
度教和佛教中的转世与化身说、中国儒家思想、毛泽东的文艺理论等的有机融
合造就了贝西·黑德极具包容性的艺术表达方式。

第四，贝西·黑德的作品和书信中透露出一种深深的中国情结，这是她与
非洲同代作家阿契贝、索因卡、恩古吉、戈迪默等的明显不同之处。贝西·黑
德的中国情结源自她黑白混血呈"黄色的"皮肤，而共产主义、马克思主义思

想在非洲的传播，中国革命的胜利，毛泽东思想在世界的传播是不断加深贝西·黑德的中国情结和中国想象的重要原因。贝西·黑德牢牢抓住的是这些思想的共核：全球人类的"兄弟情"，贫穷的赤脚百姓之间的团结、友爱和互助，建造一个无阶级、无种族差异的大同世界。贝西·黑德和聂华苓的文学艺术思想交流展示了中非女性的深厚友谊和互助道义，和她们对个人、国家、民族命运的深切关怀和积极的投入。贝西·黑德和张洁的作品分别立足非洲和中国的社会现实，表达了强烈的第三世界女性的主体意识，具有独特的东方文化底蕴，丰富了世界女性主义文学和女性主义思想。

贝西·黑德不仅是小说家，而且也是文学艺术思想家。她在《小说创作的几个观点》《影响南部非洲文学形态的社会和政治压力》《收集口述历史》《我为何写作》《写出南部非洲》5篇正式发表的论文和大量书信、手稿中表达了她的文学艺术思想，重点讨论了小说的形式、小说的创作技巧、文学与政治的关系、作家的社会职责、历史小说人物思想和情感的塑造、作品走出非洲的创作要点等问题。就小说形式而言，贝西·黑德将小说比作什么都可以装的"杂物袋"，这是她倾向于小说创作的主要原因。就写作技巧而言，她以《权力之问》为例，提出创作如同绘画，画布很大，而她的作品只是素描式的，有很多不确定之处，因而给读者留下参与绘画的空间。就作家的职责而言，她指出作家不仅要描写苦难的生活，还要赋予生活魔力，表达一种奇迹感，挖掘人性之美、善和温情，教导民众，影响读者，发挥文学的社会功能。就文学与政治的关系而言，她提出作家首先是讲故事的人，而不是参与政治斗争、夺取政治权力的人，写作要通过挖掘和展示人的神性，教育民众，改变民众彼此轻视和贬低，以及自我轻视和贬低的状况，只有这样才能提升人的价值。就历史小说人物塑造而言，她指出只有走访民众，倾听他们的口头表达，才能意识到他们对所经历过的历史事件的真切情感。就作品走出非洲的创作要点而言，她从"智力世界""一点基督教""一点泛非主义""贝尔托·布莱希特的启发""新写作试验""敬畏人民"等六方面总结了自己的作品能走出南部非洲的原因。

本书认为，贝西·黑德的创作与非洲现代民族文学的发展有密切关系，新非洲文学的人民性、教诲性、重建对本土文化的自信和自豪感对贝西·黑德产生深刻影响和启发，并形成自己的创作思路和文艺观。贝西·黑德在文学创作和文论中表现出鲜明而独特的女性观、生态观、人民文学观。这三大文学艺术思想观交织发展，贯穿在所有作品中，从个人身份探寻到追溯民族国家的历史和展望现代社会的发展，从对西方殖民主义和种族隔离制的批判，到对博茨瓦纳黑人文化的认同，始终彰显出作家的使命和担当，用精彩的非洲人民的故事

赢得世界读者。贝西·黑德的三大文学艺术思想观总结如下:

第一,贝西·黑德的女性观在很大程度上是建立在对非洲传统文化追寻和认同的基础上的,因为她在非洲文化中找到了自己的身份。她对抛弃她的白人家庭、教育她的教会学校灌输给她的西方观念都持本能的怀疑态度并保持一定的警觉。她对非洲"男尊女卑"的父权文化是持批评态度的,但她没有陷入西方女性主义者反"菲勒斯中心主义"的窠臼,而是探讨了女人与男人、家庭与社会、个体与集体更多关照和互助的可能性。贝西·黑德的女性观为我们提供了一个非洲的视角,这有助于我们突破西方女性主义话语的框架,理解第三世界女性主义的独特性及其对全球女性主义的贡献。

第二,贝西·黑德的生态观是建立在她对黑人土地家园的珍爱和参与国际志愿者创办的乌托邦性质的农业合作社的基础上的。南非黑人肥沃的土地被白人剥夺,黑人成为自己土地上的流亡者;博茨瓦纳黑人拥有自己的土地,但土地干旱、贫瘠而荒芜。贝西·黑德在多部作品中描绘了博茨瓦纳百姓在旱灾面前求助巫术的无奈行为,分析了非洲粮食生产发展的科学试验对传统部落土地制度、特权阶层、传统社会性别空间提出的新挑战,指出生态恶化是意识形态、思维方式、政治制度、经济利益、宗教信仰等多方因素交织驱动的人类行为的后果。贝西·黑德通过作品倡导用科学生态的手段恢复和保护生态环境,通过人与土地的相互关爱和呵护,实现遭破坏的土地和受创伤的人之间的相互治愈,表达了她基于生命共同体思想的生态观和共同发展的非洲梦想。

第三,贝西·黑德的人民文学观有共产主义思想的基础,她明确提出"人民宗教""敬畏人民"的观点。她在南非加入了索布奎领导的泛非主义者大会,阅读了马克思、乔治·帕德摩尔、毛泽东等人的著作。她所参与的国际志愿者和流亡者组织在塞罗韦创办的合作社和生产大队具有明显的乌托邦性质。博茨瓦纳以部落为主的乡村共同体在最大程度上抵制了殖民影响,确保了普通民众的主体性和人格尊严。《塞罗韦》《魅惑十字路口》两部历史著作是贝西·黑德人民文学观的具体体现,她不再用自传体方式写作,而开始走表达人民之声和描绘人民眼中的历史伟人的创作路线。她的人民文学观是非洲知识分子通过融入当地民众实现自我改造的一种努力,这种观念也不断从中国发展的信息中得到激励。与塞罗韦民众的大量接触使贝西·黑德获得了真正意义上的"共同体感"。

贝西·黑德一生颠沛流离,贫穷孤独,两次精神崩溃,死于肝炎,但是她为世人留下了丰厚的精神遗产。她靠写作为生,在写作中确立了自己的身份,在写作中创造了一个丰富、广阔而极具包容性的世界,让每位读者在她的文学世界里都能找到认同的部分。她的文学艺术思想汇聚成几个字就是"写出非洲"。写出非洲首先要立足非洲，然后要了解世界，最后要让世界理解和欣赏非洲故事。这不仅需要作家的智力能力和创新精神，还要对写作心怀使命感，最重要的是时刻保有敬畏人民之心，书写人民，为人民而写作。

参考文献

中文著作

[1] 鲍秀文，汪琳．20世纪非洲名家名著导论［M］．杭州：浙江人民出版社，2016.

[2] 戴锦华．涉渡之舟：新时期中国女性写作与女性文化［M］．北京：北京大学出版社，2007.

[3] 李安山．世界现代化历程：非洲卷［M］．南京：江苏人民出版社，2013.

[4] 李恺玲，谌宗恕．聂华苓研究专集［M］．武汉：湖北教育出版社，1990.

[5] 李永彩．南非文学史［M］．上海：上海外语教育出版社，2009.

[6] 刘卓．"延安文艺"研究读本［M］．上海：上海书店出版社，2018.

[7] 卢敏．美国浪漫主义时期小说类型研究［M］．上海：上海人民出版社，2008年．

[8] 卢敏．贝西黑德的女性生命书写：《权力之问》［M］//李安山．中国非洲研究评论（2016·总第6辑）．北京：社会科学文献出版社，2018.

[9] 毛泽东．在延安文艺座谈会上的讲话［M］//中共中央文献编辑委员会．毛泽东选集：第3卷．北京：人民文学出版社版，1991年．

[10] 毛泽东．毛泽东外交文选［M］．北京：中央文献出版社，1994.

[11] 毛泽东．毛泽东文集［M］．北京：人民出版社，1999.

[12] 孟悦．历史与叙述［M］．西安：陕西人民教育出版社，1991.

[13] 聂华苓．千山外，水长流［M］．成都：四川文艺出版社，1984.

[14] 孙晓萌．西化文学形式背后的民族性性：论豪萨语早期五部现代小说［M］//李安山．中国非洲研究评论（2016·总第6辑）．北京：社会科学文献出版社，2018.

[15] 徐薇. 博茨瓦纳族群生活与社会变迁 [M]. 杭州：浙江人民出版社，2014.

[16] 郁龙余，孟绍毅. 东方文学史 [M]. 北京：北京大学出版社，2001.

[17] 赵毅衡. 符号学原理与推演 [M]. 南京：南京大学出版社，2011.

[18] 张黎. 布莱希特研究 [M]. 北京：中国社会科学出版社，1984.

[19] 张洁. 张洁文集：世界上最疼我的那个人去了 [M]. 北京：人民文学出版社，2006.

[20] 中共中央文献研究室. 习近平关于社会主义生态文明建设论述摘编 [M]. 北京：中央文献出版社，2017.

[21] 朱振武. 非洲英语文学的源与流 [M]. 上海：上海人民出版社，2019.

[22] 朱振武，蓝云春，冯德河. 非洲国别英语文学研究 [M]. 上海：华东理工大学出版社，2019.

中文译著

[1] 阿吉兹·阿罕莫德. 在理论内部：阶级、民族与文学 [M]. 易晖，译. 吕黎，校. 北京：北京大学出版社，2014.

[2] 阿利斯·谢基. 2002 年版序言 [M] //弗朗茨·法农. 全世界受苦的人. 万冰，译. 南京：译林出版社，2005.

[3] 爱德华·W. 萨义德. 东方学 [M]. 王宇根，译. 北京：生活·读书·新知三联书店，2007.

[4] 爱德华·摩根·福斯特. 小说面面观 [M]. 苏炳文，译. 广州：花城出版社，1984.

[5] 埃莱娜·西苏. 美杜莎的笑声 [M]. 黄晓红，译//张京媛. 当代女性主义文学批评. 北京：北京大学出版社，1992.

[6] 贝西·黑德. 结婚快照 [M] //钦努阿·阿契贝，C.L. 英尼斯. 非洲短篇小说选集. 查明建，等译. 南京：译林出版社，2014.

[7] 贝西·黑德. 权力问题 [M]. 李艳，译. 杭州：浙江工商大学出版社，2019.

[8] 比尔·阿希克洛夫特，格瑞斯·格里菲斯，海伦·蒂芬. 逆写帝国 [M]. 任一鸣，译. 北京：北京大学出版社，2014.

[9] 恩斯特·卡西尔. 人论 [M]. 甘阳, 译. 上海: 上海译文出版社, 2004.

[10] 弗朗茨·法农. 全世界受苦的人 [M]. 万冰, 译. 南京: 译林出版社, 2005.

[11] 弗吉尼亚·伍尔芙. 自己的一间屋 [M] //乔继堂, 等. 伍尔芙随笔全集. 北京: 中国社会科学出版社, 2001.

[12] 黑格尔. 历史哲学 [M]. 王造时, 译. 上海: 上海书店出版社, 2006.

[13] 康维尔, 克劳普, 麦克肯基. 哥伦比亚南非英语文学导读: 1945—[M]. 蔡圣勤, 等译. 武汉: 武汉大学出版社, 2017.

[14] 马丁·梅雷迪思. 非洲国五十年独立史 [M]. 亚明, 译. 北京: 世界知识出版社, 2011.

[15] 李锡虎. 非洲女性主义与下层阶级: 以贝西·黑德的《马鲁》为中心, 余悦, 译 [M] //李安山. 中国非洲研究评论 (2016·总第6辑). 北京: 社会科学文献出版社, 2018.

[16] 莫里斯·哈布瓦赫. 论集体记忆 [M]. 毕然, 郭金华, 译. 上海: 上海人民出版社, 2002.

[17] 皮埃尔·诺拉. 记忆之场: 法国国民意识的文化社会史 [M]. 黄艳红, 等译. 南京: 南京大学出版社, 2015.

[18] 乔治·格雷拉. 迈尔斯·戴维斯: 即兴精酿 [M]. 桂传俍, 译. 上海: 上海文艺出版社, 2019.

[19] 让-保罗·萨特. 1961年版序言 [M] //弗朗茨·法农. 全世界受苦的人. 南京: 译林出版社, 2005.

[20] W.J.T. 米切尔. 风景与权力 [M]. 杨丽, 万信琼, 译. 南京: 译林出版社, 2014.

[21] 西蒙·沙玛. 风景与记忆 [M]. 胡淑陈, 冯樨, 译. 南京: 译林出版社, 2013.

[22] 尤妮蒂·道, 麦克斯·埃塞克斯. 周末葬仪 [M]. 卢敏, 朱伊革, 译. 武汉: 武汉大学出版社, 2019.

[23] 中共中央马克思恩格斯列宁斯大林著作编译局. 马克思恩格斯文集 [M]. 北京: 人民出版社, 2009.

[24] 中国社会科学院外国文学研究所外国文学研究资料丛刊委员会. 卢卡契文学论文 [M]. 北京: 中国社会科学出版社, 1981.

[25] 朱迪斯·巴特勒. 性别麻烦: 女权主义与身份的颠覆 [M]. 宋素凤, 译. 上海: 上海三联书店, 2009.

中文期刊

[1] 阿莱达·阿斯曼. 个体记忆、社会记忆、集体记忆与文化记忆 [J]. 陶东风, 编译. 文化研究, 2020 (42).

[2] 艾周昌. 近代华工在南非 [J]. 历史研究, 1981 (6).

[3] 陈光兴. 回到万隆/第三世界国际主义的路上: "一带一路" 民间版二十年阶段性报告 [J]. 开放时代, 2016 (5).

[4] 冯宪光. 人民文学论 [J]. 当代文坛. 2005 (6).

[5] 弗雷德里克·杰姆逊. 处于跨国资本主义时代中的第三世界文学[J]. 张京媛, 译. 当代电影, 1989 (6).

[6] 韩志伟, 陈治科. 论人与自然生命共同体的内在逻辑: 从外在共存到和谐共生 [J]. 理论探讨. 2022 (1).

[7] 黄晖. 非洲文学研究在中国 [J]. 外国文学研究, 2016 (5).

[8] 江玉琴. 论后殖民生态批评: 后殖民批评困境突围与生态策略[J]. 鄱阳湖学刊, 2018 (1).

[9] 姜安. 毛泽东 "三个世界划分" 理论的政治考量与时代价值 [J]. 中国社会科学, 2012 (1).

[10] 蒋晖. 论非洲现代文学是天然的左翼文学 [J]. 文艺理论与批评, 2016 (2).

[11] 蒋晖. 关于非洲国家社会主义道路的几点断想 [J]. 台湾社会研究季刊, 2016 (103).

[12] 蒋晖. 载道还是西化: 中国应有怎样的非洲文学研究?: 从库切《福》的后殖民研究说起 [J]. 山东社会科学, 2017 (6).

[13] 蒋晖. 中国的非洲文学研究展开的历史前提、普遍形式和基本问题 [J]. 文艺理论与批评, 2019 (5).

[14] 蒋晖. 土地、种族与殖民治理: 南非种族隔离土地法的演变 [J]. 开放时代, 2021 (6).

[15] 蒋洪生. 法国的毛主义运动: 五月风暴及其后 [J]. 文艺理论与批评, 2018 (6).

[16] 科林·利吉姆. 泛非主义、黑人精神和非洲民族主义 [J]. 葛公尚，译. 民族译丛，1983（3）.

[17] 李安山. 论清末非洲华侨的社区生活 [J]. 华侨华人历史研究，1999（3）.

[18] 李公明. 我们会回来　1960 年代的多重遗产 [J]. 上海文化，2009（3）.

[19] 李美芹，陈秀蓉. 《雨云聚集之时》的生命政治书写与共同体想象 [J]. 山东外语教学，2022，43（2）.

[20] 刘鸿武. "非洲个性"或"黑人性"：20 世纪非洲复兴统一的神话与现实 [J]. 思想战线，2002，22（4）.

[21] 刘岩. 后现代视野中的女性主义与女性主义文学批评 [J]. 广东外语外贸大学学报，2011（4）.

[22] 卢敏，弗兰克·杨曼. 中非高校学术合作自主创新模式：以博茨瓦纳大学与上海师范大学的合作为例 [J]. 现代教育论丛，2016（2）.

[23] 卢敏. 茨瓦纳文化与贝西黑德的女性观 [J]. 文艺理论与批评，2017（1）.

[24] 卢敏. 中非文学中的女性主体意识：以张洁和贝西·黑德为例[J].当代作家评论，2019（5）.

[25] 卢敏. 贝西·黑德对"鲁滨孙"故事的逆写：《风与男孩》[J]. 探索与批评，2021（4）.

[26] 卢敏. 贝西·黑德的人民文学观 [J]. 广州外语外贸大学学报，2022，33（2）.

[27] 卢敏. 贝西·黑德的黑色美杜莎解读 [J]. 名作欣赏，2022（3）.

[28] 卢敏. 贝西·黑德《枢机》中的爵士之声 [J]. 名作欣赏，2022（9）.

[29] 卢敏. 贝西·黑德与聂华苓的文学艺术思想交流 [J]. 英美文学研究论丛，2022（2）.

[30] 卢敏. 论贝西·黑德的生态观 [J]. 北方工业大学学报，2022（6）.

[31] 栾栋. 人文学的远源 [J]. 广东外语外贸大学学报，2011，22（5）.

[32] 毛林科，韩平，吴小军. 毛泽东"三个世界划分"理论对构建人类命运共同体的方法论意义 [J]. 南华大学学报（社会科学版），2021，22（2）.

[33] 舒运国. 泛非主义与非洲一体化 [J]. 世界历史, 2014 (2).

[34] 唐大盾. 泛非主义的兴起、发展及其历史作用 [J]. 西亚非洲, 1981 (6).

[35] 涂武生.《在延安文艺座谈会上的讲话》在国外的传播和影响 [J]. 泰安教育学院学报岱宗学刊, 2000 (1).

[36] 万家星. 中国"文革"与法国"五月风暴"评论 [J]. 学术界, 2001 (5).

[37] 汪筱玲. 贝西·海德的漂浮世界: 从南非弃儿到普世先知 [J]. 南昌师范学院学报, 2016 (6).

[38] 魏建亮. 何为"人民—文学": 中国当代文学破困自救的理论再思考 [J]. 青海社会科学, 2017 (5).

[39] 吴廷俊. 理念·制度·传统: 论美国"揭黑运动"的历史经验 [J]. 新闻大学, 2010 (4).

[40] 伊曼纽尔·沃勒斯坦. 在 21 世纪重新阅读法农 [J]. 郑英莉, 译. 国外理论动态, 2010 (4).

[41] 于奇智. 五月风暴与哲学沉思 [J]. 世界哲学, 2009 (1).

[42] 查伟懿, 卢敏. 司法限度与诗性正义: 从《无辜者的呐喊》透视正义实践 [J]. 非洲语言文化研究, 2021 (1).

[43] 赵建红. 从对话到建构: 读《后殖民生态: 环境文学》 [J]. 外国文学, 2014 (6).

[44] 赵一凡. 西方文论关键词 象征权力 [J]. 外国文学, 2010 (1).

[45] 郑家馨. 17 世纪至 20 世纪中叶中国与南非的关系 [J]. 西亚非洲, 1995 (5).

[46] 周晓虹. 集体记忆: 命运共同体与个人叙事的社会建构 [J]. 学术月刊, 2022, 54 (3).

[47] 朱振武, 袁俊卿. 流散文学的时代表征及其世界意义: 以非洲英语文学为例 [J]. 中国社会科学, 2019 (7).

[48] 朱振武, 李丹. 非洲文学与文明多样性 [J]. 中国社会科学, 2022 (8).

[49] 邹颉. 南非英语文学述评 [J]. 浙江师范大学学报（社会科学版）, 2011, 36 (3).

［50］祖嘉合. 女性主体意识及其发展中的矛盾［J］. 社会科学论坛，1999（Z1）.

中文电子资源

［1］罗昕. 学者卢敏：古尔纳获得诺贝尔文学奖在我看来是"意料之中"［EB/OL］. 澎湃新闻.（2021-10-7）［2021-10-7］https：//www. thepaper. cn/newsDetail_ forward_ 14805654.

［2］外交部网站. 中华人民共和国与各国建立外交关系日期简表［OL］.（2020-5-15）［2017-06-14］. http：//www. gov. cn/guoqing/2017-06/14/content_ 5202420. htm.

英文著作

［1］ABRAHAMS C. The Tragic Life：Bessie Head and Literature in Southern Africa［M］. Trenton：Africa World Press，1990.

［2］ACHEBE C. The Trouble with Nigeria［M］. London：Heinemann，1983.

［3］ACHEBE C. There Was a Country［M］. London：Penguin Books，2013.

［4］AGBO J. Bessie Head and the Trauma of Exile：Identity and Alienation in Southern African Fiction［M］. New York：Routledge，2021.

［5］ATTWELL D. J. M. Coetzee：South Africa and the Politics of Writing［M］. Berkeley and Los Angeles：University of California Press，1993.

［6］ATTWELL D，ATTRIDGE D. The Cambridge History of South African Literature［M］. New York：Cambridge University Press，2011.

［7］BAZIN N. T. Southern Africa and the Theme of Madness：Novels by Doris Lessing，Bessie Head，and Nadine Gordimer［M］//BROWN A. E，GOOZE M. E. International Women's Writing：New Landscapes of Identity. Westport，CT：Greenwood Press，1995.

［8］BHABHA H. K. Foreword：Framing Fanon［M］//FANON F. The Wretched of the Earth. Richard Philcox trans. New York：Grove Press，2004.

［9］BOSERUP E. Woman's Role in Economic Development［M］. New York：St. Martin's Press，1970.

［10］BROAD C. Translating，Writing，and Gendering Cultures：Bessie Head's

Serowe: *Village of the Rain Wind* [M] //LEDERER M. S, TUMEDI S. M, MOLEMA L. S, DAYMOND M. J. The Life and Work of Bessie Head, Gaborone: Pentagon Publishers, 2008.

[11] BROWN C. The Creative Vision of Bessie Head [M]. Madison: Fairleigh Dickinson University Press, 2003.

[12] CAMINERO-SANTANGELO B. Different Shades of Green: Ecocriticism and African Literature [M] //OLANIYAN T, QUAYSON A. African Literature: An Anthology of Criticism and Theory. Malden: Blackwell Publishing, 2007.

[13] COPLAN D. In Township Tonight! South Africa's Black City Music and Theatre [M]. Chicago: The University of Chicago Press, 2008.

[14] CORNWELL G, KLOPPER D, MACKENZIE C. The Columbia Guide to South African Literature in English Since 1945 [M]. New York: Columbia University Press, 2010.

[15] CULLINAN P. Imaginative Trespasser: Letters between Bessie Head, Patrick and Wendy Cullinan 1963—1977 [M]. Johannesburg: Wits University Press, 2005.

[16] DAYMOND M. J. Introduction [M] //HEAD B. The Cardinals with Meditations and Short Stories. Oxford: Heinemann Educational Publishers, 1993.

[17] DAYMOND M. J. Everyday Matters: Selected Letters of Dora Taylor, Bessie Head, and Lilian Ngoyi [M]. Johannesburg: Jacana Media Ltd, 2015.

[18] D'EAUBONNE F. Le féminisme ou la mort [M]. Paris: Femmes en Mouvement, 1974.

[19] DENBOW J, THEBE P. C. Culture and Customs of Botswana [M]. Westport, CT: Greenwood Press, 2006.

[20] DRIVER D. The Fabulous Fifties: Short Fiction in English [M] //ATTWELL D, ATTRIDGE D. The Cambridge History of South African Literature. Cambridge: Cambridge University Press, 2012.

[21] DU BOIS W. E. B. The Souls of Black Folk [M]. Chicago: McClurg, 1903.

[22] DU BOIS W. E. B. Black Reconstruction in America [M]. New York: Harcourt, Brace and Company, 1935.

[23] DUTFIELD M. A Marriage of Inconvenience: The Persecution of Seretse and Ruth Khama [M]. London: Unwin Hyman, 1990.

［24］EILERSON G. S. Bessie Head: Thunder Behind Her Ears: Her Life and Writing ［M］. Portsmouth, NH: Heinemann, 1995.

［25］EILERSON G. S, TUMEDI S. M. Interview with Patrick van Rensburg, Friend of Bessie Head and Founder of Serowe's Swaneng Hill School and the Brigade Movement in Botswana ［M］//LEDERER M. S, TUMEDI S. M, MOLEMA L. S, DAYMOND M. J. The Life and Work of Bessie Head, Gaborone: Pentagon Publishers, 2008.

［26］FANON F. Black Skin, White Masks ［M］. Charles Lam Markmann Trans. New York: Gove Press, 1967.

［27］FANON F. The Wretched of the Earth ［M］. Richard Philcox trans. New York: Grove Press, 2004.

［28］FIDO E. S. Mother/lands: Self and Separation in the Work of Buchi Emecheta, Bessie Head and Jean Rhys ［M］//NASTA S. Motherlands: Black Women's Writing from Africa, the Caribbean and South Asia, London: The Women's Press, 1991.

［29］FIELDING M. Agriculture and Healing: Transforming Space, Transforming Trauma in Bessie Head's When Rain Clouds Gather ［M］//SAMPLE M. Critical Essays on Bessie Head. Westport: Praeger Publishers, 2003.

［30］FINNEGAN R. Oral Literature in Africa ［M］. Cambridge: Open Book Publishers, 2012.

［31］GAGIANO A. Achebe, Head, Marechera: On Power and Change in Africa ［M］. Boulder: Lynne Rienner, 2000.

［32］GANDHI M. K. My Autobiography ［M］. London: Penguin Books, 2001.

［33］GARBER M, VICKERS N. J. The Medusa Reader. London: Routledge, 2003.

［34］GARDNER S, SCOTT P. E. Bessie Head: A Bibliography ［M］. Grahamstown: National English Literary Museum, 1986.

［35］GIBBERD V. Summary of Research and Development Work at Radisele: September, 1966-November, 1968 ［M］. The Introduction of Rainwater Catchment Tanks and Micro-irrigation to Botswana. London: Intermediate Technology Development Group Ltd, 1969.

［36］GILROY P. The Black Atlantic: Modernity and Double Consciousness

[M]. New York: Verso, 1993.

[37] GORDIMER N. Burger's Daughter [M]. New York: Penguin Books, 1980.

[38] GULDIMANN C. Bessie Head's Maru: Writing after the End of Romance [M] //SAMPLE M. Critical Essays on Bessie Head. Westport: Praeger Publishers, 2003.

[39] HAN S. Y. The Morning Deluge, Mao Tse-tung and the Chinese Revolution, 1893—1953 [M]. London: Jonathan Cape, 1972.

[40] HEAD B. The Collector of Treasures and Other Botswana Village Tales [M]. Oxford: Heinemann, 1977.

[41] HEAD B. Serowe: Village of the Rain Wind [M]. London: Heinemann Educational Books Ltd. , 1981.

[42] HEAD B. The Founding of the British Bechuanaland Protectorate, 1885—1895 [M] //HEAD B. Serowe: Village of the Rain Wind. London: Heinemann Educational Books Ltd. , 1981.

[43] HEAD B. Foreword to Sol T Plaatje's Native Life in South Africa [M] //PLAATJE S. T. Native Life in South Africa. Johannesburg: Ravan Press, 1982.

[44] HEAD B. A Bewitched Crossroad: An African Saga [M]. New York: Paragon House Publishers, 1986.

[45] HEAD B. A Woman Alone: Autobiographical Writings [M]. Oxford: Heinemann, 1990.

[46] HEAD B. The Cardinals with Meditations and Short Stories. Oxford: Heinemann Educational Publishers, 1993.

[47] HEAD B. When Rain Clouds Gather & Maru [M]. London: Pearson Educational Limited, 2010.

[48] HEAD B. A Question of Power [M]. Johannesburg: Penguin Books, 2011.

[49] HEAD B. Letter to Paddy [M] //DAYMOND M. J. Everyday Matters: Selected Letters of Dora Taylor, Bessie Head, and Lilian Ngoyi. Johannesburg: Jacana Media Ltd. , 2015.

[50] HENK D. The Botswana Defense Force in the Struggle for an African Environment [M]. New York: Palgrave Macmillan, 2007.

[51] HEYWOOD C. A History of South African Literature [M]. Cambridge: Cambridge University Press, 2004.

[52] HILLBOM E, BOLT J. Botswana——A Modern Economic History: An African Diamond in the Rough [M]. Cham: Palgrave Macmillan, 2018.

[53] HOCHMAN J. Green Cultural Studies: Nature in Film, Novel and Theory [M]. Moscow: University of Idaho Press, 1998.

[54] HOLZINGER T. Conversations and Consternations with B Head [M] // TUMEDI S. M, LEDERER M. S. Writing Bessie Head in Botswana, Gaborone: Pentagon Publishers, 2007.

[55] HUGGAN G, TIFFIN H. Postcolonial Ecocriticism: Literature, Animals, Environment [M]. New York: Routledge, 2010.

[56] IBRAHIM H. Bessie Head: Subversive Identities in Exile [M]. London: University of Virginia Press, 1996.

[57] IBRAHIM H. Emerging Perspectives on Bessie Head [M]. Trenton: Africa World Press, 2003.

[58] JAMES C. L. R. The Black Jacobins: Toussaint L'Ouverture and the San Domingo Revolution [M]. New York: Random House, 1963

[59] JAMES L. George Padmore and Decolonization from Below Pan-Africanism, the Cold War, and the End of Empire [M]. Basingstoke: Palgrave Macmillan, 2015.

[60] JOHNSON J. Bessie Head: The Road of Peace of Mind: A Critical Appreciation [M]. Newark: University of Delaware Press, 2008.

[61] JUNG C. G. The Archetypes and the Collective Unconscious [M]. London: Routledge, 1968.

[62] KELLEY R. D. G. Introduction [M] //JAMES C. L. R. A History of Pan-African Revolt. Oakland, CA: PM Press, 2012.

[63] KIBERA V. Adopted Motherlands: The Novels of Marjorie Macgoye and Bessie Head [M] //NASTA S. Motherlands: Black Women's Writing from Africa, the Caribbean and South Asia, London: The Women's Press, 1991.

[64] LAL P. Maoism in Tanzania: Material Connections and Shared Imaginaries [M]. COOK A. C. Mao's Little Red Book: A Global History. Cambridge: Cambridge University Press, 2014.

[65] LEDERER M. S, TUMRDI S. M. Writing Bessie Head in Botswana: An Anthology of Remembrance and Criticism [M]. Gaborone: Pentagon, 2007.

［66］LEDERER M. S, TUMEDI S. M, MOLEMA L. S, DAYMOND M. J. The Life and Work of Bessie Head：A Celebration of the Seventieth Anniversary of Her Birth［M］. Gaborone：Pentagon, 2008.

［67］LEDERER M. S. Novels of Botswana in English, 1930—2006［M］. New York：African Heritage Press, 2014.

［68］LEDERER M. S. In Conversation with Bessie Head［M］. New York：Bloomsbury, 2019.

［69］LEVI-STRAUSS C. The Savage Mind［M］. London：Weidenfeld & Nicolson, 1962.

［70］LEWIS D. Living on a Horizon：Bessie Head and the Politics of Imagining ［M］. Trenton：Africa Research & Publications, 2007.

［71］LIVINGSTONE D. Missionary Travels and Researches in South Africa ［M］. London：John Murray, 1857.

［72］MACKENZIE C. Bessie Head：An introduction［M］. Grahamstown：National English Literary Museum, 1989.

［73］MACKENZIE C, WOEBER C. Bessie Head：A Bibliography［M］. Grahamstown：National English Literary Museum, 1992.

［74］MACKENZIE C. Bessie Head［M］. New York：Twayne Publishers, 1999.

［75］MACKENZIE C. Introduction［M］//HEAD B. A Woman Alone：Autobiographical Writings. Oxford：Heinemann, 1990.

［76］MACEY D. Frantz Fanon：A Life［M］. London：Granta Books, 2000.

［77］MALLEY R. The Call from Algeria：Third Worldism, Revolution and the Turn to Islam［M］. Berkeley：University of California Press, 1996.

［78］MANDELA N. Long Walk to Freedom［M］. New York：Back Bay Books, 2013.

［79］MARQUEZ G. G. One Hundred Years of Solitude［M］. Harmondsworth：Penguin, 1971.

［80］MASILELA N. Pan-Africanism or Classical African Marxism［M］// LEMELLE S, KELLEY R. D. G. Imaging Home：Class, Culture and Nationalism in the African Diaspora. London：Verso, 1994.

［81］MATSHIKIZA J. Introduction［M］//CHAPMAN M. The "Drum" Decade: Stories from the 1950s. Pietermaritzburg: University of Kwazulu-Natal Press, 1989.

[82] MCDOUGALL B. S. Mao Zedong's "Talks at the Yan'an Conference on Literature and Art": A Translation of the 1943 Text with Commentary [M]. Ann Arbor: Center for Chinese Studies, University of Michigan, 1980.

[83] MCLUHAN M. The Gutenberg Galaxy: The Making of Typographic Man [M]. London: Routledge & Kegan Paul, 1962.

[84] MNTHALI F. Preface [M] //LEDERER M. S, TUMEDI S. M, MOLEMA L. S, DAYMOND M. J. The Life and Work of Bessie Head: A Celebration of the Seventieth Anniversary of Her Birth [M]. Gaborone: Pentagon, 2008.

[85] MPHAHLELE E. Voices in the Whirlwind and Other Essays [M]. London: Macmillan, 1967.

[86] NHLEKISANA R. O. B. Just a Song? Exploring Gender Relations in Setswana Wedding Songs [M] //TUMEDI S. M, NHLEKISANA R. O. B, DANA N. Lips & Pages. Gaborone: Pentagon Publishers, 2010.

[87] NIXON R. Environmentalism and Postcolonialism [M] //OLANIYAN T, QUAYSON A. African Literature: An Anthology of Criticism and Theory. Malden: Blackwell Publishing, 2007.

[88] NGUGI W. T. Literature and Society [M] //NGUGI W. T. Writers in Politics: Essays. London: Heinemann, 1981.

[89] NGUGI W. T. A Grain of Wheat [M]. New York: Penguin, 2012.

[90] NKOSI L. Tasks and Masks: Themes and Styles of African Literature [M]. Harlow: Longman, 1981.

[91] NKOSI L. Home and Exile and Other Selections [M]. London: Longman, 1983.

[92] OGUNDIPE-LESLIE M. Stiwanism: Feminism in an African Context [M] // OLANIYAN T, QUAYSON A. African Literature: An Anthology of Criticism and Theory. London: Blackwell Publishing, 2007.

[93] OLA V. U. The Life and Works of Bessie Head [M]. Lewiston: Edwin Mellen Press, 1994.

[94] OLANIYAN T, QUAYSON A. African Literature: An Anthology of

Criticism and Theory [M]. Malden: Blackwell Publishing, 2007.

[95] OLAUSSEN M. Forceful Creation in Harsh Terrain. Place and Identity in Three Novels by Bessie Head [M]. Frankfurt: Peter Lang, 1997.

[96] ONOGE O. F. Colonial Politics and African Culture [M] //GUGELBERGER G. M. Marxism and African Literature. Trenton: Africa World Press, 1985.

[97] PADMORE G. The Life and Struggles of Negro Toilers [M]. London: RILU (Red International of Labour Unions) Magazine for the International Trade Union Committee for Negro Workers, 1931.

[98] PADMORE G. Pan-Africanism or Communism? [M]. New York: Roy Publisher, 1956

[99] PANGMESHI A. Conceptions of Marginality in the Postcolonial Novel: Revisiting Bessie Head [M]. Leeds: Dignity Publishing, 2014.

[100] PARRY M. The Making of Homeric Verse: The Collected Papers of Milman Parry [M]. Oxford: Clarendon Press, 1971.

[101] PATHANIA S. K. The Works of Bessie Head [M]. Jaipur: Book Enclave, 2009.

[102] RAVENSCROFT A. The Novels of Bessie Head [M] //HEYWOOD C. Aspects of South African Literature. London: Heinemann, 1976.

[103] ROONEY C. "Dangerous Knowledge" and the Poetics of Survival: A Reading of Our Sister Killjoy and A Question of Power [M] //NASTA S. Motherlands: Black Women's Writing from Africa, the Caribbean and South Asia. London: The Women's Press, 1991.

[104] ROTBERG R. I. The Founder: Cecil Rhodes and the Pursuit of Power [M]. New York: Oxford University Press, 1988.

[105] RYTTER M. Origins of the Bessie Head Archive [M] //LEDERER M. S, TUMEDI S. M, MOLEMA L. S, DAYMOND M. J. The Life and Work of Bessie Head. Gaborone: Pentagon Publisher, 2008.

[106] SAMPLE M. Critical Essays on Bessie Head [M]. Westport: Greenwood Press, 2003.

[107] SAMPSON A. Drum: An African Adventure and Afterwards [M]. Lon

don：Hodder and Stoughton，1983.

［108］SARDAR Z. Foreword to the 2008 Edition ［M］//FANON F. Black Skin，White Masks. Charles Lam Markmann trans. London：Pluto Press，2008.

［109］SOYINKA W. The Interpreters ［M］. New York：Africana Publishing Corporation，1965.

［110］SOYINKA W. A Play of Giants ［M］. New York：Methuen，1984.

［111］STAUDT K. Women，International Development and Politics ［M］. Philadelphia：Temple University Press，1990.

［112］STEC L. The Didactic Judgment of a Woman Writer：Bessie Head's *The Collector of Treasures* ［M］//SAMPLE M. Critical Essays on Bessie Head. Westport：Praeger Publishers，2003.

［113］TERRILL R. Mao：A Biography ［M］. New York：Harper and Row，1980.

［114］VAN COLLER H. P. The Beginnings of Afrikaans Literature ［M］//AT-TWELL D，ATTRIDGE D. The Cambridge History of South African Literature. New York：Cambridge University Press，2011.

［115］VAN RENSBURG P. Guilty Land：The History of Apartheid ［M］. London：Penguin，1962.

［116］VANSINA J. Oral Tradition as History ［M］. Madison，WI：University of Wisconsin Press，1985.

［117］VIGNE R. A Gesture of Belonging：Letters from Bessie Head，1965—1979 ［M］. Portsmouth，NH：Heinemann，1991.

［118］VIGNE R，CURREY J. The New African：A History ［M］. London：Merlin Press，2014.

［119］VILLARES L. Examining Whiteness：Reading Clarice Lispector through Bessie Head and Toni Morrison ［M］. New York：Modern Humanities Research Association and Routledge，2011.

［120］WARREN K. J. Ecofeminism：Women，Culture，Nature ［M］. Bloomington and Indianapolis：Indiana University Press，1997.

［121］WATSON S. Colonialism and the Novels of J. M. Coetzee ［M］//HUGGAN G，WATSON S. Critical Perspectives on J. M. Coetzee. London：Macmillan Press Ltd，1996.

[122] WHITE E. C. Alice Walker. A Life. Authorized Biography [M]. New York: Norton, 2004.

[123] WOLIN R. The Wind from the East [M]. Princeton: Princeton University Press, 2010.

[124] WORSLEY P. The Third World [M]. London: Weidenfeld & Nicolson, 1964.

[125] WORSLEY P. The Three Worlds: Culture and World Development [M]. London: Weidenfeld & Nicolson, 1984.

[126] ZAJKO V, LEONARD M. Laughing with Medusa: Classical Myth and Feminist Thought [M]. Oxford: Oxford University Press, 2006.

英文期刊

[1] ABRAHAMS C. The Tyranny of Place: The Context of Bessie Head's Fiction [J]. World Literature Written in English, 1978, 17 (1).

[2] ACHUFUSI G. Conceptions of Ideal Womanhood: The Example of Bessie Head and Grace Ogot [J]. Neohelicon, 1992, 19 (2).

[3] BALLANTINE C. Music and Emancipation: The Social Role of Black Jazz and Vaudeville in South Africa between the 1920s and the Early 1940s [J]. Journal of Southern African Studies, 1991, 17 (1).

[4] BAZIN N. T. Venturing into Feminist Consciousness: Two Protagonists from the Fiction of Buchi Emecheta and Bessie Head [J]. Sage: A Scholarly Journal on Black Women, 1985, 2 (1).

[5] BAZIN N. T. Feminist Perspectives in African Fiction: Bessie Head and Buchi Emecheta [J]. The Black Scholar: Journal of Black Studies and Research, 1986, 17 (2).

[6] BAZIN N. T. Madness, Mysticism, and Fantasy: Shifting Perspectives in the Novels of Bessie Head, Doris Lessing, and Nadine Gordimer [J]. Extrapolation: A Journal of Science Fiction and Fantasy, 1992, 33 (1).

[7] BEARD L. S. Bessie Head's Syncretic Fictions: The Reconceptualization of Power and the Recovery of the Ordinary [J]. Modern Fiction Studies, 1991, 37 (3).

[8] BEARD L. S. The Life and Works of Bessie Head (review) [J]. Research in African Literatures, 2000, 31 (1).

[9] BENSON P. "Border Operators": Black Orpheus and the Genesis of Modern African Art and Literature [J]. Research in African Literatures, 1983, 14 (4).

[10] BERGER M. T. After the Third World? History, Destiny and the Fate of Third Worldism [J]. Third World Quarterly, 2004, 25 (1).

[11] BILLINGSLEA-BROWN A. J. New Codes of Honor and Human Values in Bessie Head's When Rain Clouds Gather [J]. South Atlantic Review, 2010, 75 (2).

[12] BIRCH K. S. The Birch Family: An Introduction to the White Antecedents of the Late Bessie Amelia Head [J]. English in Africa, 1995, 22 (1).

[13] BRUNER C. Child Africa as Depicted by Bessie Head and Ama Ata Aidoo [J]. Studies in the Humanities, 1979 (2).

[14] CAMPBELL J. M. Beyond Duality: A Buddhist Reading of Bessie Head's *A Question of Power* [J]. Journal of Commonwealth Literature, 1993, 28 (1).

[15] CAPPELLI M. L. Decolonizing Female Consciousness in Bessie Head's *A Question of Power* [J]. Journal of the African Literature Association, 2017, 11 (2).

[16] CASTRILLON G. Whose History Is This? Plagiarism in Bessie Head's *A Bewitched Crossroad* [J]. English in Africa, 2004, 30 (1).

[17] CLOETE N. Women and Transformation: A Recurrent Theme in Head and Ngugi [J]. Literator, 1998, 19 (2).

[18] D'EAUBONNE F. What Could an Ecofeminist Society Be? [J]. Ethics and the Environment, 1999, 4 (2).

[19] DEME M. K. Heroism and the Supernatural in the African Epic: Toward a Critical Analysis [J]. Journal of Black Studies, 2007, 39 (3).

[20] DIRLIK A. Spectres of the Third World: Global Modernity and the End of the Three Worlds [J]. Third World Quarterly, 2004, 25 (1).

[21] DRIVER D. Transformation through Art: Writing, Representation, and Subjectivity in Recent South African Fiction [J]. World Literature Today, 1996, 70 (1).

[22] EL-MALIK S. S. Against Epistemic Totalitarianism: The Insurrectional Politics of Bessie Head [J]. Journal of Contemporary African Studies, 2014, 32 (4).

[23] FRADKIN B. M. Conversations with Bessie [J]. World Literature Written in English, 1978, 17 (2).

[24] GAGIANO A. Entering the Oppressor's Mind: A Strategy of Writing in Bessie Head's *A Question of Power*, Yvonne Vera's *The Stone Virginsand Unity*, Dow's *The Screaming of the Innocent* [J]. The Journal of Commonwealth Literature, 2006, 41 (2).

[25] GéRARD A. Preservation of Tradition in African Creative Writing [J]. Research in African Literature, 1970, 1 (1).

[26] GOODHEAD D. M. The Discourse of Sustainable Farming and the Environment in Bessie Head's *When Rain Clouds Gather* [J]. Legon Journal of the Humanities, 2017, 28 (1).

[27] GREADY P. The Sophiatown Writers of the Fifties: The Unreal Reality of Their World [J]. Journal of Southern African Studies, 1990, 16 (1).

[28] HARROW K. W. Bessie Head's *The Collector of Treasures*: Change on The Margins [J]. Callaloo, 1993, 16 (1).

[29] HEAD B. Letter from South Africa: for a Friend, "D. B. " [J]. Transition, 1963, 11 (3).

[30] HEAD B. The Isolation of "Boeta L. " Atteridgeville in 1964 [J]. New African, 1964, 3 (2).

[31] HEAD B. The Woman from America [J]. New Statesman, 1966 (26).

[32] HEAD B. Chibuku Beer and Independence [J]. The New African, 1966, 5 (9).

[33] HEAD B. Preface to "Witchcraft" [J]. Ms. 1975 (4).

[34] HEAD B. Witchcraft: Fiction by Bessie Head [J]. Ms. 1975 (4).

[35] HEAD B. Some Notes on Novel Writing [J]. New Classic, 1978 (5).

[36] HEAD B. Social and Political Pressure that Shape Writing in Southern Africa [J]. World Literature Written in English, 1979, 18 (1).

[37] HEAD B. Collecting Oral History [J]. Mmegi Wa Dikgang, 1985, 23 (3).

[38] HEAD B. Why Do I Write [J]. Mmegi Wa Dikgang, 1985, 30 (3).

[39] HEAD B. Themes Found in a Writer's Private Workshop [J]. Mmegi Wa

Dikgang, 1985, 3 (8).

[40] HEAD B. Writing out of Southern Africa [J]. New Statesman, 1985, 15 (8).

[41] HEAD B. Some Happy Memories of Iowa [J]. World Literature Today, 1987, 61 (3).

[42] HEAD B. For "Napoleon Bonaparte", Jenny and Kate [J]. Southern African Review of Books, 1990 (6).

[43] JOHNSON J. Bessie Head and the Oral Tradition: The Structure of *Maru* [J]. Wasafiri, 1985, 2 (3).

[44] KIM S. J. "The Real White Man Is Waiting for Me": Ideology & Morality in Bessie Head's A Question of Power [J]. College Literature, 2008, 35 (2).

[45] KINKEAD-WEEKES M. Re-placing the Imagination: D. H. Lawrence and Bessie Head [J]. World Literature Written in English, 1993, 33 (2).

[46] LABOV W, WALETZKY J. Narrative Analysis: Oral Versions of Personal Experience [J]. Journal of Narrative and Life History, 1997, 7 (1-4).

[47] LEWIS D. Theory and Intertextuality: Reading Zora Neale Hurston and Bessie Head [J]. Safundi, 2008, 9 (2).

[48] LORENZ P. Colonization and the Feminine in Bessie Head's *A Question of Power* [J]. Modern Fiction Studies, 1991, 37 (3).

[49] MABIN A, SMIT D. Reconstructing South Africa's Cities? The Making of Urban Planning 1900—2000 [J]. Planning Perspectives, 1997, 12 (2).

[50] MACKENZIE C. Short Fiction in the Making: The Case of Bessie Head [J]. English in Africa, 1989, 16 (1).

[51] MACKENZIE C. The Use of Orality in the Short Stories of A. C. Jordan, Mtutuzeli Matshoba, Njabulo Ndebele and Bessie Head [J]. Journal of Southern African Studies, 2002, 28 (2).

[52] MAGNOLIA T. A Method to Her Madness: Bessie Head's *A Question of Power* as South African National Allegory [J]. Journal of Literary Studies, 2002, 18 (1).

[53] MAJA-PEARCE A. In Pursuit of Excellence: Thirty Years of the Heinemann African Writers' Series [J]. Research in African Literature, 1992, 23 (4).

[54] MASILELA N. The "Black Atlantic" and African Modernity in South Africa [J]. Research in African Literatures, 1996, 27 (4).

[55] MOORE D. C. The Bessie Head-Langston Hughes Correspondence, 1960—1961 [J]. Research in African Literatures, 2010, 41 (3).

[56] MULLER C. Capturing the "Spirit of Africa" in the Jazz Singing of South African-Born Sathima Bea Bemjamin [J]. Research in African Literature, 2001, 32 (2).

[57] MULLER C. South Africa and American Jazz: Towards a Polyphonic Historiography [J]. History Compass, 2007, 5 (4).

[58] NAZARETH P. Adventures in International Writing [J]. World Literature Today, 1987, 61 (3).

[59] NAZARETH P. Path of Thunder: Meeting Bessie Head [J]. Research in African Literatures, 2006, 37 (4).

[60] NEWSON A. S. Review of the Cardinals, with Meditations and Short Storiesby Bessie Head [J]. World Literature Today, 1994, 68 (4).

[61] NIXON R. Border Country: Bessie Head's Frontlines States [J]. Social Text, 1993 (36).

[62] NKOSI L. Jazz in Exile [J]. Transition, 1966 (24).

[63] ODHIAMBO E. A. The Place of Identity and Hybridity on Literary Commitment in Bessie Head's *When Rain Clouds Gather* [J]. Journal of Educational and Social Research, 2015, 5 (3).

[64] ONOGE O. F. The Crisis of Consciousness in Modern African Literature: A Survey [J]. Canadian Journal of African Studies, 1974, 8 (2).

[65] PEARSE A. Apartheid and Madness: Bessie Head's *A Question of Power* [J]. Kunapipi, 1983, 5 (2).

[66] PHILLIP M. Engaging Dreams: Alternative Perspectives on Flora Nwapa, Buchi Emecheta, Ama Ata Aidoo, Bessie Head, and Tsitsi Dangarembga's Writing [J]. Research in African Literatures, 1994, 25 (4).

[67] PUCHEROVA D. A Romance That Failed: Bessie Head and Black Nationalism in 1960s South Africa [J]. Research in African Literature, 2011, 42 (2).

[68] ROSE J. On the "Universality" of Madness: Bessie Head's *A Question of*

Power [J]. Critical Inquiry, 1994, 20 (3).

[69] SCHAPERA I. The Sources of Law in Tswana Tribal Courts: Legislation and Precedent [J]. Journal of African Law, 1957, 1 (3).

[70] SCHAPERA I. Tswana Concepts of Custom and Law [J]. Journal of African Law, 1983 (2).

[71] SPIVAK G. C. Theory in the Margin: Coetzee's Foe Reading Defoe's Crusoe / Roxana [J]. English in Africa, 1990, 27 (2).

[72] THORPE M. Treasures of the Heart: The Short Stories of Bessie Head [J]. World Literature Today, 1983, 57 (3).

[73] TIFFIN H. Post-Colonial Literatures and Counter-Discourse [J]. Kunapipi, 1987, 9 (3).

[74] TITLESTAD M. Jazz Discourse and Black South African Modernity, with Special Reference to "Matshikese" [J]. American Ethnologist, 2005, 32 (2).

[75] TOERIEN B. J. Review of the "Drum" Decade: Stories from the 1950s [J]. World Literature Today, 1991, 65 (1).

[76] TOMLINSON B. R. What Was the Third World? [J]. Journal of Contemporary History, 2003, 38 (2).

[77] TREWELA P. The Death of Albert Nzula and the Silence of George Padmore [J]. Searchlight South Africa, 1988, 1 (1).

[78] TULLOCH E. Husbandry, Agriculture and Ecocide: Reading Bessie Head's When Rain Clouds Gather as a Postcolonial Georgic [J]. European Journal of English Studies, 2012, 16 (2).

[79] VISEL R. "We Bear the World and We Make It": Bessie Head and Olive Schreiner [J]. Research in African Literatures, 1990, 21 (3).

[80] WOLF-PHILLIPS L. Why "Third World"? [J]. Third World Quarterly, 1987, 9 (4).

[81] ZHU Z. W, LI D. Africanness of African Literatures and the New Patterns in Human Civilization [J]. Social Sciences in China, 2022, 43 (3).

英文电子资源

[1] A History of San Peoples of South Africa [A/OL]. (2017-7-18). http://

www. san. org. za/ history. php.

[2] ALFRED M. Kenneth Stanley Birch-Born in 1914, Johannesburg Memorialist [A/OL]. (2020-9-18) [2020-5-28] https：//www. theheritageportal. co. za/article/kenneth-stanley-birch-born-1914-johannesburg-memorialist.

[3] ANACKER C. Dennis Brutus (1924—2009) [A/OL]. (2020-5-26) [2010 - 09 - 30]. https：//www. blackpast. org/global-african-history/brutus-dennis-1924-2009/.

[4] BATISANI N. Republic of Botswana National Drought Plan [OL]. The United Nations Convention to Combat Desertification. (2022-1-8) [2021-11-10]. https：//knowledge. unccd. int /sites/default/files/country_ profile_ documents/National%20Drought%20Plan%20-%20BOTSWANA. pdf.

[5] Drought Resilience Profile：Botswana, 2020 [OL]. (2021-1-15) [2020]. https：//www. ciwaprogram. org/wp-content/ uploads/ SADRI_ Resilience_ Profile _ Botswana. pdf.

[6] Drum Magazine, South African History Online：towards a People's History [A/OL]. (2019-10-22) [2019-10-10] https：//www. sahistory. org. za/article/drum-magazine.

[7] DRIVER D. Book Review——Bessie Head：The Road of Peace of Mind：A Critical Appreciationby Joyce Johnson [J/OL]. The Transnational Literature 2008 (1) (2017-12-01) [2008-11] https：//fhrc. flinders. edu. au/ transnational/vol1_ issue1. html.

[8] Find Out Why South Africa Was Barred from the Olympics for 32 Years [A/OL]. (2021-3-26) [2021-2-23]. https：//olympics. com/en/featured-news/why-south-africa-barred-from-the-olympics-apartheid.

[9] HAARHOFF E. Appropriating Modernism：Apartheid and the South African Township [A/OL] A | Z ITU Journal of the Faculty of Architecture, 2011, 8 (01), 184-195. (2020-7-12) https：//www. az. itu. edu. tr/index. php/jfa/article/view/645.

[10] Government of Botswana. Citizenship Act of Botswana amended 2004 [OL]. (2016-11-23) [2004]. http：//www. ilo. org/dyn/natlex/natlex4. detail? p_lang=en&p_ isn=84984&p_ country= BWA&p_ count=182.

［11］King Kong the Musical 1959—1961［A/OL］.（2020-05-17）［2017-01-26］. https：//www. sahistory. org. ́za/article/ king-kong-musical-1959-1961.

［12］KNIGHT J. Shoshong：A Short History［M/OL］.（2020-3-17）［2014］. https：//www. kwangu. com/shoshong /8_ protectorate. htm.

［13］MCKENNA A. The Soweto Uprising［A/OL］.（2017-12-10）［2016-06-16］. Britannica. https：//www. britannica. com/story/ the-soweto-uprising.

［14］VAN GRAAN A. Colonial Modernism in Cape Town［A/OL］.（2018-5-15）［2009］. https：//www. aicomos. com/wp-content/uploads/2009_ Un-lovedModern_ Van-Graan_ AndreColonial -Modernism-in-Cape-Town_ Paper. pdf.

［15］Bessie Head Home. The Bessie Head Heritage Trust［OL］.（2017-01-25）［2009］. http：//www. thuto. org/ bhead/html/ owners/owners. htm.

［16］The International Writing Program［OL］.（2021-1-20）. https：//iwp. uiowa. edu.

［17］The Writing University［OL］.（2021-1-20）. https：//writinguniversity. org.

［18］Transition History［OL］.（2018-4-20）. https：//hutchinscenter. fas. harvard. edu/transition-history.

其他

［1］HALL S. Interview with Stuart Hall in Frantz Fanon：Black Skin，White Masks（film）［CD］. Isaac Julien dir. ，UK：Arts Council of England，1996.

［2］HEAD B. Bessie Head Papers［A］. Khama III Memorial Museum，Bessie Head Archive.

［3］SAUVY A. Trois Mondes，Une Planete［N］. L'Observateur，1952-08-14（118）.

贝西·黑德生平年表

1937	7月6日，贝西·阿米莉亚·埃默里（Bessie Amelia Emery）出生于南非纳塔尔省彼得马里茨堡（Pietermaritzburg, Natal）市医院，母亲是附近纳皮尔堡精神病院（Fort Napier Mental Hospital）的病人，婚前原名贝西·阿米莉亚·伯奇（Bessie Amelia Birch），被家人亲切地称为托比（Toby），1929年已与艾拉·埃默里（Ira Emery）离婚。 8月被"有色人"希思科特夫妇（Heathcote）收养。
1943	生母贝西·阿米莉亚·埃默里（Bessie Amelia Emery）在医院去世。
1948	南非国民党（Nationalist Party）赢得大选，不久开始推行种族隔离制（apartheid）。
1950	1月23日被送进德班（Durban）专门招收"有色女孩"的圣莫妮卡寄宿学校（St Monica's School and Home），这是圣公会教会的孤儿院（Anglican mission orphanage）。
1951	12月19日被带上法庭，被宣布其母亲是白人，不得再回"有色人"养母家。
1953	进入贝谢高中（Bechet High School），接受小学教师培训。
1955	完成两年小学教师培训课程。
1956	在德班担任小学教师工作。
1958	7月离开德班到开普敦（Cape Town）。 8月成为《金礁城邮报》（*Golden City Post*）唯一的女记者。
1959	4月到约翰内斯堡（Johannesburg）的《家庭邮报副刊》（*Home Post Supplement*）当记者。 4月罗伯特·索布奎（Robert Sobukwe）建立泛非主义者大会（Pan Africanist Congress, PAC）。
1960	3月加入泛非主义者大会，与罗伯特·索布奎会面，沙佩维尔大屠杀（Sharpeville Massacre）发生。 4月因与泛非主义者大会有关联而被捕，被释放后企图自杀。 5月住院一段时间，搬回开普敦。无法继续报社工作，失业。随后创办自己的报纸《公民》（*The Citizen*），结识记者哈罗德·黑德（Harold Head）。

续表

1961	9 月 1 日与哈罗德·黑德结婚，住在开普敦第六区（District Six）。
1962	完成中篇小说《枢机》（The Cardinals）。 5 月 15 日儿子霍华德·黑德（Howard Head）出生。 发表短篇小说《现在让我给你讲个故事……》（Let me tell a story now...），刊登在《新非洲人》（The New African）1962 年第 9 期，第 8~9 页。 8 月纳尔逊·曼德拉（Nelson Mandela）被捕。 9 月搬到伊丽莎白港（Port Elizabeth）暂居。
1963	10 月搬回开普敦。 11 月贝西带儿子霍华德到比勒陀利亚（Pretoria）婆婆家暂居。 发表《不可告人的罪行》（An unspeakable crime），刊登在《新非洲人》1963 年第 1 期，第 11 页。 发表《温文尔雅的民族：开普热情、不拘一格的"有色人"》（A gentle people：the warm, uncommitted "Coloureds" of the Cape），刊登在《新非洲人》1963 年第 8 期，第 169~170 页。 发表《来自南非的信：为友人"D. B."》（Letter from South Africa：for a friend, "D. B."），刊登在《转型》（Transition）1963 年第 3 期，第 40 页。 发表《格拉迪斯·姆古德兰杜：热情天真的艺术家》（Gladys Mgudlandlu：the exuberant innocent），刊登在《新非洲人》1963 年第 10 期，第 209 页。
1964	3 月凭单程出境许可证离开南非，到博茨瓦纳塞罗韦（Serowe，Botswana），担任蔡凯迪纪念学校（Tshekedi Memorial School）小学教师。之后多次得到莱尼莱茨·塞雷茨（Lenyeletse Seretse）和帕特里克·范伦斯堡（Patrick van Rensburg）的帮助。 发表《孤独的博埃塔 L：1964 年的阿提里奇维尔》（The isolation of "Boeta L."：Atteridgeville in 1964），刊登在《新非洲人》1964 年第 2 期，第 28~29 页。 发表《雪球：小传》（Snowball：a story），刊登在《新非洲人》1964 年第 5 期，第 100~101 页。 发表《写给〈转型〉的信》（Letter to Transition），刊登在《转型》1964 年第 4 期，第 6 页。
1965	博茨瓦纳旱灾持续一年多。 发表《致塞罗韦：一个非洲村庄》（For Serowe：a village in Africa），刊登在《新非洲人》1965 年第 10 期，第 230 页。
1966	1—5 月在雷迪赛尔的恩瓦托发展农场（Bamangwato Development Farm at Radisele）工作。 7—8 月在帕拉佩（Palapye）当打字员。 9 月以难民身份搬到弗朗西斯敦（Francistown）。 9 月 30 日，博茨瓦纳独立。 发表成名之作《来自美国的女人》（The woman from America），刊登在《新政治家》（New Statesman）1966 年第 26 期，第 287 页。 受西蒙和舒斯特出版社（Simon and Schuster）委托创作《雨云聚集之时》（When Rain Clouds Gather）。 发表《奇布库啤酒和独立》（Chibuku beer and independence），刊登在《新非洲人》1966 年第 9 期，第 200 页。

续表

1967	发表《村民》（*Village people*），刊登在《经典》（*Classic*）1967 年第 3 期，第 19~20 页。 发表《老妇》（*The old woman*），刊登在《经典》1967 年第 3 期，第 20~21 页。
1968	《雨云聚集之时》由美国纽约西蒙和舒斯特出版社出版。 发表《上帝与弱者：关于非洲崛起的思考》（*God and the underdog: thoughts on the rise of Africa*），刊登在《新非洲人》1968 年第 2 期，第 47~48 页。
1969	1 月搬回塞罗韦。 3—5 月第一次精神疾病发作，确诊，被送入哈博罗内（Gaborone）精神病医院。 发表《非洲的宗教》（*African religions*），刊登在《新非洲人》1969 年第 53 期，第 46~47 页。 开始创作《玛汝》（*Maru*）。
1970	用《雨云聚集之时》的稿费盖了新房子，搬进新家，取名"雨云宅"（Rain Clouds）。 10 月加入博伊特科（Boiteko）项目菜园部。 圣诞节期间精神病发作。
1971	2 月《玛汝》（*Maru*）由英国伦敦维克多·戈兰茨出版社（Victor Gollancz）出版。 3—6 月住进洛巴策精神病（Lobatse Mental Hospital）。 8 月开始创作《权力之问》（*A Question of Power*）。
1972	受企鹅出版社（Penguin）委托创作《塞罗韦：雨风村》（*Serowe: Village of the Rain Wind*）。 发表《一个非洲故事》（*An African story*），刊登在《倾听者》（*The Listener*）1972 年第 30 期，第 735~736 页。
1973	《权力之问》由英国伦敦戴维斯-波因特出版社（Davis-Poynter）出版。
1974	2—5 月考虑离开博茨瓦纳，接受挪威公民身份，思虑后又拒绝。 5 月完成《塞罗韦：雨风村》。 12 月完成《珍宝收藏者》等 13 篇短篇小说。
1975	发表《答南非文化抵制问卷》（*Reply to questionnaire on the South African cultural boycott*），刊登在《审查索引》（*Index on Censorship*）1975 年第 2 期，第 23 页。 发表《〈巫术〉前言》（*Preface to "Witchcraft"*），刊登在《女士》（*Ms.*）1975 年第 4 期，第 72~73 页。 发表《枷锁虽除，博茨瓦纳妇女仍无人疼爱》（*Despite broken bondage, Botswana women are still unloved*），刊登在《泰晤士报》（*The Times*）1975 年第 3 期，第 5 页。
1976	6 月索韦托起义（Soweto uprising）。 12 月接受《伦敦杂志》（*London Magazine*）和英国广播公司（BBC）访谈。

续表

1977	《珍宝收藏者及其他博茨瓦纳故事集》由英国伦敦海尼曼出版社（Heinemann）出版。 8—12 月参加美国爱荷华大学"国际写作计划"（International Writing Program in Iowa）。 发表《马卡贝的音乐》（Makeba music），刊登在《东戈》（Donga）1977 年 4 期，第 6 页。 10 月申请博茨瓦纳公民身份被拒绝。
1978	1 月从美国返回博茨瓦纳。 2 月索布奎去世。 发表《小说创作的几个观点》（Some notes on novel writing），刊登在《新经典》（New Classic）1978 年第 5 期，第 30~32 页。
1979	2 月博茨瓦纳公民身份获批。 6 月 22 日至 7 月 5 日到德国柏林参加世界文化节（Berlin Festival of World Cultures）。 发表《影响南部非洲文学形态的社会和政治压力》（Social and political pressures that shape literature in Southern Africa），刊登在《世界英语文学》（World Literature Written in English）1979 年第 1 期，第 20~26 页。
1980	11—12 月和儿子霍华德一同出席丹麦哥本哈根文学庆典大会（literary celebration in Copenhagen, Denmark）。
1981	5 月参加荷兰阿姆斯特丹（Amsterdam, the Netherlands）的电视节目。 6 月《塞罗韦：雨风村》由南非开普敦戴维·菲利普出版社（David Philip）和英国伦敦海尼曼出版社共同出版。
1982	5 月霍华德到加拿大与父亲哈罗德一起生活，设法补习功课，申请大学。 6 月参加尼日利亚卡拉巴大学（University of Calabar）举办的第二届非洲文学和英语语言文学国际会议（Second Annual International Conference on African Literature and the English language）。 10 月到哈博罗内做专题讲座，参加签名售书活动。
1984	3 月到澳大利亚参加阿德莱德艺术节（Adelaide Festival of Arts）。 10 月霍华德在加拿大求学无果，回到博茨瓦纳。 10 月《魅惑十字路口：非洲历史传奇》由南非阿登克出版社（Ad. Donker）出版。
1985	4 月发表《我为何写作》（Why Do I Write?），刊登在《报道者》（Mmegi）1985 年 3 月 30 日，第 7 页。 8 月哈罗德·黑德申请与贝西离婚。 发表《写出南部非洲》（Writing out of Southern Africa），刊登在《新政治家》1985 年 8 月 5 日，第 21~23 页。
1986	2 月哈罗德·黑德离婚申请获批。 4 月 17 日，在塞罗韦塞库马纪念医院（Sekgoma Memorial Hospital）因肝炎去世，终年 49 岁。

后 记

　　《贝西·黑德文学艺术思想研究》从确立选题、搜集资料、国家社科基金项目立项、开题论证、撰写书稿、顺利结项、入选光明社科文库，到付梓出版，一路走来，需要感谢许多人，其中博茨瓦纳大学（University of Botswana）前副校长弗兰克·杨曼（Frank Youngman）教授可谓是我非洲英语文学研究之途的重要引路人，没有他的引领和不断鼓励与肯定，我不会在这条路上走得这么远，收获那么多。

　　我与非洲研究的结缘始于 2014 年参与的教育部中非高校 20+20 合作计划《中国医药与中国文化》研究项目，而 2015 年随上海师范大学研究团队出访博茨瓦纳大学，受到副校长弗兰克·杨曼的亲自接待并与他进行深度会谈，则让我坚定地踏上 8 年之久的非洲研究之旅，一路申请到多个省部级、国家级和国际合作项目，参与到两个国家级重大项目，发表了若干研究论文并出版了译著，还有几本著作及译著正在出版过程中。这一系列具有开创性的学术成果是中非研究领域高端智囊汇聚、思想火花碰撞、雷厉风行落实研究计划的结果。

　　弗兰克·杨曼教授是英国人，20 世纪 70 年代来到博茨瓦纳，终身致力于博茨瓦纳教育工作。他与我父母是同龄人，初遇杨曼教授，便让我感到父辈般的关注和期望。我在自我介绍中说自己是研究美国文学的，想知道博茨瓦纳的文学状况和作家情况。杨曼教授是教育领域的研究专家，但是他非常清楚并且明确地告诉我，博茨瓦纳作家贝西·黑德在美国学术界享有极高声誉。当时我对贝西·黑德一无所知，便迅速记下这个名字，会后马上查阅国际网站和学术电子资源，检索结果喷涌而出，我立刻意识到国内外国文学研究的局限性，之后便陆续购买和搜集贝西·黑德的作品和研究论著。阅读贝西·黑德的作品让我深深叹服，她的文字驾驭能力、思想深度与宏大视野确实是世界大师级水平，她不仅打开了我非洲文学研究的学术之窗，也使我对世界文学产生了全新的认识。

　　以贝西·黑德研究为中心，我逐渐构建起自己知识领域中的非洲文学版图，与此同时迅速被邀请加入国内高端东方文学和非洲文学研究群体，和北京大学非洲研究中心、北京外国语大学亚非学院、中国社会科学院中非研究院的前辈专家学者一起在学术前沿拓荒耕耘。从最初的盲目认领任务，到侧重南部和东北部非洲，我带领学生和团队老师一路探索和挖掘，深度研究了若干位作家，尤其是博茨瓦纳的尤妮蒂·道（Unity Dow）及女性作家群体、肯尼亚的伊冯·欧沃尔（Yvonne Owuor）和彼得·基马尼（Peter Kimani）、坦桑尼亚的阿卜杜勒拉扎克·古尔纳（Abdulrazak Gurnah）等，发表相关论文，并于 2019 年在中国驻博茨瓦纳大使馆的资助下翻译出版了中国首部博茨瓦纳英语著作尤妮蒂·道和麦克斯·埃塞克斯（Max Essex）的《周末葬仪》（*Saturday Is for Funerals*）。

2017 年国家社科基金项目立项时，我对 3 年结项信心满满，因为我已研读了贝西·黑德几乎所有的作品，并在资料搜集方面占据绝对优势。2016 年我先生朱伊革教授到博大访问时，帮我拍照带回了博大图书馆珍藏的几本重要一手资料，2018 年和 2019 年我出访美国北卡来罗纳大学格林斯堡分校和英国利物浦约翰摩尔大学时，都搜集了充分的研究资料。2020 年 1 月我再次出访博茨瓦纳大学，一是向博大同行汇报我的研究进展，二是到塞罗韦卡马三世博物馆贝西·黑德档案馆查找一些手稿。此行非常顺利，且极有意义。博大贝西·黑德研究同行首次了解到中国开始有学者研究贝西·黑德了，这在国际贝西·黑德研究领域一直是空缺，我为自己能填补这个空缺感到骄傲，但同时感到我的中文论文只能面对国内学界，如果想要真正和国际学界对话，还是需要英文论文，这是我的下一步任务。

在哈博罗内和塞罗韦，我见到了贝西·黑德遗产信托（Bessie Head Heritage Trust）的主要成员，主席莱洛巴·莫莱梅（Leloba Molema），成员卡西诺恩·凯迪森（Gasenone Kediseng）、玛丽·莱德尔（Mary S. Lederer）、汤姆·赫辛格（Tom Holzinger）。贝西·黑德遗产信托创立于 2007 年，由 6 人组成，他们和英国的贝西·黑德文学遗产委员会（The Estate of Bessie Head）共同负责贝西·黑德著作的再版和翻译版权等事宜。贝西·黑德遗产信托还设立了"贝西·黑德文学奖"（Bessie Head Awards）。通过与他们交谈，我感受到一个充满生命力的贝西·黑德走出了书本，来到我们中间。《权力之问》中汤姆的原型汤姆·赫辛格开车带我们去了贝西·黑德的故居，途中他指着我们正在经过的道路说，贝西·黑德经常在这条路上骑着自行车去邮局。我马上想起她的书信和作品中经常写到邮局，那是她与世界保持联系的纽带，我感到骑着自行车的贝西·黑德从我们身边一掠而过，我似乎看到她前行的背影。

2020 年年初的博茨瓦纳之行让我对贝西·黑德和非洲有了更多感性的认识，

例如虽是雨季，塞罗韦却仍然干燥得令人皮肤发痒；塞罗韦山上的绿植，远看郁郁葱葱，宛如雨水充沛之地的森林，但是到了近处却没有看到什么丰茂的树木和植被，只有泛白的沙土和石块，这种让人产生错误视觉印象的植被就是贝西·黑德笔下的，被当地人称为"绿树"的耐旱带刺的橡胶类植物。还有飞机经过埃塞俄比亚时，巨大干旱的没有植被的红黄色岩石高原令人惊叹。还有在丛林中的津巴布韦维多利亚瀑布机场让人感到非常奇妙。这些感性认识对于外国文学研究者来说是非常珍贵的，它能纠正某些基于纯粹文字而缺乏真实生活经验支持的错误想象和理解，而这种错误想象和理解在学术前沿领域时常出现，需要提防和警觉。

令人意想不到的是 2020 年年初博茨瓦纳之行结束时，"新冠"病毒已经开始在世界蔓延，回到上海，路上已经见不到行人。2020 年开启的线上教学完全打破了我原定完稿的学术计划，而在疫情防控期间，国家级一流本科申报和师范专业认证并没有停歇，反而在紧锣密鼓地进行，我作为上海师范大学英语师范专业的负责人将全部时间和精力投入这两项重任中。令人欣慰的是 2020 年我们英语专业获得国家级一流本科建设点，2021 年二级认证也顺利通过，我又立马转回贝西·黑德研究，希望尽早结项。不料 2022 年年初，疫情再次在上海出现，又开启一轮线上教学，更为糟糕的是足不出户 79 天遭遇太多生活和研究困难。最令人崩溃的是我为修改专业培养方案上的小问题，匆忙开机关机，导致写有 20 万字贝西·黑德研究书稿的笔记本电脑彻底瘫痪。万幸的是小区志愿者帮我取出了电脑芯片，将全部资料转存至移动硬盘，又恰逢部分电商的部分业务恢复，我同城同区购买的新电脑次日送到。这些经历足以让我大喜大悲，刻骨铭心。

书稿付梓之际，特别感谢复旦大学曲卫国教授、上海外国语大学李维屏教授、上海交通大学彭青龙教授、上海师范大学朱宪生教授和陆建非教授，作为课题开题论证会的专家，他们对课题研究给予积极的肯定和鼓励，并对课题的进一步完善提出很多宝贵的建议。感谢课题研究组成员博茨瓦纳大学恩莱基萨纳（R. O. B. Nhlekisana）副教授、电子科技大学蒋晖副教授、上海师范大学朱伊革教授在查阅搜集资料、论文审阅方面给予的大力支持和帮助。感谢北京大学李安山教授、北京外国语大学孙晓萌教授和穆宏燕教授、华中师范大学黄晖教授、上海师范大学朱振武教授、中非研究院李新烽教授和马学清教授等非洲研究学界前辈的指引、帮助和共谋策划研究计划及落实。感谢上海师范大学社科处和国际交流中心领导的关心和帮助，外国语学院领导和同仁的鼓励和支持。尤其感谢现任博茨瓦纳大学孔子学院中方院长蒲度戎副教授在博大的热情接待，以及外国语学院和人文学院不断加入非洲文学研究领域的本科生、硕士生和博士生们。

最后要特别感谢我的家人。首先要感谢年轻时积极响应祖国召唤，将青春和热血都献给边疆建设的父母和公婆，如今他们年事已高，深深依恋自己建设的边疆不愿离开，他们的健康就是儿女最大的福分。然后要感谢妹妹、妹夫和哥嫂们为我分担了照顾父母、公婆的义务，手足情深是人生的另一福分。最后要感谢我的爱人、同事、团队成员朱伊革和在我们论文话题讨论中成长的女儿，相信父母严谨的治学态度是女儿最大的人生财富，并为她未来艺术发展保驾护航。

本书的部分章节曾以单篇论文的形式在《文艺理论与批评》《中国非洲研究评论》《当代作家评论》《探索与批评》《广州外语外贸大学学报》《名作欣赏》《英美文学研究论丛》等期刊上发表，在此特表谢忱。本书谬误之处在所难免，敬请学界同仁批评指正。

作者谨识
2022 年秋于上海